FOLIO SCIENCE-FICTION

Patrick Ness

LE CHAOS EN MARCHE, II

Le Cercle et la Flèche

Traduit de l'anglais
par Bruno Krebs

Gallimard

Titre original :

THE ASK AND THE ANSWER
CHAOS WALKING BOOK TWO

Patrick Ness est né en Virginie. Passionné par la lecture et l'écriture, il étudie la littérature anglaise aux États-Unis. En 1999, il s'installe à Londres et enseigne pendant trois ans l'écriture à Oxford. Il écrit pour la radio et travaille comme critique littéraire pour le journal anglais *The Guardian*.

Pour sa brillante trilogie *Le Chaos en marche*, Patrick Ness se voit décerner, en Grande-Bretagne et aux États-Unis, les prix littéraires les plus importants (prix Guardian 2008, Booktrust Teenage Prize 2008, James Tiptree Jr. Award 2008, Costa Book Award 2009, Carnegie Medal 2011). Avec *Quelques minutes après minuit*, prix Imaginales 2013, et en cours d'adaptation au cinéma, Patrick Ness reprend une idée originale d'un récit de Siobhan Dowd qu'elle n'a pu achever, emportée par la maladie.

Si tu combats les monstres
veille à ne pas devenir un monstre
Si tu plonges ton regard dans l'abîme
l'abîme plonge son regard en toi

Friedrich Nietzsche

À Patrick Gale

LA FIN

– Ton Bruit te révèle, Todd Hewitt.

Une voix

Dans les ténèbres

Je cligne des yeux. Tout est rien que des ombres floues et le monde tourbillonne et mon sang brûle et mon cerveau se brouille et j'arrive pas à penser et il fait noir –

Je cligne des yeux encore.

Attends –

Non, attends –

Là, tout de suite, on était sur la place –

Elle était là, dans mes bras –

Là, mourante dans mes bras –

– Où est-elle ? je crache dans le noir, le goût du sang sur ma langue, voix cassée. Mon Bruit monte comme un ouragan, violent, rouge et furieux. *OÙ EST-ELLE ?*

– Ici, je suis maître des questionnements, Todd.

Lui, sa voix.

Quelque part dans le noir.

Quelque part derrière moi, quelque part invisible.

Maire Prentiss.

Je cligne des yeux encore et de cette purée

émerge peu à peu une vaste pièce, l'unique lumière provenant d'une fenêtre unique, un large cercle ouvert très haut, très loin, un vitrail coloré d'images de Nouveau Monde avec ses deux lunes tournoyantes, et la lumière tombe en biais sur moi et rien d'autre.

– Qu'est-ce que vous avez fait d'elle ? je crie presque, battant des paupières sous le sang frais qui me coule dans les yeux.

Je veux faire un geste pour les essuyer, mais mes mains sont attachées derrière mon dos et la panique monte en moi et je lutte contre mes liens et ma respiration s'accélère et je crie encore :

– OÙ EST-ELLE ?

Un poing jaillit de nulle part et me percute l'estomac.

Je plie sous le choc. Je suis sur une chaise en bois, mes pieds attachés à ses pieds, ma chemise abandonnée quelque part sur une pente poussiéreuse, et j'essaye de vider mon estomac vide, et sur le sol je contemple l'immense tapis qui répète partout le motif de Nouveau Monde et de ses lunes, indéfiniment.

Et je me rappelle qu'on était sur la place, cette place où j'avais couru la tenant, la portant dans mes bras, lui répétant de rester en vie, de rester en vie jusqu'à ce qu'on soit en sécurité, jusqu'à ce qu'on arrive à Haven pour que je puisse la sauver –

Mais aucune sécurité ici absolument aucune, seulement lui et ses hommes et ils me l'ont prise, ils me l'ont arrachée des bras –

– Vous avez remarqué ? Il ne demande pas « Où suis-je ? », fait la voix du Maire qui se déplace, quelque part. Ses premiers mots sont « Où est-elle ? », et son Bruit dit la même chose. Intéressant.

Ma tête pulse en même temps que mon estomac et je me réveille un peu plus et je me souviens que j'ai lutté, lutté contre eux quand ils l'ont prise, puis la crosse d'un fusil m'a explosé la tempe et j'ai basculé dans le noir –

Je force un peu de salive dans ma gorge, ravalant ma panique avec et ma peur –

Parce que c'est la fin, non ?

La fin de tout.

Le Maire m'a eu.

Le Maire l'a eue.

– Si vous lui faites du mal…

Des crampes tailladent mon ventre au ciseau. Mr. Collins se tient devant moi, à moitié dans la pénombre, Mr. Collins qui cultivait le maïs et le chou-fleur et qui s'occupait des chevaux du Maire et maintenant, il se tient au-dessus de moi avec un pistolet dans son étui, un fusil en bandoulière et, poing levé, il s'apprête à me frapper encore.

Le Maire l'arrête.

– Elle avait déjà bien assez mal, Todd. Pauvre petite.

Mes poings se crispent dans leurs liens. Défait, piétiné, mon Bruit gonfle quand même au souvenir du fusil de Davy Prentiss pointé vers nous, puis d'elle tombant dans mes bras, d'elle saignant et suffoquant –

Et mon Bruit flambe avec la sensation de mon poing qui écrase le visage de Davy Prentiss, Davy Prentiss tombant de son cheval, un pied pris dans l'étrier, entraîné comme un sac de viande pourrie.

– Eh bien, remarque le Maire. Voilà qui explique l'inexplicable disparition de mon fils.

Et si je ne le connaissais pas mieux, je dirais qu'il a presque l'air amusé.

Mais seul le son de sa voix peut me renseigner, une voix si dure et cinglante, jamais j'en avais entendu de pareille à Prentissville et le rien que j'ai entendu de lui quand je suis entré dans Haven reste un grand rien, même dans cette pièce, tout comme le grand rien de Mr. Collins.

Ils ont pas de Bruit.

Ni l'un ni l'autre.

Le seul Bruit ici c'est le mien, appelant, meuglant comme un veau blessé.

Je me tords le cou pour suivre le Maire, mais ça fait trop mal et je peux juste deviner que je suis assis dans un rayon de soleil poussiéreux et coloré au milieu d'une pièce tellement grande, je distingue à peine les murs en face.

Et quand j'y arrive, j'aperçois une petite table dans l'obscurité, trop loin pour que je puisse deviner ce qu'il y a dessus.

Juste l'éclat du métal, étincelant et promettant des choses que je veux pas imaginer.

– Il me considère encore comme le Maire, articulent ses lèvres d'un ton toujours aussi léger, vaguement amusé.

– Maintenant, c'est *Président* Prentiss, mon garçon, grogne Mr. Collins. Tu ferais bien de t'en souvenir.

– Qu'est-ce que vous avez fait d'elle ? je questionne en essayant de me tourner encore, d'un côté puis de l'autre, grimaçant de douleur. Si vous la touchez, je…

Le Maire me coupe :

– Tu viens tout juste d'arriver dans ma ville ce matin, sans rien qui t'appartienne en propre, pas même une chemise sur le dos, juste avec une fille dans les bras, victime d'un terrible accident.

Mon Bruit s'enfle. C'était pas un accident.

– Si, un très grave accident, vraiment, coupe le Maire, et sa voix trahit le premier soupçon d'impassiance depuis que nous nous sommes rencontrés sur la place. Tellement grave qu'elle oscille entre la vie et la mort. Et voici le garçon dont la recherche nous a coûté tant d'efforts et d'énergie, le garçon qui nous a causé tant d'ennuis, le voici qui se livre volontairement à nous, prêt à faire tout ce qu'on lui demandera pourvu que nous sauvions la fille, et pourtant, alors qu'on essaie précisément d'œuvrer en ce sens…

– Elle va bien ? Elle est… ?

Mr. Collins fait un pas en avant et me gifle du revers de la main. Lentement, la brûlure grignote ma joue et je reste hébété, le souffle coupé.

Le Maire entre dans le cercle de lumière.

Il porte toujours ses beaux habits, propre et net comme toujours, comme s'il n'y avait pas un homme là-dessous, juste un bloc de glace qui marche et qui parle. Même Mr. Collins a des marques de transpirassion avec la poussière et l'odeur aussi, mais le Maire, non, pas lui.

Devant le Maire on se sent toujours sale à pleurer.

Il se penche, me regarde dans les yeux.

Puis lance un questionnement, comme par simple curiosité :

– Quel est son nom, Todd ?

Je plisse les yeux, surpris.

– Quoi ?

– Quel est son nom ? répète-t-il.

Il sait sûrement son nom. C'est forcément dans mon Bruit –

– Vous le connaissez, son nom.

– Je veux que tu me le dises.

Je glisse un coup d'œil vers Mr. Collins, debout bras croisés, son silence incapable de cacher un regard qui m'écrabouillerait avec grand plaisir.

Le Maire reprend, d'un ton enjoué :

– Encore une fois, Todd, et je préférerais pour toi que tu répondes. Quel est son nom ? La fille d'au-delà des mondes.

– Si vous savez qu'elle vient d'au-delà des mondes, alors vous devez connaître son nom.

Le Maire sourit. Il sourit pour de bon.

Et j'ai plus peur que jamais.

– Tu dois t'en tenir aux règles, Todd. La règle c'est que je demande et que tu réponds. Maintenant. Quel est son nom ?

– Où est-elle ?

– Quel est son nom ?

– Dites-moi où elle est et je vous dirai son nom.

Il soupire, comme si je l'avais trahi. Il hoche la tête vers Mr. Collins qui s'avance et me balance un nouveau coup de poing dans l'estomac. Je suffoque, penché sur le tapis.

– Le marché est pourtant limpide, Todd. Il suffit que tu me dises ce que je veux savoir et c'est terminé. La décision t'appartient. Sincèrement, je n'ai aucune envie de te faire du mal.

Je reste plié en deux, la douleur dans mes tripes

m'empêche d'aspirer suffisamment d'air. Mon propre poids sur les liens écorche mes poignets et le sang séché colle à mon visage et mes yeux écarquillés fouillent ma petite prison de lumière au milieu de la pièce, cette pièce sans issue –

Cette pièce où je vais mourir –

Cette pièce –

Cette pièce où elle est pas.

Et quelque chose en moi décide.

Puisque c'est comme ça, alors quelque chose en moi décide.

Décide de pas rester.

– Vous connaissez son nom. Tuez-moi si vous voulez, mais vous savez déjà son nom.

Le Maire m'observe.

La minute la plus longue de mon existence passe pendant qu'il m'examine, me lisant, comprenant que je bluffe pas.

Alors il se dirige vers la petite table en bois.

Je voudrais voir mais son dos me cache ses mouvements. Je l'entends bouger des choses, j'entends le raclement d'un bout de métal contre le bois.

– Je ferai tout ce que vous voulez, dit-il, singeant mes propres mots. Sauvez-la, et je ferai tout ce que vous voulez.

– J'ai pas peur de vous… (Mais mon Bruit dit bien autre chose, imaginant tout ce qu'il peut y avoir sur cette table.) J'ai pas peur de mourir.

Je me demande si je crois vraiment à ce que je dis.

Il se tourne vers moi, garde les mains derrière le dos pour m'empêcher de voir ce qu'il a pris.

– Parce que tu es un homme, Todd ? Parce qu'un homme n'a pas peur de mourir ?

– Ouais. À cause que je suis un homme.

– Mais, si je ne m'abuse, ton anniversaire n'est que dans quatorze jours.

J'ai encore du mal à respirer, mon estomac joue de l'accordéon à essayer de parler.

– C'est juste un chiffre. Ça veut rien dire du tout. Si j'étais sur Vieux Monde, j'aurais…

– Tu n'es pas sur Vieux Monde, garçon, coupe Mr. Collins.

– Je crois qu'il veut dire autre chose, Mr. Collins, dit le Maire en me fixant toujours. N'est-ce pas, Todd ?

Mon regard ricoche entre les deux.

– J'ai tué. Oui, j'ai tué.

– Bien sûr que tu as tué, j'en vois la honte répandue partout sur toi. Mais le véritable questionnement, c'est qui ? Hein, tu as tué qui ?

Il fait un pas dans la pénombre, hors du cercle de lumière, la chose qu'il a prise toujours cachée, je l'entends marcher derrière moi.

– Ou bien devrais-je dire quoi ?

– J'ai tué Aaron, dis-je, essayant de le suivre des yeux, sans y arriver.

– Ah, vraiment ?

Son absence de Bruit, c'est quelque chose d'horrible, surtout quand on le voit pas. Ce n'est pas comme le silence d'une fille, le silence d'une fille reste actif, ça reste une chose vivante qui dessine une forme dans tout le Bruit et son boucan autour.

(Je pense à elle, je pense à son silence, la douleur de ça)

(Je pense pas à son nom)

Mais le Maire, je sais pas comment il fait lui et Mr. Collins aussi pour pas avoir de Bruit, et c'est comme rien, comme une chose morte, pas plus de forme ni de Bruit ni de vie au monde qu'une pierre ou un mur, une forteresse que vous allez jamais pouvoir conquérir. Je suppose qu'il lit mon Bruit, mais comment savoir avec un homme qui s'est fait pierre ?

Je lui montre ce qu'il veut, en tout cas. Je projette l'église sous la cascade à l'avant de mon Bruit. Je lui montre tout le vrai combat avec Aaron, toute la lutte et le sang. Je lui montre moi me battant et le cognant et le renversant à terre. Je me montre sortant mon couteau.

Poignardant Aaron dans le cou.

– Il y a de la vérité là-dedans, dit le Maire. Mais est-ce bien toute la vérité ?

– Oui, je réplique, haussant mon Bruit pour bloquer tout ce qui pourrait sortir d'autre. C'est la vérité.

L'amusement résonne toujours dans sa voix.

– Je crois que tu me mens, Todd.

– Non ! j'essaye de crier. J'ai fait ce qu'Aaron voulait ! Je l'ai assassiné ! Je suis devenu un homme selon vos lois et vous pouvez me prendre dans votre armée et je ferai tout ce que vous voulez, dites-moi seulement cè que vous avez fait d'elle !

Je vois Mr. Collins recevoir un signal derrière moi et il avance lève le poing et –

(j'y peux rien)

Je m'écarte si brusquement que la chaise bouge de quelques centimètres sur le côté –

(*fermez-la*)

Et le coup m'atteint pas.

– Bien, commente le Maire, tranquille, comme s'il appréciait. Parfait.

Il recommence à bouger dans l'obscurité.

– Laisse-moi t'expliquer une ou deux choses, Todd. Tu te trouves dans le bureau principal de l'ancienne cathédrale de Haven, devenue Palais présidentiel depuis hier. Je t'ai fait venir dans ma maison avec l'espoir de t'aider. Pour t'aider à voir que tu te trompes dans ce combat sans espoir livré contre moi, contre nous.

Sa voix se déplace derrière Mr. Collins.

Sa voix –

Pendant une seconde, on dirait qu'il parle pas à voix haute –

Mais à l'intérieur de ma tête –

Puis ça passe.

– Mes soldats devraient arriver ici demain après-midi. Toi, Todd Hewitt, tu vas d'abord me dire ce que je te demande, puis tu tiendras ta promesse et tu m'assisteras dans notre création d'une nouvelle société.

Il réapparaît dans la lumière, s'arrête devant moi, mains toujours derrière le dos, ce qu'il a pris toujours caché.

– Mais le processus que je veux entamer ici, Todd, c'est celui par lequel tu apprendras que je ne suis pas ton ennemi.

Je suis tellement surpris que j'oublie ma peur un instant.

Pas son ennemi ?

J'écarquille les yeux.

Pas son ennemi ?

– Non, Todd, pas ton ennemi.

– Vous êtes un assassin, dis-je sans même réfléchir.

– Je suis un général. Ni plus, ni moins.

Je le dévisage.

– Vous avez tué des gens en chemin. Vous avez tué les gens de Farbranch.

– Des choses regrettables surviennent, en temps de guerre. Mais cette guerre est maintenant terminée.

Je hais ces mots d'un homme sans Bruit, comment ils sonnent inébranlables, tellement comme de la pierre.

– Je vous ai vu leur tirer dessus.

– Moi personnellement, Todd ?

Je ravale un goût amer.

– Non, mais cette guerre, c'est vous qui l'avez déclarée !

– Une nécessité. Pour sauver une planète à l'agonie.

Ma respiration s'accélère, mon cerveau s'obscurcit, ma tête pèse plus lourd que jamais. Mais mon Bruit plus rouge, aussi.

– Vous avez assassiné Cillian.

– Profondément regrettable. Il aurait fait un excellent soldat.

– Vous avez assassiné ma mère…

Ma voix se casse (*fermez-la*), mon Bruit s'emplit de rage et de chagrin, mes yeux s'embrouillent de larmes (*ah, fermez-la, hein*).

– … Vous avez tué toutes les femmes de Prentissville.

– Et tu crois tout ce qu'on te raconte, Todd ?…

Un silence tombe, un vrai celui-là, pendant que mon propre Bruit digère.

– … Je n'éprouve ni n'ai jamais éprouvé aucune envie de tuer des femmes.

J'en reste bouche bée.

– Mais si, vous…

– L'heure est venue d'une petite leçon d'histoire.

– Vous êtes un menteur !

– Et tu estimes tout savoir, n'est-ce pas ?

Sa voix s'est refroidie, il s'écarte et Mr. Collins me frappe si fort à la tempe que j'en tombe presque par terre.

– Vous êtes un MENTEUR ET UN ASSASSIN ! je hurle, assourdi par le tintement de mes oreilles.

Mr. Collins me cogne sur l'autre tempe, son poing dur comme une enclume.

– Je ne suis pas ton ennemi, Todd, reprend le Maire. S'il te plaît, cesse de m'obliger à te faire cela.

Ma tête me fait trop mal, je dis rien, j'arrive à rien dire. J'arrive pas à dire le mot qu'il demande. J'arrive pas à dire autre chose sans me faire cogner dessus à en crever.

C'est foutu. C'est forcément foutu. Ils vont pas me laisser vivre. Et elle non plus, ils la laisseront pas.

C'est forcément foutu.

– J'espère bien que non, affirme le Maire d'une voix qui produit le son de la vérité. J'espère que tu vas me dire ce que je veux savoir pour que nous arrêtions tout cela…

Et alors il dit –

Alors il dit –

– … S'il te plaît.

Je lève mes yeux gonflés, battant des paupières.

Son visage a pris un air soucieux, comme s'il me *suppliait* presque.

Purain mais qu'est-ce que… ?

Et ce bourdonnement qui entre encore dans ma tête –

Différent du simple Bruit de quelqu'un –

S'IL TE PLAÎT prononcé comme avec ma voix à moi –

S'IL TE PLAÎT comme si ça venait de moi –

Me pressant –

Par l'intérieur –

Me poussant à vouloir le dire –

S'IL TE PLAÎT –

– Les choses que tu crois savoir… (sa voix s'enroule à l'intérieur de ma tête) ces choses-là ne sont pas vraies.

Et alors je me souviens –

Je me souviens de Ben –

Je me souviens de Ben me disant la même chose –

Ben, lui que j'ai perdu –

Et mon Bruit durcit, d'un coup.

Le coupant, lui, le sien.

La voix du Maire n'a plus l'air de supplier. Il fronce légèrement le sourcil.

– Très bien. Mais rappelle-toi que c'est ta décision…

Il se redresse de toute sa taille.

– … Comment s'appelle-t-elle ?

– Vous le savez.

Mr. Collins me frappe à la tête et je pars sur le côté.

– Comment s'appelle-t-elle ?

– Vous le savez déjà.

Baoum, un autre coup, de l'autre côté cette fois.

– Comment s'appelle-t-elle ?

– Non.

Baoum.

– Dis-moi son nom.

– Non !

BAOUM !

– Comment s'appelle-t-elle, Todd ?

– Allez vous faire VOIR !

Sauf que je dis pas « voir » et Mr. Collins me tape si fort que ma tête part en arrière. La chaise bascule et je verse sur le côté, par terre, entraînant la chaise avec moi. Je percute le tapis, mains attachées pouvant pas me rattraper, mes yeux captent plein de petits Nouveaux Mondes et plus rien d'autre à voir.

Je souffle dans le tapis.

Les pointes de bottes du Maire approchent mon visage.

– Je ne suis pas ton ennemi, Todd, dit-il une fois de plus. Dis-moi simplement son nom et tout ceci s'arrêtera.

Je prends une inspiration, tousse un peu, puis recommence et crache enfin ce que j'ai à dire :

– Vous êtes un assassin.

Nouveau silence.

– Qu'il en soit ainsi, dit le Maire.

Ses pieds se déplacent et je sens que Mr. Collins redresse ma chaise et moi avec, mon corps gémissant sous son propre poids, et me voilà de nouveau assis au milieu du cercle de lumière colorée. Mes yeux sont si gonflés, je distingue à peine Mr. Collins alors qu'il se tient juste devant moi.

J'entends le Maire, il est près de la petite table. Je l'entends bouger des choses dessus. J'entends à nouveau le grattement du métal.

Je l'entends s'approcher derrière moi.

Et après toutes ces promesses, la voilà, ça y est. Ma fin.

Je suis désolé. Pardonne-moi, pardonne-moi.

Le Maire pose une main sur mon épaule et je me recroqueville mais il la laisse là, appuyant de plus en plus fort. Je vois pas ce qu'il tient, mais il approche quelque chose de moi, de mon visage, quelque chose de dur et métal et rempli de douleur et prêt à me faire souffrir et terminer ma vie et il y a un trou à l'intérieur de moi où j'ai besoin de ramper de fuir tout ça, un trou profond et noir et je sais que c'est la fin la fin de tout, que je pourrai jamais m'enfuir d'ici et qu'il va me tuer et la tuer et qu'il y a aucune chance, aucun espoir, aucune vie, rien.

Pardonne-moi.

Et le Maire pose une compresse sur ma figure.

Ma respiration se bloque c'est si froid je tente d'échapper à ses mains mais il continue à presser doucement sur la bosse de mon front et les plaies de mon visage et de mon menton, son corps tellement proche maintenant je sens son odeur, sa propreté, l'odeur de bois de son savon, le souffle de ses narines passant sur mes joues, ses doigts presque tendres sur mes coupures, soignant les cernes gonflés de mes yeux, ma lèvre fendue et je sens la compresse faire son effet presque aussitôt, les antidouleurs s'écouler dans mon corps, et je pense une seconde qu'ils sont tellement bien les pansements de Haven, tellement comme ses pansements à elle, et le soulagement arrive si vite, tellement inattendu, j'ai la gorge qui se serre au passage de ma salive.

– Je ne suis pas l'homme que tu crois, Todd, dit tranquillement le Maire, presque dans mon oreille, posant une autre compresse sur mon cou. Je n'ai pas fait les choses que tu crois. J'ai demandé à mon fils de te ramener. Je ne lui ai demandé de tirer sur personne. Je n'ai pas demandé à Aaron de te tuer.

– Vous êtes un menteur…

Mais ma voix est faible, elle tremble tellement, c'est très dur d'en chasser les larmes (fermez-la).

Le Maire applique d'autres pansements sur les ecchymoses de ma poitrine et de mon estomac, c'est si doux, je peux à peine le supporter, c'est si doux, presque comme s'il s'inquiétait de ce que je ressens.

– Oui, j'ai un cœur, Todd… Et il viendra un temps pour toi où tu apprendras cette vérité…

Il se déplace derrière moi et pose un bandage autour de mes poignets liés, puis il prend mes mains et les masse avec ses pouces pour y ramener la circulation.

– … Un temps viendra où tu finiras par me faire confiance. Et même, peut-être, par m'aimer. Et même, un jour, par me considérer comme ton père, Todd.

Je sens mon Bruit fondre sous l'effet des médicaments, de toute cette douleur qui s'en va, de moi qui disparais avec, comme s'il me tuait finalement, mais en me soignant, pas en me punissant.

Je peux plus bloquer les larmes dans ma gorge, mes yeux, ma voix.

– S'il vous plaît, je répète, s'il vous plaît.

Je sais plus ce que je dis.

– La guerre est finie, Todd. Nous sommes en train de créer un nouveau monde. Cette planète va enfin faire honneur à son nom. Crois-moi, une fois que tu le verras, eh bien oui, tu voudras en être.

Je cherche mon souffle dans l'obscurité.

– Tu pourrais être un meneur d'hommes, Todd. Tu as déjà prouvé que tu étais quelqu'un de peu ordinaire.

Je continue à respirer fort, tente de m'accrocher, mais je me sens glisser.

Ma voix croasse, se dissout en quelque chose d'irréel :

– Comment je le saurai ? Comment je saurai si elle est seulement vivante ?

– Tu ne peux pas. Tu n'as que ma parole.

Il attend.

– Et si je le dis, si je fais ce que vous demandez, vous la sauverez ?

– Nous ferons tout ce qui sera nécessaire.

Sans douleur, j'ai l'impression de plus avoir de corps, comme si j'étais un fantôme assis sur sa chaise, aveugle, éternel.

Comme déjà mort.

Parce que, comment savoir si on est vivant quand on a plus mal ?

– Nous sommes nos propres choix, Todd. Ni plus, ni moins. J'aimerais que tu décides de me le dire. Oui, j'aimerais vraiment.

Sous les pansements, rien que l'obscurité plus profonde.

Rien que moi, assis dans le noir.

Seul avec sa voix.

Je sais pas quoi faire.

Je sais rien.

(Je fais quoi ?)

Mais s'il reste une chance, juste une chance –

– Est-ce vraiment un tel sacrifice, Todd ? coupe le Maire qui m'écoute penser. Ici, au terme du passé ? Au début de l'avenir ?

Non. Non, je peux pas. C'est un menteur et un assassin, il peut raconter ce qu'il veut –

– J'attends, Todd.

Mais elle est peut-être en vie, peut-être qu'il peut la garder en vie –

– … Nous approchons de ta dernière opportunité, Todd.

Je lève la tête. Ça tire sur les pansements et je grimace dans la lumière, tournant mes yeux vers ceux du Maire.

C'est plus opaque que jamais.

C'est le mur vide, sans vie.

Je pourrais aussi bien parler dans un puits sans fond.

Je pourrais aussi bien être le trou sans fond.

Je les détourne, mes yeux. Je regarde par terre.

– Viola, dis-je au tapis. Elle s'appelle Viola.

Le Maire laisse échapper un long souffle de satisfaxion.

– Bien, Todd. Je te remercie.

Et, se tournant vers Mr. Collins :

– Enfermez-le.

PREMIÈRE PARTIE

TODD DANS LA TOUR

01 L'ancien maire

[TODD]

Mr. Collins me pousse dans un escalier étroit, sans lumière, qui monte encore et encore, par paliers brusques, mais toujours tout droit. Je crois pas que mes jambes peuvent encore continuer quand on atteint une porte. Il l'ouvre, me propulse brutalement et je trébuche et m'écroule sur un plancher, les bras si raides que j'amortis rien et je gémis et roule sur le côté.

Et contemple un vide de trente mètres.

Je m'écarte précipitamment. Mr. Collins éclate de rire. Je suis sur une corniche large de cinq planches, pas plus, qui borde les murs d'une pièce carrée. Au milieu, rien qu'un énorme trou et quelques cordes verticales au centre. Je les suis du regard, le long d'un conduit, jusqu'à la plus grosse paire de cloches que j'aie jamais vue, accrochée à une poutre unique, des trucs énormes, grands comme une chambre où on pourrait habiter, des arcades ouvertes dans les côtés de la tour pour faire entendre leur sonnerie.

Je sursaute quand Mr. Collins claque la porte et la referme avec un grand *krr-clonk* qui me laisse peu d'espoir d'évasion.

Je me redresse péniblement et m'appuie contre le mur jusqu'à ce que je retrouve mon souffle.

Je ferme les yeux.

Je suis Todd Hewitt. Je suis le fils de Cillian Boyd et de Ben Moore. Mon anniversaire est dans quatorze jours mais je suis un homme.

Je suis Todd Hewitt et je suis un homme.

(un homme qui a dit au Maire comment elle s'appelait)

Je suis désolé. Pardonne-moi –

Au bout d'un moment, j'ouvre les yeux et regarde autour de moi. Des petites ouvertures rectangulaires entourent la pièce, trois dans chaque mur, et la lumière rasante brille à travers la poussière.

Je m'approche de la première ouverture. Apparemment, je suis dans le clocher de la cathédrale, très haut, devant la place par où je suis entré en ville, ce matin seulement mais ça me paraît déjà toute une vie. Le soir tombe. J'ai dû rester dans les vapes rudement longtemps avant que le Maire me réveille, et il a eu largement le temps de lui faire tout ce que – le temps de –

(*ferme-la, ferme-la*)

J'observe la place. Toujours aussi vide, la ville toujours aussi silencieuse, une ville sans Bruit, une ville qui attend qu'une armée vienne et la prenne.

Une ville qui a même pas essayé de combattre.

Le Maire n'a eu qu'à demander et ils se sont

livrés aussitôt. Parfois, la rumeur d'une armée est aussi efficace que l'armée elle-même, c'est ce qu'il a dit. Et il avait raison.

Tout ce temps à courir jusqu'ici, courir et encore courir, sans réfléchir à quoi pourrait bien ressembler Haven une fois qu'on y serait, sans se le dire à voix haute mais espérant la sécurité, espérant le paradis.

Je te dis qu'il y a de l'espoir, avait dit Ben.

Mais il avait tort. Ici, c'était pas le paradis qui nous attendait.

C'était New Prentissville.

Ma poitrine se serre. Je regarde vers l'ouest, au-delà des cimes d'arbres qui gagnent les maisons et les rues silencieuses les plus lointaines, je remonte jusqu'à la cascade qui s'écroule au bord de la vallée, la route en zigzag qui griffe la colline derrière, la route où je me suis battu avec Davy Prentiss Jr., la route où Viola –

Je me retourne.

Mes yeux s'habituent à la lumière faiblissante mais il y a rien de toute façon à part des planches et une vague puanteur. Les cordes des cloches pendent à environ deux mètres du plancher. Je lève les yeux pour distinguer leur attache. Je jette un regard dans le trou mais il fait trop sombre pour deviner ce qu'il peut bien y avoir au fond. Sans doute juste de la brique.

Deux mètres, c'est pas énorme, finalement. On pourrait sauter facilement et s'agripper à une corde pour descendre.

Mais alors –

– Très ingénieux, vraiment, fait une voix venant du coin le plus éloigné.

Je bondis en arrière, poings levés, Bruit hérissé. Un homme s'est levé de l'endroit où il était assis. Un autre homme sans Bruit. Sauf que –

– Si tu essayes de fuir en descendant par ces cordes si tentantes, tout le monde en ville sera au courant.

– Vous êtes qui ? je demande, l'estomac retourné mais les poings bien serrés.

– Mais oui. Je me disais bien que tu n'étais pas de Haven…

Il fait un pas pour s'éloigner de son recoin, laissant son visage capter la lumière. Il a un œil au beurre noir et la lèvre fendue sous une croûte qui m'a l'air toute récente. Lui ne méritait pas de pansements, on dirait.

– Curieux comme on oublie à quel point ça *résonne*, marmonne-t-il comme en lui-même.

C'est un petit homme, plus petit que moi, et plus large aussi, et plus vieux que Ben mais pas tant que ça, et je vois qu'il est mou partout, mou même dans son visage. Une mollesse que je pourrais frapper s'il le fallait.

– Oh, bien sûr. Je suppose que tu le pourrais.

– Qui êtes-vous ? je répète.

– Qui je suis ? reprend-il doucement, puis haussant la voix, comme par jeu. Je suis Con Ledger, mon garçon. Maire de Haven. Mais pas Maire de New Prentissville, ajoute-t-il avec un sourire bizarre. C'est nous qui avons distribué le remède aux réfugiés, quand ils ont commencé à affluer.

Son sourire en fait, c'est pas un sourire, mais une grimace, un tic.

– … Bon sang, mon garçon, ce que tu peux être Bruyant.

– Je suis pas votre garçon. (Mes poings toujours en avant.)

– Je ne vois absolument pas en quoi cela pourrait avoir la moindre importance.

Et moi je pourrais lui dire des millions de choses, mais la curiosité est trop forte.

– Alors il y a vraiment un remède ? Contre le Bruit ?

Il fait un peu la grimace, comme s'il goûtait quelque chose d'amer.

– Oh oui. Une plante indigène avec un neurochimique naturel mêlé à plusieurs ingrédients que nous avons pu synthétiser. Et hop, voilà la paix enfin revenue sur Nouveau Monde.

– Haven, peut-être, mais pas tout Nouveau Monde.

Il se tourne pour regarder par une ouverture, mains derrière le dos.

– Non, évidemment. Mais ce n'est pas si facile non plus. Un processus long et lent. Nous ne l'avons mis au point que l'année dernière, au bout de vingt ans d'essais. Nous en avons fabriqué suffisamment pour nous et nous nous apprêtions à l'exporter quand...

Sa voix s'éteint, son regard obstinément fixé sur la ville en bas.

– Quand vous vous êtes rendus... Comme des lâches, j'ajoute, tout grondant de Bruit rouge.

Il se retourne. Le sourire machinal a disparu. Complètement.

– Et en quoi l'opinion d'un gamin devrait-elle m'intéresser ?

Mes poings sont restés serrés.

– Je suis pas un gamin.

– Oh mais bien sûr que si, c'est évident. Un homme sait quelles décisions doivent être prises quand il doit faire face à sa propre disparition.

– Vous avez rien à m'apprendre sur la disparition, je rétorque en plissant les yeux.

Il bat des paupières, comme si la vérité dans mon Bruit lançait des éclairs, et il perd son aplomb.

– Il faut m'excuser. Je ne suis pas moi-même…

Il se passe une main sur le visage, puis grimace à cause qu'il a touché son œil gonflé.

– … Hier, j'étais le Maire bénévole d'une belle ville. Mais c'était hier.

Il semble rire, comme d'une bonne blague.

– Combien d'habitants à Haven ? je demande, toujours sur le qui-vive.

– Mon garçon…

– Mon nom est Todd Hewitt. Vous pouvez m'appeler Mr. Hewitt.

– Il nous a promis un nouveau départ.

– Même moi je sais que c'est un menteur. Alors, combien d'habitants ?

– Réfugiés compris, trois mille trois cents, soupire-t-il.

– L'armée n'en fait pas le tiers. Vous auriez pu combattre.

– Des femmes, des enfants. Des fermiers.

– Les femmes et les enfants se sont battus dans d'autres villes. Des femmes et des enfants sont morts.

Il fait un pas en avant, le visage en feu.

– Oui, mais les femmes et les enfants de cette ville ne mourront pas ! Car j'ai obtenu la paix !

– Une paix qui vous a valu un gros coquard. Une paix qui vous a fendu la lèvre.

Il me jette un bref coup d'œil puis grommelle :

– Les mots d'un sage dans la bouche d'un avorton.

Et il tourne à nouveau la tête vers l'ouverture.

Alors je remarque le bzzz.

Des points d'interrogation remplissent mon Bruit. Mais avant que j'ouvre la bouche, le Maire, *l'ancien* Maire dit :

– Oui, c'est moi que tu entends.

– Vous ? Mais… et le remède ?

– Donnerais-tu à ton ennemi vaincu son médicament préféré ?

– Alors… il revient ? Le Bruit ?

– Oh, oui. Si tu ne prends pas ta dose quotidienne, il revient, absolument.

Il retourne dans son coin et s'assied lentement.

– Tu auras remarqué l'absence de toilettes. Je m'excuse par avance pour ce désagrément.

Je le regarde s'asseoir, la vibration de mon Bruit encore rougeoyante, douloureuse et pleine de questions.

– C'était toi, si je ne m'abuse ? Ce matin. Celui pour qui la ville a été nettoyée, celui que le nouveau Président est allé accueillir en personne, à cheval ?

Je réponds pas. Mon Bruit le fait à ma place.

– Mais alors, qui es-tu, Todd Hewitt ? En quoi es-tu si différent ?

Voilà enfin une excellente question.

La nuit tombe vite et complètement. Maire Ledger parle de moins en moins et s'agite de plus en plus. Puis, trop énervé, il commence à faire les cent pas. Pendant ce temps, son bzzz devient si fort que même si on voulait parler il faudrait hurler.

Je regarde les étoiles qui s'allument, la nuit qui recouvre la vallée.

Et je pense et j'essaye de pas penser à cause que sinon mon estomac se révulse et j'ai la nausée ou ma gorge se serre et j'ai la nausée ou mes yeux se mouillent et j'ai la nausée.

À cause qu'elle – là dehors quelque part.

(*s'il te plaît* sois dehors quelque part)

(*s'il te plaît* tu vas bien tu vas bien)

(*s'il te plaît*)

– Est-ce que tu dois absolument faire un tel boucan ? lance Maire Ledger.

Je me retourne, prêt à lui rabattre son caquet, quand il lève les mains en signe d'excuse.

– Désolé. Je ne suis pas moi-même.

Il recommence à se tripoter les doigts.

– Vois-tu, c'est difficile de se retrouver d'un seul coup privé de médicament.

Je me retourne vers New Prentissville. Les lumières commencent à briller dans les maisons. J'ai vu presque personne de toute la journée, ils sont tous restés chez eux, probablement sur ordre du Maire.

– Ils en sont tous au même point, alors ?

– Oh, chacun doit avoir ses petites réserves à la maison. Il faudra le leur arracher des mains, j'imagine.

– Je crois pas que ce sera un problème quand l'armée arrivera.

Les lunes se lèvent, elles escaladent le ciel mais lentement, comme s'il y avait rien qui presse. Elles brillent assez fort pour éclairer New Prentissville et je vois comment la rivière coupe la ville, mais pas grand-chose plus au nord sauf des champs, vides au clair des lunes, puis un brusque escarpement rocheux qui ferme la partie nord de la vallée. Après, je vois aussi un étroit ruban de route sortir des collines puis se tailler un chemin jusqu'à la ville – l'autre route que Viola et moi on a pas prise après Farbranch, celle que le Maire a prise, lui, et qui l'a mené ici le premier.

À l'est, la rivière et la route principale, allant Dieu sait où, virant et contournant les collines, la ville diminuant au fur et à mesure. Il y a une autre route, ou une piste plutôt, qui part de la place vers le sud, longe d'autres bâtiments et maisons puis traverse un bois et remonte une colline ébréchée au sommet.

New Prentissville c'est ça et rien de plus.

Une ville de trois mille trois cents habitants, tous cachés dans leurs maisons, tellement silencieux qu'ils pourraient bien être tous morts.

Et pas un seul n'a levé le petit doigt pour échapper à ce qui arrivait, espérant qu'en étant assez mous, en étant assez faibles, l'ogre les mangerait pas tout crus.

Voilà l'endroit vers où Viola et moi on a passé notre temps à courir.

Je devine un mouvement sur la place. Juste une ombre. Juste un chien. Maison, maison, maison, je l'entends penser, je crois. Maison, maison, maison.

Les chiens ils ont pas les problèmes des gens.

Les chiens ils peuvent être heureux quand ça leur chante.

Je prends une minute pour respirer, desserrer

l'étau qui m'oppresse, évacuer l'eau qui envahit mes yeux.

Une minute pour arrêter de penser à mon chien.

Puis je regarde la place, et je vois quelqu'un. Pas du tout un chien.

Sa tête penche en avant et il tire lentement son cheval à travers la place, les sabots claquent sur la brique et il approche, et même si le bzzz de Maire Ledger est devenu tellement casse-pieds que je sais pas comment je vais jamais pouvoir dormir, je l'entends.

Le Bruit.

À travers le silence d'une ville à l'écoute, j'entends le Bruit de l'homme.

Et il entend le mien.

Todd Hewitt?

Et j'entends le sourire qui gagne son visage aussi.

Trouvé quelque chose, Todd, il lance, vers le clocher, me cherchant dans le clair de lune. Trouvé quelque chose à toi.

Je dis rien. Je pense à rien.

Je le regarde seulement qui tend la main derrière lui, et puis me montre quelque chose.

Même d'aussi loin, à la lumière des lunes, je sais ce que c'est.

Le carnet de maman.

Davy Prentiss a le carnet de maman.

02 Talon sur le cou

[TODD]

Tôt le lendemain matin, une plate-forme équipée d'un micro se dresse bruyamment et rapidement presque au pied du clocher. Dès le début de l'après-midi, les gens de Prentissville se rassemblent devant.

– C'est pour quoi faire ? je demande.

– À ton avis ? réplique Maire Ledger, assis dans un recoin sombre à se frotter les tempes, son bzzz chaud et métallique comme une scie. Pour faire connaissance avec leur nouveau dirigeant, bien sûr.

Les hommes disent pas grand-chose, leurs figures pâles et mornes, même si on peut pas savoir ce qu'ils pensent quand on entend pas leur Bruit. Mais ils ont l'air plus propres que les hommes de ma ville, ils ont les cheveux plus courts, ils sont bien rasés, mieux habillés – beaucoup sont ronds et mous comme Maire Ledger.

Haven, ça devait être un endroit confortable,

un endroit où les hommes se battaient pas tous les jours pour survivre.

Peut-être trop confortable.

Maire Ledger bougonne dans son coin mais ne dit rien.

À cheval, les hommes de Maire Prentiss occupent les points stratégiques de la place, une dizaine ou une douzaine, fusils prêts, pour être sûrs que les gens se tiendront tranquilles. Enfin, la menace de l'armée qui arrive a manifestement fait le gros du travail. J'aperçois Mr. Tate et Mr. Morgan et Mr. O'Hare, des hommes avec qui j'ai grandi, des hommes que je voyais tous les jours dans leurs fermes, juste des hommes et puis brusquement ils sont devenus quelque chose d'autre.

Je vois nulle part Davy Prentiss et mon Bruit recommence à gronder en pensant à lui.

Il a dû redescendre la colline de l'endroit où son cheval l'a entraîné, et il a trouvé mon sac à dos. Il y avait plus rien dedans à part une boule de vêtements fichus et le carnet.

Le carnet de maman.

Les mots de maman pour moi.

Écrits quand je suis né. Écrits juste avant qu'elle meure.

Avant qu'elle soit assassinée.

Mon si merveilleux fils qui je le jure verra ce monde devenir bon.

Ses mots lus par Viola du fait que je pouvais pas –

Et maintenant, cette horreur de Davy Prentiss –

– Pourrais-tu au moins essayer… grince Maire Ledger entre ses dents serrées.

Puis il s'arrête et marmonne :

– Je suis désolé, pour la cent millième fois depuis que Mr. Collins nous a réveillés avec le petit déjeuner.

Avant que je puisse répondre, une violente nausée me pince le cœur, à m'en couper le souffle.

J'écarquille les yeux.

Les femmes de New Prentissville.

Elles apparaissent d'abord assez loin, descendant par groupes les petites rues, à l'écart du gros des hommes, et maintenues là par les cavaliers du Maire.

Je sens leur silence différemment de celui des hommes. C'est comme une perte, comme des grands amas de chagrin contre le son du monde et je dois essuyer mes yeux mais je me presse contre l'ouverture, essayant de les voir, essayant de voir chacune d'elles.

Voir si elle est là.

Mais non.

Elle est pas là.

Les femmes ressemblent aux hommes, presque toutes portent des pantalons et des chemises de coupes différentes, certaines des jupes longues, et la plupart ont l'air propres, à l'aise, bien nourries. Leurs coiffures sont plus variées, cheveux tirés en arrière, ou relevés, ou longs ou courts et les blondes sont pas aussi nombreuses que dans le Bruit des hommes, là d'où je viens.

Et je vois que leurs bras sont plus souvent croisés, leurs figures soupçonneuses.

Il y a plus de colère là que sur les visages des hommes.

Sans les quitter des yeux, je demande à Maire Ledger :

– Il y en a qu'étaient pas d'accord ? Qu'ont pas voulu céder ?

Il soupire.

– On est en démocratie, Todd. Tu sais ce que c'est ?

– Aucune idée. (Je regarde toujours, ne trouve toujours rien.)

– Cela signifie qu'on écoute la minorité, mais que la majorité gouverne.

Je le regarde.

– Et tous ces gens voulaient se rendre ?

– Le Président a fait une *proposition* au conseil élu, réplique-t-il en touchant sa lèvre fendue. Il a promis que la ville ne souffrirait aucun dommage si nous l'acceptions.

– Et vous l'avez cru ?

Ses yeux me foudroient.

– Tu oublies ou tu ignores que nous avons déjà livré une grande guerre, une guerre pour en finir avec toutes les guerres, à peu près à l'époque où tu as dû naître. Si nous pouvions éviter une réédition de tout cela…

– Alors vous êtes prêts à vous rendre à un assassin.

Nouveau soupir.

– La majorité du conseil, dirigée par moi-même, a décidé que c'était le meilleur moyen de sauver le plus grand nombre de vies… (Il appuie sa tête contre la brique.) Tout n'est pas noir ou blanc, Todd. Dans les faits, presque jamais.

– Mais, et si…

Krr-clonk. Le verrou de la porte coulisse et Mr. Collins entre, pistolet pointé sur nous.

Il fait signe à Maire Ledger.

– Lève-toi.

– Qu'est-ce qui se passe ? je demande en les regardant tous les deux.

Maire Ledger est debout dans son coin.

– Il semble que le tribut doive être payé, Todd, fait-il d'un ton qu'il essaye de rendre léger mais j'entends son bzzz patiner de peur. C'était une belle ville. Et j'ai été un homme meilleur. Souviens-t'en, s'il te plaît.

– Qu'est-ce que vous voulez dire ?

Mr. Collins le prend par le bras et le pousse hors de la pièce.

– Hé ! je crie en les suivant. Où est-ce que vous l'emmenez ?

Mr. Collins lève un poing pour me frapper –

Et je recule.

(fermez-la)

Il éclate de rire et verrouille la porte derrière lui.

Krr-clonk.

Et me voilà seul dans la tour.

Et pendant que le bzzz de Maire Ledger disparaît dans l'escalier, alors je l'entends.

Marcche, marcche, marcche... loin, très loin.

Je m'approche d'une ouverture.

La voilà.

L'armée en marche, elle va entrer dans Haven.

Par la route en zigzag ils s'écoulent comme une rivière noire, poussiéreuse, sale, vomie par une vanne de barrage. Ils marchent en colonne de quatre ou cinq, et les premiers disparaissent sous les arbres au pied de la colline alors que les derniers hérissent encore le sommet. La foule les regarde, les hommes sur la place, les femmes dans les petites rues.

Le *marcche marcche marcche* grossit, ricoche entre les murs de la ville. Comme un chronomètre.

La foule attend. J'attends avec elle.

Et alors, à travers les arbres, au coin de la route –

Elle surgit.

L'armée.

Mr. Mortard en tête.

Mr. Mortard de la stassion-service à Prentissville, Mr. Mortard qui pensait des choses sales, violentes qu'aucun garçon ne devrait entendre, Mr. Mortard qui tirait dans le dos des gens de Farbranch quand ils fuyaient.

Mr. Mortard à la tête de l'armée.

Je l'entends maintenant qui rythme la marche pour maintenir ses troupes au pas. *Talon*, il hurle en cadence.

Talon.

Talon.

Talon sur le cou.

Ils entrent sur la place et longent un côté, ouvrant comme une plaie entre les hommes et les femmes. Mr. Mortard assez proche pour que je voie son sourire, un sourire que je connais parfaitement, un sourire qui matraque, un sourire qui pilonne, un sourire qui écrase.

Et comme il se rapproche encore, là, plus de doute.

C'est un sourire sans Bruit.

Quelqu'un, l'un de ces hommes à cheval peut-être, est allé au-devant de l'armée sur la route. Quelqu'un qui apportait le remède avec lui. L'armée ne fait pas un son sauf avec ses pieds et son pas cadencé.

Talon, talon, talon sur le cou.

Ils marchent jusqu'à la plate-forme. Mr. Mortard s'arrête à un angle, laissant ses hommes se ranger en formations derrière la plate-forme. Ils me tournent le dos, face à la foule qui les regarde.

Je commence à reconnaître les soldats. Mr. Wallace, Mr. Smith Jr., Mr. Phelps le boutiquier. Des hommes de Prentissville et beaucoup, beaucoup d'autres.

L'armée qui a grandi en avançant.

Je vois Ivan, l'homme de la grange à Farbranch, l'homme qui m'a confié en secret qu'il connaissait des sympathisants du pouvoir. Il se tient à la tête d'une formassion et tout ce qui lui donne raison se tient derrière lui, au garde-à-vous, fusils prêts.

Le dernier soldat pénètre sur la place en martelant.

Talon, talon, talon sur le COU*!*

Puis plus rien. La Flèche souffle comme un vent sur New Prentissville. Alors, j'entends les portes de la cathédrale s'ouvrir plus bas.

Et Maire Prentiss sort pour s'adresser à sa nouvelle ville.

Il salue Mr. Mortard, monte les marches de la plate-forme, et s'approche du micro.

– En ce moment précis, vous avez peur…

Les hommes de la ville le regardent, sans parler, sans un Bruit ni un bzzz.

Les femmes restent dans les ruelles, silencieuses.

L'armée se tient au garde-à-vous, sur le qui-vive.

Je m'aperçois que je retiens ma respiration.

– En ce moment précis, vous pensez que vous êtes conquis. Vous pensez qu'il n'y a pas d'espoir. Vous pensez que je suis monté ici pour vous lire votre sentence…

Il me tourne le dos mais par les haut-parleurs cachés aux quatre angles sa voix tonne bien nette sur la place, sur la ville, et probablement sur toute la vallée et au-delà. Mais qui d'autre y aurait-il pour l'entendre ? Qui d'autre sur tout Nouveau Monde qui serait pas ici ou sous terre ?

Maire Prentiss parle à la planète entière.

– … Vous avez raison. (Et je vous assure que j'entends son sourire.) Vous êtes conquis. Et vous êtes vaincus. Et je suis venu vous lire votre sentence.

Il laisse ses mots faire leur petit effet. Mon Bruit gronde et je vois une poignée d'hommes lever les yeux vers le sommet du clocher. J'essaye de le calmer mais qui sont ces gens ? Qui sont ces gens propres et confortables et pas du tout affamés qui viennent de se rendre ?

– Mais ce n'est pas moi qui vous ai conquis. Ce n'est pas moi qui vous ai battus ou vaincus ou enchaînés.

Une pause, son regard balaye la foule. Il est habillé tout en blanc, chapeau blanc, bottes blanches, et avec les draps blancs qui couvrent la plate-forme et le soleil de l'après-midi qui tombe dessus il est presque aveuglant.

– Vous êtes enchaînés par votre oisiveté. Vous êtes vaincus par votre complaisance. Vous êtes *condamnés* (et là sur ce mot sa voix monte si brutalement qu'une moitié de la foule sursaute) par vos bonnes intentions !

Il monte en pression maintenant, son haleine chuinte dans le micro.

– Vous vous êtes laissés aller à une telle *faiblesse*, une telle *lâcheté* face aux défis de ce monde, qu'en une seule génération vous êtes devenus le peuple qui s'est rendu à une RUMEUR !...

Il se met à arpenter la plate-forme, micro à la main. Chaque visage de la foule effrayée, chaque visage de l'armée se tourne pour le regarder aller et venir, repartir et revenir.

Je regarde, moi aussi.

– Vous laissez une armée entrer dans votre ville et au lieu de l'obliger à vous la *prendre*, vous la lui *offrez volontairement* !...

Il fait toujours les cent pas, sa voix monte d'un cran.

– Et vous savez ce que j'ai fait. *J'ai pris*. Je *vous* ai pris. J'ai pris votre liberté. J'ai pris votre ville. J'ai pris votre avenir...

Il éclate de rire, comme s'il croyait pas à une telle aubaine.

– Je m'attendais à une guerre...

Certains dans la foule fixent leurs pieds, chacun évite le regard de l'autre.

Je me demande s'ils ont honte. J'espère.

– Mais au lieu d'une guerre, j'ai eu une *conversation*. Une conversation commençant par « S'il vous plaît, ne nous faites pas de mal » et se terminant par « S'il vous plaît, prenez tout ce que vous voudrez. »

Il s'arrête au milieu de la plate-forme.

– Je m'attendais à une GUERRE ! hurle-t-il en leur montrant son poing.

Et ils tremblent.

Si une foule peut trembler, alors là, elle tremble.

Plus d'un millier d'hommes tremblent face au poing d'un seul.

Je ne vois pas ce que font les femmes.

Le Maire reprend, d'un ton subitement léger :

– Et puisque vous m'avez refusé une guerre, vous devrez en subir les conséquences.

J'entends les portes de la cathédrale se rouvrir. Mr. Collins sort, poussant Maire Ledger devant lui entre les rangs de l'armée, mains liées derrière le dos.

Bras croisés, Maire Prentiss le regarde s'approcher. Des murmures agitent enfin la foule des hommes, plus forts chez les femmes. Les cavaliers brandissent leurs fusils d'un air menaçant. Le Maire ne se tourne même pas vers ce son, trop insignifiant. Il regarde Mr. Collins pousser Maire Ledger sur les marches, à l'arrière de la plate-forme.

Maire Ledger s'arrête en haut des marches et regarde vers la foule. Elle le regarde, certains plissant les yeux en entendant le Bruit suraigu de son bzzz, un bzzz qui commence à crier de vrais mots, des mots de peur, des images même de peur, des images de Mr. Collins le cognant, de son œil poché, de sa lèvre fendue, des images de lui acceptant de se rendre et enfermé dans le clocher.

– Agenouille-toi, dit Maire Prentiss, et même s'il le dit doucement et même s'il le dit loin du micro, dans ma tête je l'entends aussi clairement qu'une sonnerie de cloche, et d'après le frisson qui agite la foule, je crois bien qu'elle l'entend pareil.

Avant qu'il ait l'air de vraiment savoir ce qu'il fait, Maire Ledger est agenouillé sur la plate-forme, apparemment surpris de se trouver là, comme ça, sur les planches.

Toute la ville l'a regardé faire.

Maire Prentiss attend un moment.

Puis il s'avance vers lui.

Et sort un couteau.

Pas un couteau de poche. Un grand truc de mort, qui brille au soleil.

Il le brandit haut par-dessus sa tête.

Il se tourne lentement pour que tout le monde voie bien ce qui va arriver.

Que tout le monde voie le couteau.

Mes tripes font un nœud et pendant un instant je pense –

Mais non c'est pas le mien –

C'est pas –

Alors quelqu'un crie :

– Assassin !

C'est venu de l'autre côté de la place.

Une seule voix, portée au-dessus du silence.

C'est venu des femmes.

Mon cœur fait un bond –

Mais bien sûr ça peut pas être elle –

Mais au moins il y a quelqu'un. Au moins *quelqu'un*.

Maire Prentiss marche calmement jusqu'au micro.

– Votre ennemi victorieux s'adresse à vous, dit-il presque poliment comme si la personne qui avait crié avait simplement mal compris. Vos chefs doivent être exécutés en conséquence inévitable de votre défaite.

Il se tourne vers Maire Ledger, agenouillé sur la plate-forme. Son visage essaye de rester calme mais tout le monde entend bien comment il veut surtout pas mourir, comment ses espoirs sonnent enfantins, comment son Bruit maintenant sans remède se déverse partout.

Maire Prentiss se retourne face à la foule.

– Et maintenant vous allez apprendre quel genre d'homme est votre nouveau Président. Et ce qu'il va exiger de vous.

Silence, encore silence, sauf le couinement de Maire Ledger.

Maire Prentiss marche sur lui, couteau en main, étincelant. Un autre murmure gagne la foule qui comprend enfin ce qu'elle va voir. Maire Prentiss se place derrière Maire Ledger et brandit le couteau. Il se tient là, regardant la foule le regarder, regardant leurs visages qui regardent et écoutent leur ancien Maire essayer mais pas pouvoir contrôler son Bruit.

– CONTEMPLEZ ! crie Maire Prentiss. VOTRE AVENIR !

Il oriente le couteau pour frapper, comme pour répéter « contemplez ».

Dans la foule le murmure monte –

Maire Prentiss lève le bras –

Une voix, une voix de femme, la même peut-être, s'écrie :

– Non !

Et soudain je réalise que je sais exactement ce qui va se passer.

Sur la chaise, dans le cercle de verre coloré, il m'a conduit à la défaite, il m'a conduit au bord de la mort, il m'a fait savoir qu'elle allait venir –

Puis il a posé un pansement sur moi.

Et c'est alors que j'ai fait ce qu'il voulait.

Le couteau décrit un arc de cercle sifflant, puis tranche les liens de Maire Ledger.

Le souffle de toute une ville, de toute une planète s'est arrêté.

Maire Prentiss attend un moment, puis il répète calmement :

– Contemplez votre avenir.

Il parle même pas dans le micro mais, une fois de plus, ça vous rentre quand même directement dans la cervelle.

Il glisse le couteau dans un ceinturon derrière son dos et retourne au micro.

Et commence à poser des pansements sur la foule.

– Je ne suis pas l'homme que vous pensez. Je ne suis pas un tyran venu massacrer ses ennemis. Je ne suis pas un fou venu détruire ce qui peut le sauver lui-même. Je ne suis pas (regardant Maire Ledger) votre exécuteur.

La foule, les hommes mais aussi les femmes sont tellement silencieux maintenant que la place pourrait aussi bien être vide.

– La guerre est *finie*. Et une nouvelle paix va prendre sa place.

Il pointe le doigt vers le ciel. Les gens lèvent les yeux, comme s'il allait conjurer une chose prête à leur tomber dessus.

– Vous avez entendu une rumeur. Comme quoi de nouveaux colons arriveraient.

Mon estomac fait un nouveau nœud.

– Eh bien, je vous l'affirme, moi votre Président. Cette rumeur est vraie.

Qu'est-ce qu'il en sait ? Comment peut-il être si sûr ?

La foule se met à murmurer, les hommes et les femmes. Le Maire les laisse s'agiter, dominant ce murmure sans effort.

– Nous serons prêts à les accueillir. Nous serons une société fière prête à les accueillir dans un nouvel éden ! (Sa voix monte encore.) Nous leur montrerons qu'ils ont quitté Vieux Monde pour entrer au PARADIS !

Ils sont bien plus nombreux à murmurer maintenant, à discuter partout.

– Je vais vous enlever votre remède…

Alors là, le murmure s'arrête d'un seul coup.

Le Maire laisse le silence s'installer, se solidifier, puis il ajoute :

– … Pour l'instant.

Les hommes se regardent puis regardent le Maire.

– Nous entrons dans une nouvelle ère. Vous gagnerez ma confiance en m'aidant à construire une nouvelle société. Une fois cette nouvelle société construite, quand nous aurons fait face aux nouveaux défis et fêté nos premiers succès, alors vous gagnerez le droit de reprendre le nom d'hommes. Vous aurez gagné le droit de récupérer votre remède et ce sera le moment où tous les hommes seront vraiment frères…

Il ne regarde pas les femmes. Les hommes les regardent pas non plus. Bien sûr. Ça servirait à quoi de récompenser les femmes par un remède ?

– Ce sera difficile. Je ne vais pas prétendre le contraire. Mais la récompense est au bout. (Il fait un geste vers l'armée.) Mes lieutenants ont déjà commencé à vous organiser. Vous continuerez à suivre leurs instructions, mais je vous garantis qu'elles ne seront jamais trop contraignantes et vous verrez bientôt que je ne suis pas votre conquérant. Je ne suis pas votre condamnation. Je ne suis pas… (il marque une pause) votre ennemi.

Son regard balaye la foule une dernière fois.

– Je suis votre sauveur.

Et même sans entendre son Bruit je vois la foule s'interroger – après tout, peut-être qu'il dit la vérité, que tout se passera bien finalement, que contrairement à ce qu'ils craignaient, on leur laissera la liberté.

Oui, dans leurs rêves. Et encore.

Avant même que la foule commence vraiment à quitter la place, j'entends un *krr-clonk* à la porte.

– Bonsoir, Todd, fait le Maire, entrant dans ma prison de cloches.

Il regarde autour de lui, fronce un peu le nez à cause de l'odeur.

– As-tu apprécié mon discours ?

– Comment savez-vous que des colons arrivent ? Vous lui avez parlé ? Elle va bien ?

Il répond rien, mais me frappe pas non plus. Juste un sourire et :

– Chaque chose en son temps, Todd.

On entend un Bruit dans l'escalier. *Vivant, je suis vivant* ça dit *vivant vivant vivant* et Maire Ledger entre dans la pièce poussé par Mr. Collins.

Il s'arrête net en voyant Maire Prentiss.

– Un couchage neuf arrivera demain, reprend le Maire toujours tourné vers moi. Et le privilège des toilettes.

Maire Ledger bouge la mâchoire mais il lui faut plusieurs tentatives avant de pouvoir sortir un mot.

– Monsieur le Président…

Maire Prentiss l'ignore.

– Ton premier travail commence également demain, Todd.

– Travail ?

– Tout le monde doit travailler. Le travail ouvre la voie à la liberté. Je travaillerai. Et Mr. Ledger aussi.

– Vraiment ? lâche Maire Ledger.

– Mais nous sommes en prison, j'ajoute.

Il sourit, d'un air encore plus amusé, et je me demande où le serpent va piquer cette fois. Il fait un pas vers la porte et me regarde droit dans les yeux –

– Repose-toi. Demain, mon fils viendra te prendre à la première heure.

03 Vie nouvelle

[TODD]

En fait, c'est pas Davy qui m'a le plus inquiété quand on m'a tiré dans le froid du lendemain matin, devant la cathédrale. C'est même pas Davy que je regarde.

C'est le cheval.

Jeune poulain, ça dit en dansant d'un sabot sur l'autre, en me regardant avec de grands yeux de cheval fou comme si je méritais un bon coup de pied.

– Je connais rien aux chevaux…

– Elle vient de mon élevage personnel, dit Maire Prentiss sur son propre cheval, Marbeth. Elle s'appelle Angharrad et elle te sera dévouée, Todd.

Marbeth regarde mon cheval et tout ce qu'il pense c'est *obéis obéis*, *obéis*, et ça rend mon cheval encore plus nerveux et cette tonne de nerfs que je suis supposé monter dessus.

– Alors quoi…, ricane Davy Prentiss, sur un troisième cheval. T'as la frousse ?

– Alors quoi ? je rétorque. Ton père t'a pas encore donné le remède ?

Son Bruit monte aussitôt en vrille.

– Espèce de petite…

– Allons, allons, coupe le Maire. À peine échangé dix mots et voilà qu'on se chamaille déjà.

– Il a commencé, dit Davy.

– Et il terminerait aussi, je parie, fait le Maire en me regardant, lisant l'état rouge électrique de mon Bruit, rempli d'impatientes questions rouges sur Viola, et d'autres questions que je voudrais tirer de la peau de Davy Prentiss. Alors, Todd, ajoute le Maire en ajustant ses rênes. Prêt à devenir un meneur d'hommes ?

On trotte dans le petit matin, bien trop vite à mon goût.

– C'est une simple séparation, explique le Maire. Les hommes vont se déplacer vers l'extrémité ouest de la vallée, en avant de la cathédrale, et les femmes derrière, à l'est.

On prend la direxion est par la rue principale, celle qui part de la route en zigzag près des chutes, traverse la grand-place, contourne la cathédrale puis continue plus loin dans la vallée. Des petits escadrons de soldats patrouillent les rues secondaires et les hommes de New Prentissville passent devant nous à pied, portant des sacs à dos et d'autres bagages.

– Je vois pas de femelles, remarque Davy.

– Femmes, corrige le Maire. Non, le capitaine Morgan et le capitaine Tate ont supervisé le transfert du reste la nuit dernière.

– Vous allez en faire quoi ? je demande.

Mes doigts cramponnent le pommeau de la selle à m'en blanchir les phalanges.

– Rien, Todd. Elles seront traitées avec l'attention et la dignité requises par leur rôle futur dans Nouveau Monde. Mais pour l'instant, une séparation s'impose.

– Tu remets ces chiennes à leur place, ricane Davy.

– Je te prie de ne pas parler ainsi en ma présence, David, réplique le Maire d'un ton calme, presque menaçant. Les femmes seront respectées en toutes circonstances et elles recevront tous nos soins. Même si tu as raison sur le fond. Nous avons tous notre place. Et puisque les hommes de Nouveau Monde ont oublié la leur, ils seront séparés des femmes jusqu'à ce que tous nous sachions bien qui nous sommes, quel rôle nous a été assigné.

Sa voix s'égaye un peu.

– Les gens y trouveront leur compte. J'offre la clarté là où il n'y avait que chaos.

– Et Viola est avec les femmes ? Elle va bien ?

Il se retourne.

– Tu m'as fait une promesse, Todd Hewitt. Faut-il que je te la rappelle, une fois de plus ? « Sauvez-la et je ferai tout ce que vous voulez », c'est bien ce que tu m'as dit, mot pour mot ?

Nerveux, je passe ma langue sur mes lèvres.

– Qu'est-ce qui me prouve que vous rexpectez votre partie du contrat ?

– Rien, répond-il, ses yeux posés sur les miens comme s'il perçait à l'avance la moindre tentative de mensonge. Je veux ta confiance, Todd, et la confiance en connaissance de cause, ce n'est plus de la confiance.

Il se retourne et me laisse avec les ricanements de Davy. Je murmure à mon cheval :

– Hoaa, fifille.

Sa robe est marron foncé avec une bande blanche sur le nez et une crinière joliment peignée où j'essaye de pas m'agripper par peur de la rendre dingue. Jeune poulain, elle pense.

Elle – Elle, je me répète. Alors je pense à un questionnement que j'ai jamais eu la possibilité de poser avant. Si les brebis à la ferme elles avaient le Bruit, et si les femmes ont pas le Bruit, alors…

– Non, les femmes ne sont pas des animaux, coupe le Maire qui me lit. Contrairement à ce que certains prétendent sur mes idées. Elles sont juste naturellement dépourvues de Bruit… (Il baisse la voix.) Ce qui les rend différentes.

Il y a surtout des boutiques le long de cette partie de la grand-rue, semées entre les arbres, fermées, qui rouvriront je sais pas quand. Les maisons s'étirent par les petites rues à la fois vers la rivière à gauche et vers la colline à droite. Tous les bâtiments ou presque sont construits assez loin les uns des autres, une bonne façon de planifier une ville, je suppose, en attendant de trouver un remède contre le Bruit.

On croise d'autres soldats, ils marchent par groupes de cinq ou dix, et d'autres hommes encore qui se dirigent vers l'ouest avec leurs affaires, mais toujours pas de femmes. Je regarde les visages des hommes, presque tous baissés vers la route, aucun signe de révolte.

– Hoaa, fifille, je chuchote à cause que monter un cheval ça devient vite puissamment inconfortable au niveau des parties.

– Todd tout craché, fait Davy, en se rapprochant. Déjà en train de chougner.

– Ferme-la, Davy.

Le Maire nous interrompt :

– Vous êtes dorénavant priés de vous interpeller en tant que Mr. Prentiss Jr. et Mr. Hewitt.

– Quoi ? lance Davy, son Bruit montant. Mais c'est pas encore un homme ! C'est juste…

Le Maire le coupe d'un regard.

– Un cadavre a été retrouvé dans la rivière aux premières heures de la matinée. Un cadavre montrant de nombreuses et terribles blessures, avec un grand couteau planté dans le cou, un homme mort il n'y a pas plus de deux jours.

Il me fixe, fouillant dans mon Bruit. Je balance les images qu'il veut voir, je les fais ressembler à la chose vraie, à cause que le Bruit c'est ça, c'est tout ce que vous voulez penser, pas seulement la vérité, et si vous pensez assez fort que vous avez fait quelque chose, eh bien, alors, peut-être que vous l'avez vraiment fait.

Davy s'esclaffe.

– Toi, tuer Aaron le Prêcheur ? J'y crois pas.

Le Maire dit rien, pousse juste Marbeth un peu plus vite. Davy ricane puis talonne son cheval pour le suivre.

« Suis », souffle Marbeth.

« Suis », hennit en réponse le cheval de Davy.

Suis, pense mon cheval, qui s'élance derrière eux en me ballottant pire que jamais.

Je reste sur le qui-vive à guetter un signe d'elle, même s'il y a aucune chance. Même si elle est vivante, elle serait encore trop malade pour marcher, et si elle est pas trop malade, alors on l'aura enfermée avec les autres femmes.

Mais je continue à chercher –

(à cause que peut-être elle s'est échappée)

(peut-être qu'elle me cherche)

(peut-être qu'elle)

Et alors j'entends.

JE SUIS LE CERCLE ET LE CERCLE EST MOI.

Claire comme une cloche, à l'intérieur de ma tête, la voix du Maire enroulée autour de ma propre voix, comme s'il parlait directement dans mon Bruit, tellement soudain et réel que je sursaute et manque tomber de cheval. Davy me jette un regard surpris, son Bruit se demandant à quoi je réagis.

Le Maire continue à descendre la rue, comme si de rien n'était.

Plus on s'éloigne de la cathédrale vers l'est, moins la ville paraît reluisante et on chevauche bientôt sur du gravier. Les bâtiments deviennent plus rustiques aussi, des longues maisons en bois éparpillées à bonne distance l'une de l'autre comme des briques semées dans une clairière.

Des maisons d'où rayonne le silence des femmes.

– Tout à fait exact, dit le Maire. Nous pénétrons dans le nouveau Quartier des Femmes.

Mon cœur commence à se serrer dans le silence qui monte comme une main crispée.

J'essaye de m'asseoir plus haut dans ma selle.

À cause que c'est là qu'elle devrait être, là où on devrait la soigner.

Davy se rapproche encore, sa pathétique, fantomatique moustache courbée en un vilain sourire. *Je vais te dire où ta putain se trouve*, fait son Bruit.

Maire Prentiss se retourne.

Et c'est un éclat très étrange qui jaillit de lui, comme un cri mais silencieux et loin de moi, pas du tout dans le monde, comme un million de mots dits tous ensemble, si vite que (oui, je le jure) je sens mes cheveux balayés comme par un coup de vent.

Mais c'est Davy qui réagit –

Sa tête part en arrière comme s'il avait été frappé et il doit se cramponner à ses rênes pour pas tomber, faisant brutalement pivoter son cheval. Il écarquille des yeux hallucinés, laisse couler un filet de bave.

Bon sang mais…

– Il n'en sait rien, Todd, dit le Maire. Tout ce que te dit son Bruit sur elle n'est que mensonge.

Je fixe Davy encore abasourdi et aveuglé par la douleur, puis le Maire.

– Ça veut dire qu'elle va bien ?

– Cela veut dire qu'il n'en sait rien. N'est-ce pas David ?

Non, Pa, répond le Bruit de Davy, encore tout tremblant.

Maire Prentiss hausse un sourcil.

– Non, Pa, répète Davy entre ses dents, à voix haute cette fois.

– Je sais que mon fils est un menteur, reprend le Maire. Je sais parfaitement que c'est une brute ignorante de choses qui me tiennent beaucoup à cœur. Mais c'est mon fils. (Il se retourne face à la route.) Et je crois en la rédemption.

Le Bruit de Davy reste silencieux maintenant. Mais avec une écume rouge et sombre en surface.

New Prentissville diminue au loin et la route continue presque dégagée de tout bâtiment. Les champs commencent à s'étaler vert et rouge entre les arbres et sur les pentes, avec des cultures que je reconnais et d'autres pas. La Flèche des femmes devient plus légère et la vallée plus sauvage, des fleurs poussent dans les fossés et des écureuils cireux babillent des insultes et le soleil brille clair et frais comme si de rien n'était.

Par un méandre de la rivière, on contourne une colline, et j'aperçois une grande tour en métal qui pointe au sommet, étirée dans le ciel.

– Qu'est-ce que c'est ? je demande.

– Ah, t'aimerais bien le savoir, hein ? dit Davy.

Mais je vois bien qu'il en sait pas plus que moi. Le Maire répond pas.

Juste après la tour, la route tourne encore et suit un long mur en pierre qui émerge des arbres. Un peu plus bas, le mur rejoint une grande arche et un énorme portail en bois. Je vois pas d'autre ouverture dans ce long, très long mur. La route devient ensuite une piste en terre comme si on était arrivé au bout.

– Le premier et le dernier monastère de Nouveau Monde, dit le Maire en s'arrêtant sur le seuil. Un refuge contemplatif construit pour nos hommes les plus saints. Construit lorsque existait encore la croyance que nous pouvions vaincre le germe du Bruit à travers l'oubli de soi-même et la discipline. (Sa voix se fait dure.) Abandonné avant même d'avoir été complètement achevé.

Il se tourne vers nous. J'entends une bizarre étincelle de bonheur s'allumer dans le Bruit de Davy. Maire Prentiss lui lance un regard d'avertissement.

– Tu te demandes, me dit-il, pourquoi j'ai chargé mon fils de ton contrôle…

Davy sourit toujours.

– Tu as besoin d'une bonne poigne, Todd. Tes pensées, même maintenant, vont vers l'évasion à la première opportunité pour essayer de trouver ta chère Viola.

– Où est-elle ? je demande mais je sais bien que j'aurai pas de réponse.

– Et je suis certain, poursuit-il, que David saura montrer la fermeté nécessaire.

Le visage et le Bruit de Davy gloussent en même temps.

– Et en retour, David apprendra à quoi ressemble le vrai courage. (Le sourire de Davy s'efface.) Il apprendra ce que c'est d'agir en homme. Ce que c'est, en bref, d'agir comme toi, Todd Hewitt.

Il jette un dernier regard à son fils puis fait pivoter Marbeth face à la route.

– … Je suis extraordinairement impatient de savoir comment votre première journée ensemble se sera passée.

Et il reprend la route de New Prentissville. Je me demande bien pourquoi il est venu. Il a sûrement des choses plus importantes à faire.

– Bien certainement, réplique le Maire sans se retourner. Mais ne te sous-estime pas non plus, Todd.

Et il s'éloigne. Davy et moi on attend qu'il soit trop loin pour nous entendre.

Je parle le premier :

– Dis-moi ce qui est arrivé à Ben où j'ouvre ta purain de gorge jusqu'aux oreilles.

– C'est moi le patron, morveux, réplique Davy, toujours ricanant.

Il a sauté de son cheval et jette son sac à dos par terre.

– Tu ferais mieux de me traiter avec respect ou Pa va te...

Mais je suis déjà au pied d'Angharrad et je le frappe de toutes mes forces en pleine figure, visant soigneusement ce triste semblant de moustache. Il encaisse le coup mais réplique aussitôt. Je me fiche de la douleur, comme lui d'ailleurs, et nous voilà par terre dans un nœud de coups de poings de coups de pieds et d'épaules et de genoux. Il est toujours plus grand que moi, mais à peine de quoi faire une différence, enfin quand même assez pour qu'après un moment il me tienne sur le dos, son avant-bras bloquant ma gorge.

Sa lèvre saigne, son nez aussi, la même chose que ma pauvre figure à moi, mais ça me préoccupe pas vraiment. Davy passe une main dans son dos et tire un pistolet de son étui.

– Jamais ton père te laisserait me tirer dessus, je dis.

– Peut-être, mais j'ai quand même un pistolet et pas toi.

– Ben t'a bien eu, je grogne sous son bras. Il t'a stoppé sur la route. On a pu vous échapper.

– Il m'a pas stoppé, ricane Davy. Je l'ai fait prisonnier. Et je l'ai ramené à Pa et Pa m'a laissé le torturer. Le torturer jusqu'à ce qu'il en crève.

Et le Bruit de Davy –

Je –

Je sais pas ce qu'il y a dans le Bruit de Davy (il ment, c'est un menteur) mais ça me rend assez fort pour me dégager. On se bat encore, Davy se défendant avec la crosse de son pistolet jusqu'à ce que finalement, d'une manchette à la gorge, je le renverse.

– Rappelle-toi, gamin, dit Davy en toussant et en cramponnant son arme. Quand Pa dit toutes ces choses gentilles sur toi. C'est lui qui m'a fait torturer Ben.

– T'es qu'un menteur. Ben t'a eu.

– Ah oui ? Et il est où, maintenant, ton Ben ? Hein ? Il vient te sauver ?

Je lève les poings, à cause que bien sûr il a raison. Mon Bruit gonfle avec la perte de Ben, comme si ça se passait une nouvelle fois ici.

Davy rit, recule en rampant jusqu'à l'énorme portail.

– Mon père peut te lire... (Il écarquille les yeux pour me provoquer.) Te lire comme un *livre*.

Mon Bruit s'enfle plus fort.

– Tu vas me donner ce livre ! Ou, je te jure, je vais te tuer !

Il se redresse, appuyé contre la porte.

– Tu vas rien me faire du tout, Mr. Hewitt !... T'irais quand même pas mettre en danger ta petite chienne adorée, hein ?

Et voilà.
Ils savent qu'ils me tiennent.
Parce que je vais pas la mettre encore plus en danger.
Mes mains sont prêtes à faire encore plus de mal à Davy Prentiss, comme avant qu'il lui fasse du mal à elle, avant qu'il lui tire dessus –
Mais elles le feront pas –
Même si elles sont capables –
À cause qu'il est faible.
Et on le sait tous les deux.
Le sourire de Davy tombe.
– Tu te crois vraiment spécial, hein ? crache-t-il. Tu crois que Pa te réserve le meilleur ?
Je serre mes poings, je les desserre.
Mais je bouge pas.
– Pa te connaît. Pa t'a lu.
– Il sait rien. Et toi non plus.
Davy ricane.
– Vraiment ?
Sa main se tend vers la poignée en fer forgé de la porte.
– Alors entre et fais connaissance avec ton nouveau troupeau, Todd Hewitt.
De tout son poids il pousse la porte, et il s'écarte pour me dégager la vue.
Sur une centaine ou plus de Spackle qui me dévisagent.

04 Vers un nouveau monde

[TODD]

Je pense d'abord qu'à une chose : me retourner et courir. Courir et courir sans jamais m'arrêter.

– J'aimerais bien voir ça, fait Davy près du portail, hilare comme s'il avait gagné le gros lot.

Il y en a tant et tant de longues figures blanches qui me regardent, leurs yeux trop grands, leurs bouches trop petites, leurs dents apparentes, plantées trop haut entre les joues, leurs oreilles qu'ont rien d'humain.

Mais on reconnaît quand même la figure d'un homme. Une figure qui ressent, qui a peur –

Et qui souffre.

Difficile de dire qui est mâle et qui est femelle à cause qu'ils ont tous le même lichen et la même mousse sur la peau, oui c'est leur seul vêtement mais on dirait des familles entières de Spackle, les plus grands spacks protégeant leurs enfants spacks et ce qui doit être des maris spacks protégeant leurs femmes spacks, bras passés à la taille, têtes appuyées l'une contre l'autre. Tous silencieusement –

Silencieusement.

– Oui, je sais ! s'indigne Davy. Tu te rends compte qu'ils ont donné le remède à ces *animaux* ?

Ils regardent Davy maintenant et une espèce de cliquetis bizarre, avec des coups d'œil et des hochements de tête, se transmet, se répercute parmi eux tous. Davy a relevé son pistolet. Il fait quelques pas dans l'enceinte du monastère.

– Vous voulez tenter quelque chose ? crache-t-il. Mais allez-y ! Oui ! DONNEZ-MOI UN PRÉTEXTE ! JUSTE UN !

Les Spackle se serrent les uns contre les autres en petits groupes, reculant aussi loin que possible.

– Allez, viens, Todd. On a du travail.

Je bouge pas.

– J'ai dit, viens ! C'est des animaux. Ils vont rien te faire.

Je bouge toujours pas.

– Il a assassiné l'un de vous ! crie Davy aux Spackle.

– *Davy !*

– Coupé sa tête avec un couteau ! Il l'a sciée, oui, sciée…

– Arrête ça !

Je me précipite pour lui boucler sa feuttue gueule. Je sais pas comment il sait mais il sait et, purain, il va la boucler et tout de suite.

Les Spackle les plus près du portail reculent précipitamment à mon approche, ils s'écartent aussi vite qu'ils peuvent, me dévisagent effrayés, les parents ramenant les enfants derrière eux. Je pousse violemment Davy mais il rit et je réalise que maintenant je suis à l'intérieur du monastère.

Et que les Spackle sont bien plus nombreux que je pensais.

Le mur en pierre entoure un immense espace, mais avec seulement un petit bâtiment, un genre de grange. Le reste est divisé en parcelles séparées par des vieilles palissades en bois aux portes basses. La plupart sont envahies par les herbes folles et les ronces qu'on voit s'étendre jusqu'aux murs du fond, à une bonne centaine de mètres.

Mais on voit surtout des Spackle.

Des centaines et des centaines.

Peut-être même plus de mille.

Ils s'agglutinent contre le mur du monastère, se recroquevillent derrière les clôtures pourries, assis en groupes ou alignés debout.

Et tous me regardent, silencieux comme un cimetière, alors que mon Bruit se déverse partout.

– Il ment ! je crie. C'est pas ça du tout !

Mais c'était quoi, alors ? C'était quoi que je puisse expliquer ?

À cause que je l'ai fait quand même, non ?

Pas comme Davy l'a dit, mais aussi dur et complètement aussi énorme que dans mon Bruit, trop énorme pour le cacher avec tous ces yeux qui me fixent, trop énorme pour pouvoir l'entourer de mensonges et mélanger la vérité, trop énorme pour pas y penser face à cette foule de Spackle qui me dévisage.

– C'était un accident !... je lance d'une voix hésitante, passant d'un visage étrange à un autre, sans voir aucune image de Bruit spack, sans comprendre ce cliquetis et donc ignorant doublement ce qui se passe.

– … Je l'ai pas fait exprès.

Mais pas un qui réponde quelque chose. Ils font rien que me fixer.

Un grincement, et le portail se rouvre derrière nous.

C'est Ivan, de Farbranch, celui qui a préféré rejoindre l'armée plutôt que la combattre.

Et il avait feuttrement raison. Il porte un uniforme d'officier et mène un groupe de soldats.

– Monsieur Davy Prentiss Jr…

Davy lui retourne son salut. Ivan se tourne vers moi, avec une expression dans les yeux que je peux pas lire et aucun Bruit à écouter.

– Ça fait plaisir de vous voir en forme, monsieur Hewitt.

– Vous vous connaissez, tous les deux? coupe Davy, surpris.

– Nous nous sommes déjà rencontrés, oui, réplique Ivan, en me fixant toujours.

Mais je lui dis pas un mot.

Trop occupé à peupler mon Bruit d'images.

Des images de Farbranch. Des images de Hildy et de Tam et de Francia. Des images du massacre qui est arrivé là-bas. Des victimes dont il fait pas partie.

Une expression de gêne traverse son visage.

– On va là où est le pouvoir. C'est comme ça qu'on reste en vie.

Je projette une image de sa ville en train de brûler, des hommes, des femmes et des enfants qui brûlent avec.

Il fronce les sourcils, puis enchaîne :

– Ces hommes resteront ici comme gardes. Vos ordres sont de faire nettoyer le terrain par les Spackle et de vérifier qu'ils ont à boire et à manger.

– Mais oui, ça on le sait bien…, réplique Davy, sèchement.

Ivan ressort déjà, laissant derrière lui dix hommes avec leurs fusils. Ils prennent position au sommet des murs et se mettent aussitôt à les couvrir de barbelés.

– Dix hommes, dix fusils et nous contre tous ces Spackle, je lâche dans un souffle débordant de Bruit.

– Oh, on risque rien, dit Davy.

Il pointe son pistolet vers le Spackle le plus proche, peut-être une femelle, elle tient un bébé Spackle. Elle écarte le bébé pour le protéger de son corps.

– … Ils ont plus vraiment la moelle, de toute façon.

Je regarde le visage du Spackle protégeant son bébé.

Vaincu, on dirait. Tous sont vaincus. Et ils le savent.

Et je sais comment ça fait.

– Hé, pisse d'âne, regarde ça, dit Davy.

Il lève les bras, attirant tous les regards des Spackle puis hurle en agitant les bras :

– Gens de New Prentissville ! Je vous lis votre *con-damm-natiooooon* !

Et il rit, il rit, il peut plus s'arrêter de rire.

Davy a décidé de surveiller le travail des Spackle dans les champs. Comme ça je serai celui qui devra pelleter le fourrage dans la grange pour qu'ils mangent et puis remplir leurs abreuvoirs pour qu'ils boivent.

Enfin, c'est du travail agricole, j'ai l'habitude. Toutes les corvées que Ben et Cillian me faisaient faire tous les jours. Toutes ces corvées dont je me plaignais tout le temps.

Je m'essuie les yeux et je m'y mets.

Les Spackle se tiennent aussi loin de moi que possible pendant que je travaille. Ce qui, à vrai dire, me convient parfaitement.

Je garde la tête baissée et continue à pelleter.

D'après Davy, son père lui aurait dit qu'à Haven les Spackle travaillaient comme serviteurs ou comme cuisiniers. Et il a tout de suite ordonné que les gens les gardent enfermés chez eux, jusqu'à ce que l'armée vienne les prendre la nuit dernière, quand je dormais.

– Les gens les laissaient vivre au fond de leurs jardins… dit Davy.

Il me regarde manier la fourche pendant que le matin tourne à l'après-midi, et que lui mange le déjeuner prévu pour nous deux.

– … T'imagines un peu ? Comme si c'étaient des feuttus membres de la famille ?

– Peut-être que c'était le cas.

– Eh ben, c'est fini, lâche-t-il en se levant et en sortant son pistolet avec un sourire… Allez, au boulot.

J'ai vidé presque toute la grange mais on dirait bien que ça pourra jamais suffire. En plus, trois des cinq pompes à eau marchent pas et le soleil se couche que j'ai seulement réussi à en réparer une.

– Temps d'y aller, dit Davy.

– Pas fini.

– Super. (Il marche vers le porche.) T'as qu'à rester tout seul.

Je regarde les Spackle. Maintenant que la journée de travail est terminée, ils se sont poussés aussi loin que possible des soldats et du portail.

Aussi loin que possible de moi et de Davy.

Je les regarde, je regarde partir Davy. Ils ont pas assez à manger. Ils ont pas assez d'eau. Ils ont aucun endroit pour aller aux toilettes ni rien où s'abriter non plus.

Je leur montre mes mains vides, mais ça leur explique absolument rien qui peut arranger les choses. Ils restent à me fixer quand je baisse les bras et suis Davy de l'autre côté du porche.

– Alors, toujours un homme de courage, hein, pisse d'âne ? dit Davy en détachant son cheval qu'il appelle Deadfall mais qui répond nettement mieux quand on l'appelle Acorn.

Je fais pas attention à lui, je pense aux Spackle. Je vais bien les traiter. Oui. Je vais veiller à ce qu'ils aient assez d'eau et de nourriture et je ferai tout ce que je peux pour les protéger.

Je le jure.

Je me le jure à moi-même.

À cause que c'est ce qu'elle voudrait.

– Écoute, moi je vais te le dire, ce qu'elle veut vraiment, glousse Davy.

La bagarre, il l'a bien cherchée.

Je découvre un nouveau couchage en rentrant au clocher, un matelas et un drap étalés d'un côté pour moi et la même chose de l'autre côté pour Maire Ledger, déjà assis dessus à manger un bol de ragoût dans un grand grelot de Bruit.

La puanteur est partie, aussi.

– Oui, dit Maire Ledger. Et devine qui a dû tout nettoyer ?

Apparemment, on l'a mis au ramassage des ordures.

– Un travail honnête…

Il hausse les épaules, mais d'autres images dans son Bruit grisâtre me font penser qu'il en est pas si sûr.

– … Symbolique, je suppose. Je bascule du haut de la pile et je me retrouve au pied. Poétique, mais un peu lourd, quand même.

Il y a du ragoût pour moi aussi près de mon lit. Je le prends et me dirige à la fenêtre pour observer la ville.

Qui commence à *buzzer*.

Pendant que le remède quitte peu à peu l'organisme des hommes de la ville, on commence à l'entendre. À l'intérieur des maisons et des bâtiments, dans les petites rues.

Le Bruit est de retour à New Prentissville.

J'avais déjà du mal à traverser à pied le vieux Prentissville, où habitaient seulement cent quarante-six hommes. New Prentissville doit en avoir dix fois plus. Et des garçons, aussi.

Je sais pas comment je vais faire pour le supporter.

– Tu t'y feras, dit Maire Ledger, finissant son ragoût. Rappelle-toi. J'ai vécu ici pendant vingt ans avant qu'on trouve un remède.

Je ferme les yeux mais tout ce que je vois c'est un troupeau de Spackle qui me fixent.

Me jugent.

Maire Ledger me tape sur l'épaule et désigne mon bol.

– Tu vas le manger ?

Cette nuit je rêve –

Je rêve d'elle –

Le soleil brille derrière elle et je vois pas son visage et on est sur une pente et elle dit quelque chose mais le rugissement des chutes derrière nous est trop fort et je dis « Quoi ? » et quand je tends la main je la touche pas mais ma main revient couverte de sang –

– Viola ! je crie, assis sur le matelas dans le noir, respirant très fort.

Je jette un coup d'œil vers Maire Ledger sur son matelas, dos tourné, mais son Bruit n'est pas en sommeil, c'est le Bruit grisâtre qu'il a quand il est réveillé.

– Je sais que vous dormez pas.

– Tu rêves vraiment fort… (Il se retourne pas.) C'est quelqu'un d'important ?

– Pas votre problème.

– On doit juste essayer de tenir le coup, Todd. C'est tout ce qu'on peut faire, maintenant. Juste survivre et tenir le coup.

Je me retourne vers le mur.

Il y a rien que je peux faire. Pas tant qu'ils la tiennent.

Pas tant que je sais rien.

Tant qu'ils peuvent encore lui faire du mal.

Survivre et tenir le coup.

Et je pense à elle, là-dehors.

Et je le chuchote, je lui chuchote, où qu'elle soit.

– Survis, tiens le coup.

Survis.

DEUXIÈME PARTIE

MAISON DE SOINS

05 Viola s'éveille

[VIOLA]

– Calme-toi, ma fille.

Une voix –

Dans la lumière –

Je cligne des yeux. Tout est d'un blanc pur si brillant, c'est presque un son et il y a une voix dedans et ma tête est lourde et il y a une douleur dans mon flanc et il fait trop clair et je ne peux pas penser –

Attends –

Attends –

Il me portait sur la pente –

Là tout de suite, il me portait sur la pente vers Haven après –

– Todd ?…

Ma voix gratte et râpe, pleine de coton et de salive mais je cours après elle, je la rattrape et je la force dans les brillantes lumières qui m'aveuglent.

– … *TODD* ?

– Hé, je t'ai dit de te calmer.

Je reconnais pas la voix, la voix d'une femme –

Une femme.

– Qui êtes-vous ?…

J'essaye de m'asseoir, tâtonne pour sentir ce qu'il y a autour de moi, sens la fraîcheur de l'air, la douceur d'un –

D'un lit ?

Un sentiment de panique commence à monter.

– Où est-il ?… *TODD* ?…

– Je ne connais aucun Todd, ma fille, dit la voix, et des formes commencent à se dessiner, la lumière se divise en flaques moins lumineuses… Mais je peux te dire que ton état ne te permet guère d'exiger des informations.

– Tu as reçu une balle, fait une autre voix, une autre femme, plus jeune que la première, à ma droite.

– Fermez donc votre petit clapet, Madeleine Poole, coupe la première femme.

– Oui, Maîtresse Coyle.

Je continue à cligner des yeux et je commence à voir ce qui se trouve en face de moi. Je suis dans un étroit lit blanc, dans une étroite chambre blanche. Je porte une robe blanche légère, nouée dans le dos. Une femme à la fois grande et rondouillette se tient devant moi, une cape blanche lui drape les épaules, une main bleue brodée dessus. Elle a l'air d'un roc, avec sa bouche presque sans lèvres. Mrs. Coyle. Derrière elle, à la porte, tenant une bassine remplie d'eau fumante, une jeune fille pas beaucoup plus vieille que moi.

– Je m'appelle Maddy, dit la fille, glissant un sourire.

– Dehors, commande Mrs. Coyle sans même tourner la tête.

Maddy capte mon regard, m'envoie un autre sourire en sortant.

– Où suis-je ? je demande, ma respiration encore rapide.

– Tu veux dire quelle chambre, ma fille ? Quelle ville ? (Elle me scrute.) Ou bien quelle planète ?

– S'il vous plaît…

Mes yeux se remplissent brusquement, et ça me met en colère, mais je veux continuer.

– … J'étais avec un garçon…

Elle pousse un soupir et détourne les yeux une seconde, puis elle pince les lèvres et s'assied sur une chaise à côté du lit. Son visage est dur, ses cheveux tirés en nattes si serrées qu'on pourrait sûrement y grimper, son corps massif et solide, bref, pas le genre de personne avec qui on aimerait plaisanter.

– Je suis désolée, dit-elle, presque tendrement. (Presque.) Je ne sais rien de ce garçon. (Elle fronce les sourcils.) À vrai dire, je ne sais rien de rien excepté qu'on t'a amenée ici dans cette maison de soins hier matin, si près de la mort que je n'étais pas du tout sûre qu'on pourrait te garder. Sauf qu'on nous a informées en termes parfaitement clairs que c'était notre survie à nous qui dépendait de la tienne.

Elle attend pour voir comment je réagis.

Je ne sais absolument pas comment réagir.

Où est-il ? Qu'est-ce qu'ils en ont fait ?

Je me détourne pour essayer de penser mais je suis enroulée si serrée dans les bandages par le milieu que je ne peux pas m'asseoir correctement.

Mrs. Coyle passe deux doigts sur son front.

– Et maintenant que te voici hors de danger, je ne suis pas du tout certaine que tu vas nous remercier pour le monde auquel on t'a ramenée.

Elle me raconte l'arrivée de Maire Prentiss à Haven, la rumeur d'une armée assez grande pour écraser la ville d'un seul coup, assez forte pour mettre en feu le monde entier. Elle me raconte la reddition de quelqu'un appelé Maire Ledger, comment il a fait taire les rares personnes qui voulaient se battre, comment presque tout le monde s'est mis d'accord pour lui laisser « livrer la ville sur un plateau avec un nœud coulant passé autour du cou ».

– Et les maisons de soins, enchaîne-t-elle d'une voix maintenant pleine de colère, sont soudain devenues des prisons pour les femmes à l'intérieur.

– Alors, vous êtes médecin ? je questionne, et je ne sens rien d'autre que ma poitrine qui se contracte, s'enfonce comme sous un énorme poids, s'abîme parce que nous avons échoué, plonge parce que devancer l'armée n'a finalement servi à rien.

Sa bouche esquisse un petit sourire, un sourire secret, comme si je venais de laisser filtrer quelque chose. Mais il n'est pas cruel et je crois que j'ai de moins en moins peur d'elle, de ce que cette chambre pourrait vouloir dire, moins peur d'elle, moins peur pour lui.

– Non, ma fille, dit-elle en redressant la tête. Tu devrais savoir qu'il n'y a aucun médecin femme sur Nouveau Monde. Je suis une guérisseuse.

– Quelle différence ça fait ?

Elle se repasse les doigts sur le front.

– Oui, quelle différence ça peut bien faire ?…

Elle laisse tomber ses mains sur ses genoux et les fixe.

– … On a beau être enfermées, on entend quand même des rumeurs, tu vois. Des rumeurs d'hommes et de femmes séparés dans toute la ville, des rumeurs de l'armée arrivée peut-être aujourd'hui, des rumeurs de massacre venant d'au-delà de la colline pour nous vaincre tous et peu importe qu'on se soit bien ou mal rendus.

Elle me regarde.

– Et puis il y a toi.

– Je n'ai rien d'extraordinaire, dis-je en détournant les yeux.

– Ah, non ? (Elle n'a pas l'air bien convaincue.) Une fille pour qui toute la ville doit être nettoyée ? Une fille dont je dois sauver la vie sous peine de perdre la mienne ? Une fille… (elle se penche pour être sûre que je l'écoute) arrivée tout droit du grand noir de l'au-delà ?

J'arrête de respirer une seconde, espérant qu'elle ne remarque rien.

– Où avez-vous été chercher une idée pareille ?

Elle sourit encore, pas méchamment.

– Je suis une guérisseuse. La première chose que je vois c'est la peau et je la connais bien. La peau raconte l'histoire d'une personne, où elle a été, ce qu'elle a mangé, qui elle est. Tu as un peu d'usure en surface, ma fille, mais pour le reste, ta peau je n'en ai jamais vu d'aussi douce, d'aussi blanche pendant mes vingt ans de bons et loyaux services. Trop douce et trop blanche pour une planète de fermiers…

(Je ne la regarde toujours pas.)

– … Et puis, il y a les rumeurs, bien sûr, apportées par les réfugiés. Des nouveaux colons arrivent, paraît-il. Des milliers de colons…

– S'il vous plaît, dis-je doucement.

Les larmes montent à nouveau dans mes yeux, j'essaye de les en empêcher.

– … Et aucune fille de Nouveau Monde ne demanderait à une femme si elle est médecin, ajoute-t-elle.

J'avale ma salive, pose une main sur ma bouche. Où est-il ? Je me fiche de tout ça parce que… Où est-il ?

– Je sais que tu es effrayée, dit Mrs. Coyle. Oui, nous souffrons d'un excès de frayeur ici dans cette ville et je ne peux rien y faire. (Elle tend sa main rêche et me touche le bras.) Mais peut-être que tu peux faire quelque chose pour nous aider.

Je déglutis, sans répondre.

Il n'y a qu'une personne en qui j'ai confiance.

Et il n'est pas là.

Mrs. Coyle s'appuie sur son dossier.

– Nous t'avons sauvé la vie, non ? En savoir un peu plus pourrait nous apporter beaucoup.

Je respire à fond, regarde autour de moi, la chambre, la lumière du soleil déversée par une fenêtre donnant sur des arbres et une rivière, la rivière, celle que nous avons suivie vers ce qu'on supposait être le salut. Il semble impossible que quelque chose de mauvais puisse arriver quelque part avec un tel soleil, qu'il y ait le moindre danger derrière cette fenêtre, qu'une armée soit en marche.

Mais il y a une armée en marche.

Et elle ne sera pas tendre avec Mrs. Coyle, quoi qu'il arrive à –

Je sens une petite douleur trouer ma poitrine.

Mais je prends ma respiration.

Et je commence à parler.

– Je m'appelle Viola Eade.

– Des nouveaux colons, hein ?... me jette Maddy avec un sourire.

Je suis couchée sur le flanc pendant qu'elle défait mon bandage par le milieu. Le dessous est couvert de sang, ma peau poussiéreuse, couleur de rouille là où il a séché. Il y a un petit trou dans mon estomac, recousu avec du fil.

– Pourquoi est-ce que je n'ai pas mal ?

– Racine de jeffers sur les bandages, répond Maddy. Un opiacé naturel. Tu ne sentiras pas la douleur, mais tu ne pourras pas non plus aller aux toilettes pendant un mois. En plus, tu vas tomber de sommeil dans cinq minutes.

Je tâte la peau autour de la plaie, doucement, tout doucement. Il y en a une autre dans mon dos, par où la balle est entrée.

– Pourquoi ne suis-je pas morte ?

– Tu préférerais être morte ?

Son sourire se transforme en un froncement de sourcils, mais le plus souriant que j'aie jamais vu.

– Allons, je ne devrais pas plaisanter. Maîtresse Coyle dit toujours qu'il me manque le sérieux nécessaire pour faire une vraie guérisseuse.

Elle trempe un linge dans une cuvette d'eau chaude et se met à laver les blessures.

– Tu n'es pas morte parce que Maîtresse Coyle est la meilleure guérisseuse de tout Haven, meilleure que les prétendus médecins qu'ils ont dans cette ville. Même les méchants savent ça. Pourquoi crois-tu qu'ils t'ont amenée ici et pas dans une clinique ?

Elle porte la même longue cape que Mrs. Coyle, mais aussi une petite casquette blanche avec la main bleue cousue dessus, elle m'explique que c'est la marque des apprenties. Elle n'a sans doute pas plus d'un an ou deux de plus que moi, même d'après le système de mesure de cette planète. Mais ses mains sont assurées, douces et fermes autour des plaies.

– Alors, dit-elle d'une voix faussement légère. Ces méchants, ils sont vraiment si méchants ?

La porte s'ouvre, et je vois se pencher une fille de petite taille, coiffée aussi d'une casquette d'apprentie. Elle est aussi jeune que Maddy, mais avec une peau brun sombre et comme un nuage d'orage suspendu sur la tête.

– Maîtresse Coyle dit que tu dois terminer tout de suite.

Maddy continue à coller les bandages devant.

– Elle sait bien que je n'en suis encore qu'à la moitié.

– On est convoquées.

– Tu dis ça comme si c'était normal, Corinne…

Les bandages sont presque aussi bien que ceux que j'avais pris dans mon vaisseau, leurs produits rafraîchissent déjà mon torse, et ils m'alourdissent déjà les paupières. Maddy a fini devant, et elle se retourne pour couper une nouvelle bande.

– … Tu vois bien que je suis au milieu d'un traitement.

– Un homme est venu avec un fusil…

Maddy s'arrête.

– … Tout le monde est convoqué sur la grand-place. Toi aussi, Maddy Poole, traitement ou pas. Je parie que c'est l'armée qui arrive.

Maddy me dévisage. Je détourne les yeux.

– … On va enfin savoir à quoi ressemble notre fin, ajoute Corinne.

Maddy roule de gros yeux.

– Oh, toi, toujours aussi boute-en-train. Dis à Maîtresse Coyle que j'aurai fini en deux temps trois mouvements.

Corinne lui envoie un regard acide mais elle s'en va. Maddy termine de bander mon dos. Je peux à peine rester éveillée.

– Tu vas dormir, maintenant. Tout ira bien, tu verras. Pourquoi est-ce qu'ils te sauveraient, s'ils voulaient…

Elle ne finit pas sa phrase, se contente de mordiller ses lèvres puis sourit.

– … Moi, je dis toujours que Corinne a suffisamment de sérieux pour nous tous.

Son sourire, la dernière chose que je vois avant de m'endormir.

« TODD ! »

Je me réveille en sursaut, le cauchemar s'enfuit, Todd m'échappe –

J'entends un bruit sourd et je vois un livre glisser des genoux de Maddy qui papillonne des paupières en s'éveillant sur la chaise à côté du lit. La nuit tombée, la chambre est sombre, juste une petite lampe supposée éclairer la lecture de Maddy.

– Todd ? Et c'est qui ? demande-t-elle, un

sourire perçant déjà sous le bâillement. Ton petit copain ?

Devant l'expression de mon visage, elle abandonne aussitôt le ton de la plaisanterie.

– Quelqu'un d'important ?

Je hoche la tête, cœur encore battant du cauchemar, cheveux collés au front par la sueur.

– Oui, quelqu'un d'important.

Elle prend une cruche sur la table de chevet et me verse de l'eau dans un verre.

– Qu'est-ce qui s'est passé ? je demande après une gorgée. Vous avez été convoquées.

– Ah, oui… (Elle se rassied.) Ça, c'était intéressant.

Elle me raconte comment tout le monde en ville – plus Haven, mais New Prentissville, maintenant, un nom qui me tord l'estomac – tous les habitants se sont rassemblés pour regarder l'armée entrer et regarder le nouveau Maire exécuter l'ancien.

– Sauf qu'il ne l'a pas fait. Il l'a épargné. Il a dit qu'il nous épargnerait tous, nous aussi. Comme quoi il nous retirait le remède du Bruit, et les hommes n'avaient pas l'air trop contents, et Seigneur, depuis six mois c'était quand même bien agréable de ne plus les entendre bavasser, mais non, nous devions tous nous tenir à notre place et nous rappeler qui nous étions et nous allions construire une nouvelle maison ensemble pour pouvoir accueillir tous les colons qui arrivaient.

Elle écarquille les yeux, attend que je dise quelque chose.

– Je n'ai pas bien tout compris, dis-je. Il existe un remède ?

Elle secoue la tête mais pas pour dire non.

– Wouaa, tu n'es vraiment pas d'ici, hein ?

Je repose mon verre, me penche et baisse la voix jusqu'à un murmure :

– Maddy, vous avez un site de communications, près d'ici ?

Elle me regarde comme si je lui avais demandé de partir avec elle pour l'une des deux lunes.

– ... Je voudrais contacter les vaisseaux. Ça pourrait ressembler à une grande assiette. Ou à une tour.

Elle plisse le front, et réplique en murmurant elle aussi :

– Il y a bien une vieille tour en métal dans les collines... Mais je ne suis même pas sûre que ce soit vraiment une tour de communications. Elle est abandonnée depuis une éternité. En plus, tu ne pourras pas y arriver. Ils sont toute une armée dehors, Vi.

– Combien ?

– Des tas. Les gens racontent qu'ils vont séparer les derniers groupes de femmes cette nuit.

– Pour quoi faire ?

Maddy hausse les épaules.

– Une femme dans la foule a dit à Corinne qu'ils avaient aussi regroupé les Spackle.

Je me redresse, comprimée par les bandages.

– Les Spackle ?

– Oui, c'est une espèce indigène du coin.

– Je sais qui ils sont. (Je me redresse un peu plus, luttant contre les bandages.) Todd m'a raconté des choses, il m'a raconté ce qui s'est passé avant. Maddy, si le Maire sépare les femmes et les Spackle, alors nous sommes en danger. Nous sommes en grand danger.

Je repousse les draps pour me lever, mais un éclair déchire mon estomac. Je crie et retombe sur le dos.

– Arraché un fil, gronde Maddy en se redressant aussitôt.

– S'il te plaît… (Je serre les dents de douleur.) Il faut sortir d'ici. Il faut courir.

– Tu es en état de courir nulle part, dit-elle, en se penchant sur mon bandage.

À cet instant, la porte s'ouvre sur le Maire.

06 Chacun sa version

[VIOLA]

Mrs. Coyle marche devant lui. Elle a le visage plus dur que jamais, le front plissé, la mâchoire serrée. Même si je la connais à peine, je devine qu'elle en a gros sur le cœur.

Il se tient derrière elle. Grand, mince mais large d'épaules, tout en blanc avec un chapeau qu'il garde sur la tête.

Je ne l'ai jamais vraiment vu. Je saignais, j'étais mourante quand il nous a abordés, sur la grand-place.

Mais c'est bien lui.

Ce ne peut être que lui.

– Bonsoir, Viola. Il y avait longtemps que je souhaitais faire ta connaissance.

Mrs. Coyle me voit luttant avec le drap, elle voit Maddy se pencher vers moi.

– Un problème, Madeleine ?

– Cauchemar, réplique Maddy avec qui

j'échange un coup d'œil. Je crois qu'elle a tiré sur un fil.

– On verra cela plus tard… dit Mrs. Coyle, et son calme et sa gravité attirent toute l'attention de Maddy. Donnez-lui quatre cents unités de racine de jeffers en attendant.

– Quatre cents ? fait Maddy, d'un air surpris.

Puis voyant l'expression de Mrs. Coyle, elle se contente de répondre :

– Bien, Maîtresse.

Mrs. Coyle me jette un regard silencieux en sortant, peut-être pour me rassurer, peut-être pour me demander ou me dire quelque chose, mais je suis trop effrayée pour comprendre avant qu'elle ait refermé la porte derrière elle. Et je reste seule avec lui.

Il laisse le silence s'installer, me signifier clairement que je suis supposée dire quelque chose. Je serre le drap sur ma poitrine avec mon poing, déchirée par la menace de la douleur si je bouge. Ma voix tremble en le disant mais je le dis :

– Vous êtes Maire Prentiss…

– Président Prentiss, il corrige. Mais tu me connais comme Maire, bien sûr.

Je le regarde droit dans les yeux.

– Où est Todd ? Qu'est-ce que vous avez fait de lui ?

Il sourit.

– Maligne dès la première phrase, courageuse à la seconde. Nous pouvons encore être amis.

Je ravale la brûlure qui monte dans ma poitrine.

– Il est blessé ? Il est vivant ?

Pendant une seconde, j'ai l'impression qu'il ne

va rien me dire, même pas relever ma question, et puis :

– Todd va bien. Todd est vivant et il demande de tes nouvelles dès qu'il en a l'occasion.

J'avais cessé de respirer en attendant cette réponse.

– C'est vrai ?

– Bien sûr que c'est vrai.

– Je veux le voir.

– Et il veut te voir. Mais chaque chose en son temps.

Il continue à sourire, presque amical.

Voici l'homme que nous avons passé des semaines à fuir, le voici, debout dans ma propre chambre, où la douleur m'empêche pratiquement de bouger.

Et il sourit.

Et c'est presque amical.

S'il a fait du mal à Todd, s'il a seulement levé la main sur lui…

– Maire Prentiss…

– Président Prentiss, me reprend-il.

Puis sa voix s'éclaircit.

– Mais tu peux m'appeler David.

On frappe à la porte. Maddy entre, un flacon à la main.

– Jeffers, dit-elle les yeux rivés au sol. Pour sa douleur.

– Oui, bien sûr, dit le Maire en s'écartant de mon lit, mains croisées dans le dos. Poursuivez.

Maddy me verse un verre d'eau et me regarde avaler quatre gélules jaunes, deux de plus qu'avant. Elle me reprend le verre et tournant le dos au Maire elle me jette un regard ferme, solide, sans sourire mais plein d'images de bravoure, et je me sens un tout petit peu mieux, un peu plus forte.

– Elle va se fatiguer très vite, dit-elle au Maire, sans le regarder.

– Je comprends.

Maddy sort, referme la porte derrière elle. Mon estomac se met aussitôt à chauffer mais cela va prendre une minute encore pour que la douleur commence à diminuer et que les frissons s'en aillent.

– Alors, reprend le Maire. Je peux ?

– Vous pouvez quoi ?

– T'appeler Viola.

– Je ne peux pas vous en empêcher. Si vous le voulez.

– Bien, dit-il sans s'asseoir, ni bouger, ni cesser de sourire. Quand tu te sentiras mieux, Viola, j'aimerais beaucoup avoir une conversation avec toi.

– À propos de quoi ?

– Mais, de tes vaisseaux, bien sûr. Qui s'approchent à chaque minute.

J'essaye de déglutir.

– Quels vaisseaux ?

– Oh, non, non, non… (Il secoue la tête en souriant toujours.) Tu as commencé par montrer de l'intelligence et du courage. Tu es effrayée mais cela ne t'a pas empêchée de t'adresser à moi avec calme et clarté. Admirable. (Il incline la tête.) Mais à tout cela, tu dois ajouter l'honnêteté. Nous devons commencer par être honnêtes l'un envers l'autre, Viola, sinon, comment pourrons-nous avancer ?

Avancer où ?

– Je t'ai dit que Todd était vivant et en bonne santé, et c'est la vérité. (Il pose une main sur la barre du pied de lit.) Et il va le rester… (Il marque une pause.) Et tu vas me donner ton honnêteté.

Et je comprends sans qu'il me le dise que l'un dépend de l'autre.

La chaleur commence à rayonner à partir de mon estomac. Tout semble plus lent, plus doux. L'éclair dans mon flanc s'affaiblit, mais il emporte ma vigilance avec lui. Pourquoi une double dose ? Je vais m'endormir si vite, si vite que je ne pourrai même pas parler à –

Oh.

Oh.

– J'ai besoin de le voir pour vous croire, dis-je.

– Bientôt. Il y a d'abord beaucoup à faire à New Prentissville. Beaucoup à défaire.

– Qu'ils le veuillent ou non…

Mes paupières sont lourdes. Je m'oblige à les ouvrir. Alors seulement, je réalise que je viens de dire cela à haute voix.

Il sourit de nouveau.

– Je me surprends moi-même à répéter cela si souvent, Viola. La guerre est finie. Je ne suis pas ton ennemi.

Je lève mes yeux ensommeillés, surprise.

J'ai peur de lui, bien sûr.

Mais –

– Vous étiez l'ennemi des femmes de New Prentissville… Vous étiez l'ennemi de tout le monde, à Farbranch.

Il se crispe un peu, même s'il essaye de me le cacher.

– Un corps a été trouvé dans la rivière ce matin. Un corps avec un couteau dans la gorge…

J'essaye d'empêcher mes yeux de s'écarquiller, malgré les jeffers. Il me scrute, maintenant.

– … Peut-être que la mort de cet homme était justifiée. Peut-être que cet homme avait des « ennemis »…

Je me vois le faire –

Je me vois plonger le couteau –

Je ferme les yeux.

– … En ce qui me concerne, la guerre est finie. Mon œuvre militaire est achevée. Maintenant s'ouvre le temps de commander, de rassembler les gens.

En les séparant, je pense, mais ma respiration ralentit. La blancheur de la chambre s'éclaire mais d'une manière douce qui me donne envie de tomber dedans et de dormir et dormir. L'oreiller s'enfonce sous mon poids.

– Je vais te laisser, maintenant. Nous nous reverrons.

J'ouvre la bouche pour respirer. Le sommeil devient impossible à éviter.

Il me voit commencer à plonger.

Alors, il fait une chose stupéfiante.

Il s'avance et tend soigneusement les draps sur moi, comme s'il me bordait.

– Avant de partir, j'aurais une requête.

– Comment ?… je marmonne, luttant pour rester éveillée.

– J'aimerais que tu m'appelles David.

– Quoi ? je répète d'une voix épaisse.

– J'aimerais que tu me dises : « Bonne nuit, David. »

Les jeffers m'ont tellement déconnectée que les mots sortent sans que je m'en rende compte :

– Bonne nuit, David.

À travers le voile des médicaments, je distingue comme de l'étonnement, et même un peu de déception.

Mais il se reprend aussitôt.

– Toi aussi, Viola.

Il hoche la tête et s'approche de la porte.

Et je réalise ce que c'est, ce qu'il a de si différent.

– Je ne vous entends pas, je chuchote de mon lit.

Il s'arrête, se retourne.

– J'ai dit : « Toi aussi… »

– Non, je reprends, la langue presque paralysée. Je veux dire que je ne vous entends pas. Je ne vous entends pas penser.

Il hausse un sourcil.

– J'espère bien que non.

Et je crois que je tombe endormie avant même qu'il passe la porte.

Je dors longtemps, très longtemps, et quand je cligne enfin des yeux dans les rayons du soleil, je ne sais plus ce qui était réel et ce que j'ai rêvé.

(… mon père tendant la main pour m'aider à monter l'échelle de la trappe, souriant, me disant « Bienvenue à bord, skipper… »)

– Tu ronfles, fait une voix.

Corinne est assise sur la chaise, ses doigts enfilant une aiguille à travers un morceau de tissu, si vite qu'on ne dirait pas les siens, mais les mains furieuses de quelqu'un d'autre.

– Pas du tout.
– Comme une vache en chaleur.

Je repousse les couvertures. Mes pansements ont été changés et la douleur de feu est partie. Le fil a dû être réparé.

– Combien de temps ai-je dormi ?
– Plus d'une journée… répond-elle d'un ton désapprobateur. Deux fois le Président a envoyé ses hommes vérifier comment tu allais.

Je pose une main sur mon flanc, pousse très doucement sur la plaie. Je ne sens pratiquement plus rien.

– Hein, qu'est-ce que t'en dis, ma fille ? poursuit Corinne, son aiguille volant férocement.

Je plisse le front.

– Que veux-tu que je dise. Je l'avais jamais vu avant.
– En tout cas, il avait drôlement envie de te voir… Ouille !

Elle lâche un sifflement et se suce le doigt.

– … Et pendant ce temps, il nous piège, dit-elle le doigt dans sa bouche. Pendant ce temps, on ne peut même pas quitter cette maison.
– Je ne vois pas en quoi c'est de ma faute.
– Ce n'est pas de ta faute, ma fille, lance Mrs. Coyle qui entre dans la chambre en jetant un regard réprobateur à Corinne. Et personne ici ne le pense.

Corinne se lève, salue brièvement Mrs. Coyle et sort sans ajouter un mot.

– Comment te sens-tu ? demande Mrs. Coyle.
– Un peu groggy…

Je me redresse. J'y parviens beaucoup mieux,

maintenant. Et je remarque que ma vessie est désagréablement pleine. Je le dis à Mrs. Coyle.

– Bon, alors voyons si tu peux tenir debout.

Je prends une inspiration et me tourne pour poser les pieds par terre. Mes jambes ne se déplient pas bien vite, mais je finis par toucher le sol et me lever.

Au bout d'un moment, j'arrive même à marcher jusqu'à la porte.

– Maddy me l'avait bien dit, je souffle, émerveillée… Que vous étiez la meilleure guérisseuse de la ville.

– Maddy ne raconte jamais d'histoires.

Elle m'accompagne par un long couloir blanc jusqu'aux toilettes. Quand j'ai fini et que je me suis lavée, elle me tend une robe blanche plus épaisse, plus longue et bien plus jolie que celle que je porte. Je la passe par-dessus ma tête et reprends le couloir. J'ai les jambes un peu cotonneuses, mais j'avance quand même.

– Le Président a pris de tes nouvelles, dit-elle en me soutenant d'une main.

– Oui, Corinne me l'a dit. (Je lui jette un regard en coin.) C'est seulement à cause des vaisseaux colons. Je ne le connais pas. Je ne suis pas de son côté.

– Ah, remarque Mrs. Coyle en m'aidant à entrer dans la chambre et à me remettre au lit. Tu reconnais donc qu'il y a deux côtés.

Je m'allonge en serrant les dents.

– Est-ce que vous m'avez donné deux doses de jeffers pour que je n'aie pas à lui parler très longtemps ? Ou pour que je ne puisse pas lui en dire beaucoup ?

Elle hoche la tête comme pour apprécier mon intelligence.

– Et tu le prendrais mal si je te répondais qu'il y avait un peu des deux ?

– Vous auriez pu me demander.

– Pas le temps, réplique-t-elle en s'asseyant sur la chaise à côté du lit. Nous ne le connaissons que par son passé, ma fille, et son passé est noir, très, très noir. Il peut bien parler d'une nouvelle société, face à lui, mieux vaut arriver préparé.

– Je ne le connais pas… Je ne sais vraiment rien.

– Oui, mais avec un peu d'astuce, fait-elle avec un mince sourire, tu pourrais apprendre beaucoup de choses d'un homme qui s'intéresse à toi.

J'essaye de la lire, de lire ce qu'elle tente de me dire mais, évidemment, les femmes n'ont pas de Bruit ici non plus.

– Qu'est-ce que vous voulez dire ?

– Qu'il est temps pour toi d'offrir quelque chose de solide à ton estomac.

Elle se lève, chassant des poussières invisibles sur sa cape.

– Je vais demander à Madeleine de t'apporter un petit déjeuner.

Elle marche vers la porte, pose une main sur la poignée mais ne la tourne pas.

– Sache tout de même une bonne chose. Si notre Président est d'un côté (elle me jette un coup d'œil par-dessus l'épaule), alors je suis de l'autre. Définitivement.

07 Maîtresse Coyle

[VIOLA]

– Il y a six vaisseaux… je répète dans mon lit, pour la troisième fois en autant de jours – de jours où Todd est encore là dehors quelque part, de jours où je ne sais pas ce qui lui arrive ni à personne d'autre dehors.

Par les fenêtres de ma chambre, je vois des soldats passer tout le temps, mais c'est tout ce qu'ils font, passer en marchant au pas. Tout le monde ici à la maison de soins s'attendait plus ou moins à les voir enfoncer les portes à chaque minute, prêt à faire des choses terribles pour célébrer leur victoire.

Mais non. Ils ne font que marcher en cadence. D'autres hommes nous apportent des vivres aux portes de derrière, et ils laissent les guérisseuses faire leur travail.

Nous ne pouvons toujours pas sortir, mais le monde extérieur ne semble pas s'arrêter. Personne ne s'attendait à cela, et encore moins Mrs. Coyle, convaincue que le pire est encore à venir.

Je ne peux m'empêcher de penser qu'elle a sans doute raison.

Elle plisse le nez sur ses notes.

– Seulement six?

– Huit cents colons endormis et trois familles de gardiens dans chaque… je précise, affamée.

Mais je sais qu'il n'y aura rien à manger tant qu'elle n'aura pas décidé de mettre fin à cet entretien.

– Maîtresse Coyle…

– Et tu es sûre que les familles de gardiens comptent quatre-vingt-un membres?

– Je devrais le savoir. J'étais à l'école avec leurs enfants.

Elle lève les yeux.

– Oui, je sais, tout cela n'a rien d'amusant, Viola. Mais l'information, c'est du pouvoir. L'information que nous lui donnons. Et l'information que nous lui prenons.

Je pousse un soupir d'impatience.

– Je ne suis pas très douée pour l'espionnage.

– Ce n'est pas de l'espionnage. Nous cherchons seulement à savoir. (Elle note encore quelque chose dans son carnet.) Quatre mille huit cent quatre-vingt-un colons, murmure-t-elle, comme pour elle-même.

Je sais ce qu'elle pense. Plus de gens que la population de toute cette planète. Suffisamment pour tout changer.

Mais la changer comment?

– Quand il te reparlera, ne lui dis rien sur les vaisseaux. Laisse-le essayer de deviner. Ne lui donne pas le chiffre exact.

– Et je suis supposée en découvrir autant que je peux ?

Elle referme son carnet. Entretien terminé.

– L'information, c'est le pouvoir.

Je m'assieds dans mon lit, exaspérée de faire la malade.

– Puis-je vous demander quelque chose ?

Elle se lève et attrape sa cape.

– Bien sûr.

– Pourquoi me faites-vous confiance ?

– Ton expression, quand il est entré dans la chambre, répond-elle sans hésiter. Comme si tu venais de faire connaissance avec ton pire ennemi.

Elle ferme les boutons de sa cape sous son gros menton. Je l'observe.

– Si je pouvais seulement trouver Todd ou arriver à cette tour de communications…

– Et te faire prendre par l'armée ? Nous faire perdre notre seul avantage ?… (Elle ouvre la porte.) Oh, non, ma fille, le Président va revenir et alors, tout ce que tu pourras tirer de lui nous aidera.

Je crie dans son dos :

– Que voulez-vous dire par nous ?

Mais elle est partie.

– … et la dernière chose dont je me souvienne vraiment, c'est quand il m'a prise et m'a portée en descendant une longue, longue pente, en me disant que je n'allais pas mourir, qu'il me sauverait.

– Wouaa… souffle doucement Maddy.

Des mèches de cheveux s'échappent de sa

casquette. Lentement nous arpentons un couloir puis un autre pour me donner de la force.

– … Et il t'a vraiment sauvée.

– Mais il ne peut pas tuer. Même pour se sauver lui-même. C'est ce qui le rend si spécial. Voilà pourquoi ils le voulaient tellement. Il n'est pas comme eux. Il a tué un Spackle, une fois, si tu avais vu comme il en a souffert. Et maintenant qu'ils le tiennent…

Je dois m'arrêter, plisser les yeux très fort et fixer le sol. Je serre les dents.

– … Il faut absolument que je sorte d'ici. Je ne suis pas une espionne. J'ai besoin de le retrouver et j'ai besoin d'aller à cette tour et de les prévenir. Peut-être qu'ils peuvent envoyer du secours. Ils ont d'autres vaisseaux éclaireurs qui pourraient arriver jusqu'ici. Ils ont des armes…

Les traits de Maddy se crispent, comme toujours quand je parle de cette façon.

– On ne nous autorise même pas à sortir dehors.

– Tu ne peux pas toujours obéir aux gens, Maddy. Tu ne peux pas s'ils ont tort.

– Mais tu ne peux lutter toute seule contre une armée…

Elle m'aide doucement à faire demi-tour dans le couloir, me sourit.

– … Pas même l'héroïque, la grande Viola Eade.

– Je l'ai déjà fait. Je l'ai fait avec lui.

Elle baisse le ton.

– Vi…

– J'ai perdu mes parents. (Ma voix s'enroue.) Et personne ne les fera jamais revenir. Et maintenant, je l'ai perdu. Et s'il y a une chance, juste une chance…

– Maîtresse Coyle ne le permettra pas, dit-elle.

Mais il y a quelque chose dans son intonation et je lève les yeux.

– Mais ?

Maddy n'ajoute rien, se dirige seulement vers la fenêtre du hall qui donne sur la route. Une troupe de soldats passe dans le soleil, croisant une charrette poussiéreuse pleine de céréales violettes. Comme une armée, lui aussi, le Bruit de la ville descend la route.

Au début, cela ne ressemblait à aucun Bruit que je connais, cet étrange bourdonnement de métal frottant contre du métal. Puis le son est devenu plus fort, comme un millier d'hommes criant en même temps, et je suppose que c'est un peu cela, trop fort et trop embrouillé pour qu'on puisse y distinguer un individu.

Trop fort pour distinguer un garçon.

– Peut-être que ce n'est pas aussi terrible qu'on le pense, murmure Maddy d'une voix lente, pesant chaque mot comme si elle les testait l'un après l'autre. Je veux dire, la ville a vraiment l'air tranquille. Sonore, bien sûr, mais les hommes qui livrent les provisions disent que les magasins vont bientôt rouvrir. Je parie que ton Todd, on lui a donné un travail, qu'il va bien et qu'il t'attend.

Je ne sais pas si elle dit cela parce qu'elle le croit, ou parce qu'elle essaye de me le faire croire. J'essuie mon nez avec ma manche.

– Oui, pourquoi pas.

Elle me regarde longuement, semble réfléchir

à quelque chose mais ne dit rien. Puis elle se retourne vers la vitre.

– Écoute-les rugir… murmure-t-elle.

Il y a trois autres guérisseuses, en plus de Mrs. Coyle. Mrs. Waggoner, une petite boule de bonne femme avec des rides et une moustache, Mrs. Nadari, qui soigne les cancers et que je n'ai vue qu'une fois quand elle refermait une porte derrière elle, et Mrs. Lawson, qui soigne les enfants dans une autre maison mais qui s'est retrouvée piégée ici alors qu'elle était en entretien avec Mrs. Coyle quand la reddition a eu lieu, et qui n'arrête pas de se ronger les sangs depuis, à cause des enfants qu'elle a laissés.

Et il y a les apprenties, une douzaine en dehors de Maddy et de Corinne, qui semblent les plus importantes de la maison et même de la ville, parce qu'elles travaillent avec Mrs. Coyle. Je vois rarement les autres, sauf quand elles suivent l'une des guérisseuses, stéthoscope au cou, cape blanche flottante, cherchant désespérément à s'occuper.

Oui, les jours passent, et la ville s'occupant de ses affaires au-delà de nos portes, la plupart de nos patientes vont mieux et il n'en arrive pas de nouvelles. Tous les patients mâles ont été retirés la première nuit, m'a raconté Maddy, en état de se déplacer ou non, et aucune nouvelle femme ne nous a été amenée depuis, alors que l'invasion et l'occupation n'empêchent sûrement pas de tomber malade.

Mrs. Coyle s'en inquiète beaucoup.

– Évidemment, si elle ne peut plus soigner,

qu'est-ce qui lui reste ? lance Corinne en faisant claquer la bande élastique un peu trop serrée autour de mon bras. Elle dirigeait toutes les maisons de soins, pas seulement celle-ci. Tout le monde la connaissait, tout le monde la respectait. Pendant un temps, elle a même dirigé le Conseil de la ville.

– Le Conseil ?...

– Il y a des années. Arrête de bouger tout le temps. (Elle plante l'aiguille un peu plus fort que nécessaire.) Elle dit toujours que commander amène les gens que vous aimez à vous détester un peu plus chaque jour... Ça, je veux bien le croire.

– Alors, que s'est-il passé ? Pourquoi est-ce qu'elle ne dirige plus la ville ?

– Elle a fait une erreur. Les gens qui ne l'aimaient pas en ont profité.

– Quel genre d'erreur ?

Son front se plisse encore plus que d'habitude.

– Elle a sauvé une vie.

Elle a fait claquer l'élastique tellement fort qu'il laisse une marque rouge sur ma peau.

Une autre journée passe, puis une autre, et rien ne change. Nous n'avons toujours pas le droit de sortir, nous sommes toujours ravitaillées et le Maire ne donne pas signe de vie. Ses hommes viennent voir comment je vais, mais l'entretien prévu n'arrive pas. Pour l'instant, il se contente de me laisser ici.

On se demande bien pourquoi.

Mais tout le monde ne parle que de lui.

– Et sais-tu ce qu'il a fait ? dit Mrs. Coyle au dîner, mon premier vrai dîner hors du lit, à la cantine. La cathédrale n'est pas seulement sa base d'opérations. Il en a fait sa maison!

Les femmes font entendre un claquement de langue dégoûté. Mrs. Waggoner repousse même son assiette.

– Voilà qu'il se prend pour Dieu, maintenant.

– Pourtant, il n'a pas encore mis le feu à la ville, je commente tout haut à l'autre bout de la table.

Maddy et Corinne lèvent le nez de leurs assiettes, ébahies. On le croyait toutes, et il ne l'a pas fait.

Mrs. Waggoner et Mrs. Lawson jettent un regard entendu à Mrs. Coyle.

– Tu es encore bien jeune, Viola, déclare celle-ci, et tu ne devrais pas défier ainsi tes supérieures.

– Mais… ce n'est pas du tout ce que… Enfin, je voulais juste dire qu'on ne s'y attendait pas.

Mrs. Coyle me fixe d'un air sévère.

– Il a tué toutes les femmes de sa ville parce qu'il ne pouvait pas les entendre, parce qu'il ne pouvait pas les comprendre comme il comprenait les hommes avant le remède.

Les autres guérisseuses hochent la tête. J'ouvre la bouche pour parler mais elle me prend de vitesse.

– Ce qui est également vrai, ma fille, c'est que tout ce que nous avons subi depuis que nous avons atterri sur cette planète – la surprise du Bruit, le chaos qui a suivi –, tout cela reste parfaitement inconnu de tes amis là-haut. (Elle me scrute attentivement, maintenant.) Tout ce qui nous est arrivé va inévitablement leur arriver.

Je ne réponds rien, je l'observe.

– Et qui voudrais-tu voir en charge de ce processus ? Lui ?

Elle en a manifestement fini avec moi et reprend une discussion plus calme avec ses collègues. Corinne repique dans son assiette, cachant un petit sourire en coin. Maddy me fixe toujours, les yeux écarquillés, mais je ne pense plus qu'à ce mot laissé en suspens.

Quand elle dit « Lui ? », est-ce qu'elle sous-entend – « ou bien moi ? »

Nous sommes enfermées depuis neuf jours, et je ne suis plus une patiente. Mrs. Coyle me convoque dans son bureau.

– Tes habits…

Elle me tend un paquet par-dessus la table.

– … Tu peux les mettre maintenant, si tu veux. Tu te sentiras comme une vraie personne.

– Merci, je réponds, avec reconnaissance, en me dirigeant vers le paravent.

Je soulève ma robe de malade pour examiner ma blessure, presque complètement cicatrisée, devant comme derrière.

– Vous êtes vraiment une guérisseuse extraordinaire.

– Je fais de mon mieux, marmonne-t-elle de son bureau.

Je défais le paquet et retrouve mes vêtements impeccablement lavés, si frais, si propres que je sens comme une grimace me tirailler le visage – et je souris.

– Tu es une fille courageuse, Viola, dit Mrs. Coyle pendant que je m'habille. Même si tu ne sais pas quand te tenir tranquille.

– Merci, je réponds, un peu à contrecœur.

– L'accident de ton vaisseau, la mort de tes parents, cet incroyable voyage jusqu'ici. Et tu fais face avec beaucoup d'intelligence et d'astuce.

– J'avais de l'aide, dis-je, m'asseyant pour enfiler des chaussettes propres.

Je remarque le carnet de Mrs. Coyle sur une petite table de desserte, celui qu'elle remplissait de notes pendant nos entretiens. Je lève les yeux mais elle est toujours de l'autre côté du paravent. Je tends la main et j'ouvre la couverture.

– Je vois de grandes choses en toi, ma fille. Le potentiel d'une meneuse.

Le carnet est à l'envers et je ne veux pas faire de bruit en le bougeant, alors je me tords le cou pour essayer de voir ce qui est écrit.

– … Je retrouve beaucoup de moi-même en toi.

Sur la première page, avant le début des notes, il y a un signe, tracé en bleu.

Une flèche.

Rien d'autre.

– … Nous sommes nos propres choix, Viola, continue Mrs. Coyle. Et tu peux nous être tellement utile. Si tu le veux.

Je relève la tête.

– Qui ça, nous ?

La porte s'ouvre avec un fracas si soudain que je sursaute et regarde de l'autre côté du paravent. C'est Maddy.

– On a reçu un message, dit-elle, tout essoufflée. Les femmes peuvent commencer à quitter leurs maisons.

– Quel vacarme dehors ! dis-je, grimaçant dans le REURR de tout le Bruit de New Prentissville entortillé en un seul énorme nœud.

– On s'y habitue, réplique Maddy.

Nous sommes assises sur un banc, devant le magasin. Corinne et une autre apprentie nommée Théa achètent des provisions pour la maison de soins, débordée par l'arrivée de nouvelles patientes.

J'examine les rues. Des gens passent, la plupart à pied mais aussi à vélo à fission et à cheval. Au premier coup d'œil, on ne peut absolument pas deviner quoi que ce soit d'anormal.

Et puis, on remarque que les gens qui descendent la rue ne se parlent jamais. Que les femmes ne se déplacent que par groupes de quatre et seulement de jour et seulement une heure chaque fois. Et que ces groupes de quatre ne communiquent jamais. Même les hommes de Haven ne nous approchent pas.

Et il y a les soldats à tous les coins de rue, fusil au creux du bras.

Une clochette tinte et la porte du magasin s'ouvre. Corinne jaillit à l'extérieur, les bras chargés de sacs, le visage en feu, Théa peinant à la suivre.

– L'épicier dit que personne n'a entendu parler des Spackle depuis qu'ils ont été emmenés, siffle-t-elle en me balançant un sac sur les genoux.

– Ah, là, là… Corinne et ses spacks, ironise Théa en me tendant un autre paquet.

– Ne les appelle pas comme ça, réplique Corinne. Si on n'a pas été capable de bien les traiter, alors imagine un peu ce que lui va leur faire !

– Pardonne-moi, Corinne, coupe Maddy, mais tu ne crois pas qu'on ferait mieux de nous préoccuper de notre propre sort, pour l'instant ?

Ses yeux suivent un groupe de soldats. Ils ont remarqué le haussement de ton de Corinne. Ils restent immobiles, sous la véranda d'un magasin d'alimentation.

Mais ils regardent.

– C'était inhumain, ce qu'on leur a fait, insiste Corinne.

– Oui, mais ils ne sont pas humains non plus, souffle Théa, qui observe les soldats, elle aussi.

– Théa Reese !... (Une veine palpite sur le front de Corinne.) Comment peux-tu te prétendre guérisseuse et dire... ?

– D'accord, d'accord, intervient Maddy pour essayer de la calmer. C'était horrible. Je suis d'accord. Tu sais bien qu'on est toutes d'accord, mais qu'est-ce qu'on aurait pu y faire ?

– De quoi parlez-vous ? je demande. Qu'est-ce qu'on leur a fait ?

– Le remède, crache Corinne comme s'il s'agissait d'un mot obscène.

Maddy se retourne vers moi avec un soupir.

– Ils ont découvert que le remède marchait sur les Spackle.

– En le testant sur eux, ajoute Corinne.

– Et les Spackle ne parlent pas vraiment, vois-tu, ils peuvent juste claquer de la langue, un peu comme on fait claquer nos doigts.

– Le Bruit, c'était leur seul moyen de communication, dit Théa.

– Et puisqu'on n'avait pas vraiment besoin qu'ils nous parlent pour leur dire quoi faire, reprend Corinne en haussant le ton encore d'un cran, qui cela pouvait-il bien gêner s'ils ne pouvaient plus se parler ?

Je commence à comprendre.

– Et le remède…

– Oui, acquiesce Théa, il les a rendus plus dociles.

– Meilleurs esclaves, corrige Corinne.

Je reste bouche bée.

– Ils étaient… esclaves ?

– Chut… fait Maddy, désignant d'un coup de tête les soldats qui nous observent, et leur absence de Bruit au milieu du REURR les rend encore plus inquiétants.

– C'est comme si on leur avait coupé la langue, dit Corinne, baissant la voix, mais toujours en colère.

Maddy nous presse en chemin, jetant un regard en arrière vers les soldats.

Qui nous regardent partir.

Nous revenons à la maison de soins en silence, franchissant la porte d'entrée sous la main bleue peinte au fronton. Une fois Corinne et Théa à l'intérieur, Maddy me serre légèrement le bras pour me ralentir.

Elle penche la tête vers moi un instant, un pli creusé entre ses sourcils.

– La façon dont ces soldats nous observaient…

– Oui ?

– Je ne sais pas si la paix me rassure vraiment dans ces conditions… dit-elle en croisant les bras avec un long frisson.

– Je sais, dis-je doucement.

Elle attend un moment, puis me regarde droit dans les yeux.

– Ton peuple pourrait-il nous aider ? Pourrait-il arrêter tout cela ?

– Je n'en sais rien. Mais il vaudrait mieux en avoir le cœur net, plutôt que de rester assises les bras croisés à attendre le pire.

Elle jette un coup d'œil pour s'assurer que personne ne nous écoute.

– Mrs. Coyle est une femme remarquable, chuchote-t-elle. Mais, parfois, elle n'écoute que son propre avis.

Elle s'arrête, mordillant sa lèvre.

– Maddy ?

– On va rester sur le qui-vive…

– Comment ça ?

– Quand le moment viendra… (Elle regarde encore s'il n'y a personne.) Et seulement à ce moment-là, on verra ce qu'on peut faire pour entrer en contact avec tes vaisseaux.

08 La petite dernière

[VIOLA]

– Mais l'esclavage, c'est mal, dis-je en rembobinant une autre bande.

– Les guérisseuses s'y sont toujours opposées, réplique Mrs. Coyle en cochant une nouvelle case sur sa liste. Même après la guerre des Spackle, nous trouvions cela inhumain.

– Mais alors, pourquoi ne pas y avoir mis fin ?

– Si tu avais déjà vécu une guerre, dit-elle sans lever le nez de son bloc-notes, tu saurais que la guerre ne fait que détruire. Personne n'échappe à une guerre. Même pas les survivants. Tu acceptes des choses qui te feraient horreur en temps normal parce que la vie a temporairement perdu toute signification.

– « La guerre transforme les hommes en monstres », dis-je, citant les paroles prononcées par Ben durant cette nuit à l'étrange endroit où Nouveau Monde enterre ses morts.

– Et les femmes aussi, ajoute Mrs. Coyle en comptant les boîtes de seringues avec son doigt.

– Mais la guerre des Spackle est finie depuis longtemps, non ?

– Treize ans maintenant.

– Treize ans pendant lesquels vous auriez pu redresser vos torts.

Elle lève les yeux sur moi.

– La vie n'est pas aussi simple qu'à ton âge, ma fille.

– Vous étiez au pouvoir. Vous auriez pu faire quelque chose.

– Et qui t'a dit que j'étais au pouvoir ?

– Corinne, elle…

– Ah, Corinne… Toujours à faire de son mieux pour m'aimer, envers et contre tout…

J'ouvre un nouveau sac de fournitures.

– Mais si vous étiez à la tête de ce machin, ce Conseil, poursuis-je, vous pouviez sûrement faire quelque chose pour les Spackle.

– Quelquefois, rétorque-t-elle en me jetant un regard sévère, tu peux mener les gens là où ils ne veulent pas aller mais, la plupart du temps, c'est impossible. Les Spackle ne pouvaient être libérés, pas après que nous les avons vaincus dans une guerre horrible et cruelle, alors que nous avions tant besoin de main-d'œuvre pour reconstruire. En revanche, on pouvait mieux les traiter. On pouvait les nourrir convenablement et les soumettre à des horaires de travail humains et leur permettre de vivre avec leurs familles. Toutes ces victoires, je les ai remportées pour eux, Viola.

En écrivant, elle appuie nettement plus fort sur le bloc-notes. Je l'observe un instant.

– Corinne m'a dit que vous aviez été chassée du Conseil pour avoir sauvé une vie.

Elle ne répond rien, pose sa planche et examine une étagère du haut. Elle lève le bras pour en descendre une casquette et une cape d'apprentie pliée. Elle se retourne et me les jette dans les bras.

– Ils sont pour qui ? je demande.

– Tu veux savoir ce que c'est que commander ? Alors laisse-moi te mettre sur la voie.

Je contemple son visage.

Je contemple la cape et la casquette.

À partir de ce moment-là, j'ai à peine eu le temps de manger.

Le lendemain du jour où les femmes ont été autorisées à sortir, nous avons reçu dix-huit nouvelles patientes, toutes des femmes, qui souffraient de quantité de choses – appendicite, problèmes cardiaques, traitements anticancéreux interrompus, fractures – toutes piégées dans les maisons où elles s'étaient retrouvées isolées après avoir été séparées de leurs maris et de leurs fils. Le lendemain, nous en avons accueilli onze de plus. Mrs. Lawson est rentrée à sa maison de soins pour enfants dès la première minute, mais Mrs. Coyle, Waggoner et Nadari se sont mises à courir d'une chambre à l'autre, criant des ordres et sauvant des vies. Je ne crois pas que quelqu'un ait dormi depuis.

On n'a évidemment pas le temps, Maddy et moi, de guetter notre « moment propice », ni de remarquer que le Maire n'est pas encore venu me voir. Je cours tout le temps, dans les jambes des autres, aidant comme et quand je le peux, apprenant sur le tas mon métier d'apprentie.

Et mes talents de guérisseuse n'ont rien de très convaincant.

– Je crois que je n'y arriverai jamais, dis-je après avoir été une fois de plus incapable de lire la tension d'une charmante vieille dame, Mrs. Fox.

– C'est bien ce qu'il me semble, remarque Corinne en regardant l'horloge.

– Patience, ma mignonne, dit Mrs. Fox le visage ridé par un doux sourire. Ce qui mérite d'être appris mérite d'être bien appris.

– Vous parlez d'or, madame Fox, dit Corinne en se tournant vers moi. Essaye encore.

Je gonfle le brassard, écoute mon stéthoscope pour trouver le bon woutch-woutch dans les artères de Mrs. Fox, et le faire correspondre aux chiffres du petit cadran.

– Soixante, vingt ? j'avance timidement.

– Bien, vérifions, dit Corinne. Êtes-vous morte ce matin, madame Fox ?

– Oh, mon Dieu, non.

– Alors ce ne doit pas être soixante, vingt.

– Je ne fais cela que depuis trois jours…, dis-je.

– Et moi, je fais cela depuis six ans, alors que j'étais bien plus jeune que toi, ma fille, et te voilà, incapable de prendre une tension, et pourtant apprentie exactement comme moi. C'est curieux, la vie, hein ?

– Mais tu te débrouilles très bien, mon cœur, intervient Mrs. Fox.

– Non, elle ne se débrouille pas bien, lâche Corinne. Je suis désolée de vous contredire, mais certaines d'entre nous considèrent la thérapie comme une fonction sacrée.

– Moi aussi, je considère cela comme une fonction sacrée, je réplique, presque par réflexe.

Je n'aurais pas dû.

– Soigner, c'est plus qu'un boulot, ma fille, siffle Corinne, comme si « ma fille » était la pire des insultes. Rien n'est plus important dans cette vie que sa préservation. Nous sommes les mains de Dieu sur cette terre. Nous sommes l'opposé de ton ami le tyran.

– Ce n'est pas mon…

– Laisser souffrir quelqu'un, n'importe qui, c'est le plus grand péché qui soit.

– Corinne…

– Tu ne comprends rien à rien, ajoute-t-elle à voix basse. Arrête de faire semblant.

Mrs. Fox se fait presque aussi petite que moi.

Corinne lui jette un regard, puis rajuste sa casquette, tire sur les revers de sa cape et s'étire le cou de droite à gauche. Elle ferme les yeux en poussant un long, très long soupir.

Sans me regarder, elle grogne :

– Essaye encore.

– La différence entre une clinique et une maison de soins ? interroge Mrs. Coyle en cochant des cases sur une feuille.

– La principale différence, c'est que les cliniques sont dirigées par des médecins hommes et les maisons de soins par des guérisseuses, je récite en distribuant les comprimés quotidiens de chaque patiente dans des petites coupes.

– Et pourquoi cela ?

– Pour qu'un patient, homme ou femme, ait le

choix entre connaître les pensées de son médecin ou pas.

Elle hausse un sourcil.

– Et la vraie raison ?

– Politique.

– Correct.

Elle finit sa feuille et me la tend.

– Va donner cela à Madeleine avec les médicaments, s'il te plaît.

Elle sort et je termine de remplir le plateau de médicaments. Dans le couloir, j'aperçois Mrs. Coyle tout au bout qui croise Mrs. Nadari.

Et je jure que je la vois glisser un papier à Mrs. Nadari, sans que l'une ou l'autre s'arrête.

On ne peut toujours pas sortir plus d'une heure chaque fois, et seulement par groupe de quatre, mais cela suffit bien pour voir comment les choses se mettent en place à New Prentissville. Ma première semaine d'apprentie touche à sa fin quand nous apprenons que certaines femmes partent même travailler dans les champs en équipes exclusivement féminines.

Les Spackle sont tous gardés quelque part en lisière de la ville, à attendre le « processus » – personne ne sait ce que cela peut bien signifier.

On nous a également dit que l'ancien Maire travaille comme éboueur.

Personne ne parle d'un garçon.

– J'ai raté son anniversaire, dis-je à Maddy, en m'entraînant à bander une jambe en caoutchouc d'un réalisme comique et que tout le monde surnomme Ruby. C'était il y a quatre jours. J'ai perdu le compte du temps que j'ai passé endormie et…

Je ne peux plus parler, je serre le bandage bien fort –

Et je me rappelle quand il m'avait posé un bandage –

Et quand j'en avais posé sur lui.

– Je suis sûre qu'il va bien, Vi, dit Maddy.

– Non, tu n'en sais rien.

– Non, acquiesce-t-elle en regardant par la fenêtre. Mais contre toute attente, la ville n'est pas en guerre. Contre toute attente, nous sommes encore en vie et au travail. Alors, contre toute attente, Todd pourrait bien être vivant et en bonne santé.

Je tire plus fort sur la bande.

– Ça te dit quelque chose, une flèche bleue ?

– Une quoi ?

Je hausse les épaules.

– Quelque chose que j'ai vu dans le carnet de Mrs. Coyle.

– Aucune idée.

– Qu'est-ce que tu regardes ?

– Je compte les soldats.

Elle se retourne, examine Ruby et mon bandage.

– Tu t'es bien débrouillée…

Avec un tel sourire, je la croirais presque.

Je descends le couloir principal, Ruby à la main. Je dois m'entraîner à lui faire des piqûres dans la cuisse. Je plains déjà la pauvre femme qui aura droit à ma première véritable injection.

À l'angle du couloir, avant d'arriver au centre du bâtiment, je manque percuter un groupe de guérisseuses qui s'arrêtent en me voyant.

Mrs. Coyle avec quatre, cinq, six collègues derrière elle. Je reconnais Mrs. Nadari et Mrs. Waggoner, et il y a aussi Mrs. Lawson, mais je n'ai jamais rencontré les trois autres, je ne les ai même pas vues entrer dans la maison de soins.

– Tu n'as rien à faire, ma fille ? demande Mrs. Coyle d'un ton acide.

– Ruby, je bégaye en lui tendant la jambe.

– C'est elle ? demande l'une des guérisseuses que je ne connais pas.

Mrs. Coyle répond sans me présenter :

– Oui, c'est cette fille-là.

Je dois attendre toute la journée avant de revoir Maddy, mais avant que je puisse la questionner, elle me souffle :

– J'ai un plan.

– Est-ce que l'une d'elles avait une cicatrice sur la lèvre supérieure ? chuchote Maddy dans l'obscurité.

Il est minuit largement passé, les lumières éteintes depuis longtemps, et elle devrait être dans sa chambre depuis plus longtemps encore.

– Je crois. Elles ont disparu vraiment vite.

Nous regardons un groupe de soldats descendre la route.

Selon les calculs de Maddy, nous avons trois minutes.

– Ce devait être Mrs. Barker. Et les autres, probablement Maîtresse Braithwaite et Maîtresse Forth. (Elle regarde encore par la fenêtre.) C'est de la folie, tu sais. Si elle nous coince, elle nous ratera pas.

– J'ai du mal à croire qu'elle te renverrait, vu la situation.

Maddy reste songeuse, puis demande :

– Tu as entendu ce qu'elles disaient ?

– Non, la conversation s'est arrêtée dès qu'elles m'ont vue.

– Mais tu étais « la fille » ?

– Oui. Et Maîtresse Coyle m'a évitée tout le reste de la journée.

– Maîtresse Barker, hein… continue Maddy, toujours perplexe. Mais qu'est-ce qu'elles peuvent bien manigancer ?

– Comment ça, manigancer ?

– Ces trois-là étaient au Conseil avec Maîtresse Coyle. Maîtresse Barker l'est encore. Ou l'était, avant tout ça. Mais pourquoi… ? (Elle s'arrête, se rapproche de la fenêtre.) Voilà les quatre derniers.

J'observe avec elle les quatre soldats qui remontent la route.

Si les observations de Maddy sont correctes, c'est le moment.

Si ses observations sont correctes.

– Tu es prête ? je chuchote.

– Bien sûr que non… fait-elle avec un petit sourire terrifié. Mais bon, on y va.

Elle replie ses doigts pour calmer leur tremblement. Je la rassure :

– On va juste jeter un coup d'œil, tu sais. On sera de retour avant même que tu t'en aperçoives.

Elle a toujours l'air aussi terrifié, mais elle hoche la tête.

– Je n'ai jamais fait une chose pareille de toute ma vie.

– Ne t'inquiète pas… dis-je en ouvrant le battant de ma fenêtre. Je suis experte en la matière.

Le REURR de la ville, même quand elle dort, suffit largement à couvrir le bruit de nos pas sur la pelouse assombrie. La seule lumière vient des deux demi-lunes qui nous éclairent.

On gagne le fossé au bord de la route pour se tapir dans les broussailles.

– Et maintenant ? chuchote Maddy.

– Tu as dit deux minutes encore.

Elle hoche la tête.

– Puis un autre intervalle de sept minutes.

Durant cet intervalle, nous commencerons à descendre la route en restant très près des arbres, à couvert, pour essayer d'arriver jusqu'à la tour de communications, si c'en est une.

Et voir ce qu'il y a là-dedans, une fois qu'on y sera.

– Ça va ? je chuchote.

– Oui. Je me sens terrorisée, mais surexcitée en même temps.

Je la comprends. Là-dehors, blotties dans un fossé en pleine nuit, c'est fou, c'est dangereux mais, enfin je fais quelque chose, enfin je prends en main ma propre vie pour la première fois depuis que je me suis retrouvée clouée dans ce lit.

Enfin je fais quelque chose pour Todd.

On entend le gravier crisser sur la route. On s'aplatit un peu plus. Les deux soldats prévus passent devant nous, puis s'éloignent.

– Allons-y, maintenant, je murmure.

Nous nous redressons un peu pour nous éloigner rapidement du fossé, nous éloigner de la ville.

– Tu as encore de la famille sur les vaisseaux? chuchote Maddy. Quelqu'un en dehors de tes parents?

Elle parle d'une voix bizarre, sûrement pour cacher son énervement.

– Non, mais je connais tout le monde. Bradley Tench, c'est le gardien du Beta, et Simone Watkin, sur le Gamma, c'est une femme formidable.

Le fossé s'incurve avec la route et croise un carrefour qu'il va falloir négocier.

Maddy reprend :

– Alors Simone, c'est celle qui…

– Chut…

Je crois que j'ai entendu quelque chose. Maddy se rapproche et se presse contre moi. Elle tremble de tout son corps et respire par saccades. Il fallait qu'elle vienne, cette fois-ci, parce qu'elle sait où est la tour, mais je ne lui demanderai pas de le refaire. Quand j'y retournerai, ce sera toute seule. Parce que si quelque chose tourne mal –

– Je crois que tout va bien, dis-je.

Nous sortons lentement du fossé pour traverser le carrefour, regardant autour de nous en marchant doucement sur le gravier.

– On va quelque part? fait une voix.

Maddy ravale son souffle derrière moi. Un soldat s'appuie contre un arbre, jambes croisées, l'air parfaitement détendu.

Dans le clair de lune, j'aperçois le fusil paresseusement soutenu par sa main.

– Un peu tard pour être dehors, pas vrai ?
– On s'est perdues, je bafouille. On a été séparées de…
– Ouais, coupe-t-il. Ben voyons.
Il gratte une allumette contre la fermeture de son uniforme. À la lumière de la flamme, je vois SERGENT MORTARD écrit sur sa poche. Il allume une cigarette.
Les cigarettes ont été interdites par le Maire.
Mais je suppose qu'un officier –
Un officier sans Bruit qui peut se cacher dans le noir –
Il fait un pas en avant et on voit sa figure. Un sourire se dessine par-dessus sa cigarette, un sourire très laid, le plus laid que j'aie jamais vu.
– Toi ? fait-il en me reconnaissant.
Il lève son fusil.
– T'es la fille…
– Viola ? chuchote Maddy un pas derrière moi, à ma droite.
– Maire Prentiss me connaît, dis-je. Vous ne me ferez pas de mal.
Il inhale la fumée, fait rougeoyer la braise, brouillant ma vision.
– Président Prentiss te connaît.
Puis, regardant Maddy, il la braque avec son fusil.
– Mais je crois pas qu'il te connaisse, toi.
Et avant que je puisse dire quelque chose –
Sans donner aucun signe d'avertissement –
Comme si c'était aussi naturel pour lui que de respirer –
Le sergent Mortard appuie sur la détente.

09 La guerre est finie

[TODD]

– Ton tour de faire la fosse, dit Davy en me jetant le sac de chaux.

On ne voit jamais les Spackle utiliser le coin où ils ont creusé une fosse pour leurs affaires, mais tous les matins ça s'agrandit et ça pue un peu plus, et il faut saupoudrer de la chaux dessus pour diminuer l'odeur et le risque d'infexion.

J'espère que ça marche mieux pour l'infexion que pour l'odeur.

– Et pourquoi c'est jamais ton tour à toi ? je demande.

– À cause que même si Pa pense que t'es le meilleur, pisse d'âne, c'est quand même moi qui commande.

Et il sourit.

Et je pars vers la fosse.

Les jours ont passé et ils ont continué à passer, jusqu'à ce qu'il y en ait deux semaines complètes et même plus.

Je suis resté en vie et j'ai tenu le coup.

(et elle ?)

(*elle ?*)

Davy et moi, on chevauche chaque matin jusqu'au monastère et il « surveille » les Spackle qui arrachent les clôtures et les ronces et je passe la journée à pelleter du fourrage et à essayer de réparer les deux dernières pompes à eau sans y arriver, et à faire la fosse.

Les Spackle sont restés silencieux, sans tenter rien qui puisse les sauver, mille cinq cents Spackle quand on a finalement réussi à les compter, tassés dans un espace où je réunirais pas deux cents moutons. Des gardes supplémentaires sont arrivés, postés au sommet du mur d'enceinte, fusils pointés entre les fils barbelés, mais les Spackle font rien qui ressemble à la plus petite menace.

Ils ont survécu. Ils ont tenu le coup.

Et New Prentissville pareil.

Chaque soir, Maire Ledger me raconte ce qu'il voit pendant ses tournées de ramassage d'ordures. Les hommes et les femmes sont toujours séparés et il y a de nouvelles taxes, de nouveaux règlements sur les vêtements, une liste de livres à rendre et à brûler, et la messe est obligatoire – mais pas dans la cathédrale, évidemment.

Enfin, la ville recommence à ressembler à une vraie ville. Les magasins ont rouvert, des charrettes, des vélos à fission et même une ou deux voitures à fission passent dans les rues. Les hommes ont repris le travail. Les réparateurs ont rejoint leurs ateliers, les boulangers leurs fournils, les fermiers leurs champs, les bûcherons leurs bois. Certains ont même signé pour s'enrôler dans l'armée, mais on voit qui sont les nouveaux du fait qu'ils ont pas encore reçu le remède.

– Tu sais, m'a dit Maire Ledger un soir (et je l'ai vu dans son Bruit avant qu'il le dise, j'ai vu la pensée se former, celle que j'avais pas pensée moi-même, celle que je m'étais pas permis de penser), ce n'est pas aussi terrible que je le croyais. Je m'attendais à un massacre. Je m'attendais à ma propre mort, certainement, et peut-être à l'incendie de toute la ville. La reddition, c'était au mieux un pari imbécile mais, après tout, peut-être qu'il ne ment pas.

Puis il s'est levé pour contempler New Prentissville.

– Peut-être que la guerre est vraiment finie.

– Hé! j'entends Davy crier.

Je me retourne, à mi-chemin de la fosse. Un Spackle s'est approché de lui.

Il lève ses longs bras blancs d'un geste peut-être pacifique, puis se met à claquer de la langue, pointant le doigt vers un groupe de Spackle qui termine d'arracher une clôture. Il arrête pas de cliquer, montre les abreuvoirs vides, mais impossible de le comprendre, puisqu'on n'entend pas son Bruit.

Davy fait un pas dans cette direxion, les yeux plissés, hochant aimablement la tête, sourire dangereux.

– Ouais, bien sûr… Vous avez soif, c'est dur comme boulot… Bien sûr, bien sûr, merci de porter le problème à mon attention, merci beaucoup. Et en réponse, laissez-moi te dire ceci…

Et il écrase la crosse de son pistolet en pleine

figure du Spackle. On entend l'os craquer et le Spackle tombe par terre en se tenant la mâchoire, fouettant l'air de ses jambes.

Une vague de clics monte autour de nous. Davy relève son pistolet, le pointe sur la foule. Sur le mur d'enceinte, les soldats arment leurs fusils. Les Spackle refluent lentement, celui à la mâchoire fracassée continue à se tortiller sur l'herbe.

– Tu sais quoi, pisse d'âne ? lâche Davy.

– Quoi ?

Je fixe le Spackle. Mon Bruit tremble pire qu'une feuille prête à se détacher.

Il se tourne vers moi, sans lâcher son pistolet.

– C'est bon de commander.

À chaque minute, j'ai pensé que la vie allait exploser en mille miettes.

Mais à chaque minute, rien.

Et chaque jour, je l'ai guettée, elle.

Je l'ai guettée par les ouvertures du clocher, mais tout ce que je vois c'est une armée qui marche au pas et des hommes qui travaillent. Jamais un visage que je reconnais, jamais un silence que je peux sentir comme le sien.

Je l'ai guettée quand Davy et moi on prend la route du monastère et quand on revient, j'ai scruté les fenêtres du Quartier des Femmes, mais je l'ai jamais vue me renvoyer son regard.

Je l'ai même plus ou moins cherchée dans la foule des Spackle. Je me demandais si elle se cachait là, prête à surgir et à hurler sur Davy qui leur a tapé dessus, avant de me dire, comme si de rien n'était : « Hé, je suis là, c'est moi. »

Mais non, elle est pas là.

Pas là.

J'ai posé la question à Maire Prentiss chaque fois que je l'ai vu et il m'a dit de lui faire confiance, il m'a dit qu'il est pas mon ennemi, il m'a dit de placer ma confiance en lui et que tout irait bien.

Et j'ai encore cherché.

Et elle est pas là.

– Salut, fifille, je lance à Angharrad en la sellant à la fin de notre journée.

Je la monte beaucoup mieux, je lui parle mieux, et je comprends mieux ses humeurs, maintenant. Je me sens moins nerveux sur son dos et elle a l'air moins nerveuse de m'avoir sur le dos. Ce matin, après que je lui ai donné à manger une pomme, elle m'a passé deux fois ses dents dans les cheveux, comme si j'étais un cheval.

Garçon poulain, dit-elle, quand je monte en selle et que Davy et moi on reprend la route de la ville.

– Angharrad, dis-je, penché en avant entre ses oreilles.

Apparemment, les chevaux aiment qu'on leur rappelle continuellement que tout le monde est là, qu'ils sont toujours dans le troupeau.

Et, par-dessus tout, un cheval déteste être seul.

Garçon poulain, répète Angharrad.

– Angharrad.

– Bon Dieu, pisse d'âne, gémit Davy, pourquoi tu te maries pas avec cette feuttue… ?

Il s'arrête d'un coup, puis reprend en chuchotant :

– Hé, purain de… Regarde-moi ça, un peu ?

Je lève les yeux.

Des femmes sortent d'un magasin.

Quatre, en groupe. On sait qu'elles ont le droit de sortir, mais de jour, pendant que moi et Davy on est au monastère, alors on retourne toujours dans une ville d'hommes, comme si les femmes elles étaient que des fantômes, une rumeur.

Ça fait des lustres que j'en ai pas vu seulement une à travers une fenêtre ou du haut du clocher.

Elles portent des manches et des jupes plus longues qu'avant et elles ont toutes leurs cheveux noués de la même façon derrière la tête. Elles observent nerveusement les soldats qui bordent les rues, et moi et Davy aussi, tout le monde les regardant descendre les marches du magasin.

Et il y a toujours ce silence, toujours ce tiraillement dans ma poitrine et je dois m'essuyer les yeux quand je suis sûr que Davy regarde pas.

Du fait qu'aucune n'est elle.

– Elles sont en retard, lance Davy, sa voix si faible je suppose que lui non plus n'en a pas vu une depuis des semaines. Elles sont toutes supposées être rentrées bien avant le coucher du soleil.

Nos têtes se tournent pour les regarder passer, cramponnant leurs paquets, et elles continuent leur chemin vers le Quartier des Femmes et ma poitrine m'élance et ma gorge se verrouille.

Du fait qu'aucune n'est elle.

Et je réalise –

Je réalise encore une fois combien –

Et mon Bruit devient tout boueux.

Maire Prentiss l'a utilisée pour me contrôler.

Fff...

N'importe quel feuttu idiot l'aurait compris. Si je fais pas ce qu'ils veulent, ils la tuent. Si je cherche à fuir, ils la tuent. Je fais quelque chose à Davy, ils la tuent.

Si elle est pas déjà morte.

Mon Bruit noircit.

Non.

Non.

À cause que peut-être qu'elle l'est pas.

Peut-être qu'elle est là-dehors, dans cette même rue, avec un autre groupe de quatre.

Reste en vie, s'il te plaît. S'il te plaît, s'il te plaît reste en vie.

(s'il te plaît sois en vie)

Pendant que moi et Maire Ledger on prend notre dîner, je reste debout devant une ouverture, je la cherche encore, j'essaye de fermer mes oreilles au REURR.

À cause que Maire Ledger avait raison. Il y a tellement d'hommes qu'une fois le remède parti de leur organisme, on peut plus distinguer aucun Bruit individuel. Ce serait comme essayer d'entendre une goutte d'eau en plein milieu d'une rivière. Leur Bruit est devenu un unique mur de Bruit, tellement imbriqué partout qu'il dit rien sauf

Mais en fait, c'est quelque chose à quoi on s'habitue plus ou moins. Par certains côtés, les pensées et les mots et les sentiments qui bouillonnent autour de Maire Ledger sont plus dérangeants.

– Tout à fait correct, dit-il en se tapotant la panse. Un homme est capable de pensée. Une foule, non.

– Mais une armée, si.

– Seulement si elle a un général pour cerveau.

Il regarde en même temps par l'ouverture à côté de la mienne. Maire Prentiss traverse la place à cheval. Derrière lui, Mr. Mortard, Mr. Tate, Mr. Morgan et Mr. O'Hare écoutent ses ordres.

– Le cercle intérieur, commente Maire Ledger en opinant.

Et pendant une seconde, je me demande s'il y aurait pas comme de l'envie dans son Bruit.

Nous regardons le Maire descendre de cheval, tendre ses rênes à Mr. Tate et disparaître dans la cathédrale.

Deux minutes plus tard, *krr-clonk*… Mr. Collins ouvre la porte.

– Le Président te demande.

– Un instant, Todd, dit le Maire en ouvrant une caisse pour l'inspecter.

Nous sommes dans la crypte de la cathédrale, Mr. Collins m'ayant poussé dans l'escalier au fond de la grande nef. Je reste debout à attendre, à me demander si Maire Ledger m'aura laissé quelque chose de mon dîner quand je serai revenu. Je regarde Maire Prentiss inspecter une autre caisse.

– Président Prentiss, corrige-t-il sans relever la tête. Essaie de t'en souvenir. (Il se redresse.) Il y avait du vin entreposé ici. Bien plus qu'il n'en fallait pour la communion.

Je dis rien. Il me regarde avec curiosité.

– Tu ne me poses pas la question, alors ?

– Sur quoi ?

– Le remède, Todd, réplique-t-il en tapant sur une caisse avec son poing. Mes hommes en ont retiré jusqu'à la moindre trace de la moindre maison de New Prentissville. Tout est là.

Il tend le bras et sort un flacon de comprimés. Il fait sauter le couvercle, prend une petite pilule blanche entre son pouce et son index.

– Tu ne t'es jamais demandé pourquoi je ne vous ai pas donné le remède, à Davy et à toi ?

– Punition ? je fais, en me balançant d'une jambe sur l'autre.

Il secoue la tête.

– Et Mr. Ledger, toujours aussi agité ?

Je hausse les épaules.

– Quelquefois. Un peu.

– Ils ont mis au point le traitement, et puis ils se sont rendus dépendants. (Il désigne les rangées et les rangées de caisses et de boîtes.) Et si j'ai tout ce dont ils ont besoin…

Il replace le comprimé dans le flacon et se tourne complètement vers moi avec un plus large sourire.

– Vous vouliez quelque chose ? je marmonne.

– Vraiment, tu ne le sais pas ?

– Quoi ?

Il fait une nouvelle pause, puis :

– Bon anniversaire, Todd.

J'ouvre grande la bouche. Puis plus grande encore.

– C'était il y a quatre jours, dit-il. Je suis surpris que tu ne l'aies pas mentionné.

J'y crois pas. J'avais complètement oublié.

– Pas de fête, n'est-ce pas. Car nous savons tous les deux que tu étais déjà un homme, bien sûr.

Alors, une fois de plus, je projette les images d'Aaron.

– Tu m'as beaucoup impressionné, ces deux dernières semaines, poursuit-il sans y prêter attention. Je sais combien tu as dû lutter, ne sachant pas que croire sur Viola, ne sachant pas exactement comment te comporter pour ne pas lui nuire.

Je sens sa voix bourdonner dans ma tête, fouiller partout.

– … Mais tu as quand même travaillé dur. Tu as même exercé une bonne influence sur David.

Je peux pas m'empêcher de penser à diverses

méthodes pour réduire Davy Prentiss en purée sanguinolente, mais Maire Prentiss ajoute seulement :

– En récompense, je t'apporte deux cadeaux d'anniversaire en retard.

Mon Bruit monte en flèche.

– Je peux la voir ?

Il sourit, amusé.

– Non. Mais je vais te faire une promesse. Le jour où tu parviendras à me faire confiance, Todd, le jour où tu comprendras que je souhaite véritablement le bien de cette ville et ton bien avec, alors, ce jour-là, tu verras que je suis effectivement digne de confiance.

Je m'entends respirer. Il a jamais été aussi près de me dire qu'elle va bien.

– Non, ton premier cadeau d'anniversaire, c'est quelque chose que tu as mérité. Tu commences un nouveau travail demain. Toujours avec nos amis Spackle, mais avec plus de responsabilités et une part importante de notre nouveau processus. (Il me fixe attentivement.) Un poste qui pourrait te mener loin, Todd Hewitt.

– Jusqu'à devenir un meneur d'hommes ? je questionne, d'un ton un peu trop sarcastique pour qu'il apprécie.

– En effet.

– Et le second présent ? je demande, espérant encore qu'il y ait un lien avec elle.

– Mon second présent, Todd, entouré par tous ces remèdes (il désigne les caisses), c'est de ne pas t'en donner.

Je fais la moue, avec un « Heu ? » d'incompréhension.

Mais il marche déjà vers moi, comme si la conversation était terminée.

Et passant devant moi

JE SUIS LE CERCLE ET LE CERCLE EST MOI.

Ça sonne dans ma tête, venu tout droit de mon centre, de qui je suis.

Je sursaute.

– Pourquoi est-ce que je l'entends si vous prenez le remède ? je demande.

Mais il me glisse un sourire malin et disparaît dans l'escalier.

Bon anniversaire en retard, Todd Hewitt.

Je suis Todd Hewitt, je pense, allongé sur mon matelas, les yeux plongés dans l'obscurité. *Je suis Todd Hewitt et je suis un homme depuis quatre jours.*

D'accord, je me sens pas vraiment différent.

Après l'avoir tellement attendue et guettée, cette date précieuse entre toutes, je suis toujours le même stupide feuttu Todd Hewitt, incapable de rien faire, incapable de sauver ma peau et encore moins la sienne.

Todd feuttu Hewitt.

Et allongé là dans le noir, Maire Ledger ronflant comme un sonneur sur son matelas, j'entends un léger « pop » dehors, quelque part au loin, un crétin de soldat qui aura tiré sur qui sait quoi ou qui et c'est maintenant que je pense ça.

C'est maintenant que je pense que tenir le coup ça suffit pas.

Survivre ça suffit pas si vous vivez à peine.

Ils se serviront de moi tant que je les laisserai faire.

Et elle aurait pu être là, dehors.
Elle aurait pu être dehors, aujourd'hui.
Je vais la trouver, oui –
La première occasion, je vais pas la laisser passer, et je vais la trouver –
Et alors –
Maire Ledger, il ronfle plus.
J'élève la voix dans l'obscurité.
– Vous avez quelque chose à dire ?
Mais le voilà qui se remet à ronfler et son Bruit est gris et tout flou et peut-être que je me suis fait des idées.

10 *Dans la maison de Dieu*

[VIOLA]

– Je ne saurais te dire combien je suis désolé.

Je ne prends pas la tasse de café aux racines qu'il me tend.

– S'il te plaît, Viola, insiste-t-il.

Je la prends. Mes mains tremblent encore.

Elles tremblent depuis cette nuit.

Depuis que je l'ai regardée tomber.

D'abord sur les genoux, puis sur le flanc, couchée sur le gravier, les yeux ouverts.

Ouverts, mais déjà sans voir.

Je l'ai regardée tomber.

Le Maire s'assied devant moi.

– Le sergent Mortard sera puni. Il ne suivait en aucun cas mes ordres.

– Il l'a tuée, dis-je, mais j'entends à peine le son de ma voix.

Le sergent Mortard m'a traînée jusqu'à la maison de soins, tambourinant à la porte avec la crosse de son fusil, réveillant tout le monde, les envoyant chercher le corps de Maddy.

Je ne pouvais pas parler. À peine si je pouvais pleurer.

Elles refusaient de croiser mon regard, les guérisseuses, les autres apprenties. Même Mrs. Coyle a détourné les yeux.

Et tu t'imaginais quoi ? Où croyais-tu l'emmener ?

Et puis, Maire Prentiss m'a convoquée ce matin dans sa cathédrale, sa maison, la maison de Dieu.

Alors elles ne m'ont vraiment plus accordé un seul regard.

– Je suis désolé, Viola, poursuit le Maire. Certains hommes de Prentissville, le vieux Prentissville, en veulent encore aux femmes après ce qui s'est passé il y a si longtemps.

Il relève mon regard horrifié.

– Oui, Viola, l'histoire que tu crois connaître n'est pas la véritable histoire…

Je reste bouche bée. Il soupire.

– … La guerre des Spackle a aussi frappé Prentissville, Viola, et elle a été terrible. Mais les hommes et les femmes ont combattu côte à côte pour s'en sortir. (Il dispose ses doigts en triangle, sa voix toujours aussi calme et douce.) Mais il y a eu de la division dans notre petite colonie, alors même que nous étions victorieux. De la division entre hommes et femmes.

– Apparemment.

– Elles ont formé leur propre armée, Viola. Elles ne faisaient plus confiance à ces hommes dont elles pouvaient lire les pensées. Nous avons essayé de les raisonner, mais en fait, elles voulaient la guerre. Et, malheureusement, elles l'ont eue.

Il se redresse, me dévisage d'un air peiné.

– Une armée de femmes reste une armée, avec des fusils, une armée qui peut vous écraser.

– Vous les avez toutes tuées, jusqu'à la dernière, je réplique entre deux respirations oppressées.

– Non, pas moi. Beaucoup sont mortes au combat. Puis, quand elles ont réalisé que la partie était perdue, elles ont répandu une rumeur comme quoi nous étions des assassins, et elles se sont suicidées pour que les survivants soient condamnés de toute façon.

Ben nous avait raconté une version bien différente, et je ne l'ai pas oubliée.

– Je ne vous crois pas. Les choses ne se sont pas passées comme vous le prétendez.

– Mais j'étais là, Viola. Et je m'en souviens bien plus nettement que je ne le voudrais. Personne plus que moi ne souhaite que l'histoire ne se répète. Tu me comprends ?

Je crois que je le comprends et mon estomac se révulse et je ne peux m'en empêcher et je me mets à pleurer, me rappelant comment ils ont ramené le corps de Maddy, comment Mrs. Coyle a insisté pour que je sois celle qui l'aide à préparer le corps pour l'enterrement, comment elle voulait que je voie de près le prix d'une escapade.

– Mrs. Coyle… je balbutie, essayant de me contrôler, Mrs. Coyle m'a dit de vous demander si nous pouvons l'enterrer cet après-midi.

– J'ai déjà envoyé un message en ce sens, répond-il. Tout ce qu'elle demande lui est livré au moment même où je te parle.

Je repose le café sur une petite table près de ma chaise. Nous sommes dans une immense pièce, plus grande que n'importe quel espace que j'aie jamais connu, sauf les hangars de lancement de mon vaisseau. Bien trop grande pour une simple table en bois et deux chaises confortables. L'unique lumière tombe d'une fenêtre ronde en verre coloré qui représente cette planète et ses deux lunes.

Tout le reste, c'est de l'ombre.

– Comment la trouves-tu ? demande le Maire. Maîtresse Coyle ?

Le poids sur mes épaules, le poids de Maddy partie, le poids de Todd toujours dehors quelque part, tout ça pèse si lourd que j'ai oublié un instant sa présence.

– Que voulez-vous dire ?

Il esquisse un haussement d'épaules.

– Eh bien, comment est-elle dans le travail ? En tant que professeur ?

Je ravale ma salive.

– C'est la meilleure guérisseuse de Haven.

– Et désormais la meilleure guérisseuse de New Prentissville, corrige-t-il. On m'a dit qu'elle avait eu son petit pouvoir, par ici. Que c'était une force avec qui il fallait compter.

Je me mords la lèvre, fixe le tapis.

– Elle n'a pas pu sauver Maddy.

– Bon, nous pouvons le lui pardonner, n'est-ce pas ? (Il parle d'une voix basse, presque affectueuse.) Personne n'est parfait.

Il repose sa tasse.

– Je suis désolé pour ton amie. Et je suis désolé qu'il ait fallu si longtemps pour qu'on se reparle. Mais il y a eu tellement de travail. Je veux absolument arrêter les souffrances sur cette planète, et voilà pourquoi la mort de ton amie me peine tant. C'est l'essence même de ma mission. La guerre est finie, Viola, vraiment. Le temps de la guérison est venu.

Je ne réponds rien.

– Mais ta Maîtresse ne voit pas les choses de cette façon, n'est-ce pas ?… Elle me voit comme un ennemi.

Aux premières heures du matin, pendant que nous revêtions Maddy de ses habits mortuaires, elle a déclaré : « S'il veut une guerre, il en a déjà une. Et on n'a même pas commencé à se battre. »

Et puis quand j'ai été convoquée ici, elle m'a dit de me contenter de lui poser la question sur l'enterrement.

Et d'en tirer tout ce que je pourrais.

– … Toi aussi, tu me considères comme l'ennemi, et j'aimerais vraiment qu'il en aille différemment. Je suis tellement déçu que ce terrible incident t'ait rendue encore plus soupçonneuse.

Je sens Maddy me soulever la poitrine. Je sens Todd qui se soulève aussi. Je dois ouvrir la bouche pour respirer.

– … J'imagine à quel point c'est attirant d'envisager deux côtés, et je suis sûr que tu dois être de son côté, continue-t-il. Je ne t'en blâme pas. Je ne t'ai même pas interrogée sur tes vaisseaux parce que je sais que tu me mentirais. Je sais qu'elle te l'a demandé. À la place de Mrs. Coyle, je ferais exactement la même chose. Te pousser pour que tu m'aides. Exploiter un atout qui m'est tombé dans la main.

– Elle ne m'exploite pas, dis-je tranquillement.

En savoir un peu plus nous apporterait beaucoup – je me rappelle.

Il se penche vers moi.

– Puis-je te dire quelque chose, Viola ?

– Quoi ?

Il se redresse.

– Ah, j'aimerais tellement que tu m'appelles David.

Je baisse les yeux sur le tapis.

– Oui, et alors, David ?

– Merci, Viola. C'est vraiment important pour moi. (Il attend que je relève les yeux.) J'ai parlé au Conseil qui gouvernait Haven. J'ai parlé à l'ancien Maire de Haven. J'ai parlé à l'ancien chef de la police et au médecin en chef et au principal de l'éducation. J'ai parlé avec toutes les personnes qui comptaient dans cette ville. Certaines travaillent maintenant pour moi. Certaines ne s'intègrent pas naturellement dans la nouvelle administration, mais c'est aussi bien, il y a tellement de travail pour reconstruire cette ville, la préparer pour l'arrivée de ton peuple, Viola, en faire le vrai paradis dont il a besoin et qu'il attend.

Il ne me quitte toujours pas des yeux. Je remarque à quel point ses yeux bleus luisent, sombres, comme de l'eau sur une ardoise.

– … Et de toutes les personnes que j'ai rencontrées à New Prentissville, ta Maîtresse Coyle est la seule qui sache vraiment ce que commander veut dire. Le commandement ne s'apprend pas, Viola. Il se prend, et elle serait bien la seule personne de cette planète en dehors de moi qui ait suffisamment de force, suffisamment de volonté pour le prendre.

Je le regarde toujours, et une pensée me vient.

Son Bruit est toujours silencieux comme le noir derrière et son visage et ses yeux ne laissent rien voir non plus.

Mais je commence à me demander –

Juste maintenant, au fond de ma pensée –

Est-ce qu'il aurait peur d'elle ?

– Pourquoi crois-tu que je t'aie fait amener chez elle pour ta blessure ? questionne-t-il.

– C'est la meilleure guérisseuse. Vous l'avez dit vous-même.

– Oui, mais ce n'est pas la seule. Les bandages et les médicaments font l'essentiel du travail. Mrs. Coyle ne fait que les appliquer avec une habileté remarquable.

Involontairement, j'approche ma main de ma cicatrice.

– Cela ne suffit pas.

– Bien sûr, tu as raison. (Il se penche encore un peu plus.) Je la veux de mon côté, Viola. J'ai besoin d'elle à mon côté si je veux faire de cette nouvelle société une réussite. Si nous travaillions ensemble, Mrs. Coyle et moi (il se rejette en arrière), ah, quel monde nous pourrions bâtir !

– Vous l'avez enfermée.

– Mais c'était provisoire. Les frontières entre hommes et femmes s'étaient brouillées, et la réintroduction de ces frontières est un processus lent et douloureux. La formation d'une confiance mutuelle prend du temps. Mais la chose importante à se rappeler, comme je te l'ai dit, Viola, c'est que la guerre est terminée. Elle l'est vraiment. Je ne veux plus de combats, plus de sang versé.

Pour m'occuper les mains, je prends la tasse de café qui refroidit. Je la porte à mes lèvres, mais ne bois pas.

– Est-ce que Todd va bien ? je demande, sans le regarder.

– Heureux et en bonne santé et travaillant au soleil, répond le Maire.

– Je peux le voir ?

Il reste silencieux, comme s'il y réfléchissait.

– Ferais-tu quelque chose pour moi ?

– Quoi ?... (Une autre idée germe dans ma tête.) Vous voulez que je l'espionne pour votre compte ?

– Non, non... Pas l'*espionner*, absolument pas. Je veux juste ton aide, que tu la persuades que je ne suis pas le tyran qu'elle imagine, que l'histoire n'est pas ce qu'elle croit connaître, que si nous travaillons ensemble, nous pouvons faire de cet endroit le refuge que *tous les deux* nous voulions quand notre peuple a quitté Vieux Monde, il y a tant d'années. Je ne suis pas son ennemi. Et je ne suis pas le tien.

Il a l'air tellement sincère.

– Je te demande ton aide, Viola.

– Vous avez tous les pouvoirs. Vous n'avez pas besoin de mon aide.

– Mais si. Tu es devenue plus proche d'elle que je ne le serai jamais.

Vraiment ?

« C'est la fille », je me rappelle.

– Je sais également qu'elle t'a droguée, cette nuit-là, pour que tu t'endormes sans pouvoir rien me dire.

J'aspire un peu de café froid.

– Et vous n'auriez pas fait pareil ?

Il sourit.

– Alors, tu admets que nous ne sommes pas si différents, elle et moi ?

– Comment puis-je vous faire confiance ?

– Comment peux-tu lui faire confiance, alors qu'elle t'a droguée ?

– Elle m'a sauvé la vie.

– Après que je t'ai confiée à elle.

– Elle ne me retient pas enfermée dans une maison de soins.

– Tu es venue ici toute seule, non ? Les restrictions sont allégées chaque jour.

– Elle m'enseigne le métier de guérisseuse.

– Et ces autres guérisseuses avec qui elle discute en secret ? (Il joint ses doigts en triangle comme une tente.) De quoi discutent-elles, à ton avis ?

Je fixe ma tasse, bouche sèche. Comment sait-il ?

– … Et qu'ont-elles prévu pour toi ?

Je ne le regarde toujours pas.

Il se lève.

– Viens avec moi, s'il te plaît.

Il me conduit hors de l'immense pièce puis dans la nef d'entrée de la cathédrale. Les portes sont grandes ouvertes sur la place. Les soldats font des manœuvres et le *pfeuk pfeuk pfeuk*… de leurs pas se déverse et le REURR des hommes qui n'ont plus le remède dresse un mur derrière.

Je grimace.

– Regarde ça, dit le Maire.

Au centre de la place, des hommes construisent

une petite plate-forme en bois brut, avec une sorte de mât courbé au sommet.

– Qu'est-ce que c'est ?

– Là où le sergent Mortard sera pendu demain, après son terrible crime.

Le souvenir de Maddy, de ses yeux sans vie, envahit ma poitrine. Je dois presser la main sur mes lèvres pour les empêcher de crier.

– … J'ai épargné l'ancien Maire de cette ville. Mais je n'épargnerai pas l'un de mes plus fidèles et loyaux sergents. (Il me regarde.) Crois-tu vraiment que je ferais tout cela juste pour amadouer une fille qui a des informations que je pourrais utiliser ? Penses-tu vraiment que je me compliquerais la vie à ce point si, comme tu le dis, j'avais tous les pouvoirs ?

– Alors pourquoi faites-vous cela ?

– Parce qu'il a enfreint la loi. Parce que nous sommes dans un monde civilisé et que les actes de barbarie n'y seront pas tolérés. Parce que la guerre est vraiment finie. (Il se tourne vers moi.) J'aimerais beaucoup que tu arrives à convaincre Mrs. Coyle. (Il se rapproche.) Tu feras cela ? Tu lui diras au moins ce que je fais pour remédier à cette situation tragique ?

Je regarde mes pieds. Mon cerveau part en vrille, comme un météore.

Les choses qu'il dit pourraient être vraies.

Mais Maddy est morte.

Et c'est de ma faute.

Et Todd n'est toujours pas là.

Qu'est-ce que je fais ?

(qu'est-ce que je fais ?)

– Alors, Viola ?

Au moins, c'est une information à transmettre à Maîtresse Coyle.

J'articule, péniblement :

– J'essaierai.

Il sourit.

– Merveilleux. (Il me touche doucement le bras.) Dépêche-toi de rentrer, maintenant. Elles ont besoin de toi pour le service funèbre.

Je hoche la tête et descends les marches et je m'éloigne. Sur la place, le REURR me tape sur le crâne aussi fort qu'un soleil. Je m'arrête pour essayer de récupérer le souffle qui semble m'avoir échappé.

– Viola… ? (Il me regarde toujours, du haut des marches de sa maison, la cathédrale.) Pourquoi ne viendrais-tu pas dîner avec moi demain soir ?

Il sourit de plus belle en me voyant essayer de cacher à quel point je n'en ai aucune envie.

– … Todd sera là, bien sûr, ajoute-t-il.

J'écarquille les yeux. Une vague monte dans ma poitrine, elle soulève des larmes, me surprend tellement que j'ai un hoquet.

– Vraiment ? je demande.

– Vraiment.

– Vous êtes sérieux ?

– Tout à fait sérieux.

Alors il me tend les bras.

11 *Sauvé ta vie*

[TODD]

– Faut les compter, dit Davy en sortant un lourd sac en toile qui traînait dans la grange du monastère et en le laissant tomber sur l'herbe. C'est notre nouveau boulot.

Nous sommes le lendemain matin du jour où le Maire m'a souhaité mon anniversaire en retard, le jour où je me suis juré de la retrouver.

Mais il y a rien de changé.

– Les compter ?…

J'observe les Spackle, qui nous regardent toujours dans ce silence incompréhensible. Le remède devrait plus agir, pourtant.

– … Et pour quoi faire ?

– T'écoutes jamais Pa ? (Il sort des outils du sac.) Chacun doit connaître sa place. Et puis, faut qu'on puisse tracer les animaux.

– C'est pas des animaux, Davy, je réplique calmement, à cause qu'on a déjà eu plusieurs fois ce genre de dispute. C'est juste des aliens.

– Peu importe, pisse d'âne.

Et il sort une paire de cisailles qu'il pose sur l'herbe, puis replonge la main dans son sac.

– … Tiens, prends ça, dit-il en me tendant une poignée de colliers en métal attachés entre eux par un grand anneau.

Alors je vois ce que c'est.

– On va pas…

– Ah, non ?…

Et il sort un autre outil, que je reconnais aussi. C'est comme ça qu'on marquait les moutons à Prentissville. Vous prenez cet outil-là et vous passez un bracelet en métal autour de la patte du mouton. La pince serre les extrémités, si fort que ça déclenche une infexion. Mais comme le métal est enduit d'un médicament, la peau infectée se cicatrise autour du bracelet, pousse dedans, et le métal devient comme une nouvelle peau.

Je lève la tête vers les Spackle qui nous regardent.

Si on enlève le bracelet, ça cicatrise pas. Au contraire, le mouton saigne à mort. Vous lui mettez le bracelet et il vous appartient jusqu'à sa mort. On peut plus revenir en arrière.

– Eh ben, tout ce que t'as à faire c'est de les considérer comme des moutons, dit Davy, debout les pinces à la main.

Il toise les Spackle et hurle :

– En ligne !

– On va faire un pré à la fois !…

Il brandit les pinces d'une main et son pistolet de l'autre. Sur le mur, les soldats gardent leurs fusils pointés vers le troupeau.

– … Une fois que vous avez votre numéro, vous

restez dans ce pré-là et vous bougez plus, vous comprenez ?

Et ils ont l'air de comprendre.

Et c'est bien le problème.

Ils en comprennent bien plus qu'un mouton.

J'examine le paquet de bracelets que j'ai en main.

– Davy, c'est…

– Bouge-toi les fesses, pisse d'âne. On est supposé en faire deux cents, rien qu'aujourd'hui.

Je ravale ma salive. Le premier Spackle de la file regarde aussi les bracelets en métal. Je crois que c'est une femelle, ça se devine à la couleur du lichen qui pousse sur sa peau. Elle est plus petite que la moyenne aussi, pour un Spackle. Ma taille, ou un peu moins.

Et je pense, si je le fais pas, si je suis pas celui qui fait ça, alors ils trouveront quelqu'un d'autre qui s'en fiche si ça fait mal. Mieux vaut que ça soit moi. Mieux vaut ça que Davy tout seul.

J'ai raison ?

(raison ?)

– Tu lui passes le feuttu bracelet autour du bras, oui ? On va pas y passer toute la feuttue matinée ! s'impatiente Davy.

Je lui fais signe de tendre son bras. Elle obéit, me fixe sans battre les paupières. J'ai la bouche très sèche. Je déroule le paquet de bracelets et détache celui qui est marqué 0001. Elle me fixe toujours pareil.

Je prends sa main tendue.

La peau est chaude, plus chaude que je m'y attendais, ils ont l'air si blanc, si froid.

Je lui passe le bracelet au poignet.

Je sens battre son pouls sous mes doigts.

Elle me regarde toujours droit dans les yeux.

– Je suis désolé, je murmure.

Davy s'avance, saisit les extrémités du bracelet avec la pince, et la tord si violemment que la femelle Spackle laisse échapper un sifflement de douleur. Alors Davy referme brutalement le bracelet, la baptisant 0001 à tout jamais.

Elle saigne. 0001 saigne rouge.

(je le savais déjà)

Tenant son poignet de l'autre main, elle recule, toujours en nous fixant, silencieuse. Comme une malédixion.

Aucun ne résiste. Ils se mettent en file et nous regardent, ils nous regardent et nous regardent. De temps en temps, ils échangent un clic mais pas de Bruit, pas de lutte, aucune résistance.

Ça exaspère Davy.

– Purain, il marmonne, maintenant la torsion une seconde supplémentaire pour voir combien de temps il peut les faire siffler de douleur.

Puis encore une seconde de plus, et puis plus encore.

– Alors, ça te plaît, hein ? il hurle à un Spackle qui s'éloigne, tenant son poignet, les yeux tournés vers nous.

0038 est le prochain de la file. Il est grand, probablement mâle, sec comme une trique et encore plus sec à cause que même un demeuré verrait bien que le fourrage qu'on leur donne tous les matins suffit pas pour mille cinq cents Spackle.

– Mets-lui un collier autour du cou, lance Davy.

– Quoi ?
– Mets-le lui autour de son feuttu cou !
– Je vais pas…
Il plonge soudain en avant, me frappe à la tête avec la pince et m'arrache les colliers. Je tombe sur un genou, pressant mon crâne à deux mains, et la douleur m'empêche de lever les yeux pendant quelques secondes.
Après, c'est trop tard.
Davy a fait agenouiller le Spackle devant lui, le collier 0038 serré autour de son cou, et il utilise la pince pour le serrer encore plus. Les soldats rient, en haut du mur. Le Spackle ouvre la bouche pour chercher un peu d'air, agrippe le collier avec ses doigts. Le sang coule autour de son cou.
– Arrête ça ! je crie, vacillant sur mes jambes.
Mais Davy referme la pince d'un coup sec et le Spackle bascule dans l'herbe. Il pousse des râles étouffés, et sa tête prend une teinte horriblement rose. Davy se tient au-dessus de lui sans bouger, le regarde s'asphyxier.
Je vois les cisailles posées sur l'herbe, trébuche pour les attraper et me précipite sur 0038. Davy essaie de m'arrêter mais je lui en balance un coup et il doit reculer pour esquiver et je m'agenouille près de 0038 et j'essaye d'accrocher le collier mais Davy a serré si fort et le Spackle se débat tellement en suffoquant que je dois le plaquer au sol avec mon poing.
Je coupe le collier, qui se dégage dans une bouillie de sang et de peau. Le Spackle inspire une goulée d'air avec un bruit si horrible que ça me déchire les oreilles et je recule, les cisailles encore dans la main.

Et pendant que je regarde le Spackle chercher une seconde inspiration et peut-être pas y arriver, et pendant que Davy s'avance derrière moi avec les tenailles, je réalise la quantité de clics qu'émettent les Spackle parce que c'est maintenant, précisément –

C'est maintenant qu'ils se décident à attaquer.

Le premier coup rebondit légèrement au-dessus de ma tête. Ils sont squelettiques et ils pèsent pas bien lourd, alors je sens pas beaucoup de force dans ce poing.

Mais ils sont mille cinq cents.

Et ils arrivent comme une vague, tellement épaisse que c'est comme être plongé sous l'eau.

Poings, coups, griffures pleuvent sur mon visage et ma nuque et je suis projeté plus loin par terre et leur poids me presse contre le sol, ça m'attrape les bras et les jambes, ça m'agrippe les vêtements et les cheveux et j'appelle et je hurle et il y en a un qui m'a arraché les cisailles et m'en donne un grand coup dans l'épaule et la douleur est terrible je peux pas la supporter –

Et ma seule pensée, ma seule feuttue pensée c'est –

Pourquoi est-ce qu'ils m'attaquent *moi* ? J'ai essayé de sauver 0038, non ?

(mais ils savent, ils savent –)

(ils savent que je suis un tueur)

Davy pousse un cri et j'entends les premiers coups de fusil tirés du haut des murs. Encore plus de coups de poings et de coups de griffes, mais encore plus de coups de fusils aussi, et les Spackle commencent à s'éparpiller, je l'entends, je le vois pas vraiment à cause que la douleur m'incendie l'épaule.

Et il y en a encore un sur moi, il me griffe par-derrière à cause que je suis à plat ventre dans l'herbe, mais j'arrive à me retourner et les fusils tirent toujours et l'odeur de la cordite remplit l'air, et les Spackle courent et courent mais celui-là reste sur moi à me griffer et me gifler.

Et à la seconde où je réalise que c'est 0001, la première de la file, la première que j'ai touchée, il y a un bang! et elle tournoie et tombe dans l'herbe à côté de moi. Morte.

Davy se tient au-dessus de moi avec son pistolet, la fumée sort encore de son canon. Son nez et sa lèvre saignent, il a autant de griffures que moi, et il penche d'un côté.

Mais il sourit.

– J't'ai sauvé la vie, pas vrai?

Les fusils continuent à tirer. Les Spackle continuent à courir, mais ils ont nulle part où aller. Ils tombent et ils tombent et ils tombent.

Je regarde mon coude.

– Je crois que j'ai le bras cassé.

– Je crois que j'ai la jambe pétée, réplique Davy. Mais retourne voir Pa. Dis-lui ce qui est arrivé. Dis-lui que je t'ai sauvé la vie.

Il me regarde pas, lève encore son pistolet, tire, tout son poids bizarrement appuyé sur une jambe.

– Davy…

– Vas-y!… (J'entends comme une sorte de joie en lui.) J'ai un boulot à finir ici.

Il tire encore. Un autre Spackle tombe. Partout il en tombe.

Je fais un pas vers la porte. Puis un autre.

Et puis je cours.

Mon bras pulse à chaque pas mais Angharrad dit garçon poulain quand je la rejoins et ses naseaux humides me soufflent dans la figure. Elle plie les genoux pour que je puisse grimper en selle. Puis elle s'avance sur la route et elle attend que je sois bien assis avant de se lancer dans le galop le plus rapide que je lui aie jamais connu. Je m'agrippe à sa crinière d'une main, mon bras blessé replié plus bas, et j'essaie de pas vomir de douleur.

Je lève les yeux de temps en temps pour voir les femmes qui m'observent de leurs fenêtres, silencieuses, lointaines. Je vois des hommes regarder le cheval passer au galop, regarder ma figure en sang. Et je me demande qui ils croient voir.

Est-ce qu'ils voient l'un des leurs ?

Ou leur ennemi ?

Pour eux, je suis qui ?

Je ferme les yeux mais je commence à glisser et je les rouvre.

Angharrad m'emporte dans la rue qui longe la cathédrale, ses fers lancent des étincelles sur les pavés quand elle vire au coin pour rejoindre l'entrée. L'armée, sur la place, fait des manœuvres. La plupart n'ont toujours aucun Bruit mais le martèlement de leurs pas est assez énorme pour plier l'air.

Je grimace et regarde où ils vont, le porche de la cathédrale –

Et mon Bruit produit un tel choc qu'Angharrad

pile net, dérapant sur les pavés, flancs écumants de m'avoir conduit si vite.

J'y fais à peine attention –

Mon cœur a cessé de battre –

J'ai cessé de respirer –

À cause que la voilà.

Devant mes yeux, remontant les marches de la cathédrale –

La voilà.

Mon cœur se remet brusquement à battre et mon Bruit est prêt à crier son nom et ma douleur disparaît –

À cause qu'elle est vivante –

Elle est vivante –

Mais alors je vois autre chose –

Je la vois monter les marches –

Vers Maire Prentiss –

Bras ouverts –

Et il l'embrasse –

Et elle le laisse faire –

Et tout ce que je peux penser –

Tout ce que je peux dire –

C'est –

– Viola ?

TROISIÈME PARTIE

LA GUERRE EST FINIE

12 *Trahison*

[VIOLA]

Maire Prentiss, là.
Le maître de cette ville, ce monde.
Bras ouverts.
Comme si c'était le prix.
Je dois le payer ?
Juste une accolade.
Une embrassade pour voir Todd.
Je fais un pas –
(juste une accolade).
– et il met ses bras autour de moi.
J'essaie de ne pas me pétrifier à son contact.

– Je ne t'ai jamais dit, chuchote-t-il à mon oreille. Mais nous avons trouvé ton vaisseau dans le marais pendant notre marche. Nous avons trouvé tes parents.

Je laisse échapper un hoquet, tente de ravaler mes larmes.

– Nous leur avons offert une sépulture décente. Je suis tellement désolé, Viola. Je sais à quel point tu dois te sentir seule, et rien ne me ferait plus plaisir si un jour, peut-être, tu pouvais me considérer comme…

Un son s'élève brusquement au-dessus du REURR –

Un morceau de Bruit volant plus haut que le reste, clair comme une flèche –

Une flèche tirée directement sur moi –

Viola! elle crie, bousculant les mots de la bouche du Maire –

Je me dégage de ses bras qui retombent –

Je me tourne –

Et là, dans le soleil de l'après-midi, sur la place, monté sur un cheval à même pas dix mètres –

Le voilà.

C'est lui.

C'est lui.

– TODD ! je crie, et je cours déjà.

Il se tient là où il a glissé de son cheval, tenant son bras bizarrement plié, et j'entends *Viola!* gronder à travers son Bruit et j'entends aussi la douleur dans son bras et la confusion partout, mais mon propre esprit va trop vite et mon cœur cogne trop fort pour que je perçoive quelque chose de net.

– TODD ! je hurle encore et je l'atteins et son Bruit s'ouvre encore plus large et m'entoure comme une couverture et je l'agrippe et je m'agrippe à lui comme si jamais je ne le laisserais partir et il crie de douleur mais son autre bras m'agrippe, lui aussi m'agrippe –

– Je croyais que tu étais morte, il souffle dans mon cou. Je croyais que tu étais morte.

– Todd…

Et je pleure et la seule chose que je peux dire c'est son nom. *Todd.*

Sa respiration se coupe et la douleur qui déchire son Bruit m'aveugle presque.

– Ton bras, dis-je en me reculant.

– Cassé, il halète, cassé par…

– Todd ? dit le Maire juste derrière nous, en le fixant. Tu es de retour bien tôt.

– Mon bras… Les Spackle…

– Oh, voilà qui n'est pas beau à voir, Todd, continue le Maire d'une voix plus forte. Nous devons te faire soigner immédiatement.

– Il peut venir chez Mrs. Coyle ?

– Viola… dit le Maire. (Et je sens Todd penser « Viola ? », plein d'étonnement d'entendre le Maire m'appeler Viola.) Ta maison de soins est trop éloignée pour que Todd puisse y aller à pied avec une si vilaine blessure.

– Je vais venir avec vous. Je suis apprentie, maintenant.

– T'es quoi ? fait Todd. (Sa douleur monte comme une sirène mais il continue à nous observer, le Maire, puis moi.) Qu'est-ce qui se passe ? Comment sais-tu… ?

– Je t'expliquerai tout cela, dit le Maire en s'emparant du bras valide de Todd, quand tu seras soigné. (Il se tourne vers moi.) L'invitation est maintenue, pour demain. Tu as un enterrement, pour l'instant.

– Enterrement ? s'étonne Todd. Quel enterrement ?

– Demain, me répète le Maire fermement, éloignant Todd.

– Attendez…

– Viola ! crie Todd en se libérant de la poigne du Maire, mais le mouvement secoue son bras cassé et il tombe de douleur sur un genou, une douleur si vive et si claire dans son Bruit que les soldats s'arrêtent pour l'écouter.

Je fais un bond pour l'aider, mais le Maire tend une main pour m'arrêter.

– Pars, dit-il, d'une voix qui n'appelle aucune discussion. Je vais aider Todd. Toi, va à ton enterrement et pleure ton amie. Tu verras Todd demain soir, en parfaite forme.

Viola ? répète le Bruit de Todd, étouffant une plainte de douleur si lourde qu'il ne peut parler, je crois.

– Demain, Todd ! je lance, essayant de traverser son Bruit. À demain !

Viola ! il appelle encore, mais le Maire l'entraîne déjà.

– Vous avez promis ! je crie derrière eux. N'oubliez pas que vous avez promis !

Le Maire m'adresse un sourire.

– Et rappelle-toi que tu as promis également.

Vraiment, j'ai promis ?

Alors je les vois s'éloigner, si vite que c'est comme si rien n'était arrivé.

Mais Todd –

Todd est vivant.

Pendant une minute, je reste pliée presque jusqu'au sol pour laisser cette vérité s'installer.

« Et le cœur lourd, nous te confions à la terre. »

– Tiens…

Mrs. Coyle prend ma main après que le prêtre a fini de parler et elle y met un peu de terre.

– … On la disperse sur le cercueil.

Je fixe la terre dans ma main.

– Pour quoi faire ?

– Pour qu'elle soit enterrée par nous toutes.

Elle me conduit dans la file des guérisseuses qui se rassemblent devant la tombe. Nous passons devant la fosse l'une après l'autre, chacune jetant une poignée de terre sèche sur la boîte en bois où Maddy repose maintenant. Tout le monde se tient aussi loin de moi que possible.

Personne ne me parle, à part Mrs. Coyle.

Elles m'en veulent.

Je m'en veux aussi.

Elles sont plus de cinquante femmes, guérisseuses, apprenties, patientes. Les soldats sont disposés en cercle autour de nous, plus nombreux qu'on ne les attendrait pour un simple enterrement.

Et au milieu de tout cela, je ne peux que me sentir encore plus coupable, parce que je pense surtout à Todd.

Maintenant que j'en suis éloignée, je distingue plus clairement la confusion dans son Bruit, je devine quelle impression il a dû avoir en me voyant dans les bras du Maire, à quel point nous avons dû paraître amis.

Et même si je peux tout expliquer, j'ai quand même honte.

Et puis il a disparu.

Je jette ma poignée de terre sur le cercueil de Maddy, puis Mrs. Coyle me prend par le bras.

– Il faut qu'on parle.

– Il veut travailler avec moi ?

Dans ma petite chambre, Mrs. Coyle laisse sa tasse de thé en suspens, interloquée.

– Il dit qu'il vous admire.

Elle hausse les sourcils.

– Non, vraiment ?

– Je sais... Je sais que cela peut paraître... Mais si vous aviez entendu sa voix...

– Oh, je pense que j'en ai assez entendu comme ça de notre Président.

Je m'adosse à mon lit.

– Mais il aurait pu, je ne sais pas, m'obliger à lui parler des vaisseaux. Il ne m'oblige à rien du tout. (Je détourne la tête.) Demain, il va même me laisser voir mon ami.

– Ton Todd ?

J'acquiesce. Son expression reste plus neutre qu'un rocher.

– Et je suppose que cela lui vaut ta reconnaissance, n'est-ce pas ?

– Non... je réplique en me passant les mains sur la figure. J'ai vu ce que son armée a fait pendant leur marche. Je l'ai vu de mes yeux.

Un long silence.

– Mais ?... lâche enfin Mrs. Coyle.

J'évite son regard.

– Mais il fait pendre l'homme qui a tué Maddy. Il le fait exécuter demain.

Elle pouffe avec mépris.

– Qu'est-ce qu'une tuerie de plus pour un homme comme lui ? Qu'est-ce qu'une vie de plus à prendre ? C'est bien lui de penser que le problème peut se résoudre par une pendaison.

– Il avait l'air sincèrement désolé.

Elle me jette un regard en coin.

– Oh, je n'en doute pas. Je suis certaine qu'il en avait toutes les apparences. (Elle baisse la voix.) C'est le Président des Mensonges, ma fille. Il ment suffisamment bien pour te faire croire que c'est la vérité. Le diable raconte les plus belles histoires. Ta maman ne t'a pas appris cela ?

– Il ne se considère pas comme le diable. Il se voit simplement comme un soldat qui vient de gagner une guerre.

Elle m'observe attentivement.

– Apaisement. C'est le terme exact. Apaisement. Une corde glissante, ma fille.

– Qu'est-ce que cela veut dire ?

– Cela veut dire que tu ne demandes qu'à coopérer avec l'ennemi. Cela veut dire que tu préfères te joindre à lui plutôt que le combattre, et il n'y a pas plus sûr moyen pour rester battue.

– Vous vous trompez ! Je veux seulement que tout cela s'arrête ! Je veux que cet endroit soit un refuge accueillant pour tous les gens qui sont en route, le refuge que nous espérions tous. Je veux qu'il offre la paix et le bonheur. (Ma voix s'épaissit.) Je veux que plus personne ne meure.

Elle repose sa tasse, appuie ses mains sur ses genoux et me fixe.

– Tu es sûre que c'est ce que tu veux ?... Et ce garçon pour qui tu ferais n'importe quoi ?

Et je me demande un instant si elle peut lire mes pensées.

(parce que oui, je veux voir Todd –)

(je veux lui expliquer –)

– Manifestement, ta loyauté ne se dirige pas

vers nous. Après ta petite escapade avec Maddy, il y en a certaines parmi nous qui se demandent si tu n'es pas plus un danger qu'un atout.

Atout ?

Elle pousse un long, douloureux soupir.

– Pour ta gouverne, sache que je ne te reproche pas la mort de Maddy. Elle était assez grande pour prendre ses décisions elle-même et si elle a choisi de t'aider, eh bien… (Elle se passe les doigts sur le front). Je vois tellement de moi en toi, Viola. Même quand je n'y tiens pas vraiment. Alors sache, s'il te plaît, que je ne t'en veux pas. Quoi qu'il arrive.

– Que voulez-vous dire par, « quoi qu'il arrive » ?

Mais elle n'ajoute rien.

Cette nuit-là, elles ont organisé une « veillée », où tout le monde dans la maison de soins boit des litres de bière pas forte et chante les chansons que Maddy aimait et raconte des histoires sur elle. Il y a des larmes, y compris les miennes, pas des larmes heureuses, mais pas aussi tristes qu'elles le devraient.

Je vais revoir Todd demain.

Et c'est à peu près tout ce que je peux ressentir de presque bon pour l'instant.

J'erre dans la maison de soins, croise les autres guérisseuses et les apprenties et les patientes qui se parlent mais aucune ne me parle. Je vois Corinne assise seule sur une chaise devant la fenêtre, l'air plus furieux que jamais. Elle ne parle plus à personne depuis la mort de Maddy, elle a même refusé de dire quoi que ce soit sur la tombe. Il fallait être assis juste à côté d'elle pour remarquer toutes les traces de larmes sur ses joues.

Peut-être que c'est la bière, mais elle a l'air tellement bouleversée que je vais m'asseoir à côté d'elle.

– Je suis désolée…

Mais elle se relève déjà et me laisse plantée là.

Mrs. Coyle arrive avec deux verres de bière. Elle m'en tend un. Nous regardons Corinne quitter la salle.

– Ne t'en fais pas trop pour elle, me dit Mrs. Coyle en s'asseyant.

– Elle m'a toujours détestée.

– Non. Elle a juste connu des moments très durs, c'est tout.

– Comment ça, durs ?

– C'est à elle de t'en parler, pas à moi. Allez, bois.

J'aspire une gorgée. C'est sucré, parfumé comme du blé avec des bulles qui me grattent le palais, mais d'une manière pas désagréable. Nous restons assises à boire lentement.

– As-tu jamais vu un océan, Viola ?

Je m'étrangle un peu.

– Un océan ?

– Il y a des océans sur Nouveau Monde… Plus grands que tout…

– Je suis née sur le vaisseau colon. Mais je les ai vus lorsque nous étions en orbite, sur l'éclaireur.

– Alors, tu n'as jamais été sur une plage où les vagues s'écrasent, où l'eau se retire jusqu'à disparaître de ta vue, agitée et bleue et vivante et plus grande même que le noir de l'au-delà, car l'océan ne montre pas ce qu'il contient. (Elle secoue la tête d'un air heureux.) Si tu veux voir un jour à quel point nous sommes petites dans la main de Dieu, va au bord de l'océan.

– Je n'ai connu qu'une rivière, c'est tout.

Elle me dévisage.

– Cette rivière rejoint l'océan, tu sais. Ce n'est même pas très loin. Deux jours de cheval, au maximum. Une longue matinée en voiture à fission. Enfin, la route n'est pas bien bonne.

– Il y a une route ?

– Il n'en reste presque plus rien.

– Et là-bas ?

– C'était chez moi, autrefois, dit-elle en changeant de position sur sa chaise. Quand nous avons atterri, il y a maintenant vingt-trois ans. On voulait y faire de la pêche, avec des bateaux, et tout et tout. En cent ans, on aurait pu avoir un grand port.

– Que s'est-il passé ?

– Ce qui s'est passé un peu partout sur cette planète. Face aux difficultés, tous nos beaux plans ont plus ou moins capoté durant les deux premières années. Créer une civilisation nouvelle, ça n'était pas aussi simple qu'on le croyait. Il faut ramper longtemps avant de pouvoir marcher. (Elle avale une gorgée de bière, puis sourit pour elle-même.) Et quelquefois tu recommences à ramper. Pas plus mal, remarque. Les océans de Nouveau Monde ne sont pas vraiment adaptés à la pêche.

– Pourquoi pas ?

– Les poissons font la taille de ton bateau, ils nagent à côté de toi, ils te fixent un moment et te disent qu'ils vont te manger. (Elle a un petit rire.) Et puis, ils te mangent.

Je ris un peu, moi aussi. Et puis, je me rappelle tout ce qui s'est passé.

– C'est beau quand même, l'océan, reprend-elle en me regardant. Comme rien de ce que tu connais.

– Il vous manque, dis-je en vidant mon verre.

– Voir l'océan une fois c'est apprendre comment le regretter, dit-elle en prenant mon verre. Je vais t'en chercher un autre.

Cette nuit-là, je fais un rêve.

Je rêve d'océans et de poissons qui vont me manger. Je rêve d'armées qui passent en nageant avec Mrs. Coyle à leur tête. Je rêve que Maddy me prend par la main et me soutient hors de l'eau.

Je rêve de la foudre et de son éclair, un BOUM ! qui fend le ciel en deux.

Maddy sourit quand je sursaute en l'entendant.

« Je vais le voir », lui dis-je.

Elle regarde par-dessus mon épaule et dit : « Le voilà. »

Je me retourne.

Je me réveille mais le soleil n'est pas normal. Je m'assieds, ma tête lourde comme un rocher, et je ferme les yeux pour que ça s'arrête de tourner.

– Alors c'est comme ça, une gueule de bois, je murmure très fort.

– Il n'y avait pas d'alcool, dans cette bière, dit Corinne.

Je décolle mes paupières. Je n'aurais pas dû. Maintenant, des points noirs éclatent partout dans mon champ de vision.

– Qu'est-ce que tu fais là ?

– J'attends que tu te réveilles pour que les hommes du Président puissent t'emmener.

– Hein ? Mais qu'est-ce qui se passe ?

– Elle t'a droguée. Des jeffers dans ta bière, et de la racine de bandy pour masquer le goût. Elle t'a laissé ça. (Elle me tend un petit morceau de papier.) Tu dois le détruire après l'avoir lu.

Je prends le papier. C'est un mot de Mrs. Coyle.

Pardonne-moi, ma fille, mais le Président a tort. La guerre n'est pas finie. Reste du bon côté, continue à récolter des renseignements, continue à le tromper. On te contactera.

– Elles ont fait exploser une vitrine de magasin et sont parties dans la confusion qui a suivi, explique Corinne.

– Elles ont fait quoi ?… Corinne, mais… que se passe-t-il vraiment ?

Elle ne me regarde même pas.

– Je leur ai dit qu'elles abandonnaient leur mission sacrée, que rien n'était plus important que de sauver des vies.

– Et qui est resté ?

– Juste toi et moi. Et les soldats qui attendent dehors pour te mener à ton Président.

Elle fixe ses chaussures, et je remarque la colère, la rage qui l'incendient.

– … Mais je suppose que je serai interrogée par quelqu'un de nettement moins… fascinant.

– Corinne…

– Tu vas commencer par m'appeler Mrs. Wyatt, à partir de maintenant… Du moins, au cas très improbable où nous reviendrions ici toutes les deux en vie.

– Alors comme ça, elles sont parties ? je balbutie toujours sans y croire.

Corinne me jette un regard étincelant, attendant que je me lève.

Elles sont parties.

Elle m'a laissée seule ici avec Corinne.

Elle m'a abandonnée ici.

Pour partir et lancer une guerre.

13 *Échardes*

[TODD]

– Combustible à fission, monsieur, imprégné de poudre d'argile pour faire une pâte…

– Je sais comment fabriquer une bombe artisanale, caporal Parker, rétorque le Maire en observant les dégâts du haut de son cheval. Ce que j'ignore, c'est comment un groupe de femmes sans armes a pu en poser une sous le nez des soldats que vous commandez.

Le caporal déglutit péniblement, on voit bouger sa pomme d'Adam. C'est pas un homme de New Prentissville. Il a dû être enrôlé en chemin. Tu vas là où se trouve le pouvoir, disait Ivan. Mais si le pouvoir demande des réponses que t'as pas ?

– Ce n'était peut-être pas seulement des femmes, monsieur, dit Parker. Les gens parlent de quelque chose appelé…

– Regarde-moi ça, pisse d'âne, me dit Davy.

Il a mené Deadfall/Acorn à un tronc d'arbre, près de l'endroit où nous sommes arrêtés, face à la vitrine soufflée.

Je sifflote à l'oreille d'Angharrad, utilisant ma main valide pour reprendre les rênes. Elle marche avec précaution sur les morceaux de bois, de plâtre et de conserves éparpillés comme si le magasin s'était enfin libéré de tout ce qui l'encombrait dans un grand éternuement. Davy nous désigne une gerbe d'échardes colorées, plantées dans le tronc d'arbre.

– Esplosion tellement forte, elle a planté ça droit dans l'arbre… dit-il. Les chiennes.

– Il était tard, je remarque, ajustant mon bras dans son écharpe. Elles ont blessé personne.

– Les chiennes, répète Davy en secouant la tête.

– Vous nous remettrez vos réserves de remède, caporal, lance le Maire, à voix suffisamment haute pour que les hommes de Parker entendent la punition. Comme vous tous. L'intimité est un privilège réservé à ceux qui le méritent.

Et sans prêter attention aux mots d'excuse bredouillés par le caporal Parker, il se tourne pour échanger quelques mots discrets avec Mr. O'Hare et Mr. Morgan, qui partent ensuite chacun dans une direxion. Il s'approche alors de nous, sans rien dire, son visage fermé comme une gifle. Marbeth toise nos montures d'un air cruel. Obéis, dit son Bruit. Obéis. Obéis. Deadfall et Angharrad baissent tous les deux la tête et reculent.

Tous les chevaux sont un peu dingues.

– Tu veux que j'y aille, Pa, hein ? À la chasse aux chiennes qui ont fait ça ?

– Surveille ton vocabulaire, rétorque le Maire. Vous avez tous les deux du travail à faire.

Davy me jette un regard en coin et relève sa

jambe gauche, entièrement plâtrée en dessous du genou.

– Pa ? T'as peut-être pas remarqué, mais je peux à peine marcher et pisse d'âne a le bras en écharpe et…

Il a même pas fini sa phrase quand déboule cet orage de son, projeté par le Maire plus vite que la pensée, comme une balle de Bruit. Davy fait un bond dans sa selle. Il tire si fort sur les rênes que Deadfall se cabre et manque le flanquer par terre. Enfin Davy se reprend, la respiration rauque, les yeux vagues.

Mais c'est quoi, ce truc ?

– Penses-tu le moment bien choisi pour prendre un jour de congé ? dit le Maire en montrant les débris du magasin éparpillés autour de nous, le noyau du bâtiment encore fumant par endroits.

Esplosé.

(je l'ai cachée dans mon Bruit, en faisant tout mon possible pour la contrôler –)

(mais elle est là, masquée mais bouillonnant sous la surface –)

(l'image de ce pont quand il a explosé –)

Je tourne la tête pour voir le Maire me fixer avec une telle intensité que je le bafouille avant même d'y penser :

– C'était pas elle. Je suis sûr que non.

Il me fixe toujours.

– Je ne l'ai jamais pensé, Todd.

Soigner mon bras n'a pas pris très longtemps, hier. Il m'a conduit à une clinique où des hommes en blouse blanche l'ont remis en place et m'ont fait deux piqûres de réparation d'os qui ont fait plus mal que la fracture, mais alors il était déjà parti, promettant que je verrais Viola le lendemain soir (ce soir, ce soir) et déjà hors de portée d'un million de questions sur le comment il en est venu à l'embrasser, à l'appeler par son petit nom, et pourquoi elle travaille comme docteur ou quelque chose du genre, et pourquoi elle a dû partir pour un enterrement et

(et comment mon cœur a fait exploser ma poitrine quand je l'ai vue –)

(et comment ça refaisait mal partout quand elle est repartie –)

Et puis, elle est partie vers une vie à elle déjà vécue quelque part sans moi dedans et alors il est plus resté que moi et mon bras retournant à la cathédrale avec les antidouleurs qui m'endormaient tellement, j'ai juste eu le temps de tomber sur mon matelas avant de basculer dans le noir.

Je me suis pas réveillé quand Maire Ledger est rentré avec son Bruit plein de lamentassions grisâtres et de collecte d'ordures. Je me suis pas réveillé pour le dîner et Maire Ledger a engouffré nos deux assiettes. Je me suis pas réveillé quand le *krr-clonk* nous a enfermés pour la nuit.

Mais je me suis réveillé quand un *BAOUM* ! a secoué toute la ville.

Et même alors que je m'asseyais dans l'obscurité, avec les antidouleurs qui me remuaient l'estomac, sans savoir ce que c'était que ce *BAOUM* ni d'où il venait ni ce qu'il signifiait, même alors j'ai su que les choses avaient encore changé, que le monde était soudain devenu différent, une fois de plus.

Et bien sûr, blessé ou pas, à l'aube j'ai accompagné le Maire, Davy et ses hommes, pour rejoindre le site de l'esplosion. Le soleil matinal brille derrière le Maire, lui et Marbeth projetant leur ombre sur presque tout.

– Est-ce que je la verrai quand même ce soir ? je demande.

Il répond pas, reste un long moment silencieux, juste à regarder.

– Monsieur le Président ? appelle le caporal Parker, pendant que ses hommes enlèvent une longue planche de bois soufflée contre un autre arbre.

Quelque chose a été dessiné sur le tronc.

Même sans savoir –

Bon, même sans savoir grand-chose, je vois bien ce que c'est.

Un signe, gravé en bleu sur l'écorce.

Une flèche. Juste une flèche.

– J'y crois pas… Qu'il nous oblige à y retourner le lendemain de cette feuttue attaque… grommelle Davy pendant que nous prenons la longue route du monastère.

J'y crois pas non plus, franchement. Davy peut à peine marcher et même si le réparateur d'os agit sur mon bras, il faudra bien deux jours avant que je puisse m'en servir normalement. J'arrive déjà à le plier mais faudrait pas me demander de repousser toute une armée de Spackle.

– Tu lui as dit que je t'avais sauvé la peau ? questionne Davy d'une voix à la fois furieuse et inquiète.

Je pousse un soupir.

– Mais oui. Il l'a vu dans mon Bruit, de toute façon.

On continue en silence, puis Davy reprend :
– Est-ce qu'il a dit quelque chose ?
J'hésite.
– Il a dit : « Tant mieux pour lui. »
– C'est tout ?
– Il a dit que c'était tant mieux pour moi aussi.
Davy se mord la lèvre.
– Et c'est tout ?
– C'est tout.
– Je vois.
Il dit plus rien, pousse juste Deadfall un peu plus vite.

Même si un seul bâtiment a sauté cette nuit, la ville a l'air complètement différente. Les patrouilles de soldats sont plus nombreuses, plus importantes. Ils sillonnent les routes et les petites rues tellement vite qu'ils courent presque. Il y en a aussi sur les toits, ici et là, avec leurs fusils, qui surveillent tout le temps, sans arrêt.

Les seuls hommes non soldats se dépêchent autant qu'ils peuvent d'un endroit à l'autre, et s'écartent sans lever les yeux.

J'ai vu aucune femme ce matin. Pas une.
(pas elle)
(qu'est-ce qu'elle fabriquait avec lui ?)
(est-ce qu'elle lui ment ?)
(est-ce qu'il la croit ?)
(est-ce qu'elle a quelque chose à voir avec l'explosion ?)
– Qui a eu quelque chose à voir avec quoi ? demande Davy.
– Ferme-la.
– Vas-y, essaye… il grogne, mais sans convixion.

Nous croisons un groupe de soldats, ils escortent un homme attaché par les poignets, il semble avoir été battu. Je presse mon bras en écharpe contre ma poitrine et nous continuons. Le soleil matinal pointe haut dans le ciel au moment où nous passons au pied de la colline avec la tour en métal pour atteindre le dernier virage avant le monastère.

Inutile de retarder la question plus longtemps.

– Qu'est-ce qui s'est passé après mon départ ? je demande.

– On leur a flanqué une raclée, répond Davy en soufflant un peu à cause de la douleur dans sa jambe, la douleur qui se répand dans son Bruit. On leur a flanqué une sacrée raclée.

Quelque chose tombe sur la crinière d'Angharrad. Je balaye ça de la main, mais autre chose tombe sur mon bras. Je lève les yeux.

– Hé… C'est quoi cette feuttue… ? marmonne Davy.

Il neige.

J'ai vu de la neige seulement une fois dans ma vie et j'étais alors trop petit pour savoir que j'en reverrais pratiquement plus jamais.

Les flocons de blanc tombent à travers les arbres et sur la route, collant à nos habits et à nos cheveux. Une chute silencieuse et c'est bizarre comment elle rend tout le reste tranquille, comme si elle essayait de vous dire un secret, un terrible, terrifiant secret.

Mais le soleil étincelle.

C'est pas de la neige.

– Cendres… crache Davy quand un flocon atterrit près de sa bouche. Ils brûlent les corps.

Ils brûlent les corps. Les hommes restent en haut des murs avec leurs fusils, obligeant les Spackle qui ont survécu à empiler les cadavres. La pile est énorme, plus haute que le plus grand de leurs survivants et d'autres cadavres sont transportés par des Spackle aux têtes baissées, aux bouches fermées.

Je les regarde jeter un corps au sommet de la pile. Il atterrit de travers et dévale la pente, roulant par-dessus d'autres corps, à travers les flammes, puis atteint le sol et s'arrête debout, la poitrine pleine de trous, le sang séché sur ses blessures –

(un Spackle aux yeux morts tournés vers moi, dans un campement)

(un Spackle avec un couteau dans la poitrine)

Je respire très fort et détourne la tête.

Sauf quelques clics, les survivants n'ont toujours pas de Bruit. Pas de sons de lamentassion ni de colère ni de rien sur toute l'horreur qu'ils doivent nettoyer.

Comme si quelqu'un leur avait coupé la langue.

Ivan est là, il nous attend, fusil au creux du bras. Il est moins bavard, ce matin. Il a l'air de mauvaise humeur.

– Vous devez continuer le comptage, dit-il en envoyant un coup de pied dans le sac aux bracelets et aux outils. Enfin, il y en a moins, maintenant.

– On en a eu combien ? questionne Davy en souriant.

Ivan hausse les épaules, l'air embêté.

– Trois cents, trois cent cinquante, pourrais pas dire exactement.

Une nouvelle nausée me tord l'estomac, mais le sourire de Davy s'élargit.

– Ça chauffe fort, là-bas.

– Je dois te donner ça, dit Ivan en me tendant le fusil.

– Hein ? Tu lui files une arme ? fait Davy, et son Bruit monte d'un cran.

– Ordres du Président, coupe Ivan. (Il tient toujours le fusil.) Tu le donneras au garde de nuit quand tu partiras. C'est seulement pour ta protection ici. (Il me regarde, plissant le front.) Le Président m'a dit de te dire qu'il sait que tu en feras bon usage.

Je contemple bêtement le fusil.

– Purain, j'y crois même pas… souffle Davy en secouant la tête.

Je sais me servir d'un fusil. Ben et Cillian m'ont appris à tirer sans m'exploser la tête, comment chasser avec et l'utiliser uniquement si nécessaire.

Bon usage, hein.

Je lève les yeux. La plupart des Spackle ont reculé dans les champs les plus éloignés, aussi loin que possible de l'entrée. Le reste tire des corps disloqués et déchirés jusqu'au feu qui brûle au milieu du champ le plus proche.

Mais ceux qui restent me regardent.

Et ils me regardent regarder le fusil.

Et ils pensent rien que je puisse entendre.

Alors qui sait ce qu'ils préparent ?

Je prends le fusil.

Ça veut rien dire. Je m'en servirai pas. Je le prends, c'est tout.

Ivan se retourne et marche vers le porche pour s'en aller et alors je le remarque.

Un léger bzzz, à peine audible, mais quand même. Et qui grossit.

Pas étonnant qu'il ait l'air si écœuré.

Le Maire lui a pris son remède, à lui aussi.

On passe le reste de la matinée à pelleter le fourrage, à remplir les abreuvoirs et à verser de la chaux dans la fosse, moi d'une seule main, Davy sur une seule jambe mais prenant encore plus de temps qu'il faudrait, à cause qu'il peut toujours se vanter, mais je vois bien qu'il a pas trop envie de se remettre au comptage. On a tous les deux des fusils, mais pour toucher un ennemi qui a failli vous tuer, là il faut quand même avoir l'estomac bien accroché.

Le matin se transforme en début d'après-midi. Pour la première fois, au lieu de prendre nos deux déjeuners pour lui, Davy me balance un sandwich qui atterrit sur ma poitrine.

Alors on mange et on regarde les Spackle nous regarder. On regarde brûler la pile de corps, on regarde les onze cent cinquante Spackle qui ont survécu à cette attaque qui a mal tourné, très, très mal tourné. Ils sont rassemblés au bord des prés qu'on a ouverts et le long du mur du monastère, aussi loin que possible de nous et du bûcher.

– Les corps devraient aller dans un marais, dis-je en tenant mon sandwich d'un bras ankylosé. Les corps des Spackle sont faits pour ça. Tu les mets dans l'eau et ils…

– Le feu c'est déjà bien assez bon pour eux, réplique Davy appuyé contre le sac à outils.

– Ouais, mais…

– Y a pas de mais ici, pisse d'âne. Et qu'est-ce que tu vas te lamenter sur eux ? Toute ta feuttue sollicitude, ça les a pas empêchés d'essayer de t'arracher le bras, pas vrai ?

Il a raison mais je réponds rien, je continue juste à les regarder, je sens le fusil en bandoulière dans mon dos.

Je pourrais le prendre. Je pourrais tuer Davy. Je pourrais m'enfuir d'ici.

– Tu serais mort avant d'arriver à la porte, marmonne Davy, examinant son sandwich. Et ton trésor de fille avec.

Je réponds rien à ça non plus. Je finis mon déjeuner. Tout le fourrage a été sorti, tous les abreuvoirs ont été remplis, toutes les fosses ont été chaulées. Reste plus rien à faire d'autre que ce qu'on doit faire.

Davy se redresse, devant le sac.

– On en était où ? dit-il en l'ouvrant.

– 0038, je dis, mon regard toujours fixé sur les Spackle.

Il vérifie sur les bracelets de métal, interloqué.

– Comment tu t'en souviens ?

– Je m'en souviens, c'est tout.

Ils nous regardent, maintenant, tous sans exception. Traits creusés, marqués, leurs expressions vides. Ils savent ce qu'on fait. Ils savent ce qui les attend. Ils savent ce qu'il y a dans le sac. Ils savent qu'ils ne peuvent rien y faire, à part mourir s'ils résistent.

À cause que j'ai un fusil en bandoulière pour ça.

(qu'est-ce qui est juste ?)

– Davy… je commence, mais rien d'autre ne sort à cause que –

BAOUM !

– au loin, presque pas un son, plutôt comme le tonnerre d'un orage à l'horizon, mais vous savez qu'il va très vite arriver et faire de son mieux pour souffler votre maison.

On se retourne, comme si on pouvait voir par-dessus les murs, comme si la fumée montait déjà au-dessus des arbres derrière la porte.

Mais non, pas encore.

– Les chiennes, chuchote Davy.

Mais je pense –

(c'est elle ?)

(c'est elle ?)

(qu'est-ce qu'elle fait ?)

14 *La deuxième bombe*

[VIOLA]

Les soldats attendent jusqu'à midi pour nous emmener, Corinne et moi. Ils doivent pratiquement l'arracher à ses patientes, et ils nous escortent sur la route, huit soldats pour garder deux jeunes filles. Ils ne nous regardent même pas, celui qui marche à côté de moi à peine plus vieux que Todd, il a même un gros point noir sur le cou, et pour une raison idiote je n'arrive pas à en détacher mes yeux.

Puis j'entends Corinne étouffer une exclamation. Nous abordons le magasin où la bombe a explosé. Le devant du bâtiment s'est effondré, et des soldats gardent ce qu'il en reste. Notre escorte ralentit pour jeter un coup d'œil.

Et c'est là que ça se produit.

BAOUM !

Un son énorme, qui rend l'air solide comme un poing, comme une vague de briques, comme si le monde basculait sous nos pieds et qu'on tombait sur le côté puis en haut et en bas simultanément, comme dans le noir sans pesanteur de l'au-delà.

Il y a un vide total où je ne me souviens de rien, puis j'ouvre les yeux et je suis par terre avec de la fumée qui tourbillonne en serpentins autour de moi et des morceaux de feu qui dérivent dans le ciel, tombent doucement ici et là, puis je réalise que je n'entends rien sauf un hennissement suraigu qui noie tous les autres sons et les gens autour de moi se redressent en vacillant ou bien ouvrent la bouche pour crier je suppose et je m'assieds lentement, le monde englouti dans un silence sifflant et il y a le soldat au point noir, il est là par terre à côté de moi, couvert d'échardes et il a dû me protéger de l'explosion parce que je vais à peu près bien mais lui ne bouge pas.

Il ne bouge pas du tout.

Et le son commence à revenir et je commence à entendre le hurlement.

– Voici exactement l'histoire que je ne voulais pas voir se répéter, dit le Maire en contemplant pensivement le rayon de lumière qui descend du vitrail coloré.

– Je n'étais absolument pas au courant pour cette bombe… je répète.

Mes mains tremblent encore et le tintement dans mes oreilles m'empêche de bien comprendre ce qu'il dit.

– … Ni pour celle-là, ni pour la première.

– Je te crois. Tu as toi-même bien failli être tuée.

– Un soldat a presque tout pris à ma place, je balbutie, me rappelant son corps, le sang qui en coulait, les échardes plantées presque partout –

– Elle t'a encore droguée, n'est-ce pas ? questionne-t-il en fixant le vitrail comme si les réponses pouvaient s'y trouver. Elle t'a droguée puis abandonnée.

Cette pensée me frappe comme une gifle.

Oui, elle m'a abandonnée.

Et posé une bombe qui a tué un jeune soldat.

– Oui, dis-je finalement. Elle est partie. Toutes sont parties.

– Pas toutes.

Il s'éloigne derrière moi, devenant juste une voix dans la pièce, parlant haut et fort pour que je puisse l'entendre.

– Il y a cinq maisons de soins dans cette ville. L'une est restée entière, trois autres sont partiellement vidées de leurs guérisseuses et apprenties. La tienne est la seule où la désertion soit totale.

– Corinne est restée, je chuchote, puis j'ajoute d'un ton presque suppliant : Elle a soigné les soldats blessés par la deuxième bombe. Elle n'a pas hésité. Elle est allée tout droit vers les blessés les plus graves, elle a posé des garrots, elle leur a dégagé les voies respiratoires et…

– C'est noté, coupe-t-il d'un ton impatient.

Pourtant c'est vrai, elle m'a appelée pour l'aider et nous avons fait de notre mieux, puis des soldats stupides qui ne comprenaient pas ou ne voulaient pas comprendre ce que nous faisions nous ont agrippées et entraînées plus loin. Corinne s'est débattue alors ils l'ont frappée au visage et elle s'est calmée.

– S'il vous plaît, ne lui faites pas de mal, je répète. Elle n'a rien à voir avec ça. Elle est restée par choix. Elle voulait aider ceux qui…

– Je ne vais pas lui faire de mal ! se met-il à crier soudain. J'en ai assez de ces jérémiades ! Les femmes n'ont rien à craindre tant que je serai Président ! Est-ce si difficile à comprendre ?

Je pense aux soldats frappant Corinne. Je pense à Maddy tombant par terre.

– S'il vous plaît, ne lui faites pas de mal, je répète en chuchotant.

Il pousse un soupir et baisse le ton.

– Nous avons juste besoin qu'elle nous donne des réponses, c'est tout. Les mêmes réponses que j'attends de toi.

– Je ne sais pas où elles sont allées. Elle ne m'a pas dit. Elle ne m'a parlé de rien.

Et je m'arrête et il s'en aperçoit. Parce qu'elle m'a bien parlé de quelque chose.

Cette histoire sur…

– Quelque chose que tu aimerais partager, Viola ? demande le Maire, revenu face à moi, l'air subitement intéressé.

– Rien, dis-je très vite. Rien, juste…

– Juste quoi ?

Ses yeux me fixent, fouillent mon visage, essayent de me lire, même si je n'ai pas de Bruit, et je réalise à quel point ça doit l'exaspérer.

– Seulement qu'elle a passé ses premières années à Nouveau Monde dans les collines, je mens, la bouche sèche. À l'ouest de la ville, après la cascade. Mais je pensais qu'elle disait ça en l'air.

Il me dévisage toujours et il y a un long, très long silence. Puis il recommence à marcher.

– La question la plus importante est de savoir si la deuxième bombe était une erreur, une partie de la première bombe qui aurait explosé plus tard, accidentellement… réfléchit-il tout haut en revenant vers moi. Ou bien était-ce intentionnel ? La bombe a-t-elle été délibérément réglée pour exploser plus tard pour que mes hommes soient présents sur la scène de crime, pour provoquer les plus grosses pertes en vies humaines ?

– Non, impossible. Pas elle, pas une guérisseuse. Elle ne tuerait pas…

– Un général ferait n'importe quoi pour remporter une guerre. C'est pour cela que c'est une guerre.

– Non, je répète. Non, je ne crois pas…

– Je sais que tu ne le crois pas. (Il s'écarte à nouveau, me tournant le dos.) C'est pourquoi elles ne t'ont pas emmenée.

Il rejoint la petite table à côté de sa chaise et prend un morceau de papier, levant la main pour le mettre en évidence.

Il y a un C bleu écrit dessus.

– Est-ce que cela signifie quelque chose pour toi, Viola ?

J'essaye d'évacuer toute expression de mon visage.

– Je n'ai jamais vu ça. (J'essaye d'avaler ma salive, maudissant ma peur.) Qu'est-ce que c'est ?

Il me fixe longuement, attentivement, puis repose le papier.

– Elle va te contacter. (Il guette ma réaction.

J'essaie de ne rien dévoiler.) Oui, dit-il comme pour lui-même. Et quand elle le fera, transmets-lui ce message en particulier, s'il te plaît.

– Je ne…

– Dis-lui que nous pouvons arrêter ce carnage immédiatement, que nous pouvons terminer ceci avant même que cela commence, avant que d'autres gens meurent et avant que la paix ne soit plus qu'un souvenir. Dis-lui cela, Viola.

Il me regarde avec une telle intensité que je réponds :

– D'accord.

Ses paupières ne bougent pas, ses yeux sont des trous noirs auxquels je ne peux m'arracher.

– Mais dis-lui aussi que si elle veut la guerre, elle aura sa guerre.

– S'il vous plaît…

– Ce sera tout, coupe-t-il en me faisant signe de me lever et de quitter la pièce. Retourne à ta maison. Soigne toutes les patientes que tu pourras.

– Mais…

Il m'ouvre la porte.

– Il n'y aura pas de pendaison cet après-midi. Certaines prérogatives civiles devront être supprimées à la lumière des récentes activités terroristes.

– Terroristes ?

– Et je crains d'être beaucoup trop occupé à remettre de l'ordre dans le chaos déclenché par ta maîtresse pour honorer le dîner que je t'avais promis ce soir.

J'ouvre la bouche mais rien ne sort.

Il referme la porte derrière moi.

Dans la grand-rue, j'ai la tête qui tourne, les jambes qui vacillent. Todd est là quelque part et je ne pense à rien d'autre sauf que je ne peux pas le voir et que je ne pourrai rien lui dire sur ce qui s'est passé ni m'expliquer sur quoi que ce soit.

Et c'est sa faute à elle.

Je m'en veux de penser cela, mais c'est de sa faute. Tout est de sa faute. Même si c'était pour des raisons qu'elle estime justes. C'est de sa faute si je ne verrai pas Todd ce soir. Sa faute, cette guerre qui arrive. Sa faute…

J'approche du magasin dévasté.

Quatre corps sont étendus dans la rue, couverts de draps blancs qui ne cachent pas complètement les mares de sang sous eux. Derrière le cordon de soldats, un drap aussi recouvre celui qui m'a involontairement sauvé la vie.

Je ne connaissais même pas son nom.

Et puis tout d'un coup il est mort.

Si elle avait seulement attendu, si elle avait vu ce que le Maire demandait

Et puis je pense : « *l'apaisement, ma fille, une corde glissante* » –

Mais les corps, là sur la route –

Maddy mourante –

Le jeune garçon soldat qui m'a sauvée –

Corinne qu'on frappait pour l'empêcher d'aider –

(oh, Todd, où es-tu ?)

(qu'est-ce que je fais ? qu'est-ce qui est juste ?)

– Allons, circulez, aboie un soldat qui me fait sursauter.

Je me dépêche et, avant même de m'en rendre compte, je me suis mise à courir.

J'arrive à la maison de soins complètement

essoufflée et je claque la porte derrière moi. J'ai croisé encore d'autres soldats en chemin, d'autres patrouilles, des hommes perchés sur les toits avec leurs fusils, qui ont suivi ma course du regard, l'un d'eux sifflant même grossièrement sur mon passage.

Impossible de rejoindre la tour de communications, maintenant, c'est fichu.

Autre chose encore qu'elle a flanquée par terre.

En reprenant mon souffle, je réalise que je suis la seule personne qui ressemble encore vaguement à une guérisseuse. Beaucoup de patientes étaient en assez bonne forme pour pouvoir suivre Mrs. Coyle et, qui sait, elles ont peut-être même posé les bombes, mais il reste au moins deux douzaines d'alitées, et d'autres arrivent tous les jours.

Et je suis sûrement la pire guérisseuse que New Prentissville ait jamais connue.

– Par pitié, à l'aide… je chuchote pour moi-même.

– Tout le monde a disparu ? demande Mrs. Fox dès que j'ouvre la porte de sa chambre. Il n'y a pas eu à manger, pas de médicaments…

– Je suis désolée, dis-je en lui vidant son bassin de lit. Je vais vous apporter à manger dès que possible.

– Oh, Dieu du ciel, ma petite ! lance-t-elle avec un regard horrifié quand je me retourne.

Je jette un coup d'œil sur le dos de ma cape. Le sang du jeune soldat fait une grande tache jusqu'à l'ourlet.

– Tu n'as rien ? demande Mrs. Fox.

Je regarde le sang, et je ne peux rien répondre sauf :

– Je vais vous chercher à manger.

Les heures suivantes passent dans un brouillard. Le reste du personnel est également parti, et je dois me débrouiller pour faire la cuisine, servir les patientes et leur demander en même temps quels médicaments elles prennent et quand et combien et même si toutes se demandent ce qui se passe, elles voient bien que j'essaie de me rendre aussi utile que possible.

La nuit est tombée depuis longtemps quand, passant dans un couloir avec un plateau couvert d'assiettes sales, je découvre Corinne dans l'entrée. Elle s'appuie au mur pour tenir debout.

Je laisse tomber le plateau par terre et cours vers elle. En grimaçant, elle lève son autre main pour m'empêcher d'approcher.

Et je vois le gonflement autour de ses yeux.

Et le gonflement de sa lèvre inférieure.

Et sa manière de se tenir trop droite comme si ça lui faisait mal, vraiment mal.

– Oh, Corinne.

– Juste... souffle-t-elle. Emmène-moi juste à ma chambre.

Je la prends par la main pour l'aider et je sens quelque chose de caché dans sa paume, pressé dans la mienne. Elle lève un doigt vers ses lèvres pour faire taire les questions qui vont jaillir des miennes.

– Une fille, chuchote-t-elle. Cachée dans les buissons, le long de la route. (Elle secoue sa tête, en colère.) Une petite fille.

Je ne regarde pas avant d'avoir conduit Corinne à sa chambre, la quittant pour aller chercher des bandages pour son visage et des compresses pour ses côtes. J'attends d'être seule dans la pharmacie et j'ouvre ma paume.

C'est un petit mot plié, marqué d'un V à l'extérieur. Dedans, quelques lignes, presque rien :

Ma fille, le temps est venu pour toi de choisir.

Puis cette simple question :

Pouvons-nous compter sur toi ?

Je lève les yeux.

Pouvons-nous compter sur toi ?

Je plie le mot dans ma poche, prends les bandages et les compresses et retourne aider Corinne.

Battue par les hommes du Maire.

Qui n'aurait pas été battue si Mrs. Coyle avait été là.

Mais qui a été battue alors que le Maire m'avait dit qu'elle ne le serait pas.

Pouvons-nous compter sur toi ?

Et ce n'était pas signé d'un nom.

Seulement par un signe.

Une flèche dessinée en bleu clair.

15 *Enfermé*

[TODD]

BAOUM !

– et le ciel se déchire derrière nous et une rafale de vent remonte la rue et Angharrad se cabre de terreur et je glisse par terre et il y a de la poussière et des hurlements et un bourdonnement dans mes oreilles pendant que je suis allongé à attendre de voir si je suis mort ou pas.

Une autre bombe. La troisième cette semaine depuis les deux premières. À moins de deux cents mètres de nous, cette fois.

– Les chiennes ! crache Davy en se relevant et en regardant plus loin dans la rue.

Mes oreilles sonnent et mon corps tremble une fois debout. Les bombes explosent à différentes heures du jour et de la nuit, à différents endroits de la ville. Il y a eu l'aqueduc qui alimente en eau la partie ouest de la ville, puis les deux principaux ponts qui mènent aux cultures côté nord de la rivière. Aujourd'hui, c'est –

– C'est la cafette, dit Davy essayant d'empêcher Deadfall/Acorn de pivoter. Là où mangent les soldats.

Il replace Deadfall d'aplomb et parvient à remonter en selle.

– Allons-y! aboie-t-il. Ils ont sûrement besoin d'un coup de main.

Je pose les mains sur Angharrad, toujours terrifiée, toujours à ressasser garçon poulain garçon poulain encore et encore. Je lui répète son nom une bonne vingtaine de fois avant de pouvoir lui remonter sur le dos.

– Et va pas te faire des idées… ajoute Davy en sortant son pistolet pour le pointer sur moi. Je te lâche pas des yeux.

Et c'est tous les jours comme ça depuis le début des bombes.

Davy avec un pistolet pointé sur moi, à chaque minute de chaque journée qui passe.

Je peux donc jamais la chercher.

– Les femmes ne font vraiment rien pour arranger leur cas, marmonne Maire Ledger, la bouche pleine de poulet.

Je dis rien, j'avale juste mon dîner, esquivant les points d'interrogation qui montent de son Bruit.

La cafette a été piégée pendant les heures de fermeture, comme chaque fois. N'empêche que ces endroits sont pas toujours déserts. En arrivant, Davy et moi nous avons trouvé deux soldats morts et un autre corps, un type qui lavait sans doute le plancher ou quelque chose du genre. Trois soldats étaient déjà morts dans les autres attentats.

Et Maire Prentiss en a plus qu'assez.

Je le vois presque plus, pas depuis le jour de ma fracture, pas depuis le jour où je devais, où j'aurais dû revoir Viola. Maire Ledger dit qu'il arrête les gens et les entasse dans des prisons à l'ouest de la ville, mais sans obtenir les renseignements qu'il cherche. Mr. Morgan, Mr. O'Hare et Mr. Tate conduisent des troupes dans les collines à l'ouest pour chercher les campements des femmes qui ont disparu la nuit des premières bombes.

Mais l'armée trouve rien et le Maire devient de plus en plus cinglé, il ordonne de plus en plus de couvre-feux, il enlève le remède à de plus en plus de soldats.

Et New Prentissville devient de plus en plus sonore pendant la journée.

– Le Maire va jusqu'à nier que la Flèche existe, dis-je à Maire Ledger, qui picore son dîner à coups de fourchette.

– Bien sûr, le Président peut dire ce qui lui plaît… Mais les gens parlent. Oh, oui, ils parlent…

En plus des matelas logés sur la corniche, on nous a mis une bassine remplie d'eau fraîche tous les matins et un petit W.-C. chimique dans le coin le plus obscur. La nourriture s'est également améliorée, apportée par Mr. Collins, qui nous enferme en repartant.

Krr-clonk.

Voilà où je suis, emprisonné pendant tout le temps que je passe pas avec Davy. Le Maire n'a manifestement aucune envie que je cherche Viola, malgré tout ce qu'il raconte sur la confiance.

– On sait pas s'il n'y a que des femmes, dis-je pour garder Viola hors de mon Bruit. On en sait trop rien.

– Un groupe appelé la Flèche a joué un grand rôle dans la guerre des Spackle, Todd. Pose de bombes, opérations de nuit, ce genre de choses.

– Et ?

– Et c'étaient toutes des femmes. Aucun Bruit écoutable par l'ennemi, tu comprends. (Il secoue la tête.) Mais elles n'obéissaient plus à personne, à la fin, vivaient selon leurs propres lois. Après la paix, elles ont même attaqué la ville. Il a fallu en exécuter quelques-unes. Très moche.

– Mais si vous les avez exécutées, alors ça peut pas être elles ?

– Une idée survit à la mort de la personne. (Il lâche un rot discret.) Mais j'ignore ce qu'elles espèrent pouvoir faire. Ce n'est qu'une question de temps avant que le Président les découvre.

– Il manque des hommes aussi… dis-je.

(À cause que c'est vrai mais en fait je pense à…)

(est-elle partie avec les autres ?)

Je me lèche les lèvres.

– … Ces maisons de soins où les femmes travaillent, est-ce qu'elles portent une marque ? Quelque chose qui indique ce qu'elles sont ?

Il boit une gorgée d'eau, me regarde par-dessus sa tasse.

– Pourquoi veux-tu savoir cela ?

Je froisse un peu mon Bruit pour cacher le moindre indice qui pourrait me trahir.

– Sans raison. Aucune importance…

Je pose mon dîner sur la petite table qu'on nous a donnée, signe tacite qu'il peut finir mon assiette.

– … Moi, je me couche.

Je m'allonge sur mon lit, tourné contre le mur.

Les derniers rayons du soleil passent par les ouvertures de la tour. On a pas de vitres et l'hiver arrive. Je sais pas comment on va faire avec le froid. Je glisse un bras sous mon oreiller et replie mes jambes, essayant de pas penser trop fort. J'entends Maire Ledger finir mon dîner.

Puis une image dérive de son Bruit, flottant jusqu'à moi, une image de main peinte en bleu.

Je me retourne pour le regarder. Des mains comme ça, j'en ai vu sur deux bâtiments au moins, entre ici et le monastère.

– Il y en a cinq, souffle-t-il à voix basse. Je peux te dire où elles sont. Si tu veux.

Je regarde dans son Bruit. Il regarde dans le mien. Tous les deux on est en train de couvrir quelque chose, de cacher quelque chose sous les autres fils de nos pensées. Tout ce temps passé, enfermés ensemble, et on sait toujours pas si on peut se faire confiance.

– Oui, dites-moi.

– 1017… j'annonce à Davy qui tourne ses tenailles, attachant le bracelet à un Spackle qui devient aussitôt 1017.

– Ça ira pour aujourd'hui, dit-il en jetant l'outil dans le sac.

– On a encore…

– J'ai dit ça ira.

Il part en boitillant prendre notre bouteille d'eau et il avale une gorgée. Sa jambe devrait être guérie maintenant. Mon bras l'est, mais il boite toujours.

– On était supposés avoir fini en une semaine, je remarque. Ça en fera bientôt deux, maintenant.

– Je vois pas ce qui nous presse… (Il recrache un peu d'eau.) Et toi ?

– Non, mais…

– Et pas d'autres instruxions et pas d'autre travail en vue…

Il avale une seconde gorgée et crache encore. Puis lance un regard furieux sur ma gauche.

– Hé, tu veux ma photo ?

1017 est toujours là, il tient son bracelet d'une main en nous fixant. Je crois que c'est un mâle et je crois qu'il est assez jeune, pas encore vraiment adulte. Il clique une fois, puis une fois encore et, même si c'est pas du Bruit, ce clic a quelque chose de provoquant.

Davy pense pareil. Il prend son fusil passé en bandoulière, son Bruit tiraillant encore et encore sur toute une débandade de Spackle.

1017 ne bronche pas. Il me regarde droit dans les yeux. *Clic*.

Pas d'erreur, il nous cherche.

Il recule, s'éloigne mais sans nous quitter des yeux, frixionnant son bracelet.

Davy le met en joue.

– Non, je fais.

– Et pourquoi pas ? Qui nous en empêcherait ?

J'ai pas la réponse, à cause qu'il semble pas y avoir quelqu'un.

Les bombes explosent tous les trois ou quatre jours. Personne sait où elles vont se trouver ni comment elles sont posées mais *BAOUM ! BAOUM ! BAOUM !* Le soir de la sixième, un petit réacteur à fission ce coup-là, Maire Ledger rentre avec un coquard et le nez enflé.

– Qu'est-ce qui vous est arrivé ? je demande.

– Des soldats, il crache.

Il prend son assiette, du ragoût encore, et grimace au premier morceau.

– Qu'est-ce que vous avez fait ?

Son Bruit monte d'un cran et il me jette un coup d'œil furieux.

– Je n'ai strictement rien fait.

– Oui, bon, vous me comprenez.

Il grommelle, mange encore un peu, puis :

– Certains ont eu l'idée brillante que j'étais la Flèche. Moi.

– Vous ?

Je lui jette un coup d'œil, l'air un peu trop étonné.

Il se lève, reposant son ragoût. (Il doit vraiment en avoir gros sur le cœur.)

– Ils ne trouvent pas les femmes qui sont responsables, alors les soldats cherchent quelqu'un pour lui faire porter le chapeau.

Par une ouverture, il regarde la nuit tomber sur la ville – sa ville, avant tout ça.

– … Et notre Président a-t-il levé le petit doigt pour qu'on cesse de me taper dessus ? dit-il comme pour lui-même. Mais non ! Absolument pas !

Je continue à manger, essayant de laisser en dehors de mon Bruit les choses auxquelles je veux pas penser.

– Les gens parlent, continue Maire Ledger à voix très basse. D'une nouvelle guérisseuse, une jeune que personne n'a jamais vue auparavant, qui entrait et sortait de cette même cathédrale il y a peu de temps, et qui travaille désormais dans la maison de soins que dirigeait Mrs. Coyle…

Viola – je l'ai pensé haut et fort avant de pouvoir le couvrir.

Maire Ledger se tourne vers moi.

– … Cette maison-là, tu n'as pu la voir. Elle se trouve à l'écart de la grand-rue, au pied d'une butte vers la rivière, à mi-chemin du monastère. Il y a deux granges accolées sur la route où tu dois tourner. (Il regarde par l'ouverture.) Impossible de la rater.

– Je peux pas m'éloigner de Davy.

– Je ne vois absolument pas de quoi tu veux parler, marmonne Maire Ledger en s'allongeant sur son lit. Je n'ai fait que te décrire notre belle cité.

Je respire par saccades, mon esprit et mon Bruit cherchent frénétiquement comment je pourrais m'y rendre, comment je pourrais échapper à Davy pour trouver la maison de soins.

(pour la trouver)

C'est seulement plus tard que je pense à demander :

– Qui est Mrs. Coyle ?

Même s'il fait sombre, je sens quand même rougir le Bruit de Maire Ledger.

– Ah ! Mrs. Coyle, lance-t-il dans la nuit. Et si c'était elle, ta fameuse Flèche, hein ?

– C'est le dernier, dis-je, regardant le Spackle 1182 qui recule en crabe en frottant son poignet.

– Purain, c'est pas trop tôt, grogne Davy en se laissant tomber sur l'herbe. L'air est très frais mais le soleil brille dans un ciel presque dégagé.

– Qu'est-ce qu'on doit faire, maintenant ? je demande.

– Pas la moindre purain d'idée.

J'observe les Spackle. Si on les connaissait pas, on pourrait les croire pas plus malins que des moutons.

– Ils le sont pas, lâche Davy, fermant les yeux au soleil.

– Ferme-la.

Mais, faut dire, y a qu'à les regarder.

Ils restent juste assis dans l'herbe, toujours sans Bruit, sans rien dire, une moitié à nous fixer, l'autre moitié à fixer les autres, cliquant de la langue parfois mais pratiquement sans bouger, à rien faire de leurs mains ni d'eux-mêmes. Toutes ces figures blanches, comme vidées de vie, juste assises devant les murs, à attendre et attendre quelque chose, mais quoi ?

– Et l'heure de ce quelque chose est arrivée, Todd, tonne une voix derrière nous.

Davy se relève précipitamment. Le Maire passe la grande porte à pied, son cheval attaché à l'extérieur.

Mais c'est moi qu'il regarde, uniquement moi.

– M'a pas parlé depuis des semaines… peste Davy sur la route du retour.

Les choses se sont pas si bien passées, entre lui et son père.

– … « Contente-toi de surveiller Todd » par-ci, et « accélère le mouvement avec les Spackle » par-là. (Il serre les rênes entortillées autour de ses mains.) Même pas un merci ! Même pas un « bon travail, David » !

– On était supposés marquer les Spackle en

une semaine, dis-je en répétant ce que lui a dit le Maire. Ça nous en a pris deux fois plus.

Il se tourne vers moi, son Bruit vraiment rouge.

– On s'est fait attaquer ! En quoi ça serait ma faute ?

– Je dis pas ça…

Mais mon Bruit se rappelle le bracelet passé autour du cou de 0038.

– Alors, tu me mets ça sur le dos, toi aussi ?

Il a stoppé son cheval et me fusille du regard, prêt à sauter de selle.

J'ouvre la bouche pour répondre puis je jette un coup d'œil sur la route derrière lui.

Deux granges dans un embranchement, un embranchement qui descend vers la rivière.

Très vite, je ramène mes yeux sur Davy. Il a son sourire mauvais.

– Y a quoi, là-bas ?

– Rien.

– Ta fille, hein ? il ricane.

– Va te faire feuttre, Davy.

– Toi-même, pisse d'âne, réplique-t-il en glissant de sa selle, son Bruit encore plus rouge.

Impossible d'éviter la bagarre, maintenant.

– Les soldats ? demande Maire Ledger en me voyant rentrer couvert d'ecchymoses et de plaies.

– Pas vos oignons, je grogne.

La pire bagarre entre Davy et moi depuis une éternité. Je suis tellement moulu que j'arrive tout juste à mon lit.

– Tu vas manger ça ?

Un certain mot dans mon Bruit lui fait comprendre que non, je vais pas manger ça. Il prend l'assiette et se met aussitôt à mastiquer sans même dire merci.

– À force de manger, vous espérez peut-être la liberté ?

– Paroles de garçon qui a toujours eu suffisamment à manger.

– Je suis pas un garçon.

– Les provisions que nous avons apportées avec nous n'ont duré qu'un an après notre atterrissage, lâche-t-il entre deux bouchées. Et nos techniques de chasse et de culture n'étaient pas encore très au point. (Il prend une autre bouchée.) Les temps de vaches maigres te font apprécier un repas chaud, Todd.

– Pourquoi faut-il toujours que les hommes transforment tout en leçon ?

Je me couvre le visage avec mon bras et puis l'enlève tellement mon coquard me fait mal.

La nuit tombe.

Il fait encore plus frais et je garde presque tous mes habits en me glissant sous ma couverture. Maire Ledger commence à ronfler, rêvant qu'il marche dans une maison aux pièces interminables sans pouvoir trouver la sortie.

C'est le moment le plus sûr pour moi de penser à elle.

À cause que, est-elle vraiment là-bas ?

Et en fait-elle partie, de cette Flèche ?

Et je pense d'autres choses aussi.

Comme : qu'est-ce qu'elle dirait en me voyant ?

Si elle voyait ce que je fais tous les jours ?

Et avec qui ?

J'avale l'air frais de la nuit et je plisse les paupières sur le mouillé de mes yeux.

(es-tu toujours avec moi, Viola ?)
(Viola ?)

Une heure plus tard et je dors toujours pas. Quelque chose me tracasse et je me retourne sous mon drap, essayant de nettoyer mon Bruit, essayant de me calmer assez pour être prêt au nouveau travail que le Maire nous a prévu demain, et qui semble pas si mal, pour parler franchement.

Mais c'est comme si quelque chose me manquait. Quelque chose d'évident, juste sous mes yeux.

Quelque chose –

Je m'assieds, écoutant le Bruit ronflant de Maire Ledger, le rugissement endormi de New Prentissville, le bavardage des oiseaux de nuit, et même la rivière dans le lointain.

Il n'y a pas eu de *krr-clonk* après que Mr. Collins m'a fait entrer.

J'y repense.

Non, j'en suis sûr.

Je regarde dans les ténèbres vers la porte.

Il a oublié de la verrouiller.

Là, maintenant.

Elle est pas fermée.

16 Qui tu es

[VIOLA]

– J'entends du Bruit dehors, dit Mrs. Fox pendant que je remplis sa carafe d'eau pour la nuit.

– Le contraire serait vraiment étonnant, madame Fox.

– Juste devant la fenêtre.

– Des soldats qui fument leur cigarette.

– Non, je suis sûre que c'était…

– J'ai vraiment beaucoup à faire, madame Fox, si cela ne vous ennuie pas.

Je replace ses oreillers et vide son bassin de lit. Elle ne dit rien, puis comme je lui tourne le dos pour sortir :

– Les choses ne sont plus comme avant, murmure-t-elle.

– Ça, vous pouvez le dire.

– Haven, c'était mieux. Pas parfait. Mais mieux que cela.

Et elle regarde par sa fenêtre.

Je meurs de fatigue à la fin de mes tournées,

mais je m'assieds sur mon lit et je sors le bout de papier qui n'a pas quitté ma poche. Je le relis pour la centième, la millième fois.

Ma fille,
L'heure est venue de choisir.
Pouvons-nous compter sur toi ?
La Flèche

Pas même un nom, pas même son nom.

Déjà presque trois semaines que j'ai ce bout de papier. Trois semaines et puis rien. J'imagine que c'est ce qu'elles appellent compter sur moi. Pas le moindre message, pas le moindre signe, juste plantée là dans cette maison avec Corinne – ou Mrs. Wyatt, comme je dois l'appeler maintenant – et les patientes. Des femmes tombées malades comme à l'ordinaire, mais aussi des femmes qui ont eu des « entretiens » avec les hommes du Maire et qui en sont revenues couvertes de contusions et de plaies, avec des fractures des côtes, des doigts, des bras. D'autres avec des marques de brûlure.

Les plus chanceuses. Les autres sont restées en prison.

Et tous les trois ou quatre jours, *BAOUM ! BAOUM ! BAOUM !*

Et de nouvelles arrestations, de nouvelles patientes.

Et aucun message de Mrs. Coyle.

Et aucun signe du Maire.

Rien qui m'explique pourquoi on me laisse ici. J'aurais dû être la première à être emmenée, la première à subir entretien sur entretien, à moisir dans une cellule.

– Mais rien, je chuchote. Rien du tout.

Et aucun signe de Todd non plus.

Je ferme les yeux. Je suis trop fatiguée pour ressentir quoi que ce soit. Chaque jour, je cherche un stratagème pour atteindre la tour de communications. Mais il y a des soldats partout, bien trop pour imaginer un itinéraire, et cela ne fait qu'empirer à chaque nouvelle bombe.

– Il faut que je fasse quelque chose, me dis-je à haute voix. Sinon je vais devenir folle.

Je me mets à rire. Je vais devenir folle et parler toute seule.

Je ris encore, un peu trop pour quelque chose qui n'a rien de si drôle.

Et quelqu'un frappe au carreau.

Je bondis, et mon cœur aussi.

– Maîtresse Coyle ?

C'est elle ? C'est maintenant ?

Maintenant que je dois choisir ?

Peuvent-elles compter sur moi ?

(mais j'entends… du *Bruit* ?)

Je me mets à genoux sur le lit et je tire les rideaux, juste assez pour voir, là-dehors, ces sourcils froncés, ces doigts passés sur le front…

Mais non, ce n'est pas elle.

Ce n'est pas du tout elle.

– Todd !

Et j'écarte les rideaux, et je remonte la vitre et il se penche à l'intérieur et son Bruit dit mon nom et j'enroule mes bras autour de lui et je le tire à l'intérieur. Je le soulève et je le tire et nous basculons sur mon lit et il est sur moi et ma figure est près de la sienne et je me rappelle – nous étions comme ça après avoir sauté derrière la cascade, Aaron sur nos talons et j'avais regardé droit dans ses yeux.

Et je savais qu'on s'en sortirait.

– Todd.

Dans la lumière de la chambre, je vois son œil tuméfié et il y a du sang sur son nez et je dis :

– Que s'est-il passé ? Es-tu blessé ? Je peux...

Mais il répond seulement :

– C'est toi.

J'ignore combien de temps passe, nous juste allongés là, juste à sentir que l'autre est vraiment là, vraiment vrai, vraiment vivant, à sentir ce sentiment de sécurité, son poids contre le mien, la rugosité de ses doigts qui touchent mon visage, sa chaleur et son odeur et la poussière de ses habits, et nous parlons à peine et son Bruit roule de sentiments, de choses compliquées, de souvenirs de moi blessée, de ce qu'il a ressenti quand il croyait que j'allais mourir, de comment il me sent maintenant au bout de ses doigts, mais en façade de tout cela il répète seulement Viola, Viola, Viola.

Et c'est Todd.

Bon sang, oui, c'est Todd.

Et tout va bien.

Et alors des pas résonnent dans le couloir.

Des pas qui s'arrêtent juste devant ma chambre.

Nous regardons vers la porte. Une ombre se découpe par en dessous, deux jambes, de l'autre côté.

J'attends qu'on frappe.

J'attends l'ordre de le faire sortir.
J'attends le combat que je vais livrer.
Et puis les pas s'éloignent.
– C'était qui ? demande Todd.
– Mrs. Wyatt, je réponds et la surprise résonne dans ma propre voix.

– Et alors, les bombes ont commencé à exploser et il m'a seulement fait venir deux fois, au début, pour me demander si je savais quelque chose et je ne savais rien, vraiment rien, et puis ça a été tout. Rien. C'est tout ce que je sais sur lui, je te le jure.
– Il m'a pratiquement pas parlé non plus depuis les bombes, dit Todd en regardant ses pieds. J'avais peur que ce soit toi qui les avais posées.
Je vois le pont exploser dans son Bruit. Je me revois le faire.
– Non, dis-je, pensant au petit mot dans ma poche. Ce n'était pas moi.
Todd se racle la gorge, puis il demande simplement, calmement :
– Est-ce qu'on doit fuir ?
– Oui, je réponds, trahissant Corinne si vite que je sens une rougeur de honte me couvrir, mais oui, nous devons fuir, fuir et fuir.
– Mais où ? demande-t-il. Où aller ?
J'ouvre la bouche pour répondre –
Mais j'hésite.
– Où se cache la Flèche ? demande-t-il. Est-ce qu'on peut y aller ?
Et je remarque une tension dans sa voix, comme une désapprobation, une réticence.

Les bombes. Il n'aime pas les bombes non plus.

Je vois une image de soldats morts dans les ruines d'un café.

Mais il y a autre chose.

Et j'hésite encore.

Je me demande, pendant un très bref instant, comme le temps de balayer une mouche, je me demande –

Je me demande si je peux lui dire.

– Je ne sais pas… Je ne sais vraiment pas. Elles ne m'ont rien dit, au cas où je ne serais pas fiable.

Todd lève les yeux sur moi.

Et pendant une seconde, je vois le doute sur son visage, aussi.

– Tu ne me fais pas confiance, je lâche avant même d'y penser.

– Toi non plus. Tu te demandes si je travaille pour le Maire, là, tout de suite. Et tu te demandes pourquoi ça m'a pris si longtemps pour te trouver…

Il regarde tristement le sol.

– … Je peux encore te lire. Presque aussi bien que moi-même.

Je le regarde, je regarde dans son Bruit.

– Et toi, tu te demandes si je fais partie de la Flèche. Tu penses que c'est quelque chose que j'aurais pu faire.

Sans me regarder, il hoche la tête.

– J'essayais juste de rester en vie, je cherchais un moyen pour te retrouver, espérant que tu m'avais pas abandonné.

– Jamais, Todd. Ça, jamais.

Il relève les yeux.

– J'te laisserai jamais non plus.

– Tu me promets ?

– Croix de bois, croix de fer… marmonne-t-il avec un sourire timide.

– Je te le promets, moi aussi. (J'ajoute avec un sourire :) *Moi j'te* quitterai jamais Todd Hewitt, plus jamais, jamais.

Il sourit plus fort en m'entendant dire « *moi j'te* » puis tout s'efface, je le vois rassembler son Bruit pour me dire quelque chose, quelque chose de difficile, quelque chose dont il a honte, mais d'abord je veux qu'il sache, je veux qu'il sache pour de bon.

– Je crois qu'elles sont à l'océan. Mrs. Coyle m'a raconté une histoire là-dessus avant de partir. Je pense qu'elle essayait de me dire qu'elles allaient là-bas…

Il me jette un regard.

– … Alors, je ne te fais pas confiance, Todd Hewitt ?

Et je réalise mon erreur.

– Quoi ? dit-il en voyant mon regard.

– C'est dans ton Bruit, dis-je en me mettant debout. Todd, c'est partout dans ton Bruit. Océan, encore et encore, océan…

– Je le fais pas exprès, dit-il, mais ses yeux s'écarquillent et je vois la porte de sa cellule sans verrou et je vois l'homme avec lui dans la cellule lui dire où je suis et je vois des points d'interrogation.

– Feuttu idiot, lance Todd, lui aussi debout, maintenant. Je suis le dernier des idiots… Il faut partir. Tout de suite !

– Todd…
– C'est loin, l'océan ?
– Deux jours de cheval…
– Quatre jours de marche, alors…
Il fait les cent pas. Son Bruit répète Océan, aussi nettement qu'une bombe. Il me voit l'observer, me voit le voir.
– … Je ne t'espionne pas, je te le jure. Mais il a dû laisser la porte ouverte pour que… (Il se tire les cheveux de désespoir.) Je le cacherai. J'ai bien caché la vérité sur Aaron, je peux cacher ça.
Mon estomac chavire quand je me rappelle ce que le Maire m'a dit à propos d'Aaron.
– Mais il faut y aller, dit Todd. Tu as de la nourriture qu'on peut emporter ?
– Oui, je peux en trouver.
– *Dépêche.*
En ouvrant la porte, j'entends mon nom dans son Bruit. Viola, et c'est couvert d'inquiétude, l'inquiétude que nous ayons été piégés, l'inquiétude que je pense qu'il a été envoyé ici exprès, l'inquiétude que je pense qu'il mente, et tout ce que je peux faire c'est le regarder et penser son nom.
Todd.
Et espérer qu'il sait ce que je veux dire.

Je me précipite à la cantine et vers les placards. Je laisse presque toutes les lumières éteintes, essayant de ne pas faire de bruit en attrapant les paquets-repas et les miches de pain.
– Pressée, hein ?
Corinne. Elle est assise à une table loin dans l'obscurité, devant une tasse de café.

– Ton ami débarque et tu décampes. Comme ça.
Elle se lève et s'avance vers moi.
– Je suis désolée, mais il le faut.
– Désolée ? (Elle hausse les sourcils.) Et qu'est-ce qui va se passer ici, alors ? Qu'est-ce qui va arriver à toutes ces patientes qui ont besoin de toi ?
– Je suis une très mauvaise guérisseuse, Corinne, tout ce que je fais c'est les laver et les nourrir.
– Oui, pour que j'aie le temps de donner les quelques petits soins dont je suis capable.
– Corinne…
Ses yeux jettent des étincelles.
– Mrs. Wyatt.
Je soupire.
– Oui, madame Wyatt.
Et puis je le pense et le dis en même temps :
– … Viens avec nous.
Elle semble prise de court, presque effrayée.
– Quoi ?
– Tu ne vois donc pas où ça va, tout ça ? Les femmes en prison, les femmes torturées ? Tu vois bien que cela ne peut pas s'arranger ?
– Pas avec des bombes qui explosent tous les jours, c'est sûr.
– Le Président, c'est lui notre ennemi.
Elle croise les bras.
– Et tu penses qu'il n'y a qu'un ennemi ?
– Corinne…
– Une guérisseuse ne prend pas la vie. Une guérisseuse ne prend jamais la vie. Notre premier serment, c'est de ne pas faire de mal.
– Les bombes visent des cibles désertes.

– Pas toujours désertes…

Elle secoue la tête, son visage soudain triste, plus triste que je ne l'ai jamais vu.

– … Je sais qui je suis, Viola. En mon âme et conscience, je le sais. Je soigne les malades, je soigne les blessés, voilà qui je suis.

– Si nous restons ici, ils finiront par venir nous prendre.

– Si nous partons, des patientes vont mourir.

Elle semble même avoir oublié sa colère, et cela m'effraye encore plus.

– Et s'ils t'emmènent ? Qui les soignera, alors ?

– J'espérais que tu me remplacerais.

Je prends ma respiration.

– Les choses ne sont pas si simples.

– Pour moi, elles le sont.

– Corinne, si j'arrive à m'échapper, si je peux entrer en contact avec mon peuple…

– Et puis quoi ? Ils sont encore à cinq mois de distance, tu l'as dit toi-même. Il s'en passe des choses, en cinq mois.

Je me retourne vers les placards, continue à remplir le sac de nourriture.

– Je dois essayer, dis-je. Je dois faire quelque chose. (Je me retourne vers elle, mon sac plein.) Voilà qui je suis. (Je pense à Todd, qui m'attend, et mon cœur bat plus vite.) Voilà qui je suis devenue, en tout cas.

Elle me regarde tranquillement, et puis elle cite une phrase que Mrs. Coyle m'a dite une fois :

– Nous sommes nos propres choix.

Il me faut une seconde pour comprendre qu'elle vient de me dire au revoir.

– Qu'est-ce qui t'a pris si longtemps ? demande Todd en regardant anxieusement par la fenêtre.

– Rien. Je te raconterai plus tard.

– Tu as les provisions ?

Je lui montre le sac.

– … Et je suppose qu'on va devoir encore suivre la rivière ?

– Je suppose que oui.

Il me regarde un peu timidement, essayant de ne pas sourire.

– Alors c'est reparti.

Et je ressens cette pulsion bizarre, et je sais que malgré tout le danger que nous courons, cette pulsion est *bonheur* et il le sent aussi, et on se serre la main bien fort pendant une seconde et puis il se dresse sur le lit, enjambe le rebord de la fenêtre et saute.

Je lui passe le sac à provisions et je le rejoins, mes chaussures claquant sur la boue séchée.

– Todd, je chuchote.

– Ouais ?

– Quelqu'un m'a dit qu'il y avait une tour de communications quelque part en dehors de la ville. Elle est sûrement entourée de soldats, mais je pensais que si on arrivait à la trouver…

– Une grande tour en métal ? Plus haute que les arbres ?

– Euh, oui, je crois… (Mes yeux s'écarquillent.) Tu sais où elle est ?

Il hoche la tête.

– Je passe devant tous les jours.

– Vraiment ?

– Mais oui…

Et je le vois dans son Bruit, je vois la route –

– Et je pense que cela suffira bien pour l'instant, fait une voix dans les ténèbres.

Une voix que nous reconnaissons tous les deux.

Le Maire sort du noir, une haie de soldats derrière lui.

– Bonsoir à tous deux, dit-il.

Et j'entends un éclair de Bruit jaillir du Maire.

Et Todd s'effondre.

17 Travaux forcés

[TODD]

C'est un son mais c'est pas un son et c'est plus fort que tout et ça m'exploserait les tympans si je l'entendais avec mes oreilles plutôt qu'à l'intérieur de ma tête et tout devient blanc et c'est pas comme si je suis devenu aveugle mais sourd-muet et gelé aussi et la douleur monte de tout en bas tout à l'intérieur il y a donc plus aucune partie de moi que je peux agripper pour la protéger juste une gifle brûlante mordante au milieu de qui je suis.

C'est ce que Davy sentait chaque fois qu'il était frappé par le Bruit du Maire.

Et c'est des mots –

Rien que des mots –

Mais c'est tous les mots enfoncés dans ma tête en même temps et le monde entier me crie dessus que **T'ES RIEN T'ES RIEN T'ES RIEN** et ça m'arrache tous mes mots comme des cheveux par la racine et la peau avec –

Un éclair de mots et je suis plus rien –

Je suis rien –

T'ES RIEN –

Et je tombe par terre et le Maire peut faire ce qu'il veut de moi.

Je voudrais pas parler de ce qui arrive après.

Le Maire laisse quelques soldats garder la maison de soins et les autres me traînent jusqu'à la cathédrale et il dit rien en chemin, pas un mot alors que je le supplie de pas lui faire de mal et je promets et je hurle et je pleure (*fermez-la*) que je ferai tout ce qu'il voudra s'il lui fait pas de mal.

(*fermez-la, hein*)

Dans la cathédrale, il me rattache sur la chaise.

Et laisse Mr. Collins partir en ville.

Et –

Et je veux pas en parler.

À cause que je pleure et que je dégobille et que je supplie et que je l'appelle et que je supplie encore et que tout ça me fait tellement honte je peux même pas le dire.

Et le Maire dit rien. Il tourne juste autour de moi, encore et encore, m'écoutant hurler, m'écoutant supplier.

Écoutant mon Bruit en dessous.

Et je me dis que je fais tout ce hurlement toute cette supplicassion pour cacher dans mon Bruit ce qu'elle m'a dit pour pas la mettre en danger, pour l'empêcher de savoir. Je me dis que je dois pleurer et supplier aussi fort que je peux pour qu'il entende pas.

(*fermez-la*)

C'est ce que je me dis.

Et je veux plus en parler.

(*vous allez la fermer un peu*)

Quand je remonte au clocher c'est presque le matin et Maire Ledger m'attend, et même si je suis pas capable de rien faire je me demande si peut-être il aurait pas joué un rôle dans tout ça, mais son inquiétude pour moi, son horreur devant mon état, tout ça sonne vrai dans son Bruit, si vrai que je m'allonge juste lentement sur le matelas et ne sais pas quoi penser.

– Ils sont à peine entrés, dit-il, debout derrière moi. Collins a juste ouvert la porte, jeté un coup d'œil puis l'a refermée avec le verrou. Comme s'ils savaient.

– Ouais, je crache dans mon oreiller. Pour le savoir, ils le savaient.

– Je n'ai rien à voir là-dedans, Todd, dit-il en me lisant. Je te le jure. Je n'aiderai jamais cet homme.

– Fichez-moi la paix.

Et il ne dit plus rien.

Mais je ne dors pas.

Je brûle.

Je brûle de ma stupidité, comme ils m'ont facilement piégé, comme ils l'ont facilement utilisée contre moi. Je brûle de la honte d'avoir pleuré sous les coups (*fermez-la*). Je brûle de la douleur de lui avoir encore été arraché, de la douleur de sa promesse, de la douleur de pas savoir ce qui va lui arriver maintenant.

Je me fiche bien de ce qui peut m'arriver.

Enfin le soleil se lève et je découvre ma punition.

– Allez, un peu de nerf, pisse d'âne.

– Ferme-la, Davy.

Notre nouveau travail, c'est d'obliger des équipes de Spackle à creuser des fondassions pour les nouveaux bâtiments du monastère, les bâtiments qui abriteront les Spackle pour l'hiver.

Ma punition c'est que je travaille avec eux.

Ma punition c'est que Davy commande tout seul.

Ma punition c'est qu'il a un fouet.

– Allez ! dit-il en le faisant claquer sur mes épaules. Au boulot !

Je pivote, tout mon corps douloureux, ankylosé.

– Tu me touches encore avec ça et je te fracasse ton purain de crâne !

Il sourit de toutes ses dents, son Bruit comme un cri joyeux de triomphe.

– Essaye voir un peu, monsieur Hewitt.

Et il éclate de rire.

Je reprends ma pelle. Les Spackle de mon groupe me regardent tous. J'ai pas dormi et j'ai les doigts gelés dans le soleil clair du matin et je peux pas m'empêcher de leur crier :

– Retournez au travail !

Leurs langues cliquent un peu puis ils se remettent à creuser avec leurs mains.

Tous sauf un qui me regarde une minute de plus.

Je le fixe en retour, bouillant, mon Bruit enragé se jetant sur lui. Il encaisse en silence, son souffle fume hors de ses lèvres, ses yeux me défient de faire quelque chose. Il brandit son poignet, comme pour s'identifier, comme si je savais pas qui c'est, puis il retourne travailler la terre froide avec une lenteur calculée.

1017, le seul qu'ait pas peur de nous.

Je prends ma pelle et l'enfonce violemment dans le sol.

– Tu t'amuses bien ? lance Davy.

Je loge quelques mots dans mon Bruit, les plus grossiers que je connaisse.

– Oh, ma mère tu sais, elle est morte depuis longtemps. Comme la tienne…

Et il ajoute en riant :

– Je me demande si elle parlait autant dans la vie réelle que dans son carnet.

Je me redresse, et mon Bruit flamboie.

– Davy…

– À cause que, hein, elle en couvre, des tartines…

– Un de ces jours, Davy… dis-je, et mon Bruit est si violent que je le vois courber l'air comme une vibration de chaleur. Un de ces jours je vais…

– Tu vas faire quoi, mon cher garçon ? dit le Maire en passant l'entrée à cheval sur Marbeth. Je vous entends vous chamailler depuis la route. (Il tourne les yeux vers Davy.) Et se chamailler n'est pas travailler.

– Oh, je les ai mis au travail, Pa, répond Davy en montrant les prés.

Et il a raison. Les Spackle et moi on est répartis en équipes de dix ou vingt, sur tout le monastère, à enlever les pierres des murets intérieurs et à arracher l'herbe. D'autres empilent ailleurs la terre déblayée. Avec mon groupe, ici à l'avant, on a déjà creusé des sexions de tranchée pour les fondassions du premier bâtiment. Enfin, moi j'ai une pelle. Les Spackle doivent se servir de leurs mains.

– Pas mal, dit le Maire. Pas mal du tout.

Le Bruit de Davy rayonne tellement de plaisir, c'en est gênant. Personne le regarde.

– Et toi, me demande le Maire. Comment avance ta matinée ?

– S'il vous plaît, lui faites pas de mal, je réplique.

– « *Oh, s'il vous plaît, lui faites pas de mal* », glousse Davy.

– Pour la dernière fois, Todd, dit le Maire, je ne vais pas lui faire de mal. Je vais seulement lui parler. D'ailleurs, je suis actuellement en route pour aller lui parler.

Mon cœur bondit, mon Bruit monte rouge.

– Oh, il aime vraiment pas ça, Pa…

– Chut… Todd, y a-t-il quelque chose que tu aimerais me dire qui pourrait rendre mon entretien avec elle plus rapide, plus agréable pour tout le monde ?

J'ai la gorge sèche.

Et le Maire me scrute. Il scrute mon Bruit, et les mots se forment dans mon cerveau – s'il vous plaît lui faites pas de mal et ma voix et sa voix enlacées ensemble pèsent sur les choses que je pense, les choses que je sais, et c'est différent de la gifle de Bruit, sa voix tâte et fouille là où je veux pas, essaye d'ouvrir des portes fermées, de retourner des pierres et d'éclairer des endroits qui jamais devraient être éclairés, et pendant tout ce temps – s'il vous plaît lui faites pas de mal et je me sens commencer à vouloir dire (*océan*) commencer à vouloir déverrouiller ces portes (*l'océan*), commencer à vouloir faire exactement ce qu'il dit à cause qu'il a raison il a raison sur tout et moi je suis qui pour résister –

– Elle sait rien, dis-je d'une voix cotonneuse, cherchant mon souffle.

Il hausse un sourcil.

– Tu me sembles bien perturbé, Todd.

Il dirige Marbeth vers moi. Obéis, dit Marbeth. Davy observe l'intérêt du Maire pour ma personne, et même d'ici j'entends sa jalousie s'enfler.

– Chaque fois que mes passions ont besoin d'apaisement, Todd, il y a quelque chose que j'aime faire.

Il me regarde dans les yeux.

JE SUIS LE CERCLE ET LE CERCLE EST MOI.

Niché en plein milieu de mon cerveau comme un ver dans une pomme.

– Ça me rappelle qui je suis, continue-t-il. Ça me rappelle comment je peux me contrôler.

– Ça quoi? questionne Davy, et je réalise qu'il ne l'entend pas.

JE SUIS LE CERCLE ET LE CERCLE EST MOI.

Encore, là, tout à l'intérieur de moi.

– Qu'est-ce que ça veut dire?...

Et je suffoque presque à cause que ça pèse si lourd dans mon cerveau, j'arrive tout juste à parler.

Et alors on l'entend.

Un hennissement dans l'air, un bourdonnement qu'est pas du Bruit, un bourdonnement oui comme une grosse abeille qui arrive pour piquer.

– Bon sang... marmonne Davy.

Et tous on lève les yeux, vers l'extrémité du monastère, au- dessus des soldats qui hérissent l'enceinte.

Bzzzz...

C'est dans le ciel, une forme qui monte en diagonale, surgie de derrière des arbres, elle trace un sillage de fumée blanche, puis le bourdonnement s'accentue et la fumée s'épaissit et elle noircit.

Alors le Maire tire des jumelles de sa poche de chemise. Les jumelles de Viola.

Je les contemple, Bruit écumant, surchargé de points d'interrogation.

Davy doit les avoir ramenées de la colline.

Je serre les poings.

– Je sais pas ce que c'est, dit Davy, mais ça vient vers nous.

La chose a atteint le sommet de son arc et elle file droit vers la terre.

Droit vers le monastère.

Bzzzz…

– Je m'éloignerais, si j'étais vous, déclare le Maire. Ceci est une bombe.

Davy court si vite vers le porche qu'il en laisse tomber le fouet. Les soldats sautent du mur vers l'extérieur. Le Maire rassemble ses rênes mais il ne bouge pas encore, attendant de voir où la bombe va tomber.

– Un traceur, commente-t-il avec une curiosité manifeste. Complètement dépassé, pratiquement sans intérêt. On s'en est servi pendant la guerre des Spackle.

Le *bzzz…* devient plus fort. La chute de la bombe s'accélère.

– Maire Prentiss ?

– Président, corrige-t-il mais sans quitter ses jumelles, comme hypnotisé. Ce bruit, cette fumée, bien trop évidents pour un usage discret.

– Maire Prentiss !

Mon Bruit monte d'un cran, cinglé par mes nerfs.

– La ville n'a connu que des bombes de brousse, alors je ne vois pas pourquoi…

– COUREZ ! je hurle.

Marbeth fait un écart. Le Maire me regarde.

Mais c'est pas à lui que je parle.

– COUREZ ! je hurle, agitant les bras et ma pelle en direxion des Spackle les plus proches, les Spackle de ma parcelle.

Bzzzz…

Ils comprennent pas. Ils regardent simplement la bombe qui arrive droit sur eux.

– COUREZ ! je répète, et je leur envoie des esplosions dans mon Bruit, je leur montre ce qui se passera quand la bombe va tomber, le sang et les tripes et le ***BAOUM*** qui va éclater. *COUREZ, NOM DE DIEU DE M… !*

Ça finit par les inquiéter. Certains commencent à s'éparpiller, peut-être juste pour fuir mes hurlements et mes signaux fous, pelle brandie, mais enfin ils courent et je leur cours après, les repoussant plus loin. Je tourne la tête. Le Maire a reculé vers l'entrée du monastère, prêt à s'éloigner encore si nécessaire.

Mais il m'observe.

– COUREZ ! je continue à hurler, poussant les Spackle plus loin du centre de la parcelle. Les derniers sautent par-dessus le muret le plus proche et je saute derrière eux, me retournant essoufflé pour voir où elle va tomber.

Et j'aperçois 1017, toujours au milieu du pré, les yeux levés au ciel.

Vers la bombe qui va le tuer là où il est.

Je resaute par-dessus le muret sans même savoir pourquoi –

Mes pieds martèlent l'herbe –

Bondissent par-dessus les tranchées qu'on a creusées –

Si vite qu'il y a plus rien dans mon Bruit –

Juste le *BZZZ* de la bombe –

Plus fort et plus fort –

Et 1017 qui lève la main pour protéger ses yeux du soleil –

Mais pourquoi il court pas ?

Et *doum doum doum* tambourinent mes pieds –

Et je marmonne *Purain de purain de purain*…

BZZZZZZZZZZZZZZZZZZ

Et 1017 me voit pas arriver –

Je le télescope le soulève de terre sens son souffle quitter ses poumons alors qu'on vole au-dessus de l'herbe qu'on heurte le sol en roulé-boulé qu'on bascule dans la boue pour finir dans une tranchée quand un colossal –

BAOUM

mange toute la planète en une seule bouchée –

explose toute pensée et morceau de Bruit –

prend notre cervelle l'éparpille en mille morceaux –

et chaque parcelle d'air est aspirée et soufflée –
et la terre nous frappe en grosses mottes dures –
et la fumée remplit nos poumons –

Et puis le silence.

Un silence énorme.

– Tu es blessé ?

Le Maire, sa voix comme à des kilomètres et des kilomètres de profondeur, sous l'eau.

Je m'assieds dans la tranchée. Un immense cratère fume au centre du pré, la fumée déjà plus légère parce qu'il y a rien à brûler, rangée après rangée de Spackle là-bas dans les prés blottis les uns contre les autres à regarder.

Je respire mais j'entends pas mon souffle, j'entends rien.

Je me retourne vers 1017, toujours sous moi dans la tranchée, il essaye de se remettre debout et j'ouvre la bouche pour lui demander s'il va bien même s'il a aucun moyen de me répondre –

Et il me balance une gifle qui me laisse quatre traînées de griffes sur la figure.

– Hé ! je crie, même si je m'entends à peine.

Il se tord sous mon poids et je tends une main –

Et il la mord bien fort avec ses petites dents pointues –

Et je la retire et le sang coule déjà –

Et je suis prêt à le cogner, prêt à le détruire –

Et il s'est dégagé, court, traverse le cratère, file rejoindre les autres Spackle.

– Hé ! je crie encore, mon Bruit bien rouge.

Mais il court en gardant la tête tournée vers moi, et les Spackle tous me regardent aussi, leurs stupides visages silencieux plus vides d'espression que les plus abrutis moutons que j'aie jamais eus à la ferme, et ma main saigne et mes oreilles tintent et ma figure brûle sous les griffures et j'ai sauvé sa feuttue vie de crétin et c'est comme ça qu'il me dit merci ?

Animaux. Stupides, inutiles, feuttus animaux.

– Todd ? répète le Maire qui s'approche à cheval. Es-tu blessé ?

Je tourne la tête vers lui, pas sûr d'être assez calme pour répondre, mais quand j'ouvre la bouche –

La terre se soulève.

J'entends toujours rien, alors je le sens plutôt, je sens le grondement à travers le sol, je sens l'air battu par trois grandes vibrassions, l'une juste après l'autre, et je vois le Maire tourner soudain la tête vers la ville, et je vois Davy et tous les Spackle faire pareil.

D'autres bombes.

Au loin, vers la ville, les plus grosses bombes qu'ont jamais explosé dans l'histoire de ce monde.

18 Vivre c'est combattre

[VIOLA]

Je suis tellement abattue hagarde après que le Maire et ses soldats ont emmené Todd, que Corinne doit finalement me donner quelque chose, mais la seringue dans mon bras je ne la sens pas plus que sa main sur mon dos, elle ne bouge pas, ne me caresse pas, juste là pour que je me sente mieux, reste juste à me tenir là, me tenir sur terre.

Et c'est dur à dire, mais je ne lui en suis même pas reconnaissante.

Quand je me réveille dans mon lit, le soleil est encore très bas, il n'a pas encore passé l'horizon et tout le reste baigne dans les ombres du matin.

Corinne est assise sur la chaise à côté de moi.

– Cela te ferait du bien de dormir encore. Malheureusement, tu ne peux pas.

Je me penche en avant, me plie presque en deux. Il y a un poids énorme sur ma poitrine, c'est comme être tirée vers le bas.

– Je sais…

Je ne comprends même pas pourquoi il s'est effondré. Il était comme aveuglé, presque inconscient, sa bouche écumait et puis les soldats l'ont soulevé et ils l'ont traîné avec eux.

– Ils vont revenir me chercher, dis-je en essayant d'éclaircir ma voix. Quand ils en auront fini avec Todd.

– Oui, c'est ce que je pense, répond simplement Corinne, regardant ses mains, les callosités couleur crème au bout de ses doigts et la peau cendrée qui pèle sur le dessus à force de les plonger dans l'eau chaude.

La matinée est froide, étrangement, durement froide. Même la fenêtre fermée, je sens un frisson m'envahir. Je serre mes bras contre ma poitrine.

Il est parti.

Il est parti.

Et je ne sais pas ce qui va arriver maintenant.

– J'ai grandi dans une colonie appelée Kentish Gate, marmonne soudain Corinne sans me regarder. Au bord d'une grande forêt…

Je lève les yeux sur elle.

– … Mon père est mort pendant la guerre des Spackle, mais ma mère a survécu. Dès que j'ai su marcher, j'ai travaillé avec elle dans nos vergers, cueillant des pommes et des anas couronnés et du roissin.

Je la dévisage, et je me demande bien pourquoi elle me raconte tout cela maintenant.

– … Ma récompense pour tout ce travail, c'était les vacances en camping une fois par an, après la dernière récolte, juste moi et ma mère, aussi loin en forêt que nous osions aller. (Elle contemple l'aube sombre.) Il y a tellement de vie là-bas,

Viola. Tellement de vie dans le moindre coin de forêt et de ruisseau et de rivière et de montagne. Cette planète en est pleine, comme une ruche.

Elle passe un doigt sur ses cals.

– … La dernière fois que j'y suis allée j'avais huit ans. Nous avons marché vers le sud pendant trois jours entiers, un cadeau qui me récompensait d'avoir grandi. Dieu seul sait combien de kilomètres nous avons parcourus, mais nous étions seules, juste moi et elle, et c'était tout ce qui comptait.

Elle laisse passer une longue pause. Je ne la coupe pas.

– … Maman a été piquée par une vipère rouge, au talon, pendant qu'elle se rafraîchissait les pieds dans un ruisseau. (Elle recommence à se frotter les mains.) Un venin de serpent mortel, mais lent.

– Oh, Corinne, je souffle.

Elle se lève brusquement, comme si ma sympathie l'avait écorchée. Elle s'avance vers la fenêtre.

– Il lui a fallu dix-sept heures pour mourir. Des heures horribles et douloureuses et, quand elle est devenue aveugle, elle m'a agrippée et m'a suppliée de la sauver, elle m'a suppliée et suppliée de lui sauver la vie.

Je reste silencieuse.

– … Ce que nous savons, ce que les guérisseuses ont découvert, c'est que j'aurais pu lui sauver la vie en faisant simplement bouillir des racines de xanthus. (Elle croise les bras.) Et il y en avait tout autour de nous.

Le REURR de New Prentissville s'éveille à

peine avec le soleil levant. La lumière se projette au bord de l'horizon, mais nous restons silencieuses encore un moment.

– Je suis désolée, Corinne. Mais pourquoi… ?

– Tout le monde ici est la fille de quelqu'un. Tout soldat est le fils de quelqu'un. Le seul crime, le seul vrai crime c'est de prendre une vie. Rien d'autre ne compte.

– Et c'est pour cela que tu ne veux pas combattre.

Elle se retourne, réplique sèchement :

– Vivre, c'est combattre. Préserver la vie, c'est combattre pour tout ce que l'être humain défend. (Elle inspire furieusement une grande bouffée d'air.) Et maintenant, voilà que Mrs. Coyle s'y met aussi, avec toutes ces bombes. Je les combats chaque fois que je panse l'œil tuméfié d'une femme, chaque fois que j'enlève un éclat de bombe de la chair d'une victime.

Elle baisse le ton.

– C'est ma guerre. C'est la guerre que je livre.

Elle retourne vers sa chaise et ramasse un paquet de vêtements.

– … Et dans ce but, j'ai besoin que tu t'habilles avec ça.

Elle ne me laisse pas le temps de discuter, ni même de la questionner sur son plan. Elle prend mon uniforme d'apprentie et mes quelques vêtements personnels lavés et délavés, et elle me fait passer de vraies guenilles : une blouse à manches longues, une jupe longue et un fichu qui me couvre complètement les cheveux.

– Corinne… dis-je en nouant le fichu.

– Tais-toi et dépêche-toi.

Puis elle me conduit à l'extrémité du long couloir qui donne du côté de la rivière. Devant la porte, un lourd sac en toile plein de médicaments et de pansements. Elle me le tend.

– Guette le signal. Tu comprendras quand tu l'entendras.

– Corinne…

– Tu as peu de chance de t'en sortir, sache-le. (Elle me regarde droit dans les yeux, maintenant.) Mais si tu arrives là où elles se cachent, utilise ce sac comme guérisseuse, tu m'entends ? Tu as ça en toi, que tu le veuilles ou non.

J'ai le souffle court, mais je la regarde et réplique :

– Oui, madame Wyatt.

– Bonne réponse…

À travers la porte vitrée, on aperçoit un soldat solitaire posté au coin du bâtiment, les doigts dans le nez. Corinne se tourne vers moi.

– … Maintenant. Frappe-moi.

Je cligne des yeux.

– Quoi ?

– Frappe-moi. J'ai besoin d'un nez qui saigne ou d'une lèvre fendue, au minimum.

– Corinne…

– Dépêche, avant que les soldats envahissent toutes les rues.

– Je ne vais pas te frapper !

Elle m'attrape par le bras avec une telle violence que je recule d'un pas.

– Si le Président vient te chercher, tu espères vraiment en revenir ? Il a essayé de t'arracher la vérité par des questions, puis en piégeant ton ami.

Tu crois vraiment que la patience d'un homme tel que lui va durer éternellement ?

– Corinne…

– Il va te faire du mal. Et si tu refuses de l'aider, il finira par te tuer.

– Mais je ne sais pas…

– Il s'en moque bien de ce que tu ne sais pas ! siffle-t-elle entre ses dents. Si je peux empêcher qu'on prenne une vie, je le ferai, même une vie aussi exaspérante que la tienne.

– Tu me fais mal, dis-je calmement, car ses doigts s'enfoncent dans mon bras.

– Parfait… Mets-toi suffisamment en colère pour pouvoir me frapper.

– Mais pourquoi… ?

– Fais-le, c'est tout ! crie-t-elle.

Je prends ma respiration, une fois, deux fois. Puis je la frappe en pleine figure, de toutes mes forces.

J'attends, accroupie derrière la porte vitrée, guettant le soldat. Les pas de Corinne s'éloignent dans le corridor, elle court vers le hall d'accueil. J'attends encore. Le soldat fait partie des nombreux hommes privés de remède, et dans le calme relatif de la matinée je l'entends penser. Des pensées d'ennui, des pensées sur le village où il vivait avant l'invasion de l'armée, l'armée où il a été obligé de s'enrôler.

La fille qu'il connaissait et qui est morte.

Puis j'entends les cris lancés par Corinne, de l'autre côté du bâtiment. Elle semble hurler quelque chose, comme quoi la Flèche s'est glissée à l'intérieur pendant la nuit, l'a battue comme plâtre et m'a kidnappée et qu'elle nous a vues fuir dans la direction opposée à celle que je vais prendre.

Je ne les imagine pas avaler cette histoire. Comment aurait-on pu entrer ici avec des gardes partout ?

Mais je sais qu'elle compte sur une chose. Une légende qui gonfle, une légende sur la Flèche.

Comment peuvent-elles poser des bombes sans être vues ?

Sans que personne soit pris ?

Si la Flèche peut faire ça, pourquoi ne pourrait-elle pas se glisser devant des gardes armés ?

Sont-elles invisibles ?

J'entends des pensées semblables quand je vois le soldat sursauter en entendant les glapissements de Corinne. Elles deviennent plus fortes dans son Bruit et il passe l'angle de la maison en courant et disparaît.

C'est le moment, tout de suite.

Je balance le sac de médicaments sur mon épaule.

J'ouvre la porte.

Je cours.

Je cours vers une haie d'arbres et la rivière. Il y a un sentier sur la berge mais je reste à couvert sous les arbres et comme le sac me bat les épaules avec ses angles durs, je ne peux pas m'empêcher de penser à moi et à Todd courant le long de cette même rivière, sur cette même berge, fuyant l'armée, courant et courant et courant.

Il faut que j'arrive à l'océan.

Je veux sauver Todd plus que tout, mais ma seule chance c'est de la trouver d'abord.

Ensuite je reviendrai le chercher.

Moi j'te laisserai jamais, Todd Hewitt.

Mon cœur me fait mal en me rappelant mes paroles.

Alors que je romps ma promesse.

(tiens bon, Todd)

(reste vivant)

Je cours.

Je descends le long de la rivière, j'évite les patrouilles en coupant à travers les jardins et les arrière-cours, je me glisse derrière les palissades en m'écartant autant que possible des maisons et des pâtés de maisons.

La vallée devient plus étroite. Les collines se rapprochent de la route et les maisons se font plus rares. Soudain, j'entends des soldats marcher au pas. Je plonge dans les broussailles en retenant mon souffle, aplatie contre le sol. J'attends jusqu'à ce qu'il n'y ait plus que l'appel d'un oiseau (où est ma maison?) et le REURR lointain de la ville, puis je lève la tête pour examiner les parages.

La rivière se courbe plus loin, et la route disparaît derrière d'autres collines et forêts. De l'autre côté, il ne reste plus que des exploitations agricoles qui couvrent les pentes et remontent vers d'autres forêts. Juste en face, un chemin mène à une ferme et son petit bosquet d'arbres. Les champs s'étendent sur la droite, mais au-dessus et au-delà des bâtiments, la forêt reprend. Si je peux remonter le chemin, ce sera l'endroit le plus sûr pour moi. Au besoin, je me cacherai jusqu'à la nuit et je continuerai dans l'obscurité.

Je regarde la route d'un côté puis de l'autre. Je

guette les pas, les bribes de Bruit, le roulement d'une charrette.

Et je me lance à travers la route.

Je garde les yeux fixés sur la ferme, le sac me cogne le dos, mes poings, mes bras remontent en cadence, mes poumons brûlent et je cours plus vite et plus vite –

Remonte le chemin –

Presque aux arbres –

Presque arrivée –

Quand un fermier sort de derrière les arbres.

Je m'arrête brutalement, dérape dans la boue et manque tomber. Lui-même saute en arrière, surpris.

On se dévisage.

Son Bruit est tranquille, discipliné, presque élégant, c'est pour ça que je ne l'ai pas entendu de loin. Il porte un panier sous son bras et il tient une poire rouge dans sa main libre.

Il m'observe attentivement, voit le sac sur mon dos, me voit seule dehors, enfreignant la loi, il voit à ma respiration hachée que j'ai couru.

Et ça vient dans son Bruit, vite et clair comme le matin.

La Flèche, pense-t-il.

– Non, dis-je. Je ne suis pas…

Mais il pose un doigt sur ses lèvres.

Il incline la tête en direction de la route.

Et j'entends l'écho distant de soldats en marche.

– Par ici, il chuchote, en m'indiquant un étroit sentier, une petite entrée dans les bois presque invisible si on ne la connaissait pas.

– Va, dépêche-toi.

Je le regarde encore, essayant de flairer le piège, mais je n'ai plus le temps. Non, plus le temps.

– Merci, je murmure, et je reprends ma course.

Le sentier mène presque aussitôt dans des bois plus épais, à flanc de colline. C'est très étroit et je dois repousser les lianes et les branches pour me frayer un passage. Les arbres m'avalent et je peux seulement avancer, espérant n'avoir pas été attirée dans un traquenard. J'arrive au sommet. Après une petite descente, il y a une autre colline à escalader. Je cours tout au long de la pente. Je fais toujours route vers l'est, mais je n'y vois pas assez loin pour savoir où sont la route et la rivière, ni quel chemin je –

Je trébuche presque dans une clairière.

Où se dresse un soldat, à dix mètres de moi à peine.

Il me tourne le dos (Dieu merci, Dieu merci) et mon cœur saute hors de ma poitrine et je me reprends et je recule dans les taillis quand je vois ce qu'il garde.

Elle est là.

Au milieu d'une clairière couronnant la colline, plantée sur trois pieds de métal qui se dressent au moins jusqu'à cinquante mètres de haut. Les arbres autour ont été abattus et, de l'autre côté, j'aperçois un petit bâtiment et une route qui descend jusqu'au fleuve.

J'ai trouvé la tour de communications.

Elle est là.

Et il n'y a pas tellement de soldats. J'en compte cinq – non, six.

Juste six. Avec de grands vides.
Mon cœur gonfle.
Et gonfle.
Je l'ai trouvée.

Et un *BAOUM* ! se répercute au loin.

Je sursaute, comme les soldats. Une autre bombe. Une autre manifestation de la Flèche. Une autre

Les soldats –

Ils courent vers le son de l'explosion –

Ils s'éloignent, ils descendent de l'autre côté de la colline, là où je vois monter une colonne de fumée blanche.

La tour se dresse devant moi.

D'un seul coup, abandonnée par ses gardiens.

Je ne prends même pas le temps de réfléchir –
Je cours c'est tout –
Je cours vers la tour –
Si c'est mon espoir de nous sauver alors –
Je ne sais pas –
Je cours –
À travers la clairière –
Vers la tour –
Vers le petit bâtiment –
Je peux nous sauver –
Je crois que je peux tous nous sauver –

Et du coin de l'œil je vois quelqu'un d'autre surgir de sous les arbres à gauche –

Quelqu'un qui court droit vers moi –

Quelqu'un –

Quelqu'un qui dit mon nom –

– Viola !… Reviens ! Viola, NON ! hurle Mrs. Coyle.

Je ne m'arrête pas –
Et elle non plus –
– REVIENS ! elle hurle –
Et elle traverse la clairière devant moi –
Courant, courant, courant –
Et alors je réalise –
Comme un coup de poing dans l'estomac –
Le pourquoi de ces cris –
Non –
Je glisse en cherchant à m'arrêter –
Non, vous ne pouvez pas –
Et Mrs. Coyle me rejoint –
Vous ne POUVEZ PAS –
Et elle nous plaque toutes les deux au sol –
NON !

Et les pieds de la tour explosent en trois éclairs aveuglants.

QUATRIÈME PARTIE

NUIT TOMBANTE

19 Ce que tu ne sais pas

[VIOLA]

– Enlevez vos pattes !

Elle a plaqué une main sur ma bouche, la presse, me presse de tout son poids pendant que des nuages de poussière s'élèvent des décombres et volent vers nous.

– Cesse de crier ! siffle-t-elle.

Je lui mords la main.

La douleur et la colère déforment son visage, mais elle ne lâche pas, malgré la morsure elle ne bronche pas.

– Tu pourras hurler et crier autant que tu voudras, ma fille… Mais dans deux secondes cet endroit va fourmiller de soldats… Tu imagines peut-être qu'ils vont croire que tu passais simplement par là ?

Elle guette ma réaction. Je la fusille du regard puis hoche la tête. Elle retire sa main.

– Ne m'appelez plus jamais « ma fille », je crache à voix basse, mais aussi violemment qu'elle. Ne m'appelez plus jamais comme ça.

Je la suis dans une pente raide qui redescend vers la route, glissant sur les feuilles mortes et humides, mais toujours plus bas et encore plus bas. Je saute par-dessus des troncs d'arbre, des racines, le sac en toile pesant comme une pierre sur mes épaules.

Je n'ai pas le choix, je dois la suivre.

Je serais faite prisonnière et Dieu sait quoi d'autre si je rentrais en ville.

Et elle m'a enlevé mon autre possibilité.

Elle a atteint des taillis, au bas d'un talus. Elle plonge dessous, me fait signe de l'imiter. Je me glisse près d'elle, à bout de souffle, et elle me dit :

– Fais ce que tu veux, mais ne hurle pas.

Puis avant même que je puisse ouvrir la bouche, elle bondit hors des taillis qui se referment derrière elle, et je dois lutter à travers les feuilles et les branches pour la suivre. Je m'escrime encore quand je trébuche pratiquement à découvert.

Sur la route.

Où deux soldats se tiennent auprès d'un homme avec une charrette. Tous nous regardent, Mrs. Coyle et moi.

Les soldats ont l'air plus stupéfaits qu'en colère mais, sans Bruit, je ne peux pas vraiment savoir.

Et ils ont des fusils.

Et ils les pointent vers nous.

– Bon sang mais c'est qui, elle ? aboie un homme d'âge mûr, crâne rasé, une cicatrice le long de la mâchoire.

– Ne tirez pas ! lance Mrs. Coyle en levant les bras.

– On a entendu l'explosion, dit l'autre soldat, à peine plus vieux que moi, ses longs cheveux blonds à hauteur d'épaule.

Puis le premier lance :

– Vous êtes en retard.

– C'est bon, Magnus, réplique Mrs. Coyle en avançant vers la charrette. Et rabaissez vos fusils, elle est avec moi.

Je reste pétrifiée sur place.

– Quoi ?

– Le traceur a complètement disfonctionné, annonce le jeune. On ne sait même pas où il est tombé.

– Je vous avais bien dit qu'ils étaient trop vieux, grommelle Magnus.

– Il a fait son travail, fait Mrs. Coyle en s'affairant autour de la charrette.

Et puis j'entends :

– Hildy ?

Mrs. Coyle s'arrête net, les deux soldats aussi, fixant l'homme qui conduit la charrette.

– Bin toi, hein ? Hildy ki s'appéle aussi Viola ?

Mon cerveau a marché si vite, si totalement concentré sur les soldats, j'ai à peine remarqué l'homme dans la charrette, son visage sans expression, ses habits, son chapeau, sa voix, son Bruit plat et calme comme l'horizon.

L'homme qui nous avait conduits, Todd et moi, à travers la mer des Choses.

– Wilf, je souffle, bouche bée.

Maintenant, tout le monde me regarde, les sourcils de Mrs. Coyle tellement relevés qu'ils ont l'air de vouloir glisser sous ses cheveux.

– Za va-t-y ? lance Wilf.

– Za va, je réplique, trop abasourdie pour en dire plus.

Il porte deux doigts à son chapeau.

– Bein heureux de voére k'tu t'en é sortie.

Mrs. Coyle remue les lèvres, mais aucun son n'en sort pendant quelques secondes.

– On verra cela plus tard, lâche-t-elle enfin. Il faut y aller.

– Vous aurez de la place pour deux ? demande le jeune soldat.

– Faudra bien…

Elle s'accroupit, enlève un panneau du fond de la charrette, et me fait signe.

– … Rentre là-dedans.

– Dans quoi ?…

Je me penche, et j'aperçois un étroit compartiment caché comme en trompe l'œil dans la largeur, au-dessus de l'essieu arrière.

– L'peuké y tiendra pas… dit Wilf en désignant le sac sur mon dos. J'vé 'l prindre.

Je le lui tends.

– Merci, Wilf.

– Allez, Viola, me presse Mrs. Coyle.

J'adresse un dernier signe de tête à Wilf, passe sous la charrette et me glisse comme je peux dans le compartiment, repliant mon cou. Mrs. Coyle me suit immédiatement, mais le jeune soldat avait raison. Il n'y a pas assez de place. Elle m'écrase complètement, sa figure contre la mienne, ses genoux dans mes cuisses, son nez à moins de un centimètre du mien. Elle a tout juste réussi à rentrer ses pieds quand le panneau claque et nous plonge dans le noir.

Je veux poser une question, mais elle m'impose brutalement le silence.

Dehors, j'entends des soldats au pas de course sur la route, ainsi que les claquements de sabots de cheval.

– Rapport ! crie l'un d'eux alors qu'ils ont arrêté la charrette.

Sa voix –

Elle monte haut et le cheval hennit dessous –

Mais sa voix –

– Entendu l'explosion, monsieur, réplique le plus vieux de nos soldats. Cet homme dit qu'il a croisé des femmes le long de la rivière, il y a une heure environ.

On entend le vrai soldat cracher.

– Les chiennes.

Je la reconnais, cette voix –

Le sergent Mortard.

– Quelle unité, vous deux ? demande-t-il.

– 1re, monsieur, répond le jeune, après une pause imperceptible. Capitaine O'Hare.

– Cette poule mouillée ? éructe le sergent Mortard. Si vous voulez vraiment vous battre, venez dans la 4e. Je vous montrerai de quel bois on se chauffe.

– Oui, monsieur, répond le plus âgé de nos soldats, le ton un rien trop nerveux.

J'entends le Bruit des soldats de l'unité du sergent Mortard. Ils pensent à la charrette. Ils pensent aux explosions. Ils pensent à tuer des femmes.

– Arrêtez cet homme, commande finalement le sergent Mortard en parlant de Wilf.

– C'est ce que nous faisions, monsieur.

– Les chiennes, répète le sergent, et je l'entends éperonner son cheval (cède, dit-il).

Et lui et ses hommes repartent au pas de course.

Je laisse échapper le souffle que je retenais sans le savoir.

– Il n'a même pas été puni, je chuchote, plus pour moi-même que pour Mrs. Coyle.

– Plus tard, me chuchote-t-elle en réponse.

J'entends Wilf faire claquer ses rênes, et le mouvement de la charrette nous balance lentement.

Alors, le Maire a menti. Tout du long.

Mais bien sûr. Pauvre idiote.

Et le tueur de Maddy est libre de tuer à nouveau, libre de garder son précieux remède.

Et je tressaille et je rebondis contre la femme qui a détruit le seul espoir de contacter les vaisseaux qui auraient pu nous sauver.

Et Todd se trouve là quelque part. Et je l'abandonne.

Jamais je ne me suis sentie aussi seule.

La cachette est atrocement petite. Trop peu d'air, nos coudes et nos épaules se cognent sans arrêt, la transpiration mouille nos habits.

On ne se parle pas.

Le temps passe. Et puis encore. Et encore. Je tombe dans une espèce de somnolence, la chaleur aspire mon énergie. Le balancement de la charrette finit par aplanir tous mes soucis et je ferme les yeux et je les oublie.

Je suis réveillée par le soldat plus âgé qui frappe

sur les planches. Je m'attends à descendre, mais il annonce seulement :

– Nous arrivons au passage le plus coriace. Tenez bon.

– Le plus quoi ?…

Ma question s'étouffe car la charrette semble basculer du haut d'une falaise.

Le front de Mrs. Coyle heurte mon nez et le sang m'étouffe presque tout de suite. Je l'entends suffoquer quand ma main libre s'enfonce dans son cou et la charrette continue à rebondir et j'attends le moment où nous allons partir en tonneau.

Alors Mrs. Coyle passe ses deux bras autour de moi, me pressant contre elle et nous coinçant dans la cachette d'une main et d'un pied. Je veux résister à cet enlacement, mais il a du bon car nous cessons aussitôt de nous cogner malgré les embardées et les grincements de la charrette.

Et c'est donc dans les bras de Mrs. Coyle que la dernière partie de mon voyage se poursuit et c'est dans ses bras que je pénètre dans le campement de la Flèche.

Le panneau est aussitôt retiré.

– Nous y voilà, fait le jeune soldat. Tout le monde va bien ?

– Bien sûr que oui, réplique Mrs. Coyle d'un ton peu aimable.

Elle m'a lâchée pour sortir de la cachette, puis me tend une main pour m'aider. Je ne la prends pas, me remets debout toute seule et observe les alentours.

Nous avons dévalé un sentier rocheux à peine praticable pour entrer dans ce qui ressemble à une faille en plein milieu d'une forêt. Les arbres se pressent de chaque côté, puis un peu plus loin sur le terrain plat devant nous.

L'océan doit être au-delà. J'ai peut-être somnolé plus longtemps que je ne pensais, ou alors elle a menti et c'est plus près qu'elle ne l'a dit.

Ce qui ne me surprendrait pas.

Le jeune soldat blond lâche un sifflement quand il voit nos figures, et surtout mon nez encroûté de sang.

– Je vais aller vous chercher quelque chose, dit-il.

– Elle est guérisseuse, coupe Mrs. Coyle. Elle peut se débrouiller toute seule.

– Je m'appelle Lee, me fait-il avec un grand sourire.

Pendant une seconde, j'ai honte de la tête que je dois avoir avec ce nez en sang et ce costume ridicule.

– Viola, dis-je en fixant le sol.

– V'là ton peuké, lance Wilf, soudain à côté de moi, et qui me tend le sac en toile.

Je le regarde un instant. Puis je me jette dans ses bras, le serre contre moi, dans la chaleur rassurante de sa grande masse solide.

– Bin heureux de te voére aussi, Hildy…

– Oh, Wilf… je balbutie, d'une voix rauque. Puis je le relâche et prends le sac.

– C'est Corinne qui l'a préparé ? demande Mrs. Coyle.

Je prends un pansement pour essuyer le sang de mon nez.

– Qu'est-ce que ça peut vous faire ?

– Tu peux m'accuser de bien des choses, mais pas d'indifférence, ma fille.

– Je vous ai déjà dit de ne plus jamais m'appeler comme ça.

Elle se passe la langue sur les dents et jette un bref coup d'œil vers Lee et l'autre soldat, Magnus, qui s'écartent, puis disparaissent sous les arbres.

– Toi aussi, Wilf.

Il me regarde.

– Za va aller ?

– Je crois, Wilf, dis-je d'un ton mal assuré. Mais ne t'éloigne pas trop.

Il hoche la tête, porte deux doigts à son chapeau et suit les soldats.

Mrs. Coyle attend une bonne minute, puis se tourne vers moi, les bras croisés.

J'observe son visage plein de méfiance, et je sens mon cœur s'accélérer, la colère monter avec, si vite, si facilement que j'ai l'impression de me fendre en deux.

– Comment avez-vous pu… ?

Mais elle m'interrompt déjà :

– Celui qui contacte le premier vos vaisseaux aura l'avantage. Il pourra leur parler de ce vilain groupe terroriste qui lui empoisonne l'existence et leur demander bien gentiment d'utiliser leur système de guidage pour nous localiser et nous effacer de la surface de Nouveau Monde.

– Oui, mais si nous…

– Si nous les avions contactés en premier, bien sûr, nous aurions pu tout leur dire sur notre petit tyran local, mais cela ne serait jamais arrivé.

– Nous aurions pu essayer…

– Savais-tu ce que tu faisais en courant vers cette tour ?

Je serre les poings.

– Non, mais au moins j'aurais pu…

– Tu aurais pu quoi ? Envoyer un message vers cette destination précise que le Président cherche tant à connaître ? Mais bien sûr qu'il espérait que tu essaierais ! Et pourquoi donc crois-tu que tu n'as pas encore été arrêtée ?

J'ai les ongles enfoncés dans mes paumes, je ne veux pas entendre ce qu'elle dit.

– … Nous manquions de temps, poursuit-elle. Et puisque nous ne pouvions pas nous en servir pour demander du secours, au moins, au minimum, on pouvait l'empêcher de l'exploiter à son profit.

– Et quand ils atterriront ? Vous avez sûrement une autre idée géniale ?

– Eh bien, dit-elle en décroisant les bras et en faisant un pas vers moi… Si nous ne l'avons pas renversé, alors ce sera à qui les rejoindra le premier. Au moins, un combat régulier.

Je secoue la tête.

– Vous n'aviez pas le droit.

– C'est une guerre.

– Que vous avez commencée.

– Que lui a commencée, ma fille.

– Et vous avez pratiqué l'escalade.

– Des décisions difficiles doivent être prises.

– Et qui vous a donné le droit de les prendre ?

– Et qui lui a donné le droit d'emprisonner la moitié des habitants de cette planète ?

– Vous faites sauter des gens !

– Des accidents. Profondément regrettables.

C'est mon tour de faire un pas vers elle.

– Voilà qui sonne tout à fait comme l'une de ses expressions.

Ses épaules se crispent, et si elle avait un Bruit, il m'arracherait la tête.

– As-tu vu les prisons de femmes, ma fille ? Ce que tu ignores pourrait remplir un… un cratère !

– Maîtresse Coyle ! appelle une voix sous les arbres, et Lee s'avance entre les rochers. Un message vient d'arriver.

– Qu'est-ce que c'est ?

Il me jette un bref regard. Je baisse les yeux vers le sol.

– Trois divisions de soldats descendent la route de la rivière. Directement vers l'océan.

Je lève brusquement la tête.

– Ils viennent *ici* ?

Mrs. Coyle et Lee me regardent tous les deux.

– Non, dit Lee. Ils vont à l'océan.

Je cligne des yeux.

– Mais, nous ne sommes pas… ?

– Bien sûr que non, dit-elle d'une voix moqueuse. Qu'est-ce qui te fait croire ça ? Et d'ailleurs, au fait, qu'est-ce qui peut bien faire croire au Président que nous y sommes ?

Un frisson de colère me traverse, malgré le soleil. Et je m'aperçois que je tremble dans ces stupides manches bouffantes.

Elle me testait.

Comme si j'avais pu dire au Maire où –

– Comment avez-vous pu… ?

Mais la colère faiblit soudain quand tout me revient.

– Todd… je chuchote.

Océan partout dans son Bruit.

Comment il m'a promis de le cacher.

Et combien je savais qu'il tiendrait sa promesse –
S'il le pouvait.
(*oh, Todd, est-ce qu'il a – ?*)
(*es-tu – ?*)
Oh, non.
– Je dois y retourner. Je dois le sauver.
Mrs. Coyle secoue la tête.
– Il n'y a rien que nous puissions faire pour l'instant…
– Il le tuera.
Elle me regarde, pas sans pitié.
– Il est sans doute déjà mort, ma fille.
Je sens ma gorge se serrer, mais je passe outre.
– Vous n'en savez rien.
– S'il n'est pas mort, alors il aura parlé au Président de son plein gré. Quelle version préfères-tu ?
– Non, je répète en secouant la tête. Non…
– Je suis désolée, ma fille.
Sa voix est un peu plus calme, un peu plus douce, mais toujours aussi ferme.
– … Vraiment. Mais des milliers d'autres vies sont en jeu. Et que tu le veuilles ou non, tu as choisi ton camp. (Elle jette un coup d'œil vers Lee.) Alors, tu veux que je te montre ton armée ?

20 Décombres

[TODD]

– Les chiennes ! lance le sergent Mortard du haut de son cheval.

– On ne vous a pas demandé votre analyse, sergent, rétorque le Maire qui mène Marbeth à travers la fumée et le métal tordu.

– Elles ont laissé leur marque, quand même, dit Mr. Mortard en désignant le tronc d'un grand arbre à l'orée de la clairière.

Le signe bleu de la Flèche peinturluré dessus.

– Votre sollicitude pour ma vue vous honore, dit le Maire assez sèchement pour que même Mr. Mortard la boucle.

On est remontés tout droit du monastère, rencontrant l'escadron de Mr. Mortard qui escaladait la colline, apparemment prêt à livrer bataille. Au sommet, on a trouvé Ivan et les soldats supposés garder la tour. Il avait été promu ici, je suppose, après l'organisation des Spackle. Maintenant, j'ai l'impression qu'il aimerait n'avoir jamais entendu parler d'une tour.

À cause qu'il en reste rien. Juste un tas de métal fumant, écroulé tout en longueur, comme un ivrogne qui serait tombé par terre puis aurait décidé d'y rester et de dormir.

(et je fais tout ce que je peux, purain, pour pas penser à elle qui m'a demandé comment arriver ici)

(me disant qu'on devrait venir ici d'abord)

(oh, Viola, tu n'as pas –)

– S'ils ont de quoi faire sauter quelque chose d'aussi gros… dit Davy sur ma droite, observant les débris.

Il finit pas sa phrase parce que tous on pense la même chose que dans le Bruit de l'autre.

Tous ceux qui ont un Bruit, en tout cas, puisque Mr. Mortard semble faire partie des chanceux.

– Salut, gamin… me lance-t-il en ricanant. Te voilà devenu un homme, maintenant ?

– Vous n'auriez pas quelque part où aller, sergent ? demande le Maire sans le regarder.

– J'y cours, monsieur, réplique Mr. Mortard en me jetant un regard venimeux.

Puis il éperonne son cheval et crie à ses hommes de le suivre. Ils dévalent la pente à une allure de forcenés, nous laissant avec Ivan et ses soldats, tous dans leur Bruit regrettant bien fort d'avoir couru vers le monastère en entendant le traceur tomber.

En y repensant, c'était pourtant évident. Une petite bombe à un endroit pour attirer les gens loin de l'endroit où vous avez posé votre grosse bombe.

Mais pourquoi bombarder le monastère ?

Pourquoi attaquer les Spackle ?

Pourquoi m'attaquer, moi ?

– Soldat Farrow, dit le Maire à Ivan.

– *Caporal* Farrow… rectifie Ivan.

Le Maire tourne lentement la tête et Ivan comprend d'un coup.

– *Soldat* Farrow, reprend-il, vous allez récupérer tout ce que vous pourrez des restes, puis vous mettre en rapport avec votre officier supérieur pour lui rendre vos réserves de remède…

Il s'arrête. On entend tous le Bruit d'Ivan aussi clair que le jour. Le Maire regarde autour de lui. Tous les hommes de l'escadron ont le Bruit. Chacun d'entre eux a déjà été puni pour une raison ou une autre.

– … Vous vous présenterez à votre officier supérieur pour recevoir la punition appropriée.

Ivan ne répond pas, mais son Bruit gronde.

– … Quelque chose vous échappe, soldat ? dit le Maire d'une voix dangereusement claire.

Il fixe Ivan dans les yeux.

– … Vous vous présenterez à votre officier supérieur pour recevoir la punition appropriée, répète-t-il, mais avec quelque chose d'autre dans la voix, une vibration étrange.

Je regarde Ivan. Ses yeux deviennent brumeux, vagues, sa lèvre inférieure pend légèrement.

– Je me présenterai à mon officier supérieur pour recevoir la punition appropriée, dit-il.

– Bien, fait le Maire, qui se retourne vers les décombres.

Ivan se ratatine un peu une fois le contact visuel rompu, front plissé, battant des cils comme s'il se réveillait.

– Mais, monsieur… reprend-il dans le dos du Maire.

Celui-ci se retourne à nouveau, comme stupéfait qu'on lui parle encore.

Ivan poursuit :

– Nous venions à votre secours quand…

Les yeux du Maire étincellent.

– Quand la Flèche vous a regardés faire exactement ce qu'elle voulait que vous fassiez avant de faire sauter *ma tour*.

– Mais, monsieur…

Sans même changer d'expression, le Maire sort un pistolet de son étui. Et il tire dans la jambe d'Ivan.

Ivan bascule en hurlant. Le Maire regarde les autres soldats.

– Quelqu'un d'autre souhaite ajouter un commentaire avant de se mettre au travail ?

Sans plus se préoccuper des glapissements d'Ivan, les soldats commencent à déblayer les ruines. Le Maire conduit Marbeth droit devant le F, inscrit haut et fort comme une déclaration.

– La Flèche, murmure-t-il comme pour lui-même. La Flèche.

– Laisse-nous partir à leur poursuite, Pa, dit Davy.

– Hmm ?…

Le Maire tourne lentement la tête, comme s'il nous avait oubliés.

– On sait se battre, insiste Davy. On l'a déjà prouvé. Et au lieu de ça, tu nous obliges à pouponner des animaux déjà battus.

Le Maire nous examine une minute. Je me

demande bien depuis quand Davy nous considère comme des « on », lui et moi.

– Si tu penses qu'ils sont déjà battus, David, lâche-t-il enfin, alors tu connais fort mal les Spackle.

Le Bruit de Davy se hérisse un peu.

– Je crois qu'on a quand même appris une chose ou deux...

Et je dois l'avouer malgré moi, il a pas tout à fait tort.

– Oui, acquiesce le Maire. Je suppose. Tous les deux.

Il me regarde dans les yeux et je ne peux m'empêcher de me voir sauvant 1017 de la bombe, risquant ma propre vie pour le sortir de là.

Et lui me mordant et me griffant en guise de remerciement.

– Alors, que diriez-vous d'un nouveau projet, fait le Maire en poussant Marbeth vers nous. Un projet qui utiliserait au mieux votre expertise ?

Le Bruit de Davy ne semble pas trop savoir comment prendre la chose. Il hésite entre la fierté et le doute.

Le mien déborde de terreur.

– Es-tu prêt à commander, Todd ? demande le Maire d'un ton léger.

– Je suis prêt, Pa, fait Davy.

Le Maire ne regarde toujours que moi. Il sait que je pense à elle, mais il ignore tous mes questionnements.

– La Flèche, dit-il en se tournant vers le signe. Puisque c'est l'arme qu'elles ont choisie... (Puis, posant son regard sur nous :) Mais nous avons largement de quoi riposter...

Il laisse sa voix s'éteindre, et un vague sourire traverse son visage, comme amusé par une blague secrète.

Davy étale le grand rouleau blanc sur l'herbe, sans se préoccuper de le mouiller sur la rosée froide du matin. Il y a des mots écrits dessus et des diagrammes et des carrés et des choses dessinées dessous.

– Des mesures, surtout, dit Davy. Des centaines de feuttues mesures. Beaucoup trop, purain, regarde-moi ça.

Il me montre le rouleau, attendant que j'approuve.

Et, bon –

Ouais, d'accord, je –

Bref.

– Beaucoup trop, purain, j'acquiesce, sentant la sueur perler sous mes bras.

C'est le lendemain du jour où la tour est tombée, et nous revoilà au monastère, à remettre les équipes de Spackle au travail. Ma fuite semble avoir été oubliée, comme si elle faisait partie d'une autre vie et que maintenant on avait tous des choses nouvelles à penser. Le Maire veut pas me parler de Viola et je travaille de nouveau pour Davy, qui se montre pas franchement enthousiaste.

Bref, c'est comme avant.

– On devrait se battre et il nous fait construire un feuttu palais, grogne Davy en examinant les plans.

C'est pas vraiment un palais, mais il a pas tout à fait tort non plus. Avant, ça devait juste être des cabanons pour abriter les Spackle pendant l'hiver. Mais là, on dirait un grand bâtiment tout neuf qui couvrira presque tout l'intérieur du périmètre.

Il y a même un nom écrit au-dessus.

Un nom où mon regard trébuche, essayant de –

Davy se tourne vers moi, surpris. Je rends mon Bruit aussi Bruyant que possible.

– Faut s'y mettre, dis-je en me redressant.

Mais Davy me fixe toujours.

– Et… t'en penses quoi de ce qui est écrit là ? demande-t-il en posant le doigt sur un paquet de mots… Bizarre, non ?

Je hausse les épaules.

– Ouais… C'est sûr…

Ses yeux s'écarquillent, noyés dans le ravissement de sa découverte.

– C'est qu'une liste de matériaux, hé, pisse d'âne !… Alors, comme ça, tu sais pas lire ?

Sa voix vibre, claironnante.

– Ferme-la, je fais, détournant la tête.

– Tu sais même pas lire ?

Il sourit dans le soleil froid et vers les Spackle qui nous observent.

– … Mais quel genre de crétin peut bien imaginer faire son chemin dans la vie… ?

– J'ai dit, ferme-la !

Puis sa bouche s'ouvre toute grande quand il réalise.

Et je sais ce qu'il va dire avant qu'il le dise.

– Le carnet de ta mère… Elle l'a écrit pour toi et tu peux même pas…

Et qu'est-ce que je peux faire d'autre à part cogner sur ses grosses limaces de lèvres baveuses ?

Je deviens plus grand et plus costaud et il se tire pas trop bien de la bagarre, mais ça semble pas tellement l'inquiéter. Même quand on retourne au travail, il continue à pouffer de rire en faisant semblant d'étudier les plans.

– Formidablement compliquées, ces instruxions... dit-il, un grand sourire peint sur ses lèvres sanguinolentes.

– Purain, occupe-toi plutôt du boulot !

– Bien sûr, bien sûr. Alors, la première étape, c'est ce qu'on faisait déjà. Démolir tous les murets. (Il lève les yeux.) Bon, tu préfères peut-être que je te l'écrive ?

Mon Bruit s'enrage tout rouge, mais le Bruit n'est pas une arme.

Sauf si vous êtes le Maire.

Je croyais pas que la vie puisse être encore plus pourrie mais elle y arrive quand même. Des bombes, des tours écroulées, travailler avec Davy, le regard du Maire sur moi et –

(et je ne sais pas où elle est)

(et je ne sais pas ce que le Maire va lui faire)

(et est-ce qu'elle a posé les bombes ?)

(hein ?)

Je me retourne vers le chantier.

Mille cent cinquante paires d'yeux de Spackle nous observent, m'observent comme des feuttus animaux de ferme relevant la tête de leur pâture à cause qu'ils ont entendu un bruit.

Stupides feuttus moutons.

– AU TRAVAIL ! je hurle.

– Tu as une mine épouvantable, commente Maire Ledger alors que je me laisse tomber sur mon matelas.

– Allez vous faire voir.

– Il t'en fait baver, n'est-ce pas ?

Il m'apporte le dîner qui nous attend. J'ai même pas l'impression qu'il en ait beaucoup pris dans mon assiette.

– Parce qu'il vous en fait pas baver ? je demande, piochant dans la nourriture.

Il se rassied sur son lit.

– Je crois qu'il m'a oublié, à vrai dire. Je ne sais pas depuis combien de temps je ne lui ai pas parlé.

Je le regarde. Son Bruit est gris, comme s'il cachait quelque chose, mais c'est habituel chez lui.

– … J'ai juste fait mes corvées de ramassage, lâche-t-il en me regardant manger. J'écoute les gens parler.

– Et qu'est-ce qu'ils disent ? je demande, à cause que lui aussi a l'air de vouloir parler.

– Eh bien…

Son Bruit se déplace, mal à l'aise.

– Eh ben quoi ?

Et alors, je vois pourquoi son Bruit est si plat, à cause qu'il a quelque chose qu'il veut pas me dire mais se sent obligé de dire quand même.

– Cette maison de soins. Cette maison-là en particulier.

– Oui, et alors ? dis-je en essayant de faire croire que c'est pas important, et j'y arrive pas.

– Elle est fermée. Vide.

J'arrête de manger.

– Comment ça, vide ?
– Eh bien, vide, répète-t-il doucement, à cause peut-être qu'il sent que je vais le prendre mal. Il n'y a plus personne, même pas les patientes. Tout le monde est parti.
– Parti ? je chuchote.
Parti.
Je me lève, même si j'ai nulle part où aller, mon assiette ridicule encore dans la main.
– Parti où ? Qu'est-ce qu'il a fait d'elle ?
– Il n'a rien fait. Ton amie s'est enfuie. C'est ce que j'ai entendu dire. Partie avec les femmes juste avant que la tour tombe. (Il se frotte le menton.) Toutes les autres ont été arrêtées et emmenées en prison. Mais ton amie… elle s'est enfuie.
Il dit ça comme s'il voulait dire autre chose. Par exemple, qu'elle avait toujours prévu de s'enfuir.
– Vous en savez rien. Vous pouvez pas savoir si c'est vrai.
Il hausse les épaules.
– Peut-être pas. Mais je l'ai appris par l'un des soldats qui gardaient la maison de soins.
– Non, je répète sans trop savoir pourquoi. Non.
– Tu la connaissais vraiment bien ? demande Maire Ledger.
– Bouclez-la un peu.
J'ai du mal à respirer, ma poitrine me serre trop fort.
C'est bien qu'elle ait pu s'enfuir, non ?
Non ?
Elle était en danger et maintenant –
(mais)
(mais elle a fait sauter la tour ?)

(pourquoi ne m'a-t-elle rien dit ?)
(est-ce qu'elle m'a menti ?)
Et je devrais pas penser ça, je devrais pas, non, je devrais pas, mais voilà –
Elle avait promis.
Et elle est partie.
Elle m'a laissé.
(Viola ?)
(*est-ce que tu m'as laissé ?*)

21 *La mine*

[VIOLA]

J'ouvre les yeux au son des ailes qui battent dehors, bruit que je reconnais déjà depuis quelques jours : les chauves-souris retournent aux grottes après leur nuit de chasse, le soleil va bientôt se lever et il est presque temps de sortir du lit.

Des femmes commencent à bouger, s'étirent sur leurs lits de camp. D'autres restent inertes, continuent à ronfler, à péter et à dériver dans le néant du sommeil.

Je passe une seconde à regretter d'avoir quitté ce néant.

Les dortoirs se résument à un long cabanon, un sol en terre battue, des murs en bois, une porte en bois, pratiquement pas de fenêtres et juste un poêle au centre qui produit sa maigre chaleur. Pour le reste, une rangée de lits de camp et des femmes allongées.

En tant que dernière arrivante, on m'a logée à une extrémité.

Et j'observe l'occupante d'un lit à l'autre bout.

Elle se tient assise, bien droite, comme si elle ne dormait jamais, s'accordant juste une pause avant de reprendre son travail.

Mrs. Coyle se tourne, pose les pieds par terre et son regard balaye les autres dormeuses pour se poser sur moi.

D'abord moi.

Histoire de vérifier, sans doute, que je ne me suis pas enfuie pendant la nuit pour aller chercher Todd.

Je ne crois pas qu'il soit mort. Et je ne crois pas non plus qu'il ait renseigné le Maire sur nous.

Il doit y avoir une autre explication.

Je regarde Mrs. Coyle, immobile.

Je ne suis pas encore partie. Pas encore.

Surtout parce que je ne sais même pas où nous sommes.

En tout cas, nous ne sommes pas devant l'océan. Même pas tout près, pour ce que j'en sais. Ce qui ne veut pas dire grand-chose parce que ici, au campement, on a la manie du secret. Personne ne livre aucune information, sauf nécessité absolue. Au cas où quelqu'un serait capturé lors d'une mission aux explosifs, ou de ravitaillement, depuis que la Flèche commence à manquer des produits indispensables comme la farine ou les médicaments.

Mrs. Coyle protège ses informations – son trésor le plus précieux.

Je sais seulement que le campement se trouve sur une ancienne mine, un chantier entrepris avec beaucoup d'enthousiasme – comme tant d'autres apparemment sur cette planète – après les premiers atterrissages, puis abandonné au bout de quelques années seulement. Plusieurs cabanons sont regroupés autour des ouvertures qui mènent à une série de grottes. Certains sont neufs, d'autres datent du temps de la mine. Ils servent de dortoirs, de salles de réunion, de repas et ainsi de suite.

Dans les grottes – celles où il n'y a pas de chauves-souris, en tout cas – on entrepose la nourriture et les autres réserves, toujours bien trop maigres, toujours férocement gardées par Mrs. Lawson, rongée à la pensée des enfants qu'elle a laissés derrière elle et passant sa frustration sur la première personne qui vient lui demander une couverture supplémentaire à cause du froid.

Au fond des grottes, les mines avaient été creusées à l'origine pour extraire du charbon ou du sel puis, comme on n'en avait pas trouvé, des diamants et de l'or, sans plus de réussite – comme si l'or ou les diamants avaient pu servir à quelqu'un sur cette planète de toute façon. Maintenant, les armes et les explosifs sont cachés dans les mines. Je ne sais pas comment ils y sont arrivés ni d'où ils viennent mais, si le camp est découvert, tout doit sauter et nous effacer de la carte par la même occasion.

Enfin, pour l'instant c'est un campement près d'un puits naturel et caché par la forêt qui l'entoure. La seule entrée se fait entre les arbres au pied du sentier que Mrs. Coyle et moi nous avons dévalé en charrette, si abrupt et caillouteux qu'on entendrait des intrus arriver de très loin.

– Et ils finiront par arriver, m'a confié Mrs. Coyle le premier jour. Nous devons seulement nous préparer à les accueillir.

– Pourquoi ne sont-ils pas déjà là ? Les gens doivent bien savoir qu'il y a une mine ici…

Pour toute réponse, elle m'a fait un clin d'œil en se touchant l'aile du nez.

Et je n'ai rien pu en tirer de plus. L'information, son plus précieux trésor.

Au petit déjeuner, je me fais snober comme d'habitude par Théa et les autres apprenties que je connais, aucune ne voulant m'adresser la parole. Elles me reprochent toujours la mort de Maddy, me reprochent de jouer double jeu j'imagine, me reprochent même, pourquoi pas, cette saloperie de guerre.

Pas que je m'en préoccupe.

Vraiment pas.

Je les laisse et j'emporte mon assiette de porridge gris dans le froid du matin jusqu'aux rochers près de l'entrée d'une grotte. En mangeant, je regarde le camp qui commence à s'éveiller, à se préparer aux activités qui occupent des terroristes toute la journée.

Le plus étonnant, c'est leur nombre. Une centaine peut-être, pas plus. Et la voilà cette fameuse Flèche qui met New Prentissville sur les dents en faisant tout sauter. Des guérisseuses et leurs apprenties, d'anciennes patientes et d'autres aussi qui disparaissent pendant la nuit et reviennent le matin, ou gèrent le campement pour celles qui vont et viennent, s'occupent des quelques chevaux et des bœufs qui tirent les charrettes et des poules qui nous donnent leurs œufs et d'un millier d'autres choses encore.

Mais seulement une centaine de personnes.

Même pas de quoi avoir le temps de dire sa prière si l'armée du Maire nous tombe dessus au grand complet.

– Va bein, Hildy ?

– 'lut, Wilf.

Il s'approche, son assiette de porridge dans les mains lui aussi. Je me pousse un peu pour qu'il puisse s'asseoir à côté de moi. Il ne dit rien, mange simplement son porridge et me laisse tranquille manger le mien.

– Wilf ? appelle quelqu'un.

C'est Jane, sa femme qui nous rejoint, avec deux tasses fumantes. Elle crapahute dans les rochers, trébuche, renverse un peu de café et Wilf se redresse à moitié mais elle s'en sort.

– … Et voélâ ! crie-t-elle ou presque, en nous balançant pratiquement les tasses.

Je la remercie. Elle se glisse les mains sous les aisselles pour les réchauffer puis sourit, ses yeux écarquillés furetant partout comme si elle mangeait avec.

– Fé drôlement bin froé pour minger dehors ! lance-t-elle en guise d'appât pour pêcher une explication.

– Moué, réplique Wilf en reprenant son assiette.

– C'est supportable, je fais, et je me remets à manger.

– Paré qu'elles ont eu un magueuzin de zéréales, ct'e nuit ! dit-elle en baissant la voix pour chuchoter mais réussissant à la rendre encore plus forte… On va infin raveuére du pein !

– Moué, approuve Wilf.

– Aimes-tu don le pein ? me demande Jane.

– Mais oui.

– Eh bin t'vas ravoére du pein, elle répète, pour le sol, pour le ciel, pour les rochers. Du pein !

Et la voilà repartie vers la salle à manger, sans rien ajouter, et Wilf ne semble pas y faire très attention. Mais je sais que le Bruit clair et plat de Wilf, son manque de mots, son vide apparent ne révèlent pas tout de lui, loin de là.

Wilf et Jane étaient des réfugiés qui fuyaient vers Haven devant l'armée, ils nous ont dépassés sur la route alors que Todd guérissait de sa fièvre à Carbonel Downs. Jane est tombée malade durant le voyage et, après avoir demandé son chemin, Wilf l'a emmenée tout droit à la maison de soins de Mrs. Forth. Jane y était en convalescence quand l'armée est arrivée. Avec son Bruit parfaitement innocent, les soldats l'ont pris pour un demeuré, et ils l'ont même autorisé à rendre visite à sa femme, contrairement au règlement.

Lorsque les femmes ont fui, Wilf les a aidées. Quand je lui ai demandé pourquoi, il a haussé les épaules.

– Elles z'allé emmener Jane.

Il a caché les moins valides dans sa charrette et aménagé un compartiment secret pour que d'autres puissent revenir en mission. Pendant des semaines, il a risqué sa vie à les transporter à la barbe des soldats qui n'imaginaient pas un homme si transparent leur cacher quoi que ce soit.

Ce qui a bien étonné les dirigeantes de la Flèche.

Mais moi, pas du tout.

Il nous a sauvés Todd et moi alors qu'il n'était

pas obligé de le faire. Et il a sauvé Todd encore une fois, alors qu'il y avait un risque encore plus grand. Il était même prêt, la première nuit que j'ai passée ici, à revenir en ville pour m'aider à le retrouver, mais le sergent Mortard reconnaîtrait Wilf, il se souviendrait avoir ordonné son arrestation, alors ce serait du suicide.

Je prends ma dernière cuillerée de porridge, pousse un gros soupir en la fourrant dans ma bouche. Soupir devant le froid, devant cette bouillie sans goût, et de n'avoir rien à faire dans le campement.

À sa façon, Wilf comprend. Comme toujours, Wilf comprend.

– Pour sûr qu'y va bein, Hildy, dit-il en finissant sa propre assiette. Y teindra le coup, not'Todd, t'en fé don pas.

Je fixe le froid soleil du matin et avale encore, mais je n'ai plus de porridge dans la bouche.

– Reste feurte… dit Wilf en se remettant debout. Feurte pour c'qui va veunir.

Je plisse les yeux.

– Venir ?

Mais il s'éloigne avec sa tasse de café, sans répondre ni s'arrêter.

Je termine mon café, me frictionne les bras pour gagner un peu de chaleur, pensant – je vais lui demander aujourd'hui, non, je vais lui *dire* que je pars avec la prochaine mission, que je dois trouver –

– Tu restes là toute seule, dehors ?

Je lève la tête. Lee, le soldat blond, se tient devant moi, souriant de toutes ses dents.

Je sens mon visage chauffer immédiatement.

– Non, non… dis-je en me redressant brusquement et en m'éloignant avec mon assiette.

– Il ne faut pas t'en aller…

– Non, j'ai fini…

– Viola…

– La place est à toi…

– C'est pas ce que je voulais dire…

Mais je file déjà, toute gauche, vers la salle à manger, maudissant le rouge qui me brûle les joues.

Lee n'est pas le seul homme. D'ailleurs, c'est à peine un homme, mais comme Wilf, Magnus et lui ne peuvent plus se faire passer pour des soldats et se rendre en ville, maintenant que leurs visages sont repérés.

Et il y en a d'autres. Et c'est le plus gros secret de la Flèche.

Au moins un tiers des gens ici sont des hommes, des hommes qui se font passer pour des soldats, infiltrent des femmes en ville et les ramènent, des hommes qui aident Mrs. Coyle à préparer ses plans et à choisir ses cibles, des hommes qui connaissent bien le maniement des explosifs, des hommes qui croient en la Flèche et veulent combattre le Maire et tout ce qu'il représente.

Des hommes privés de leurs femmes, de leurs filles ou de leurs mères et qui se battent pour les sauver ou venger leur mort.

Le plus souvent pour venger leur mort.

Je suppose que c'est une bonne chose que les gens croient qu'il n'y a que des femmes. Cela permet aux hommes d'aller et venir, même si le

Maire est sûrement au courant, ce qui explique sans doute pourquoi il refuse le remède à un si grand nombre de soldats, et pourquoi ses propres réserves de remède gênent plus la Flèche qu'autre chose.

Je tourne la tête vers Lee.

Je ne comprends pas bien ce qu'il fait ici.

Je n'ai pas eu la possibilité –

Je n'ai pas eu l'occasion de le lui demander.

Je pense à autre chose en rejoignant la porte de la salle à manger et je ne m'aperçois même pas qu'elle s'ouvre sans que j'aie touché la poignée.

Mon regard croise celui de Mrs. Coyle.

Je ne lui dis même pas bonjour, mais jette aussitôt :

– Emmenez-moi avec vous à votre prochaine sortie.

– Tu sais bien pourquoi c'est impossible, répond-elle sans changer d'expression.

– Todd nous rejoindrait. À la minute.

– D'autres n'en sont pas si sûrs, ma fille.

J'ouvre la bouche pour répliquer mais elle me coupe :

– À supposer qu'il soit encore en vie. Ce qui n'a aucune importance, parce qu'on ne peut pas te laisser te faire prendre. Tu es notre bien le plus précieux. Quand les vaisseaux atterriront.

– Je…

Elle lève la main.

– Je ne veux pas encore me disputer avec toi. J'ai du travail qui m'attend.

Le campement est silencieux maintenant. Les gens derrière elle restent immobiles pendant ce face-à-face, personne n'osant lui demander de s'écarter de la porte, même pas Mrs. Forth et Mrs. Nadari, qui attendent patiemment. Comme Théa, elles m'ont à peine adressé un mot depuis mon arrivée, toutes ces alliées fidèles de Mrs. Coyle, tous ces gens qui n'oseraient jamais lui parler comme je lui parle en ce moment.

Elles me traitent comme si j'étais dangereuse.

Et, bizarrement, je crois que j'aime plutôt cela.

Je plonge dans ses yeux, leur mur indomptable.

– Je ne vous le pardonnerai pas, dis-je tranquillement, sur le ton de la conversation. Non. Ni demain, ni jamais.

– Je n'ai pas besoin de ton pardon, répond-elle tout aussi tranquillement. Mais un jour, tu finiras par comprendre.

Puis ses yeux pétillent et elle étire ses lèvres en une espèce de sourire.

– Tu sais, ajoute-t-elle en haussant la voix, je pense qu'il est grand temps pour toi d'avoir un emploi.

22 *1017*

[TODD]

– Purain, mais vous pourriez pas avancer plus vite que ça ?

Les quatre ou cinq Spackle les plus proches de moi font un écart, et pourtant j'ai pas vraiment crié.

– Allez, bougez-vous, un peu !

Et comme d'habitude, pas de pensées, pas de Bruit, rien de rien.

Le remède, je vois pas où ils le prendraient, à part dans le fourrage que je dois encore leur sortir à la pelle. Mais pourquoi eux et personne d'autre ? Ça en fait une mer cliquetante de silence et de dos blancs penchés dans le froid et de bouches blanches crachant des nuages de vapeur et de bras blancs extrayant des poignées de terre – et de loin, tous ces corps blancs au travail, on dirait presque des moutons.

En s'approchant, on distingue des groupes, avec des maris, des femmes, des pères et des fils. On voit les plus vieux soulever des quantités plus faibles et plus lentement. On voit les jeunes les aider, essayer de nous empêcher de voir que les vieux peuvent pas travailler trop dur. On voit un bébé harnaché à la poitrine de sa mère avec un vieux tissu. On en voit un particulièrement grand qui dirige les autres sur une chaîne plus rapide. On les voit travailler ensemble, tête baissée, essayant de ne pas être celui qui va se faire remarquer par moi ou Davy ou les gardes derrière les barbelés.

On voit tout ça en s'approchant.

Mais c'est plus facile de rien voir.

On peut pas leur donner des pelles, évidemment. Ils pourraient s'en servir comme armes et les soldats sur les murs deviennent nerveux dès qu'un Spackle lève le bras un peu haut. Alors, les voilà tous courbés sur le sol, creusant, déplaçant les pierres, silencieux comme des nuages, souffrant et ne faisant rien contre.

J'ai une arme, quand même. Ils m'ont rendu le fusil.

À cause que j'irais où ?

Maintenant qu'elle est partie.

– On se presse, oui ? je crie aux Spackle, mon Bruit montant rouge quand je pense à elle.

Je surprends Davy qui me regarde, un sourire étonné sur les lèvres. Je me retourne et traverse le terrain vers un autre groupe. À mi-chemin, j'entends un clic plus fort.

Je pivote, cherchant d'où ça vient.

Mais c'est toujours le même.

1017, qui me dévisage encore, avec ses yeux où il n'y a pas de pardon. Son regard se pose sur mes mains.

Alors seulement je réalise qu'elles cramponnent toutes les deux mon fusil.

Je me rappelle même pas l'avoir descendu de mon épaule.

Même avec tous ces Spackle, il va nous falloir au moins deux mois pour espérer voir le bâtiment prendre forme, et alors on sera au beau milieu de l'hiver et les Spackle auront pas l'abri qu'ils étaient supposés construire pour eux et je sais bien qu'ils supportent mieux le plein air que les humains mais je crois pas que même eux puissent survivre sans abri pendant les grands gels et j'ai entendu parler d'aucun autre endroit où ils pourraient aller.

Quand même, on a démoli tous les murets en sept jours, deux jours d'avance sur le planning, et aucun mort chez les Spackle, juste quelques bras cassés. Les soldats ont emmené ceux-là.

On les a pas revus depuis.

À la fin de la deuxième semaine, après l'explosion de la tour, on a pratiquement creusé toutes les tranchées et les fosses où couler les fondassions, chose que Davy et moi on est supposés superviser, mais c'est les Spackle qui savent le faire.

Davy recrache une cosse de graine.

– Pa dit qu'ils ont servi de main-d'œuvre pour reconstruire la ville après la guerre des Spackle. On le croirait pas, à les regarder.

La nourriture se fait plus rare entre les bombes et les razzias nocturnes de la Flèche, mais il se débrouille toujours pour glaner quelque chose. On est assis sur un tas de grosses pierres, face à ce grand terrain découvert, maintenant creusé de fosses carrées et de tranchées et tellement encombré par les tas de pierres que les Spackle ont à peine la place de s'y faufiler.

Enfin, ils y arrivent, pressés contre les bords, serrés dans le froid. Et ils disent rien, ils se plaignent pas.

Davy crache une autre cosse, puis :

– Tu vas te remettre à parler, un jour ?

– Je parle.

– Non. Tu hurles sur ta main-d'œuvre et tu me grognes dessus. C'est pas parler, ça.

Une autre cosse, plus haut, plus loin, ricoche sur la tête du Spackle le plus proche. Il s'essuie machinalement, arrête à peine de creuser au bout de sa tranchée.

– Elle t'a plaqué, dit Davy. Passe à autre chose.

Mon Bruit monte.

– Ferme-la.

– Faut pas le prendre mal…

Je me retourne brusquement.

– … Ben quoi ? C'est pas vrai, ce que je dis ? Elle est partie, ça veut pas dire qu'elle est morte ou je sais quoi. (Il crache.) Pour ce que je m'en souviens, cette garce peut se défendre toute seule.

Il y a le souvenir dans son Bruit d'avoir été électrocuté sur la route de la rivière. Je devrais en sourire, mais non, à cause qu'elle est là debout dans son Bruit, elle est là et elle flanque Davy par terre.

Elle est là et pas ici.

(où est-ce qu'elle peut être ?)

(purain, où est-ce qu'elle peut bien être ?)

Maire Ledger m'a raconté, juste après la bombe de la tour, que l'armée était allée directement à l'océan, à cause qu'ils avaient eu un tuyau comme quoi la Flèche se cachait là-bas –

(c'était moi ? est-ce qu'il l'a entendu en moi ? L'idée me brûle déjà –)

Mais quand Mr. Mortard et ses hommes sont arrivés là-bas, ils ont rien trouvé, à part des bâtiments abandonnés depuis longtemps et des barques à moitié coulées.

À cause que les informations étaient fausses.

Et j'en brûle de ça aussi.

(est-ce qu'elle m'a menti ?)

(est-ce qu'elle l'a fait exprès ?)

– Bon sang, pisse d'âne… (Davy crache encore.) Comme si nous autres on avait notre petite amie. Elles sont toutes dans une purain de prison ou à poser des bombes un jour sur trois ou à marcher en groupes, tellement nombreuses qu'on peut même pas leur parler.

– C'est pas ma petite amie.

– Et alors… Ce que je veux dire, c'est que t'es pas plus seul que nous autres, alors laisse tomber.

Il y a une soudaine, vilaine force de sentiment dans son Bruit qu'il balaye aussitôt, dès qu'il me voit l'observer.

– … Qu'est-ce que tu regardes, hein ?

– Rien, je réponds.

– Eh ben, tant mieux.

Il se remet debout, prend son fusil et s'éloigne d'un pas lourd vers le terrain.

1017 finit toujours par se retrouver dans ma section de chantier. Je couvre principalement l'arrière des parcelles, à finir les tranchées. Davy reste en avant, il surveille la construxion des murs de coffrage. C'est aussi ce que 1017 est supposé faire, mais chaque fois que je lève les yeux, je le retrouve ici, tout près de moi, alors que je l'ai renvoyé là-bas je sais pas combien de fois.

Il travaille, c'est sûr, à ramener des poignées de terre ou à empiler l'argile par rangées, mais toujours il me cherche des yeux, cherche à capter mon regard.

Et fait cliquer sa langue.

Je marche vers lui, des nuages gris et lourds planant au-dessus de ma tête.

– Je t'ai envoyé chez Davy, j'aboie. Qu'est-ce que tu fabriques ici ?

Davy, entendant son nom, lance de l'autre côté du terrain :

– Quoi ?

– Pourquoi tu le laisses tout le temps revenir ici, lui ?

– De quoi tu parles ? Ils sont tous pareils !

– Je te parle de 1017 !

Il hausse les épaules, bien ostensiblement.

– Ah oui, et alors ?

J'entends un clic, insolent, sarcastique, derrière moi.

Je me retourne. Là, je jurerais qu'il me sourit.

– Fils de… je bredouille en faisant passer mon fusil devant.

Alors, je vois un éclair de Bruit.

Rapide comme tout, mais très clair –

Moi debout devant lui, prenant mon fusil, juste ce qu'il voit avec ses yeux –

Sauf cet éclair quand il attrape le fusil.

Et puis plus rien.

J'ai toujours le fusil dans les mains, 1017 est toujours dans la tranchée jusqu'aux genoux.

Pas de Bruit, aucun.

Je l'examine. Il est plus squelettique qu'avant, mais ils le sont tous, ils n'ont jamais assez de fourrage. Quand même, je me demande si 1017 oublierait pas de manger.

Pour pas prendre le remède.

– À quoi tu joues ? je lui demande.

Mais il se remet au travail, bras et mains creusant la terre, côtes visibles sous sa peau blanche, si blanche.

– Pourquoi est-ce qu'on leur donne encore le remède alors que ton père l'enlève à presque tout le monde ?

C'est le lendemain, et moi et Davy on prend notre déjeuner. Des nuages assombrissent le ciel et il va sûrement bientôt pleuvoir, la première pluie depuis un bon moment, et ce sera une pluie froide aussi, mais on a reçu l'ordre de continuer à travailler coûte que coûte, alors on passe la journée à regarder les Spackle verser les premières coulées de béton.

Ivan a apporté la bétonnière ce matin, guéri mais boiteux, son Bruit en fureur. Je me demande ce qu'il pense maintenant du pouvoir.

– Eh ben, ça les empêche de comploter, non ? De se passer des idées les uns aux autres.

– Mais ils peuvent aussi bien le faire avec leur clic.

Davy hausse les épaules, genre, on s'en moque, pisse d'âne, puis :

– Te reste un peu de sandwich.

Je lui tends mon sandwich, tout en surveillant les Spackle.

– Vaudrait pas mieux qu'on sache ce qu'ils pensent ? je poursuis. Ça serait pas une bonne chose de le savoir ?

Je cherche 1017 qui, bien sûr, me retourne mon regard.

Ploc. La première goutte de pluie me tombe sur un cil.

– Oh, quelle barbe, fait Davy en levant la tête.

Pendant trois jours elle arrête pas. Le chantier devient de plus en plus bouillasseux, mais le Maire veut quand même qu'on continue, alors ces trois jours on les passe à glisser et à déraper dans la gadoue et à hisser d'immenses bâches sur des supports pour abriter une partie du terrain.

Davy s'occupe de l'intérieur, il dirige les Spackle qui maintiennent en place les cadres des bâches. Je passe le plus clair de mon temps dehors sous la pluie, à essayer de garder les bords des bâches fixés au sol avec de lourdes pierres.

Jamais fait un boulot plus crétin.

– Pressons ! je crie aux Spackle qui m'aident à bloquer l'un des derniers bords.

J'ai les doigts gelés à cause que personne nous a donné de gants et qu'on a pas vu le Maire pour le lui demander.

Aïe ! Je me lèche une phalange sanguinolente, ma main écorchée pour la millionième fois.

Les Spackle s'acharnent sur les pierres, apparemment insensibles à la pluie, une bonne chose à cause qu'il y a pas assez de place sous les bâches pour les abriter tous.

– Hé, je lance, haussant la voix. Attention à ce bord-là ! Attention à…

Une rafale de vent soulève toute la bâche qu'on vient juste de fixer. Un Spackle s'y cramponne alors qu'elle s'envole, l'emporte avec elle et le culbute durement contre le sol. Je saute par-dessus en courant après la bâche qui se tord et s'enroule sur le terrain boueux, je monte une petite pente et j'ai presque la main dessus –

Et je dérape brusquement, glisse sur les fesses de l'autre côté de la pente –

Et je réalise où j'ai couru, où j'ai glissé –

Tout droit vers la fosse.

Je tape des talons dans la boue pour m'arrêter mais je ne trouve aucune prise et je tombe en plein dedans avec un grand *splaf*.

– *Gueurrrr* !… je grogne en essayant de me remettre debout.

J'y suis jusqu'aux cuisses, couvert de merde de Spackle et de chaux. La puanteur me fait aussitôt vomir –

Et je vois un autre éclair de Bruit –

Moi debout dans la fosse.

Un Spackle juste au-dessus de moi.

Je lève la tête.

Un mur de Spackle me regarde.

Et là devant tous les autres.

1017.

Au-dessus de moi.

Une énorme pierre dans les mains.

Il dit rien, il reste juste là avec cette pierre plus qu'assez grosse pour faire beaucoup de mal si elle est bien lancée.

– Alors ? je crie. C'est ça que tu veux, hein ?

Il me regarde, c'est tout.

Je vois plus le Bruit.

Je tends lentement la main vers mon fusil.

– Hein, tu veux quoi ?…

Il peut voir dans mon Bruit que je suis prêt et archi-prêt à me battre avec lui.

Que je suis prêt à –

J'ai le canon du fusil en main.

Mais il fait que me regarder.

Et puis il lâche la pierre par terre et se retourne vers la bâche. Je le regarde faire cinq pas, puis dix pas, et mon corps se détend un peu.

C'est quand je m'extirpe de la fosse que je l'entends.

Le clic.

Son clic insultant.

Je cours vers lui et je hurle, mais je sais pas ce que je dis et Davy me fixe, stupéfait, quand j'atteins l'abri de la bâche derrière 1017 à cause que je cours avec le fusil dressé au-dessus de ma tête comme un possédé et 1017 se tourne vers moi mais je lui laisse pas la moindre chance de réagir et je le cogne en pleine figure avec la crosse du fusil et il tombe en arrière sur le sol et je lève le fusil et je l'abaisse et il lève les mains pour se protéger et je frappe encore et encore et encore –

Sur ses mains –

Et son visage –

Et ses côtes saillantes –

Et mon Bruit s'enrage –

Et je frappe –

Et je frappe –

Et je frappe –

Et je hurle –
Je hurle –
« POURQUOI TU ES PARTIE ? »
« POURQUOI TU M'AS LAISSÉ ? »
Et j'entends le crac froid, le crac sec de son bras qui casse.

Ça remplit l'air, plus fort que la pluie ou le vent, ça retourne mon estomac, ça gonfle une boule épaisse dans ma gorge.
Je bloque mon geste, crosse en l'air.
Davy me dévisage, la bouche ouverte.
Tous les Spackle reculent, terrifiés.
Au sol, 1017 me fixe, le sang rouge ruisselant de son nez étrange et du coin de ses yeux trop haut placés, mais aucun son, pas de Bruit, aucune pensée, pas de clic, rien de rien
(et nous sommes au campement près de la rivière et il y a un Spackle mort par terre et Viola recule horrifiée et il y a du sang partout et je l'ai encore fait je l'ai encore fait et pourquoi es-tu partie, oh, bon Dieu, Viola pourquoi t'es partie –)
Et 1017 fait que me regarder.

Et, je le jure, c'est un regard de triomphe.

23 *Quelque chose dans l'air*

[VIOLA]

– Pompe à eau, é r'marche, Hildy.
– Merci, Wilf.

Je lui tends un plateau de pains encore tout fumants.

– Vous pouvez les apporter à Jane, s'il vous plaît ? Elle s'occupe des tables pour le petit déjeuner.

Il prend le plateau, une vague petite mélodie flottant dans son Bruit. Il sort du cabanon de la cuisine et je l'entends appeler :

– Femme !

– Pourquoi est-ce qu'il t'appelle Hildy ? demande Lee, surgissant par la porte de derrière avec un panier de farine qu'il vient de moudre.

Il porte une chemise sans manches et la peau de ses bras est blanchie de poussière jusqu'au-dessus des coudes.

Je regarde ses bras nus une seconde puis détourne la tête rapidement.

Mrs. Coyle lui a donné le même travail qu'à

moi depuis qu'il ne peut plus retourner à New Prentissville.

Non, je ne vais sûrement pas lui pardonner.

– Hildy, c'était le nom de quelqu'un qui nous a aidés. Un nom qui mérite d'être prononcé.

– Nous, c'est-à-dire… ?

– Todd et moi, oui.

Je lui prends le panier de farine et le repose lourdement sur la table.

Il y a un silence, comme toujours on dirait, chaque fois que le nom de Todd refait surface.

– Personne l'a vu, Viola, dit gentiment Lee. Mais elles sortent surtout la nuit, alors ça ne…

– Elle ne me le dirait pas, de toute façon. (Je remplis les bols de farine.) Elle pense qu'il est mort.

Lee se balance d'un pied sur l'autre.

– Mais tu n'es pas de cet avis, hein ?

Je le regarde. Il sourit, et je ne peux pas m'empêcher de sourire aussi.

– Et tu me crois, n'est-ce pas ?

Il hausse les épaules.

– Wilf te croit. Et tu serais étonnée de voir à quel point la parole de Wilf compte, par ici.

– Non, dis-je en regardant par la fenêtre le chemin qu'a pris Wilf. Non, en fait, ça ne m'étonne pas du tout.

Cette journée-là passe comme les autres, et nous continuons à faire la cuisine. C'est notre nouvel emploi, à Lee et moi, la cuisine. Toute la cuisine, pour tout le campement. Nous avons appris à fabriquer le pain. Nous avons appris à écorcher les écureuils, à écailler les tortues, à vider les poissons. Nous avons appris la quantité nécessaire à une soupe pour nourrir cent personnes. Nous avons appris à éplucher les pommes de terre plus vite que n'importe qui sur cette stupide planète.

Mrs. Coyle prétend que c'est ainsi que l'on gagne une guerre.

– Je ne me suis pas franchement enrôlé pour cela, dit Lee en arrachant une énième poignée de plumes du énième volatile de l'après-midi.

– Mais au moins, c'était ton choix, dis-je en plongeant les doigts dans ma volaille. Les plumes flottent dans l'air comme un essaim de mouches collantes, s'accrochant à chaque endroit qu'elles touchent. J'ai des petits flocons verts sous les ongles, au pli du coude, au coin des paupières. Je le sais parce que Lee en a partout sur la figure, lui aussi. Partout dans sa longue chevelure d'or et sur les poils dorés de ses avant-bras.

Je sens mes joues s'enflammer encore et j'arrache furieusement une poignée de plumes.

Un jour en fait deux, puis trois, puis une semaine, qui devient la semaine d'après, et la semaine suivante. Cuisine avec Lee, vaisselle avec Lee, trois jours de pluie ininterrompue enfermée dans le cabanon avec Lee.

Et pourtant. Pourtant.

Quelque chose se prépare, on se prépare à quelque chose, même si personne ne me dit quoi.

Et je reste coincée ici.

Lee balance un oiseau plumé sur la table et il en prend un autre.

– L'espèce risque de s'éteindre si on ne fait pas attention.

– C'est la seule que Magnus peut tirer. Tous les autres sont trop rapides.

– Et voilà qu'un animal disparaît de la planète parce que la Flèche n'a pas recruté d'opticien.

Je ris, un peu trop fort. Je me fais les gros yeux.

Je termine mon oiseau, en attrape un autre, et bougonne :

– Tu n'en fais que deux quand j'en plume trois. Et j'ai cuit plus de miches ce matin et –

– Tu en as brûlé la moitié…

– Parce que tu as trop fait chauffer le four !

– Je n'ai pas la vocation, réplique-t-il en souriant. Je suis soldat, pas cuisinier.

– Et moi, tu crois que je suis cuisinière ?

Alors il éclate de rire et continue à rire même quand je lui lance une pleine poignée de plumes mouillées, en plein dans l'œil.

– Aïe ! fait-il en s'essuyant. Dis donc, tu vises pas mal, Viola. Il faut vraiment qu'on te mette un fusil dans les mains…

Je tourne rapidement la tête vers le millionième volatile calé sur mes cuisses.

– … Ou peut-être pas, ajoute-t-il moins fort.

– Dis, tu as déjà… ?

Ma question s'arrête en chemin.

– Déjà quoi ?

Je me passe la langue sur les lèvres, une erreur parce que alors je dois cracher une boulette de plumes et, quand je le dis enfin, les mots sortent plus exaspérés que je ne le voudrais.

– Tu as déjà tué quelqu'un ?

– Non. (Il se redresse.) Toi… oui ?

Je secoue la tête et je le vois se détendre, ce qui me pousse à dire aussitôt :

– Mais j'ai pris une balle.

Il renverse la tête, stupéfait.

– Tu plaisantes ?

Et je le dis avant d'y penser, avant même de savoir que ça monte et puis je le dis et je réalise que je ne l'ai jamais dit, pas à haute voix, pas à moi-même, jamais, pas depuis que c'est arrivé, et pourtant c'est là, ça vient trébucher dans une pièce pleine de plumes flottantes.

– Et j'ai poignardé quelqu'un. (Je m'arrête de plumer.) À mort.

Mon corps me paraît soudain deux fois plus lourd dans le silence qui suit.

Quand je me mets à pleurer, Lee me tend juste un torchon et me laisse tranquille, sans me bousculer, sans rien dire de stupide ni même poser de questions, même s'il doit mourir de curiosité. Il me laisse simplement pleurer.

Et c'est exactement la chose à faire.

– Oui, mais on gagne de la sympathie, dit Lee vers la fin du dîner avec Wilf et Jane.

Je retarde ce moment-là parce que après je devrai retourner en cuisine préparer la pâte à pain de demain. On n'imagine pas les quantités de pain que cent personnes peuvent engouffrer.

Je prends la moitié de ma dernière bouchée.

– J'ai simplement dit que vous n'étiez pas bien nombreux.

– Tu veux dire « nous », je suppose, répond Lee en me jetant un regard grave. Mais nous avons des espions dans toute la ville et les gens nous rejoignent dès qu'ils le peuvent. Les choses ne font qu'empirer, là-bas. Ils rationnent la nourriture et plus personne ne reçoit le remède. Ils vont bien finir par se retourner contre lui.

– Et si nambreuses en prisan, dit Jane. Des zentaines de femmes toutes z'enfeurmées, toutes z'encheunées sous la tére, à meurir de faim par deuzaines.

– Femme ! coupe Wilf.

– J'dis juste ce que j'é enteindu dire.

– T'as rein 'tendu de la sorte.

Jane fait la tête.

– Veux pas dire qu'c'est pas vré.

– Oui, beaucoup de gens qui nous soutiendraient sont en prison, dit Lee. Alors ça pourrait…

Il s'arrête.

– Quoi ? je demande en levant les yeux. Ça pourrait quoi ?

Il ne me répond pas, regarde juste vers une autre table où Mrs. Coyle est assise avec Mrs. Braithwaite, Forth, Waggoner et Barker, et Théa, aussi, comme toujours à discuter, chuchoter, préparer des ordres secrets que d'autres exécuteront.

– Rien, lâche Lee, en voyant Mrs. Coyle se lever et venir vers nous.

– Wilf, j'ai besoin que tu nous prépares la charrette pour cette nuit, dit-elle en approchant de la table.

– De zuite, mâme, fait-il en se levant.

– Mais non, continue à manger. On n'est pas au bagne.

– J'ai plaisir à l'fére, dit Wilf en époussetant son pantalon avant de nous quitter.

– Et vous faites sauter qui, ce soir ? je demande.

Mrs. Coyle pince les lèvres.

– Ça ira bien pour l'instant, Viola.

– Je veux venir. Si vous retournez en ville ce soir, je veux venir avec vous.

– Patience, ma fille. Tu auras ton jour.

– Quel jour ? Quand ?

– Patience, répète-t-elle.

Mais d'un ton impatient.

Il fait nuit de plus en plus tôt, maintenant. Je m'assieds dehors sur les rochers quand vient le soir, observant le groupe en mission qui se dirige vers les charrettes, leurs sacs bourrés de choses secrètes. Certains hommes ont du Bruit, car ils prennent des quantités réduites de remède dans nos réserves qui diminuent au fond de leur grotte. Ils en prennent assez pour se fondre dans la ville mais pas trop pour ne pas être trahis par leur silence. L'équilibre est délicat, cela devient de plus en plus dangereux pour eux de se risquer dans les rues, et pourtant ils le font.

Et pendant que les gens de New Prentissville dormiront cette nuit, leurs boutiques vont être pillées et leurs bâtiments vont sauter, au nom de ce qui est juste.

– Salut ! lance Lee, sa silhouette surgissant du crépuscule pour venir s'asseoir à côté de moi.

– Salut.

– Tu vas bien ?

– Et pourquoi ça n'irait pas ?

Il ramasse une pierre, la jette dans le noir.

– D'accord, pourquoi ça n'irait pas.

Les étoiles commencent à se montrer. Mes vaisseaux là-haut, quelque part. Des gens qui auraient pu nous aider, peut-être. Non, qui nous auraient évidemment aidés si on avait pu les contacter. Simone Watkin et Bradley Tench, des gens bien, des gens intelligents qui auraient arrêté toutes ces absurdités, ces explosions et –

Je sens ma gorge se serrer.

– Alors, tu as vraiment tué quelqu'un, dit Lee en jetant une autre pierre.

– Oui, je murmure en repliant mes genoux contre ma poitrine.

Il attend un moment, puis :

– Avec Todd ?

– Pour Todd. Pour le sauver. Nous sauver.

Maintenant que le soleil est parti, le vrai froid vient très vite. Je serre mes genoux plus fort.

– Elle a peur de toi, tu sais. Mrs. Coyle. Elle pense que tu as du pouvoir.

Je tourne la tête, essayant de le voir dans l'obscurité.

– C'est stupide.

– Je l'ai entendue le dire à Mrs. Braithwaite. Dire que tu pourrais mener des armées entières, si tu le voulais vraiment.

Je secoue la tête, mais bien sûr il ne me voit pas.

– Elle ne me connaît même pas.

– Oui, mais elle est très intelligente.

– Et tout le monde ici la suit comme un troupeau d'agneaux.

– Tout le monde, sauf toi. (Il me balance un coup d'épaule, amicalement.) C'est peut-être cela qu'elle veut dire.

On commence à entendre un grondement sourd dans les grottes, signe que les chauves-souris se préparent.

– Pourquoi es-tu ici ? je lui demande. Pourquoi la suis-tu ?

Je le lui ai déjà demandé, mais il a toujours changé de sujet.

Mais peut-être que ce soir ce sera différent. Tout est tellement différent.

– Mon père est mort pendant la guerre des Spackle, dit-il.

– Des tas d'autres pères aussi, je réponds en pensant à Corinne, en me demandant où elle est, en me demandant si –

– Je ne me souviens pas vraiment de lui. J'ai grandi avec ma mère et ma sœur aînée, en fait. Et ma sœur… (Il rit.) Tu l'aimerais. Tout feu, tout flamme, et on a eu des bagarres, tu ne peux pas imaginer.

Il rit encore mais plus doucement.

– Quand l'armée est arrivée, ma sœur voulait se battre, mais pas maman. Je voulais me battre aussi, mais Siobhan et maman sont vraiment allées très loin, Siobhan prête à prendre les armes et maman a dû pratiquement barricader la porte pour l'empêcher de sortir dans les rues quand l'armée est entrée en ville.

Le grondement se fait plus fort et le Bruit des chauves-souris monte vers l'ouverture de la grotte. File, file, disent-elles. Loin, au loin.

– … Et puis on n'a plus eu de choix, évidemment. Cette nuit-là, les soldats ont emmené toutes les femmes dans les quartiers est. Maman nous disait de coopérer, genre « juste un peu, juste pour voir où ça mène, peut-être qu'il n'est pas si mauvais ». Enfin, ce genre de discours.

Je ne réponds pas, mais je suis contente qu'il ne puisse pas voir mon visage dans la nuit.

– Et bien sûr, Siobhan n'allait pas se laisser

faire sans résister. Elle a hurlé, crié sur les soldats, refusé d'aller avec eux et maman qui la suppliait d'arrêter, de ne pas les mettre en colère, mais ma sœur… (Il s'arrête, fait claquer sa langue.) Siobhan a donné un coup de poing au premier soldat qui a essayé de l'emmener par la force.

Il reprend une profonde inspiration.

– … Après ça a été la folie. J'ai essayé de me battre et je me rappelle seulement m'être retrouvé par terre et mes oreilles tintaient, un soldat me plantait son genou dans le dos, et puis maman hurlait mais rien de Siobhan et j'ai tourné de l'œil et quand je me suis réveillé, j'étais tout seul dans la maison.

File, file, on entend juste à l'entrée de la caverne. Loin, au loin, loin.

– Je les ai cherchées quand les restrictions ont été levées, mais je ne les ai jamais retrouvées. J'ai cherché dans chaque cabanon, chaque dortoir et dans toutes les maisons de soins. Et finalement, à la dernière, Mrs. Coyle m'a accueilli.

Il fait une pause, levant les yeux.

– Les voilà.

Les chauves-souris sortent en masse comme si le monde avait chaviré sur le côté et qu'elles se déversaient par-dessus nous, une marée de ténèbres plus noire que le ciel nocturne, avec un immense *wouuuch* qui rend impossible toute communication, alors on se tait et on les regarde.

Chacune fait au moins deux mètres d'envergure, avec des ailes fourrées et des petites oreilles rondes et un point vert phosphorescent sur chaque bout d'aile qui doit sans doute leur servir à tromper et à étourdir les papillons et les coléoptères qu'elles mangent. Les points brillent dans la nuit, formant un tapis d'étoiles éphémères au-dessus de nos têtes. Nous restons immobiles, entourés par le claquement de leurs ailes, le chuintement de leur Bruit, le *file file loin au loin loin.*

En cinq minutes elles ont disparu, là dans la forêt environnante, et ne reviendront pas avant l'aube.

– Quelque chose se prépare, dit Lee dans le silence qui suit. Tu le sais. Je ne peux pas te dire quoi, mais j'y vais aussi parce que j'ai encore un endroit où les chercher.

– Alors moi aussi, j'irai.

– Elle ne te laissera pas. (Il se tourne vers moi.) Mais je te promets, je chercherai Todd. Avec les mêmes yeux que pour ma sœur et ma mère, je le chercherai.

Une cloche sonne, signalant que toutes les équipes en mission sont sorties et que ceux restés au campement doivent se coucher. Lee et moi restons dans le noir encore un petit peu, son épaule frottant contre la mienne, et la mienne frottant contre la sienne.

24 Murs de prison

[TODD]

– Pas mal, dit le Maire à cheval sur Marbeth. Pour une main-d'œuvre non spécialisée.

– On aurait pu faire mieux, dit Davy, mais il a plu et ensuite on a rien eu que de la boue partout.

– Non, non, reprend le Maire en balayant le terrain du regard. Vous vous en êtes admirablement tirés, tous les deux, en à peine un mois.

On contemple le résultat de notre admirable travail. Les fondassions de béton ont été coulées pour la construxion d'un long bâtiment unique. Tous les murs de coffrage sont debout, certains commencent même à se remplir avec les pierres qu'on a prises aux murets du monastère, et la bâche fait une sorte de toit. On dirait presque un bâtiment.

Il a raison. On s'en est admirablement tirés.

Nous et les mille cent cinquante Spackle.

– Oui, continue le Maire. Très satisfaisant.

Le Bruit de Davy prend un éclat rosâtre assez répugnant à regarder.

– Alors, c'est quoi ? je demande.

Le Maire regarde dans ma direxion.

– Quoi donc ?

– Ça… (Je désigne le bâtiment.) C'est supposé être quoi ?

– Finis de le construire, Todd, et je te promets de t'inviter à son inauguration, en grande pompe.

– C'est pas pour les Spackle, si je comprends bien.

Le Maire plisse légèrement le front.

– Non, Todd.

Je me frotte la nuque et j'entends du métal dans le Bruit de Davy, un métal prêt à grincer fort si je lui gâche son petit moment de paradis.

– C'est juste qu'on a eu du gel ces trois dernières nuits et qu'il fait de plus en plus froid.

Le Maire fait pivoter Marbeth face à moi. Garçon poulain, pense Marbeth. Garçon poulain recule.

Je recule sans même réfléchir.

Le Maire hausse un sourcil.

– Et tu as besoin de radiateurs pour ta main-d'œuvre ?

Je fixe le sol, puis le bâtiment, puis les Spackle qui font de leur mieux pour rester aussi loin de nous qu'ils le peuvent dans un espace aussi restreint.

– Eh ben… La neige pourrait arriver. Je sais pas s'ils vont survivre.

– Oh, ils sont plus coriaces que tu ne penses, Todd. Beaucoup plus coriaces.

Il parle d'une voix sourde, pleine de quelque chose que j'arrive pas à percer.

Je rebaisse les yeux.

– Ouais. Bien sûr.

– Je demanderai au soldat Farrow d'apporter quelques petits radiateurs à fission, si cela peut te rassurer.

Je cligne des paupières.

– Vraiment ?

– Vraiment ? répète Davy.

– Ils ont fait du bon travail, sous votre direction, et tu t'es beaucoup investi ces dernières semaines, Todd. En vrai responsable.

Il sourit, presque chaleureusement.

– Et puis, je sais que tu fais partie de ces âmes qui détestent voir les autres souffrir. (Il me regarde droit dans les yeux, comme s'il me défiait de détourner les miens.) Ta tendresse t'honore.

– Sa tendresse ? ricane Davy.

– Je suis fier de toi. (Il rassemble ses rênes.) De vous deux. Et vous serez récompensés pour vos efforts.

Le Bruit de Davy rayonne de nouveau, pendant que le Maire sort du monastère.

– T'as entendu ça, fait Davy en battant des cils. Récompensés, ma tendre pisse d'âne.

– La ferme, Davy.

Je descends déjà le long des coffrages, vers le fond du bâtiment. Les Spackle s'agglutinent sur la dernière parcelle de terrain dégagé. Ils s'écartent de mon passage.

– Des radiateurs arrivent, dis-je en le mettant aussi dans mon Bruit. Les choses vont aller mieux.

Mais ils font tout ce qu'ils peuvent pour éviter de me toucher.

– J'ai dit, ça va aller mieux !

Stupides, ingrats –

Je m'arrête. J'inspire un bon coup. Je continue à marcher.

J'arrive à l'arrière du bâtiment où nous avons appuyé quelques coffrages inutilisés contre la structure, formant un abri.

– Tu peux sortir, maintenant, dis-je.

Pas de bruit pendant une minute, puis un léger froissement et 1017 émerge, son bras en écharpe dans une de mes rares chemises. Il est plus squelettique que jamais, une rougeur remonte encore de la fracture mais ça semble s'atténuer.

– J'ai réussi à piquer des médicaments anti-douleur, dis-je en les sortant de ma poche.

Il me les arrache de la main, griffant ma peau.

– Attention à toi, je fais les dents serrées. Tu sais ce qu'ils font des Spackle invalides, là où ils les emmènent ?

Une explosion de Bruit sort de lui, mais j'y suis habitué maintenant, toujours la même chose, lui au-dessus de moi avec un fusil, lui me frappant et me frappant, moi le suppliant d'arrêter, lui me cassant le bras.

– Mais oui, je lâche. Si tu veux.

– Alors, pisse d'âne, tu joues avec ton singe ?

Davy m'a rejoint, appuyé contre le bâtiment, les bras croisés.

– … Tu sais, quand les chevaux se cassent une jambe, on les achève.

– C'est pas un cheval.

– Nan… C'est un mouton.

– Merci d'avoir rien dit à ton père.

Davy hausse les épaules.

– Ça m'est bien égal, pisse d'âne, du moment que ça fiche pas en l'air notre récompense.

1017 nous balance son clic dégoûtant, surtout à moi.

– Il a quand même pas l'air très reconnaissant, dit Davy.

– Ouais… Je lui ai sauvé la vie deux fois, maintenant… (Je regarde 1017, bien droit dans ces yeux qui ne quittent jamais les miens.) Et je le referai pas.

– Tu dis ça… Mais tout le monde sait bien que si. (Il hoche la tête vers 1017.) Même lui. (Il fait de gros yeux doux pour se moquer.) À cause que t'es… un tendre, non ?

– Ferme-la.

Il éclate de rire et puis s'éloigne et 1017 fait que me fixer – juste me fixer.

Et je le fixe.

Je l'ai sauvé.

(je l'ai sauvé pour elle)

(si elle était là, elle pourrait voir, voir comment je l'ai sauvé)

(si elle était là)

(mais elle est pas là)

Je serre les poings et puis je m'oblige à les desserrer.

New Prentissville a changé, depuis un mois. Je m'en rends compte chaque soir, au retour.

Il y a d'abord l'hiver qui vient. Les feuilles sur les branches sont devenues rouge et violet et elles sont tombées, laissant des grands squelettes d'hiver. Les persistants ont gardé leurs aiguilles mais ils ont perdu leurs cônes et les estenseurs ont rétracté leurs branches tout contre leurs troncs, perches nues dressées dans le froid. Avec en plus le ciel toujours plus sombre, on dirait que la ville a faim.

Et c'est pas faux. L'armée est arrivée à la fin des moissons, alors il y avait des réserves, mais maintenant il reste rien dans les colonies extérieures pour amener de la nourriture sur le marché, et la Flèche poursuit ses raids de sabotage et de pillage. Une nuit, tout un entrepôt de céréales a été pris, un coup impossible si des habitants et des soldats les avaient pas aidés.

Rien de très bon pour la ville et l'armée.

Le couvre-feu a été avancé il y a deux semaines, et encore la semaine dernière. Maintenant, plus personne peut sortir après la tombée de la nuit, sauf quelques patrouilles. Sur la place de la cathédrale, des grands feux ont été allumés, des livres, les affaires des habitants qui ont aidé la Flèche, un ballot d'uniformes de guérisseuses quand le Maire a fermé la dernière maison de soins. Et pratiquement plus personne a droit au remède, sauf la garde rapprochée du Maire, Mr. Morgan, Mr. O'Hare, Mr. Tate, Mr. Mortard, des hommes de Prentissville qui sont avec lui depuis des années. Les fidèles.

Moi et Davy on l'a jamais eu de toute façon, alors il a pas pu nous le retirer.

– Peut-être que c'est ça, notre récompense, dit Davy en chevauchant. Peut-être qu'il va en sortir un peu de la crypte et qu'on verra enfin à quoi ça ressemble.

Notre récompense, dit-il.

Je passe la main sur le flanc d'Angharrad, sens le frisson qui lui glace la peau.

– Presque à la maison, fifille, je chuchote entre ses oreilles. Bien au chaud dans la grange.

Chaud, elle pense. Garçon poulain.

– Angharrad, je réponds.

Les chevaux c'est pas des peluches et ils sont tout le temps à moitié dingues mais j'ai appris que si on les traite bien ils finissent par vous connaître.

Garçon poulain, elle répète, et c'est comme si je faisais partie de son troupeau.

– Peut-être que la récompense, c'est des femmes ! s'exclame soudain Davy. Ouais ! Peut-être qu'il va nous donner des femmes et faire enfin un homme de toi.

– Ferme-la, je réponds.

Mais ça tourne pas à la bagarre. D'ailleurs, quand j'y pense, on a pas eu de bagarre depuis un sacré bout de temps.

On a fini par s'habituer l'un à l'autre, je suppose.

Des femmes on n'en voit presque plus. Quand la tour de communications est tombée, elles ont toutes été renfermées chez elles, sauf les équipes qui travaillaient dans les champs, à préparer les semailles de l'année prochaine, sous la garde de soldats armés. Les visites des maris, des fils et des pères sont maintenant limitées à une fois par semaine, maximum.

On entend des histoires sur les soldats et les femmes, comme quoi des soldats entreraient dans les dortoirs la nuit, pour faire des choses horribles et personne est puni.

Sans compter bien sûr les femmes en prison, des prisons que j'ai seulement vues du haut du clocher de la cathédrale, un groupe de bâtiments tout à l'ouest de la ville, vers les chutes. Qui sait ce qui se passe à l'intérieur ? Elles sont loin, hors de portée, sauf pour ceux qui les gardent.

Un peu comme les Spackle.

– Bon Dieu, Todd, ce boucan que tu peux faire à penser tout le temps.

Exactement le genre de remarques que j'ai appris à ignorer de la part de Davy. Sauf que cette fois il vient de m'appeler Todd.

Nous laissons nos chevaux dans la grange près de la cathédrale. Davy me raccompagne à la porte, même si j'ai plus besoin de garde.

À cause que j'irais où ?

Sur le seuil, j'entends :

– Todd ?

Le Maire m'attendait.

– Oui, monsieur ?

– Toujours si poli… dit-il avec un sourire en faisant claquer ses bottes sur le marbre. Tu as l'air mieux, ces derniers temps. Plus calme. (Il s'arrête à quelques mètres.) T'es-tu servi de l'outil ?

Hein ?

– Quel outil ? je demande.

Il pousse un léger soupir. Puis –

JE SUIS LE CERCLE ET LE CERCLE EST MOI.

Je presse une main sur ma tempe.

– Comment faites-vous ça ?

– Le Bruit, on peut s'en servir. Avec suffisamment de discipline. Mais la première étape, c'est d'utiliser l'outil.

– « Je suis le Cercle et le Cercle est moi » ?

– C'est une façon de te concentrer, une façon d'aligner ton Bruit, de le canaliser, de le contrôler.

Car un homme qui peut contrôler son Bruit est un homme doté d'un avantage, vois-tu.

Je me souviens quand il chantait des hymnes dans sa maison du vieux Prentissville, comme son Bruit sonnait dur et effrayant comparé à celui des autres, comme il ressemblait à –

À une arme.

– Le Cercle, c'est quoi ?

– Ta destinée, Todd Hewitt. Un cercle est un système clos. Il n'y a aucun moyen d'en sortir, et c'est donc plus facile si tu ne luttes pas.

JE SUIS LE CERCLE ET LE CERCLE EST MOI.

Mais cette fois ma voix est dedans, elle aussi.

– Il y a tant de choses que je brûle de t'enseigner.

Et il sort sans me souhaiter bonne nuit.

J'arrête pas de tournicoter, de longer les murs, à regarder par les ouvertures – les chutes à l'ouest, la colline avec son creux au sud, et à l'est les collines qui mènent au monastère, mais on les voit pas d'ici. Tout ce qu'on voit c'est New Prentissville, renfermée et pelotonnée sur elle-même pendant que la nuit froide s'installe.

Elle est là quelque part.

Un mois et elle est pas venue.

Un mois et –

(*ferme-la*)

(*ferme-le ton feuttu sac à bave*)

Je recommence à faire les cent pas.

On a des vitres sur les fenêtres maintenant et un chauffage pour nous protéger des nuits d'automne et plus de couvertures aussi et une lampe et des livres autorisés pour Maire Ledger.

– Cela reste quand même une prison, non ? dit-il derrière moi, la bouche pleine. On aurait pensé que toi au moins, il t'aurait trouvé un meilleur endroit, maintenant.

– Je comprends vraiment pas pourquoi les gens se sentent obligés de me faire la leçon à tout bout de champ, dis-je sans me retourner.

– Il te préfère sûrement en dehors de la ville, poursuit-il en terminant son repas, à peine la moitié de ce qu'on nous donnait avant. Loin des rumeurs.

– Quelles rumeurs ? je demande, pas franchement intéressé.

– Oh, des rumeurs sur notre Maire, ses grands pouvoirs de contrôle des esprits. Des rumeurs qu'il peut gonfler à sa guise, sans aucun doute.

Je tourne pas la tête, garde mon Bruit silencieux.

Je suis le Cercle, je pense.

Il est minuit passé quand la première bombe explose.

Baoum !

Je sursaute sur mon matelas, mais pas plus que ça.

– Où penses-tu que c'était ? demande Maire Ledger sans se lever non plus.

– Peut-être à l'est, dis-je, levant les yeux vers le noir des cloches. Encore un entrepôt d'alimentation ?

On attend la seconde. Il y en a toujours une seconde, maintenant. Pendant que les soldats se précipitent vers la première, la Flèche en profite pour –

Baoum !

– Et la voilà, fait Maire Ledger.

Assis sur son lit, il regarde par une ouverture. Je me relève.

– Bon sang... murmure-t-il.

– Quoi ?...

Et je m'approche.

– Je crois que c'était le bassin de traitement des eaux, près de la rivière.

– Et ça veut dire quoi ?

– Cela veut dire qu'il va falloir faire bouillir la moindre tasse de...

BAOUM !

Un énorme éclair nous fait reculer de la fenêtre. Le carreau tremble dans son cadre.

Et toutes les lumières de New Prentissville s'éteignent.

– La centrale électrique, marmonne Maire Ledger, d'un ton incrédule. Mais elle est gardée jour et nuit. Comment ont-elles pu y arriver ?

– J'en sais rien, dis-je avec un goût amer sur la langue. Mais on va se faire écorcher pour ça.

Maire Ledger se passe une main fatiguée sur le visage. Les sirènes hurlent, les soldats crient dans la ville au-dessous. Il secoue la tête.

– Je ne sais pas où elles veulent en...

BAOUM !

BAOUM !

BAOUM !

BAOUM !

BAOUM !

Cinq énormes explosions, l'une juste après l'autre, secouent le clocher, nous jettent par terre.

Les carreaux soufflés vers l'intérieur nous recouvrent d'éclats et de poussière de verre.

Le ciel s'illumine.

Vers l'ouest.

Un nuage de feu et de fumée monte tellement haut par-dessus les prisons, on dirait qu'un géant l'a balancé là.

Maire Ledger respire très fort à côté de moi.

– Elles l'ont fait, il halète. Elles l'ont vraiment fait.

Elles l'ont vraiment fait.

Elles ont déclenché leur guerre.

Et j'y peux rien –

Je peux pas m'empêcher de penser –

Est-ce qu'elle vient me chercher ?

25 *La grande nuit*

[VIOLA]

– J'ai besoin de ton aide, dit Mrs. Lawson debout dans l'entrée de la cuisine.

Je lui montre mes mains couvertes de farine.

– Je suis en plein…

– Mrs. Coyle m'a spécifiquement envoyée te chercher.

Je fronce les sourcils. Je n'aime pas ce ton.

– Et qui va finir ces miches pour demain ? Lee est parti ramasser du bois…

– Mrs. Coyle a dit que tu avais de l'expérience en pharmacie. Nous en avons rapporté une grosse quantité, et la fille que j'ai est incapable de faire le tri.

Je pousse un soupir. Ce sera toujours mieux que la cuisine.

Je la suis dans le crépuscule jusqu'à une grotte, et une enfilade de galeries nous conduit à la grande salle où nous entreposons nos réserves les plus précieuses.

– On risque d'en avoir pour un moment, dit Mrs. Lawson.

Nous passons toute la soirée et le début de la nuit à faire le compte des médicaments, pansements, bandes, compresses, linge de lit, flacons d'éther, garrots, bandeaux diagnostic, tensiomètres, stéthoscopes, robes, pastilles purificatrices d'eau, attelles, pinces, écouvillons, cachets de racine de jeffers et tout le reste, en les triant par petites piles et en les étalant jusqu'au bord de la galerie principale.

J'essuie la sueur froide qui me mouille le front.

– On ne devrait pas déjà stocker ça là-haut ?

– Non, pas encore, répond Mrs. Lawson.

Elle observe nos piles bien rangées. Elle se frictionne les mains, un pli inquiet en travers du front.

– … J'espère que ça sera assez.

– Assez pour quoi ?…

Je la regarde passer d'une pile à l'autre.

– … Assez pour quoi, madame Lawson ?

Elle me regarde en se mordant la lèvre.

– Tu te souviens un peu de ton apprentissage de guérisseuse ?

Je la dévisage une seconde. Les doutes montent et montent, puis je m'élance en courant hors de la salle.

– Attends ! crie-t-elle derrière moi, mais je suis déjà dans la galerie centrale, je sors de la grotte et je me précipite dans le campement.

Désert.

– Ne te mets pas en colère, dit Mrs. Lawson.

J'ai fait tous les cabanons. Je me tiens là,

stupide, les mains sur les hanches, à contempler le campement vide. Après m'avoir déniché une distraction, Mrs. Coyle est partie avec toutes les autres guérisseuses, sauf Mrs. Lawson. Théa et les apprenties sont parties, elles aussi.

Et tous les autres. Les charrettes, les chevaux, les bœufs.

Et Lee. Et Wilf, mais pas Jane, c'est la seule qui soit aussi restée.

Alors c'est donc cette nuit.

La grande nuit.

– Tu sais bien pourquoi elle ne pouvait pas t'emmener…

– Elle ne me fait pas confiance. Aucune d'entre vous.

– Ce n'est absolument pas la question pour le moment, fait-elle avec ce ton typique des guérisseuses qu'elles m'ont si bien appris à détester… L'important, c'est que quand elles reviendront, nous allons avoir besoin de toutes les compétences de guérisseuses disponibles.

Je m'apprête à discuter, puis je vois comme elle se tord toujours les mains, comme son visage paraît anxieux, combien ça doit la travailler sous la surface.

Elle ajoute :

– … S'il en revient une seule.

Il ne reste plus rien à faire qu'attendre. Jane nous prépare un café, et nous voilà assises dans le froid de plus en plus vif, à scruter le sentier qui sort des bois, à guetter qui va en sortir.

– Y géle feurt… dit Jane, brisant de son pied la petite langue de glace qui couvre une pierre.

– Nous aurions dû le faire plus tôt, marmonne Mrs. Lawson dans sa tasse, humant la vapeur. Nous aurions dû le faire avant le changement de temps.

– Faire quoi ? je demande.

– Le seuvetache, dit Jane. Wilf m'l'an dit quand il é peurti.

– Sauvetage de qui ? je réponds, mais bien sûr ça ne peut être que –

Des pierres rebondissent sur le sentier. Nous sommes déjà debout quand Magnus déboule en haut de la pente.

– Dépêchez-vous ! il crie. Allez, vite !

Mrs. Lawson attrape le matériel et les médicaments d'urgence et elle se lance dans le sentier. Jane et moi l'imitons.

Nous sommes à mi-hauteur quand elles commencent à sortir de la forêt.

À l'arrière des charrettes, sur les épaules des plus vaillants, sur des civières, à cheval, d'autres se déversent sur le sentier derrière elles, et d'autres derrière encore couronnent la colline.

Toutes celles qu'il fallait sauver.

Les prisonnières enfermées par le Maire et son armée.

Mais leur état –

– Oh, Ségnieur Jeusus, murmure Jane, pétrifiée comme moi.

Oh, mon Dieu.

Les heures suivantes passent dans un brouillard. On se précipite pour amener les blessées au campement, mais certaines sont si faibles qu'il faut les soigner sur place. Je suis envoyée d'une guérisseuse à une autre, allant et venant à la grotte pour les approvisionner, et le temps file tellement vite, je ne réalise pas tout de suite que la plupart des blessures n'ont rien à voir avec les combats.

– Elles ont été battues, dis-je horrifiée.

– Et affamées, ajoute Mrs. Lawson furieuse, préparant une piqûre de sérum dans le bras d'une blessée transportée à la grotte… Et torturées.

Toutes ces femmes forment un groupe qui ne fait que grandir sans vouloir s'arrêter. La plupart, trop choquées pour parler, vous fixent d'un regard horriblement silencieux, ou vous implorent sans un mot, cicatrices de brûlure sur les bras et le visage, vieilles plaies purulentes, orbites creuses de femmes qui n'ont pas mangé depuis des jours, des jours et des jours.

– Il a vraiment fait ça, je rumine. Il l'a fait.

– Attrape, ma fille, lance Mrs. Lawson.

Puis on se précipite dehors, les bras chargés de bandes qui couvrent à peine le début du nécessaire. Mrs. Braithwaite me fait signe d'un geste frénétique. Elle m'arrache les bandes, enveloppe furieusement la jambe d'une femme en train de hurler.

– Racine de jeffers ! clame-t-elle.

– J'en ai pas apporté…

– Eh bien, qu'est-ce que t'attends ! Va en chercher !

Je me faufile entre les guérisseuses et les apprenties et les faux soldats accroupis au-dessus des malades, sur les pentes, dans les charrettes, partout. Il n'y a pas que des femmes, d'ailleurs. J'aperçois maintenant des prisonniers mâles, également affamés, également battus. Je vois des gens du campement blessés au combat, y compris Wilf, une compresse antibrûlure sur la tempe, et pourtant il aide à transporter les patients sur des brancards.

J'entre dans la grotte en courant, prends de la racine de jeffers et des bandages supplémentaires, sors pour la énième fois de la galerie, traverse la clairière et regarde vers le sentier où quelques personnes arrivent encore.

Je m'arrête une seconde, scrute les nouveaux visages, puis rejoins Mrs. Braithwaite en courant.

Mrs. Coyle n'est pas encore rentrée.

Lee non plus.

J'aide Mrs. Nadari à relever une femme assommée par les antidouleurs.

– Il était en plein dans la mêlée… comme s'il cherchait quelqu'un.

– Sa mère et sa sœur, dis-je en prenant tout le poids de la femme.

– Nous n'avons pas récupéré tout le monde… Il y a un bâtiment où la bombe n'a pas explosé…

– Siobhan ! crie quelqu'un au loin.

Je me retourne, le cœur battant bien plus vite et plus fort que je ne m'y attendais, et avec un sourire.

– Il les a trouvées !

Mais je comprends tout de suite que non.

– Siobhan ?

Lee descend le chemin de la forêt, la manche et l'épaule de son uniforme noircies, sa figure couverte de suie, ses yeux courant partout, ici et là, sur les visages des gens rassemblés dans la faille.

– Maman ?

– Va, me dit Mrs. Nadari. Va voir s'il est blessé.

Je la laisse soutenir notre patiente et je cours vers Lee, ignorant les autres guérisseuses qui m'appellent.

– Lee ! je crie.

– Viola ?… Elles sont là ? Tu sais si elles sont là ?

– Tu es blessé ?

Je lui remonte sa manche, examine ses mains.

– Tu es brûlé.

– Il y a eu des incendies, dit-il, et je le regarde dans les yeux. Il me regarde mais il ne me voit pas, il voit ce qu'il a vu dans les prisons, il voit les incendies et ce qu'il y avait derrière, il voit les prisonniers qu'ils ont trouvés, et peut-être les gardes qu'il a dû tuer.

Il ne voit pas sa mère ni sa sœur.

– Elles sont là ? il supplie. Dis-moi qu'elles sont là.

– Je ne sais pas à quoi elles ressemblent, je lui réponds doucement.

Lee me dévisage, la bouche ouverte, le souffle court et rauque, comme s'il avait respiré beaucoup de fumée.

– C'était… marmonne-t-il. Oh, mon Dieu, Viola, c'était… (Il lève les yeux, par-dessus mon épaule.) Il faut que je les trouve. Elles sont forcément ici.

Il passe devant moi, descend la faille.

– Siobhan ? Maman ?

Je ne peux pas m'en empêcher. Je crie :

– Lee ? Tu as vu Todd ?

Mais il continue à marcher, s'éloigne en trébuchant.

– Viola !

J'imagine que c'est une guérisseuse qui demande mon aide, quand une voix près de moi lance :

– Mrs. Coyle !

Je me retourne, lève la tête. En haut du sentier, elle surgit à cheval, écrasant les pierres au trot précipité de sa monture. Elle porte quelqu'un en selle, quelqu'un qu'elle a attaché pour l'empêcher de tomber. Un frisson d'espoir me traverse. Peut-être que c'est Siobhan. Ou la maman de Lee.

(ou lui, peut-être que c'est lui, peut-être –)

– Aide-nous, Viola ! crie Mrs. Coyle en jouant des rênes.

Et comme j'escalade la pente en courant, le cheval pivotant pour assurer son pas, je découvre, inconsciente et horriblement penchée…

Corinne.

– Non, je répète en murmurant, sans réaliser tout à fait. Non, non et non… alors que nous la descendons sur une plate-forme rocheuse et que Mrs. Lawson court vers nous, les bras chargés de bandages et de médicaments. Non, non, non…

Je prends sa tête entre mes mains pour la préserver du contact de la pierre et Mrs. Coyle déchire sa manche pour la préparer aux piqûres.

– Non, je répète encore quand Mrs. Lawson nous rejoint et pousse un cri étouffé en voyant qui c'est.

– Vous l'avez trouvée, dit-elle.

Mrs. Coyle hoche la tête.

– Je l'ai trouvée.

Je tâte le crâne de Corinne, je le sens brûler de

fièvre. Je vois ses pommettes qui ressortent, les inflammassions qui décolorent ses yeux, sa peau molle, détendue. Et les os qui sortent au-dessus du col de sa blouse sale et déchirée de guérisseuse. Et les cercles des brûlures sur son cou. Et les coupures sur ses avant-bras. Et les ongles arrachés.

– Oh, Corinne, je chuchote, et le mouillé de mes yeux tombe sur son front. Oh, non…

– Reste avec nous, ma fille… dit Mrs. Coyle, et je ne sais plus trop si elle parle à Corinne ou à moi.

– Théa ? demande Mrs. Lawson, sans lever les yeux.

Mrs. Coyle secoue la tête.

– Théa est morte ? je demande.

– Et Mrs. Waggoner, ajoute-t-elle, et je remarque la fumée sur son visage, les rougeurs de colère sur son front.

– … Et d'autres, encore… (Ses lèvres se pincent.) Mais on en a eu quelques-uns de chez eux, aussi.

– Allez, ma fille, chuchote Mrs. Lawson à Corinne encore inconsciente. Tu as toujours été la plus têtue. C'est le moment ou jamais.

– Tiens cela, dit Mrs. Coyle en me tendant une poche de sérum reliée à une seringue plantée dans le bras de Corinne.

Je le prends dans une main, gardant la tête de Corinne sur mes genoux.

– C'est là… fait Mrs. Coyle en détachant un lambeau de tissu incrusté dans le flanc de Corinne.

Une odeur épouvantable nous frappe toutes en même temps.

Une odeur pire encore que ce qu'elle sent. Pire à cause de ce qu'elle signifie.

– Gangrène… lâche Mrs. Coyle, même si nous avons toutes déjà compris.

L'odeur veut dire que le tissu est mort. Que ça commence à la ronger vivante. C'est Corinne elle-même qui me l'a appris. Mais, aujourd'hui, je préférerais ne pas savoir.

– Ils ne lui ont même pas administré le traitement de base, grogne Mrs. Lawson en se relevant pour courir à la grotte et ramener les médicaments les plus puissants que nous ayons.

– Allons, ma petite difficile, murmure Mrs. Coyle en caressant le front de Corinne.

– Vous êtes restée jusqu'à ce que vous la trouviez… C'est pour cela que vous êtes arrivée si tard.

– Elle n'aura jamais cédé, celle-ci, poursuit-elle d'une voix enrouée, et pas seulement par la fumée. Ils auraient pu lui faire tout ce qu'ils voulaient.

J'observe avec elle le visage de Corinne, ses yeux toujours fermés, sa bouche ouverte, son souffle plus faible.

Mrs. Coyle a raison. Corinne n'aura jamais cédé, ni donné des noms, ni des renseignements, elle aura accepté la torture pour que d'autres filles, d'autres mères ne la subissent pas elles-mêmes.

– L'infection, dis-je la gorge nouée. L'odeur, ça veut dire…

Mrs. Coyle se mord les lèvres et secoue la tête.

– Oh, Corinne, dis-je. Oh, non.

Et là, entre mes mains, sur mes genoux, son visage tourné vers moi –

Elle meurt.

Un silence. Pas fort ni arraché à quelque chose ni violent ni rien de particulier. Elle tombe juste silencieuse, un certain type de silence que vous savez sans fin dès que vous l'entendez, un silence qui étouffe tout ce qui l'entoure, qui coupe le volume du monde.

La seule chose que j'entende, en fait, c'est ma propre respiration, mouillée, lourde, comme si la légèreté n'allait jamais revenir. Et dans le silence de ma respiration, je regarde le bas de la pente, je vois le reste des blessées autour de nous, leurs bouches ouvertes pour crier de douleur, leurs yeux vides des horreurs qu'elles voient encore, même après le sauvetage. Je vois Mrs. Lawson courir vers nous avec ses médicaments, trop tard, trop tard. Je vois Lee remonter le sentier, appeler sa mère et sa sœur, sans vouloir accepter encore que dans tout ce chaos elles ne sont toujours pas là.

Je pense au Maire dans sa cathédrale, faisant des promesses, racontant des mensonges.

(je pense à Todd entre les mains du Maire)

Je regarde Corinne sur mes genoux. Corinne qui ne m'a jamais aimée, pas un instant, mais qui a quand même donné sa vie pour moi.

Nous sommes les choix que nous faisons.

Lorsque je regarde Mrs. Coyle, le mouillé de mes yeux fait tout briller de petits éclats de lumière, brouille dans le ciel la première pointe de soleil levant.

Mais je la vois bien assez nettement.

Mes dents sont serrées. Ma voix a l'épaisseur de la boue.

– Je suis prête, dis-je. Je ferai tout ce que vous voudrez.

26 *La Flèche*

[TODD]

– Oh, mon Dieu, répète sans arrêt Maire Ledger. Oh, mon Dieu.

– Qu'est-ce qui vous met dans cet état ? je lui balance, excédé.

La porte n'a pas été ouverte à l'heure habituelle. La matinée a passé et personne semble se rappeler qu'on est là. Dehors, la ville brûle et REURRE mais une acide partie de moi ne peut s'empêcher de penser qu'il se lamente parce qu'on a pas encore eu notre petit déjeuner.

– La reddition était supposée apporter la paix, dit-il. Mais cette fichue bonne femme a tout mis par terre.

Je l'observe attentivement.

– Dites, ce n'est quand même pas franchement le paradis, ici. Il y a les couvre-feux et les prisons et…

Il secoue la tête.

– Avant qu'elle déclenche sa petite guérilla personnelle, le Président commençait à assouplir les règles. Il allégeait les restrictions. Tout allait revenir à la normale.

Je regarde vers l'ouest, où la fumée monte toujours et où les incendies font encore rage et où le Bruit des hommes semble pas près de s'arrêter.

– Il faut être pragmatique, dit Maire Ledger, même face à un tyran.

– Alors, c'est ce que vous êtes ? Pragtamique ?

Il plisse les yeux.

– J'ignore où tu veux en venir, mon garçon.

Je ne sais pas trop non plus où je veux en venir, mais j'ai peur et j'ai faim et on est plantés dans ce feuttu clocher pendant que le monde autour de nous explose en mille morceaux et on peut le regarder mais on peut rien faire pour le changer et je sais pas quelle place tient Viola dans tout ça ni où elle est et je sais pas où l'avenir nous mène et je sais pas comment quelque chose de bon pourrait sortir de ça, mais une chose est sûre c'est que Maire Ledger commence à me courir avec ses histoires de pragtamisme.

Ah, oui, et autre chose encore.

– Ne m'appelez pas mon garçon.

Il fait un pas vers moi.

– Un homme comprendrait que les choses sont plus compliquées que le bien et le mal.

– Un homme qui cherche à sauver sa peau le comprendrait sûrement très bien. (Et mon Bruit dit : Allez, viens, viens donc me chercher.)

Maire Ledger serre les poings.

– Ce que tu ne sais pas, Todd, souffle-t-il, narines palpitantes. Ce que tu ne sais pas…

– Quoi, qu'est-ce que je ne sais pas ?

krr-clonk, fait la porte, et on sursaute tous les deux.

Davy fait irruption, fusils en main.

– Viens, fait-il en m'en lançant un. Pa nous demande.

Je sors sans un mot, laissant Maire Ledger crier derrière nous « Hé ! », mais Davy a déjà refermé le verrou.

– Cinquante-six soldats tués, dit Davy pendant qu'on dévale les marches du clocher. On en a tué une douzaine et capturé une douzaine d'autres, mais elles sont reparties avec presque deux cents prisonniers.

– Deux cents ? (Je m'arrête une seconde.) Mais il y avait combien de gens, en prison ?

– Grouille, pisse d'âne. Pa nous attend.

Je cours pour le rattraper, traverse le hall jusqu'au portail.

– … Les chiennes, continue Davy. On croirait pas ce qu'elles sont capables de faire. Elles ont fait sauter un dortoir. Un dortoir ! Là où les hommes dormaient !

Sur la place, c'est le chaos. La fumée monte toujours à l'ouest, masquant tout derrière un brouillard. Les soldats, seuls ou en pelotons, courent d'un côté puis de l'autre, certains poussent des gens devant eux, les frappent à coups de crosse. D'autres montent la garde autour de groupes de femmes terrifiées, et ils séparent des groupes d'hommes tout aussi terrifiés.

– Mais on leur en a fait baver… lance Davy avec une grimace.

– T'y étais ?

– Non… (Il regarde son fusil.) Ça sera pour la prochaine fois.

– David !… Todd !…

Le Maire, de l'autre côté de la place, il pousse Marbeth si vite que des étincelles jaillissent sous ses fers.

– … Il est arrivé quelque chose au monastère ! crie-t-il. Allez-y ! Maintenant !

Le chaos est dans toute la ville. Les soldats encerclent les habitants comme des moutons, ils les obligent à faire la chaîne avec des seaux pour aider à éteindre les incendies provoqués par les trois premières bombes de la nuit, celles qui ont effectivement soufflé la stassion énergétique, le bassin de traitement des eaux et un entrepôt d'alimentation, et ça brûle encore parce que les prisons ont pris toutes les lances à incendie.

– Ils savent pas ce qui les attend, lâche Davy en pressant son cheval.

– Qui ça, ils ?

– La Flèche et tout homme qui les aide.

– Il va plus rester personne.

– Il y aura nous. Ça sera déjà un début.

Le calme revient progressivement, au fur et à mesure qu'on s'éloigne de la ville. Au bout d'un moment, on pourrait même croire que les choses sont encore normales, sauf si on se retourne vers les colonnes de fumée qui montent dans l'air. Plus personne dans les rues par ici, et le silence fait penser à la fin du monde.

On longe la colline où la tour a laissé ses décombres, mais aucun soldat sur le sentier qui monte là-haut. Encore un virage et voilà le monastère.

Moi et Davy on tire brusquement sur nos rênes.

– Eh ben, merde… bredouille Davy.

Toute la façade du monastère est éventrée. Aucun garde sur les murs, juste un grand trou béant là où il y avait le portail.

– Les chiennes, elles les ont libérés…

Je sens un étrange sourire me chatouiller l'estomac.

(alors, c'est donc ça qu'elle a fait ?)

– Maintenant, va falloir se battre contre eux aussi, geint Davy.

Je pousse Angharrad, mon estomac tout drôle et léger. Libres. Ils sont libres.

(c'est donc pour ça qu'elle est partie avec elles ?)

Je me sens si –

Soulagé.

Je me remets au pas en approchant du trou, agrippant mon fusil, mais je sens bien que je vais pas en avoir besoin.

(ah, Viola, je savais que je pouvais compter –)

Et puis je m'arrête.

Tout s'arrête.

Mon estomac me tombe direct dans les talons.

– Tous partis ?… demande Davy en me rejoignant.

Alors, il voit ce que je vois.

– … Qu'est-ce que… ?

Les Spackle sont pas tous partis.

En fait, ils sont tous là.

Tous.

Les mille cent cinquante Spackle.

Morts.

– Là, j'y comprends rien, bafouille Davy en regardant autour de lui.

– Boucle-la, je chuchote.

Les coffrages ont été abattus et les corps sont empilés partout, les uns par-dessus les autres et sur l'herbe aussi, comme si quelqu'un les avait jetés là, mâles et femelles, enfants et bébés, jetés là comme des ordures.

Quelque chose brûle quelque part, et la fumée blanche serpente à travers le terrain, contourne les piliers, déroule ses doigts sans trouver rien de vivant.

Et le silence.

Aucun clic, aucun bruit de pieds, aucune respiration.

– Faut que je le dise à Pa, lâche Davy en se retournant déjà. Faut que je lui dise.

Et il lance Deadfall au grand trot sur la route.

Je le suis pas.

Mes jambes veulent uniquement continuer, mon fusil traînant derrière.

Les piles de corps sont plus hautes que moi. Je dois lever les yeux pour voir leurs visages renversés, leurs paupières encore ouvertes, les mouches déjà posées sur les trous dans leurs têtes. On dirait que tous ont été abattus d'une balle, presque tous au milieu de leur front haut, mais certains corps ont l'air tailladés aussi, coupés à la gorge ou à la poitrine, et je découvre des membres déchirés et des têtes tournées complètement à l'envers et –

Je laisse tomber mon fusil sur l'herbe. Je m'en rends à peine compte.

Je continue à marcher, le regard fixe, la bouche ouverte, sans croire à ce que je vois, sans réaliser toute son énormité –

À cause que je dois enjamber des corps aux bras écartés, des bras avec les bracelets que je leur ai posés, des bouches tordues que j'ai nourries, des dos brisés que je –

Que je –

Oh, mon Dieu.

Oh, mon Dieu, non, je les détestais –

Je voulais pas, mais je pouvais pas m'en empêcher –

(non, je pouvais)

Je pense à toutes les fois où je les ai maudits –

Toutes les fois où je les ai pris pour des moutons –

(un couteau dans la main, plongeant dans –)

Mais j'ai pas voulu ça –

Jamais, je –

Et je contourne la plus haute pile de cadavres, dressée près du mur est –

Et je le vois.

Et je tombe sur les genoux dans l'herbe gelée.

Écrit sur le mur, grand comme un homme –

Le signe.

Le signe de la Flèche.

Tracé en bleu.

Je penche la tête lentement en avant. Elle touche le sol. Le froid pénètre mon crâne.

(non)

(non, ça peut pas être elle)

(ça peut pas)

Mon souffle monte autour de moi comme

une vapeur, il dégèle un peu de boue. Je bouge pas.

(ils t'ont fait ça ?)

(ils t'ont vraiment changée ?)

(Viola ?)

(*Viola* ?)

Le noir commence à me submerger, commence à tomber sur moi comme une couverture, comme de l'eau qui monte au-dessus de ma tête, non Viola, non, ça peut pas être toi, ça peut pas être toi. (hein ?) Mais non, non, oh non, ça peut pas –

Non –

Non –

Et je m'assieds –

Et je me penche en arrière –

Et je me frappe la figure.

Je me donne un grand coup de poing.

Encore.

Et encore.

Sans rien sentir quand je frappe.

Quand mes lèvres se fendent.

Quand mes yeux gonflent.

Non –

Mon Dieu, non –

S'il vous plaît –

Et je prends mon élan pour frapper encore –

Puis d'un coup rien –

Je me sens partir tout froid à l'intérieur –

Loin à l'intérieur –

(où es-tu pour me sauver ?)

D'un coup rien –

Je sens plus rien.

Je regarde les Spackle, morts, partout morts.

Et Viola partie –

Partie d'une façon que je peux même pas dire –
(tu as fait ça?)
(tu as fait ça au lieu de me trouver?)
Et à l'intérieur, je meurs.

Un corps dégringole de la pile, et vient droit me percuter.

Je bondis en arrière, roule par-dessus d'autres corps, me rattrape à quatre pattes, m'essuie les mains sur mon pantalon, essuie les morts de mes mains.

Puis un autre corps tombe.

Je regarde en haut de la pile.

1017 s'en extirpe lentement.

Il me voit et reste pétrifié, sa tête et ses bras dépassant des autres corps, la peau collée aux os, aussi maigre que les morts.

Bien sûr qu'il a survécu. Évidemment. S'il y en avait un assez rempli de haine pour trouver le moyen de survivre, c'était bien lui.

Je cours à la pile et je le prends par les épaules pour le sortir, le sortir des morts, de tous ces morts.

On tombe tous les deux quand il se dégage enfin, on bascule par terre, roulant chacun d'un côté, puis fixant l'autre.

Nos souffles courts envoient des nuages de vapeur flotter dans l'air.

Il a pas l'air blessé, même s'il a perdu son écharpe. Il me fixe seulement avec des yeux probablement aussi grands que les miens.

– T'es vivant, je dis stupidement. T'es vivant.

Il fait que me regarder. Pas de Bruit, cette fois. Pas de clic, rien. Juste notre silence dans le matin, et la fumée qui s'entortille dans l'air comme une liane.

– Comment ?… Comment est-ce que… ?

Mais aucune réponse, juste son regard.

– Est-ce que… (Je dois me racler la gorge.) Est-ce que t'as vu une fille ?

Et puis j'entends –

Bedom, voda bedom…

Des sabots sur la route. Davy a dû rencontrer son père en chemin.

Je fixe 1017.

– Cours… Faut filer, en vitesse !

Bedom, voda bedom…

– … S'il te plaît, je chuchote. S'il te plaît, je suis désolé, tellement désolé, mais s'il te plaît, cours, cours, va-t'en, vite…

J'arrête à cause qu'il se lève. Il me dévisage toujours, sans ciller, sa figure presque vide d'espression.

Bedom, voda bedom…

Il s'écarte d'un pas, puis deux, puis accélère vers le portail explosé.

Puis s'arrête et tourne la tête.

Me regarde.

Me lance un éclair de Bruit bien net.

De moi, seul.

De 1017 avec un fusil.

De lui pressant la détente.

De moi mourant à ses pieds.

Puis il se retourne et passe le portail en courant et file vers les bois.

– Je sais combien ce doit être difficile pour toi, Todd, dit le Maire en regardant par le portail béant.

Nous sommes sortis. Personne veut plus avoir à regarder les corps.

– Mais pourquoi ? je demande en essayant d'éclaircir ma voix. Pourquoi est-ce qu'elles ont fait ça ?

Le Maire a vu le sang sur mon visage, là où je me suis frappé, mais il ne fait pas de commentaire.

– Elles ont dû penser que nous les utiliserions comme soldats, je suppose.

– Mais… tous les tuer ? La Flèche n'avait jamais tué personne avant, sauf par accident.

– Cinquante-six soldats, remarque Davy.

– Soixante-quinze, corrige le Maire. Et trois cents prisonniers en fuite.

– Elles nous ont déjà balancé une bombe ici, tu te souviens, poursuit Davy. Les chiennes.

– La Flèche a monté d'un cran dans l'escalade, dit le Maire, en me regardant tout particulièrement. Et nous répondrons en proportion.

– Ça, tu peux en être sûr, fait Davy en armant son fusil sans aucune raison.

– Je suis désolé pour Viola, ajoute le Maire. Je suis aussi déçu que toi de voir qu'elle a sa part dans tout ça.

– On en sait rien, je murmure.

(c'est vrai ?)

(tu as… ?)

– Peu importe, d'ailleurs, coupe-t-il. Le temps de ton enfance est bel et bien achevé. J'ai besoin de chefs, à présent. J'ai besoin que tu deviennes un chef. Es-tu prêt à commander, Todd Hewitt ?

– Je suis prêt, lance Davy, son Bruit râpeux comme s'il se sentait mis de côté.

– Je sais déjà que je peux compter sur toi, fils.

Et revoilà le Bruit rose de Davy.

– C'est de Todd que j'attends une réponse… (Il se rapproche de moi.) Tu n'es plus mon prisonnier, Todd Hewitt. Nous sommes au-delà de ça, maintenant. Mais j'ai besoin de savoir si tu es avec moi (il hoche la tête vers le portail) ou avec elles. Il n'y a pas d'autre choix.

Je regarde tous ces corps, tous ces visages morts, en état de choc devant la mort, toute cette fin inutile.

– M'aideras-tu, Todd ?

– Vous aider, maintenant ? dis-je en fixant le sol.

Mais il répète seulement :

– M'aideras-tu ?

Je pense à 1017, seul maintenant, sur cette planète.

Ses amis, sa famille pour ce que j'en sais, empilés comme des déchets, abandonnés aux mouches.

Je le vois tout le temps, même quand je ferme les yeux.

Je vois tout le temps cette Flèche bleue.

Oh, ne me trompe pas…

Oh, ne m'abandonne jamais…

(mais elle est partie)

(elle est partie)

Et je suis mort.

À l'intérieur, je suis mort. Mort.

Il reste plus rien.

– Oui, j'aiderai.

– Excellent, fait le Maire d'un ton presque

joyeux. Je savais que tu étais quelqu'un, Todd. Je l'ai toujours su.

Le Bruit de Davy couine, mais le Maire s'en moque. Il tourne Marbeth face au charnier.

– Quant à savoir comment tu vas m'aider… Eh bien, nous avons fait connaissance avec la Flèche, n'est-ce pas ?

Il se tourne vers nous. Son regard étincelle.

– … Il est temps pour elle de faire connaissance avec le Cercle.

CINQUIÈME PARTIE

LE MINISTÈRE DU CERCLE

27 *Notre vie maintenant*

[TODD]

– Ne vous laissez pas abuser par cette période de calme… lance le Maire depuis l'estrade, sa voix tonne envahissant la place par les haut-parleurs placés à chaque angle, volume à fond pour couvrir le REURR. Dans le froid matinal, les habitants de New Prentissville le regardent – les hommes rassemblés devant l'estrade, entourés par l'armée, les femmes plus loin dans les petites rues.

Comme la première fois.

Davy et moi à cheval derrière l'estrade, juste derrière le Maire.

Un peu comme une garde d'honneur.

Dans nos nouveaux uniformes.

Je suis le Cercle et le Cercle est moi, je pense.

À cause que quand je pense ça, j'ai pas besoin de penser à rien d'autre.

– … Même maintenant, nos ennemis agissent contre nous. Même maintenant, elles préparent notre destruction. Même maintenant, nous avons des raisons de penser qu'une attaque est imminente.

Le Maire balaye longuement la foule du regard. Il y a beaucoup de gens ici qui travaillent encore, essayent encore de se nourrir, de survivre au quotidien. Ils ont l'air fatigué, affamé, beaucoup sont sales, mais ils l'observent, ils l'écoutent.

– ... La Flèche peut frapper à n'importe quel endroit, à n'importe quel moment...

Pourtant la Flèche a pas bougé, pas depuis presque un mois. Après l'attaque de la prison, elles ont disparu dans la nature, les soldats qui auraient pu les traquer tués alors qu'ils dormaient dans leurs bunkers. Mais ça veut juste dire qu'elles sont là quelque part, à savourer leur victoire, et à planifier la prochaine.

– ... Trois cents prisonniers échappés. Presque deux cents soldats et civils tués.

– Ça a encore augmenté, marmonne Davy dans sa barbe. La prochaine fois qu'il fait un discours, toute la ville sera morte et enterrée...

Il me regarde pour voir si je souris. Je souris pas. Je le regarde même pas.

– ... Ouais, t'as raison, on s'en fout.

– ... Et sans parler du génocide ! assène le Maire.

La foule murmure et le REURR s'enfle un peu plus fort, plus rouge.

– Ces mêmes Spackle qui ont servi si paisiblement nos foyers pendant dix ans, ceux que nous avions appris à admirer pour leur courage et leur endurance, ceux que nous en étions venus à considérer comme nos partenaires sur Nouveau Monde...

Il marque une pause, puis :

– … Tous morts. Tous.

La foule REURRE un peu plus. La mort des Spackle a vraiment touché les gens, encore plus que la mort des soldats ou des habitants tués pendant l'attaque. L'armée a recommencé à enrôler des hommes. Puis le Maire a relâché quelques femmes encore emprisonnées, certaines ont même pu rejoindre leurs familles, et pas seulement les dortoirs. Il a fait augmenter les rations, aussi.

Et il a commencé à organiser ces meetings. À expliquer les choses.

– La Flèche dit qu'elle combat pour la liberté. Et ce sont là les gens qui vous sauveraient ? Des gens qui tueraient toute une population sans armes ?

Je sens un spasme monter dans ma gorge. Je fais de mon Bruit un espace vide, j'en fais un désert, sans penser rien, sans sentir rien, sauf –

Je suis le Cercle et le Cercle est moi.

– … Je sais combien ces dernières semaines ont été difficiles. La pénurie de nourriture et d'eau, les indispensables couvre-feux, les coupures de courant, surtout pendant les nuits froides. J'applaudis votre sang-froid. La seule façon de nous en sortir, c'est de nous unir contre ceux qui veulent nous détruire.

Et la population s'est unie. Elle respecte le couvre-feu, accepte les rationnements d'eau et de nourriture sans discuter, reste chez elle quand on le lui demande, éteint les lumières après une certaine heure, continue à vivre comme avant, même s'il fait plus froid. Quand on traverse la ville à cheval, on voit même des magasins ouverts, avec de longues files dans la rue, où les gens attendent patiemment.

Les yeux fixés au sol, patients.

Le soir, Maire Ledger me dit que les gens râlent encore contre Maire Prentiss, mais qu'à présent ils en veulent encore plus à la Flèche d'avoir fait sauter la stassion énergétique, et le bassin de traitement, et plus encore d'avoir tué les Spackle.

– Mieux vaut le diable qu'on connaît, commente Maire Ledger.

On loge toujours dans le clocher, moi et Maire Ledger, pour une raison seule connue de Maire Prentiss, mais j'ai une clé maintenant, et je l'enferme quand je suis pas là. Il aime pas trop mais qu'est-ce qu'il peut y faire ?

Mieux vaut le diable qu'on connaît.

Je me demande pourquoi on a pas d'autre choix qu'entre deux diables, quand même.

– … Je veux également exprimer mes remerciements, continue le Maire, à ceux qui continuent à nous apporter leur aide par leurs informations précieuses. Seule une vigilance permanente nous conduira vers la lumière. Que votre voisin sache qu'il est observé. Alors seulement nous serons véritablement en sécurité.

– Combien de temps ça va encore durer ? marmonne Davy, donnant un coup d'éperon involontaire à Deadfall/Acorn, qu'il doit reprendre en main. On se les gèle méchamment.

Angharrad danse d'un pied sur l'autre. Go ? questionne son Bruit, son haleine courte et blanche dans le froid.

– Presque, dis-je en lui frictionnant le flanc.

– À compter de cette nuit, dit le Maire, le couvre-feu est retardé de deux heures. Et le temps de visite pour les épouses et les mères est allongé de trente minutes.

Des têtes approuvent dans la foule des hommes. Quelques larmes de soulagement agitent la foule des femmes.

De reconnaissance aussi, je crois. Envers lui, le Maire.

On croit rêver.

– … Pour conclure, j'ai le plaisir de vous annoncer la fin des travaux de construction d'un nouveau ministère, un organisme qui nous garantira contre toute menace de la Flèche, un bâtiment où aucun secret ne sera gardé, où toute personne essayant de saper notre mode de vie sera rééduquée pour une meilleure compréhension de nos idéaux, où notre avenir sera protégé contre ceux qui voudraient nous le voler.

Le Maire marque une pause pour donner à ses paroles un maximum d'impact.

– … Aujourd'hui, nous inaugurons le ministère du Cercle.

Davy me jette un coup d'œil et tapote le C en argent cousu sur les épaules de nos nouveaux uniformes, le C que le Maire a choisi en raison de ses multiples implicassions, bien sûr.

Moi et Davy on est maintenant officiers du Cercle.

Je ne partage pas son enthousiasme.

Mais c'est à cause que je sens plus grand-chose du tout.

Je suis le Cercle et le Cercle est moi.

– Bon discours, Pa, fait Davy. Long.

– Il ne t'était pas destiné, David, réplique le Maire sans le regarder.

Tous les trois nous chevauchons sur la route du monastère.

Même s'il y a plus de monastère.

– Tout est prêt, j'espère ? demande le Maire, tournant à peine la tête. Je détesterais passer pour un menteur.

– Ça va pas être plus prêt si tu reposes la question toutes les deux minutes, marmonne Davy.

Le Maire se tourne vers lui, le front creusé d'un sillon. Je parle avant que quelqu'un se prenne sa gifle de Bruit :

– C'est aussi prêt que ça peut l'être, dis-je d'une voix neutre. Les murs et le toit sont en place, mais à l'intérieur…

– Pas besoin de prendre un ton aussi morose, Todd. L'intérieur suivra dans la foulée. Le bâtiment est debout, voilà l'essentiel. Ils pourront contempler l'extérieur. Et ils pourront trembler.

Il nous tourne le dos maintenant, chevauchant en tête, mais je le sens *sourire* de son « et ils pourront trembler ».

– Et on va participer ? demande Davy, son Bruit encore orageux. Ou tu vas nous inventer une nouvelle corvée de baby- sitting ?

Le Maire place Marbeth en travers de la route, bloquant le passage.

– Entends-tu jamais Todd se plaindre autant ? demande-t-il.

– Non, réplique Davy d'un air buté. Mais enfin, lui, c'est juste Todd.

Le Maire hausse les sourcils.

– Et ?…

– Et je suis ton fils.

Le Maire pousse Marbeth vers nous, obligeant Angharrad à reculer. Obéis, dit Marbeth. Mène, répond Angharrad, courbant l'encolure. Je lui caresse la crinière, la démêle un peu avec mes doigts pour essayer de la calmer.

– Laisse-moi te conter un détail intéressant, David, dit le Maire en le fixant. Les officiers, l'armée, les gens de la ville, tous vous voient chevaucher ensemble, dans vos nouveaux uniformes avec votre nouvelle autorité, et ils savent que l'un de vous est mon fils. (Le flanc de Marbeth repousse lentement Deadfall.) Et tandis qu'ils vous regardent passer, qu'ils vous regardent régler vos petites affaires, tu sais quoi ? Ils se trompent souvent. Ils se trompent souvent sur celui d'entre vous qui est ma chair et mon sang.

Le Maire me regarde.

– … Ils voient Todd et son application au travail, son front modeste et son visage sérieux, son apparence calme et le contrôle mature de son Bruit. Et ils n'imaginent pas que son camarade Bruyant, négligé et *insolent* soit en fait mon vrai fils.

Davy fixe le sol, les dents serrées, son Bruit en ébullition.

– Il te ressemble même pas.

– Je sais, rétorque le Maire en faisant pivoter Marbeth. Mais j'ai trouvé… intéressant que ce phénomène se reproduise si souvent.

Davy traîne derrière, silencieux, dans un orage rouge de Bruit, Marbeth trottant en tête.

– Bonne fifille, je chuchote à Angharrad.

Garçon poulain, répond-elle, et puis elle pense Todd.

– Ouais, fifille, je chuchote entre ses oreilles. Je suis là.

Je me suis mis à traîner dans son écurie à la fin de la journée, à la desseller moi-même, à lui brosser la crinière et lui apporter des pommes. La seule chose qu'elle attend de moi, c'est que je la rassure, que je lui prouve que je suis là, que j'ai pas quitté le troupeau, alors elle est contente et elle m'appelle Todd et j'ai pas besoin de m'expliquer et j'ai pas besoin de lui demander rien et elle a besoin de rien d'autre de moi.

Sauf que je la quitte pas.

Sauf que je la quitte pas, jamais.

Des nuages commencent à couvrir mon Bruit et je pense *Je suis le Cercle et le Cercle est moi*.

Le Maire tourne la tête vers moi. Et il sourit.

Même si on a des uniformes, on est pas dans l'armée, le Maire a insisté là-dessus. On a aucun titre à part « officier », mais l'uniforme et le C sur la manche suffisent à écarter les gens de notre passage sur la route du monastère.

Jusqu'à maintenant, notre travail c'était de garder les hommes et les femmes encore en prison – à vrai dire, surtout des femmes. Après l'explosion et l'incendie des prisons, les prisonnières qui restaient ont été relogées dans une ancienne maison de soins, près de la rivière.

Devinez laquelle.

Pendant tout le mois dernier, Davy et moi on a escorté des équipes de prisonnières entre la maison de soins et le monastère, pour finir le travail commencé par les Spackle, les hommes et les femmes travaillant plus vite que les Spackle, je suppose. Le Maire nous a pas demandé de surveiller la construxion cette fois, et je lui en ai été reconnaissant.

Quand tout le monde est de retour pour la nuit à la maison de soins, Davy et moi on a pas grand-chose à faire à part chevaucher autour du bâtiment, et essayer de pas entendre les hurlements à l'intérieur.

À cause que certains, certaines encore en prison appartiennent à la Flèche, celles et ceux que l'armée a pris la nuit de l'évasion. On les voit jamais, ils les envoient pas avec les équipes de travail, ils les Questionnent juste toute la journée jusqu'à ce qu'ils répondent quelque chose. Pour l'instant, tout ce que le Maire a obtenu, c'est la position d'un campement près d'une mine, déserté quand les soldats y sont arrivés. Tout le reste vient que très lentement.

Il y en a d'autres aussi, jugés coupables d'avoir aidé la Flèche ou autre chose, mais ceux ou celles qui ont dit avoir vu la Flèche tuer les Spackle et vu les femmes tracer la Flèche sur le mur, ces prisonniers-là ont été libérés et renvoyés à leurs familles. Même si on comprend mal comment ils auraient pu être là-bas pour le voir.

Les autres, bon, les autres se font Questionner jusqu'à ce qu'ils répondent.

Davy parle fort pour couvrir les sons qu'on entend pendant que le Cercle se fait à l'intérieur, essayant de faire comme si ça le gênait pas quand n'importe quel idiot verrait que si bien sûr ça le gêne.

Moi je reste juste en moi-même, fermant les yeux, attendant que les cris s'arrêtent.

C'est plus facile pour moi que pour Davy.

À cause que, comme j'ai dit, je sens plus grand-chose, plus maintenant.

Je suis le Cercle et le Cercle est moi.

Mais aujourd'hui, tout est supposé changer.

Aujourd'hui, le nouveau bâtiment est prêt, ou suffisamment prêt, et Davy et moi on est censés le garder et apprendre le Cerclage.

Parfait. Aucune importance.

Rien n'a d'importance.

– Le ministère du Cercle, jubile le Maire en faisant le tour du dernier angle.

La façade du monastère a été reconstruite, et on voit le nouveau bâtiment dépasser par-dessus, un grand bloc de pierre qu'a l'air de vouloir vous écrabouiller la cervelle si vous approchez trop près. Et sur le nouveau portail, il y a le même grand C en argent tout brillant que sur nos uniformes.

Des militaires gardent la porte, dont Ivan, toujours soldat, toujours plus vexé que jamais. Il essaye de capter mon regard quand je passe à cheval, son Bruit tout métallique de secrets qu'il veut pas que le Maire entende, je suppose.

Je l'ignore. Le Maire aussi.

La porte s'ouvre, et voilà l'homme en charge de tout le Questionnement, l'homme chargé de découvrir où la Flèche se cache et quel sera le meilleur moyen de la traquer.

Notre patron nouvellement promu.

– Monsieur le Président, dit-il.

– Capitaine Mortard, répond le Maire.

28 *Combattante*

[VIOLA]

– Chut, fait Mrs. Coyle, un doigt sur les lèvres.

Le vent s'est calmé. Au pied des arbres, les brindilles craquent sous nos pas. Nous nous arrêtons, guettant l'écho de soldats en marche.

Rien.

Et puis toujours rien.

Mrs. Coyle hoche la tête. Elle continue à descendre la colline, parmi les arbres. Je la suis. Nous ne sommes que toutes les deux.

Moi et elle et la bombe harnachée sur mon dos.

L'attaque a sauvé cent trente-deux prisonniers, trente sont morts, soit en chemin, soit au campement. Corinne était la trentième. D'autres sont restées là-bas, comme cette pauvre vieille Mrs. Fox, dont je ne connaîtrai sans doute jamais la destinée. Mais Mrs. Coyle estime que nous avons tué au moins trente de leurs soldats. Miraculeusement, seuls six membres de la Flèche ont été tués pendant l'attaque, dont Théa et Mrs. Waggoner, mais cinq autres ont été capturées et il était évident qu'elles seraient torturées jusqu'à ce qu'elles livrent des renseignements sur la cachette de la Flèche.

Alors nous avons bougé. Et vite.

Même avant que nos nombreux blessés puissent marcher, nous avons chargé les provisions et les armes, absolument tout ce que nous pouvions transporter en charrette, à cheval, à dos des personnes valides, et nous avons filé à travers bois, progressant toute la nuit, le lendemain et toute la nuit suivante jusqu'à ce que nous arrivions au bord d'un lac, au pied d'une falaise rocheuse, là où nous pourrions avoir au moins de l'eau et un abri.

– Ça fera l'affaire, a décidé Mrs. Coyle.

Nous avons installé le campement sur la rive.

Puis nous avons entamé nos préparatifs de guerre.

Elle fait un geste de la main, paume retournée vers le bas, et je plonge aussitôt sous les taillis. Nous avons atteint une piste étroite qui remonte de la grand-route et j'entends une troupe de soldats s'éloigner Bruyamment au loin.

Notre propre réserve de remède baisse chaque jour et Mrs. Coyle a imposé un système de rationnement. Mais depuis l'attaque, il est devenu trop dangereux pour nos hommes, avec ou sans Bruit, de se risquer en ville. Impossible pour eux maintenant de nous transporter cachées dans les charrettes. Nous pouvons rouler presque jusqu'aux limites de la ville, mais ensuite il faut marcher.

La fuite sera encore plus difficile, il faudra redoubler de prudence.

– C'est bon, chuchote Mrs. Coyle.

Je me redresse. Les lunes sont notre seule lumière.

Nous traversons la route, courbées en deux.

Après notre installation au lac, après le sauvetage de tous ces gens, après la mort de Corinne –

Après que j'ai rejoint la Flèche –

J'ai commencé à apprendre certaines choses.

Mrs. Coyle appelle ça un entraînement de base. Sous la direction de Mrs. Braithwaite, moi et toutes celles qui s'étaient suffisamment remises pour pouvoir participer, c'est-à-dire presque tout le monde maintenant, aussi incroyable que cela puisse paraître, nous avons appris à charger un fusil et à tirer, les bases de l'infiltration, des manœuvres en nocturne, du pistage, des communications gestuelles, du langage codé.

Comment armer et poser une bombe.

– Où avez-vous appris à faire cela ? ai-je demandé un soir, mon corps endolori et exténué par une journée de course, de plongée et de portage. Vous êtes des guérisseuses. Comment savez-vous... ?

– Diriger une armée ? coupa Mrs. Coyle. Tu oublies la guerre des Spackle.

– Nous formions notre propre division, dit Mrs. Forth, avalant bruyamment son bouillon à l'extrémité de la table.

Les guérisseuses me parlaient, voyant maintenant comme je m'entraînais dur.

– Nous n'étions pas très populaires, gloussa Mrs. Lawson, en face.

– Nous n'étions pas d'accord avec la stratégie de certains généraux, me dit Mrs. Coyle. Nous pensions qu'une approche à couvert serait plus efficace.

– Puisque nous n'avions pas de Bruit, nous pouvions nous infiltrer dans certains endroits, renchérit Mrs. Nadari, en bout de table.

– Les hommes responsables ne pensaient pas franchement que le silence pouvait résoudre leurs problèmes, dit Mrs. Lawson, toujours en gloussant.

– Et une fois que le nouveau gouvernement a été formé et la ville reconstruite, ajouta Mrs. Forth, nous aurions été déraisonnables de ne pas garder sous la main des matériaux précieux, en cas de besoin.

– Alors, les explosifs de la mine, dis-je, vous les aviez cachés des années plus tôt.

– Et quelle bonne décision que celle-là, dit Mrs. Lawson. Nicola Coyle a toujours été une femme clairvoyante.

J'ouvre grands les yeux à ce nom de Nicola, peinant à imaginer que Mrs. Coyle puisse avoir un prénom.

– Oui, bon, fait-elle. Les hommes sont des créatures de guerre. Il est toujours plus prudent de s'en souvenir.

Notre cible est déserte, comme prévu. Un puits situé au-dessus de terres agricoles à l'est de la ville. Pas grand-chose, juste un symbole. Le puits et sa machinerie n'alimentent que les champs en contrebas, aucun réseau ni groupe de bâtiments importants. Mais si la ville permet au

Maire d'emprisonner, de torturer et de tuer, alors la ville n'aura plus à manger.

Et c'est suffisamment loin du centre-ville, donc aucune chance pour moi de voir Todd.

Je ne discute pas. Pour l'instant.

Nous avons pris le raccourci, suivi le fossé, retenant notre souffle quand nous passons devant la ferme endormie. Une lumière brille encore au premier, simple mesure de sécurité sans doute, car il est très tard.

Mrs. Coyle me fait encore signe, et je passe devant, courbée sous un fil à linge. Je trébuche sur un petit scooter d'enfant mais parviens à garder mon équilibre.

La bombe est supposée sans risque, supposée insensible à toute secousse ou vibration.

Supposée.

J'expire un grand coup, continue vers le puits.

Même pendant les semaines où nous nous cachions, alors que nous n'approchions jamais de la ville, durant ces semaines où nous avons gardé profil bas, à nous entraîner et à nous préparer, même alors, des fugitifs ont réussi à nous trouver.

– Ils racontent quoi ? demanda Mrs. Coyle.

– Que vous avez tué tous les Spackle, répondit la femme, qui pressait une compresse sur son nez en sang.

– Attendez, dis-je. Tous les Spackle ? Morts ?

La femme hocha la tête.

– Et ils disent que nous avons fait cela… répétait Mrs. Coyle.

– Mais pourquoi ? demandai-je.

Mrs. Coyle se leva et porta son regard sur le lac.

– Pour retourner la ville contre nous. Faire de nous les méchants.

– C'est exactement ce qu'il dit... poursuivit la femme.

Je l'avais trouvée pendant une course d'entraînement dans les bois. Elle était tombée d'un éperon rocheux, par miracle elle s'était seulement cassé le nez.

– ... Il y a des meetings tous les deux jours. Les gens écoutent.

– Je n'en suis pas étonnée, dit Mrs. Coyle.

Je l'ai regardée.

– Vous ne l'avez pas fait, n'est-ce pas ? Vous ne les avez pas tués ?

On aurait pu enflammer une allumette sur son visage.

– Pour quelle sorte de gens nous prends-tu, ma fille ?

Je soutins son regard.

– Comment le saurais-je ? Vous avez bien fait sauter un bunker ? Vous avez tué des soldats, non ?

Elle a juste secoué la tête, mais je n'ai pas su si c'était une réponse.

– Tu es sûre de ne pas avoir été suivie ? demanda-t-elle à la femme.

– J'errais dans les bois depuis trois jours. Je ne vous ai même pas trouvés. (Elle me pointe du doigt.) C'est elle qui m'a trouvée.

– Oui, fait Mrs. Coyle en me glissant un coup d'œil. Viola peut se rendre utile, parfois.

Il y a un problème, pour le puits.

– C'est trop près de la maison, je chuchote.

– Mais non, réplique Mrs. Coyle derrière moi en ouvrant mon sac à dos.

– Vous êtes sûre ?... Les bombes qui ont fait sauter la tour étaient...

– Il y a bombe et bombe.

Elle ajuste quelques détails dans le contenu de mon sac et revient face à moi.

– Tu es prête ?

Je regarde vers la maison, où n'importe qui pourrait dormir, des femmes, des hommes innocents, des enfants. Je ne tuerai personne, sauf si j'y suis obligée. Si je fais ça pour Todd et Corinne, alors bon.

– Vous êtes sûre ? je répète.

– Viola, tu me fais confiance, ou pas ?... Décide-toi.

La brise s'est levée et elle souffle un peu du Bruit de New Prentissville, en bas de la route. Un REURR indéfinissable, nasal, ronflant, mais presque silencieux. Enfin presque.

Todd quelque part au milieu.

(pas mort, elle peut dire ce qu'elle veut)

– Finissons-en, dis-je en posant le sac.

Le sauvetage n'a pas été un sauvetage, pour Lee. On n'a trouvé sa sœur et sa mère ni parmi les prisonnières sauvées, ni parmi les mortes. Peut-être étaient-elles dans la prison que la Flèche n'a pas réussi à faire sauter.

Mais.

Un soir, nous étions assis sur la rive du lac, jetant des pierres, encore courbaturés après une longue journée d'entraînement.

– Même si elles sont mortes, me dit-il, je veux savoir.

– Oui, parce que si tu ne sais pas, alors il reste encore une chance.

– Savoir ou pas ne les maintiendra pas en vie. Mais je crois qu'elles sont mortes. Je sens qu'elles sont mortes.

– Lee…

– Je vais le tuer…

Sa voix ne sonnait pas comme une menace. Plutôt comme une promesse.

– Si j'arrive à l'approcher, oui, je te le jure…

Les lunes montaient au-dessus de nous, formant deux autres lunes à la surface du lac. J'ai jeté un autre caillou, le regardant glisser sur les reflets. Le campement produisait un bruissement étouffé dans les arbres, au-dessus de la berge. J'entendais du Bruit ici et là, dont le bourdonnement de plus en plus fort de Lee, pas assez chanceux pour avoir droit à la ration de remède distribuée par Mrs. Coyle.

– Ce n'est pas ce que tu crois, dis-je doucement.

– Tuer quelqu'un ?

Je hochai la tête.

– Même si c'est quelqu'un qui le mérite, quelqu'un qui te tuera si tu ne le tues pas, même alors, ce n'est pas comme tu crois.

Il y eut un autre silence, puis il dit finalement :

– Je sais.

Je l'observai longuement.

– Tu as tué un soldat.

Il ne répondit rien, réponse suffisante en soi.

– … Lee ? Pourquoi n'as-tu rien dit ?

– Parce que ce n'est pas ce que tu crois. Même si c'est quelqu'un qui le mérite.

Il jeta une autre pierre dans le lac. Nous n'avions plus les épaules appuyées l'une contre l'autre. Nous étions à des mondes de distance.

– … Je vais quand même le tuer, dit-il.

Je retire le papier, presse la bombe contre la paroi du puits, la fixe avec une colle en résine d'arbre. Je sors deux fils de mon sac et entortille leurs extrémités sur ceux qui dépassent de la bombe, laissant une extrémité sans liaison.

La bombe est maintenant armée.

Je prends un petit pavé numérique vert dans la poche frontale de mon sac et tords le bout du fil isolé autour d'une pointe, à l'extrémité du pavé. J'appuie sur une touche rouge, puis sur une grise. Les chiffres verts s'allument.

La bombe est prête pour le minutage.

J'appuie sur une touche argentée pour amener les chiffres sur 30:00. J'appuie encore sur la touche rouge, ouvre le pavé, fais glisser un volet sur l'autre, puis presse à nouveau sur le bouton gris. Les chiffres verts passent aussitôt à 29:59, 29:58, 29:57.

La bombe est en marche.

– Joli travail, chuchote Mrs. Coyle. Temps d'y aller.

Alors, après un mois de réclusion dans la forêt à attendre que les prisonniers récupèrent, que le reste d'entre nous s'entraîne, qu'une véritable armée prenne vie, alors vint une nuit qui marqua la fin de l'attente.

– Lève-toi, ma fille, dit Mrs. Coyle, agenouillée au pied de mon lit.

Mes paupières pesaient une tonne. Il faisait encore nuit noire. Elle parlait à voix basse pour ne pas réveiller les autres dans notre longue tente.

– Pourquoi ? chuchotai-je en réponse.

– Tu as dit que tu ferais n'importe quoi.

Je me suis levée et je suis sortie dans le froid, sautillant pour mettre mes chaussures pendant que Mrs. Coyle me préparait un sac.

– Nous allons en ville, n'est-ce pas ? dis-je en nouant mes lacets.

– C'est beau, l'intuition féminine, marmonna-t-elle dans le sac.

– Pourquoi ce soir ? Pourquoi maintenant ?

– Parce que nous devons leur rappeler que nous sommes encore là.

Le sac vide ne me tire plus les épaules. Nous traversons la cour et remontons vers la maison, nous arrêtant pour écouter si quelqu'un bouge.

Personne.

Je m'apprête à partir, mais Mrs. Coyle s'écarte du mur extérieur de la maison, examinant sa surface blanche.

– Ce sera parfait, dit-elle.

– Pour quoi ?

Je regarde autour de nous, terrifiée maintenant que la minuterie est en marche.

– As-tu oublié qui nous sommes ?

Elle plonge la main dans une poche de sa longue jupe de guérisseuse, qu'elle porte toujours alors qu'un pantalon serait tellement plus pratique, et en tire quelque chose qu'elle me lance. Je l'attrape sans réfléchir.

– À toi l'honneur, dit-elle.

Je regarde dans ma main. C'est un morceau de charbon bleu effrité, un reste du bois-gomme qui alimente nos feux de camp. Il étale son bleu poussiéreux sur ma main, sur ma peau.

Je le contemple encore un instant.

– *Tic, tac*, fait Mrs. Coyle.

Je ravale ma salive. Puis je lève le charbon et trace une flèche sur le mur blanc de la maison.

Une flèche tracée de ma main.

J'ai le souffle très court, brusquement.

Je regarde autour de moi. Mrs. Coyle a déjà rejoint les fossés qui bordent la piste. Je me dépêche de la suivre, courbant la tête.

Vingt-huit minutes plus tard, quand nous atteignons notre charrette, au cœur des bois, nous entendons le Baoum.

– Félicitations, soldat, souffle Mrs. Coyle, tandis que nous prenons le chemin du campement. Tu viens de tirer le premier coup de feu de la bataille finale.

29 *Le métier du Questionnement*

[TODD]

La femme est attachée à un cadre métallique, les bras tendus en arrière, liés aux barres par les poignets.

On dirait qu'elle plonge dans un lac.

Sauf que son visage ruisselle d'une eau sanglante.

– Elle va y avoir droit, maintenant, dit Davy.

Sa voix est étrangement calme.

– Une fois de plus, mon amie femelle, grince Mr. Mortard, qui s'avance derrière elle. Qui a posé la bombe ?

La première bombe depuis l'évasion a explosé la nuit dernière, faisant sauter un puits et une pompe agricole.

C'est parti.

– Je sais pas, dit la femme, entre deux petites toux. Je n'ai pas quitté Haven depuis…

– Pas quitté quoi ?…

Mr. Mortard tire sur une poignée et bascule tout le cadre en avant, immergeant la femme tête la première dans une baignoire pleine. Elle se débat frénétiquement, tirant sur ses liens.

Je fixe le sol.

– Lève la tête, s'il te plaît, Todd, dit le Maire debout derrière nous. Comment vas-tu apprendre, sinon ?

Je lève la tête.

Nous sommes de l'autre côté d'un miroir sans tain, dans une cellule qui donne sur l'arène du Cercle, haute pièce aux murs en béton, également vitrée à droite et à gauche. Davy et moi sommes assis côte à côte, sur un petit banc.

On regarde.

Mr. Mortard redresse le cadre. La femme émerge de l'eau, suffoquant, les liens incrustés dans sa chair.

– Où habites-tu ? demande-t-il avec cet horrible sourire qui ne quitte pratiquement jamais son visage.

– New Prentissville, halète la femme. New Prentissville.

– Correct.

Alors elle tousse tellement fort qu'elle se vomit dessus. Mr. Mortard prend une serviette sur une table et lui essuie doucement le visage, la nettoyant avec soin.

La femme suffoque toujours, mais ne le quitte pas des yeux pendant qu'il la nettoie.

Elle semble encore plus effrayée qu'avant.

– Pourquoi est-ce qu'il fait ça ? demande Davy.

– Ça quoi ? réplique le Maire.

Davy hausse les épaules.

– Faire, je sais pas, le *gentil*...

Je dis rien. Je garde mon Bruit loin du Maire me posant des bandages.

Il y a déjà si longtemps.

J'entends le Maire bouger d'un pied sur l'autre, frémir pour masquer mon Bruit, que Davy l'entende pas.

– Nous ne sommes pas inhumains, David. Nous ne faisons pas cela pour notre propre plaisir.

Je regarde Mr. Mortard, son sourire.

– Oui, Todd, reprend le Maire. Le capitaine Mortard manifeste une certaine jouissance qui peut paraître inopportune, mais tu dois admettre qu'il obtient des résultats.

– Tu as récupéré, maintenant ? demande Mr. Mortard à la femme. On entend sa voix par un système de micros raccordés à la pièce. Ce qui la sépare bizarrement de sa bouche, comme si on regardait une vidéo, pas quelque chose de réel.

– Je suis désolé d'avoir à te Questionner encore. Mais ça dépend de toi.

– S'il vous plaît, murmure la femme. S'il vous plaît, je ne sais absolument rien.

Et elle se met à pleurer.

– Bon Dieu… souffle Davy.

– L'ennemi connaît bien des astuces pour gagner notre sympathie, coupe le Maire.

Davy se tourne vers lui.

– Alors, c'est une astuce ?

– Presque certainement.

J'observe toujours la femme. Pas tellement l'air d'une astuce.

(*Je suis le Cercle et le Cercle est moi.*)

– Exactement, approuve le Maire.

– C'est toi qui décides, dit Mr. Mortard en repassant derrière la femme.

Sa tête essaye de le suivre, mais elle a pas beaucoup de marge pour bouger. Il se plante juste en dehors de son champ de vision. Pour l'affoler, je suppose.

À cause que bien sûr Mr. Mortard a pas de Bruit.

Contrairement à moi et Davy.

– Sons étouffés, précise le Maire, lisant mon interrogation. (Il pointe le doigt.) Vois-tu les tiges métalliques qui sortent du cadre, de chaque côté de sa tête ? Ils diffusent un bourdonnement aigu dans ses oreilles, continuellement. Étouffent tout Bruit qu'elle pourrait entendre des chambres d'observation. La maintiennent concentrée sur l'officier de la Question.

– Pas qu'elles entendent ce qu'on sait déjà, hein ? dit Davy.

– Oui, approuve le Maire, d'un ton légèrement surpris. C'est tout à fait cela, David.

Davy sourit et son Bruit se met à reluire.

– Nous avons vu la flèche tracée en bleu sur le mur de la ferme, continue Mr. Mortard, toujours en mouvement derrière la femme. La bombe était la même que toutes les autres posées par ton organisation...

– Ce n'est pas mon organisation ! crie la femme, mais Mr. Mortard poursuit comme si de rien n'était.

– Et nous savons que tu travailles dans ce champ depuis un mois.

– Comme les autres femmes ! hurle-t-elle,

d'une voix de plus en plus désespérée. Milla Price, Cassia MacRae, Martha Stupen…

– Alors, elles étaient dans le coup, elles aussi ?

– Mais non ! C'est juste que…

– Mrs. Price et Mrs. Stupen ont déjà été Questionnées.

La femme s'arrête, l'air encore plus terrifié.

Davy glousse.

– Bien joué, dit-il.

Et je sens chez lui comme un soulagement bizarre.

Je me demande si le Maire l'entend, lui aussi.

– Qu'est-ce qu'elles… demande la femme qui s'arrête, puis reprend malgré elle. Qu'est-ce qu'elles ont dit ?

– Elles ont dit que tu avais voulu les convaincre de t'aider, déclare tranquillement Mr. Mortard. Elles ont dit que tu as essayé d'en faire des terroristes et, comme elles ont refusé, tu as dit que tu continuerais seule.

La femme devient toute pâle, bouche bée, les yeux écarquillés, incrédules.

– Ce n'est pas vrai, je suppose, dis-je d'une voix neutre. (*Je suis le Cercle et le Cercle est moi.*) Il essaie de la faire avouer en prétendant qu'il sait déjà tout.

– Excellent, Todd, dit le Maire. Tu me sembles déjà bien avancé, pour un novice.

Les yeux de Davy se posent sur moi, puis sur son père, puis sur moi encore, pleins de questionnements sans réponse.

– Nous savons déjà que tu es responsable, martèle Mr. Mortard. Nous en savons assez pour te flanquer en prison jusqu'à la fin de tes jours. (Il s'arrête devant elle.) Je me présente en ami. Je me présente comme celui qui peut te sauver d'un destin bien pire que la prison.

La femme déglutit. Elle semble prête à vomir encore.

– Mais je ne sais rien, souffle-t-elle d'une voix faible. Je ne sais absolument rien.

Mr. Mortard pousse un soupir.

– Eh bien, je l'avoue, en voilà une grosse déception.

Il repasse derrière elle, empoigne le cadre et la replonge dans l'eau.

Et il la maintient comme ça.

Il la maintient.

Il lève les yeux vers le miroir, sachant qu'on le regarde –

Il nous sourit –

Et la maintient toujours –

L'eau brassée par les quelques battements qu'elle peut encore produire –

Je suis le Cercle et le Cercle est moi, je pense et ferme les yeux.

– Ouvre-les, Todd, dit le Maire.

Je les ouvre –

Et Mr. Mortard la maintient toujours là-dessous.

Les battements empirent –

Les liens sur ses poignets se mettent à saigner –

– Bon Dieu, lâche Davy.

– Il va la tuer, je murmure.

C'est rien qu'une vidéo –

Rien qu'une vidéo –

(mais c'en est pas une –)

(et je sens rien –)

(à cause que mort –)

(je suis mort –)

Le Maire se penche devant moi et presse un bouton sur le mur.

– Je pense que cela devrait suffire, capitaine, dit-il, sa voix résonnant dans l'Arène du Cercle.

Mr. Mortard relève le cadre. Mais lentement.

La femme pend inerte, menton sur la poitrine, l'eau coulant de sa bouche et de son nez.

– Il l'a tuée, dit Davy.

– Non, réplique le Maire.

– Allez, dis-moi, fait Mr. Mortard, et tout cela va s'arrêter.

Long silence, et plus long encore.

Puis un son de gorge, un grincement.

– Eh bien ? demande Mr. Mortard.

– C'est moi, croasse la femme.

– Sûrement pas ! lâche Davy.

– C'est toi qui as fait quoi ? poursuit Mr. Mortard.

– J'ai posé la bombe, dit la femme, tête toujours penchée.

– Et tu as essayé d'enrôler des camarades de travail dans une organisation terroriste.

– Oui, chuchote la femme. Tout ce que vous voulez.

– Ah ! fait Davy, et là encore je sens un soulagement, un soulagement qu'il tente de masquer. Elle a avoué ! Elle l'a fait !

– Non, je murmure, toujours en la fixant, toujours sans bouger du banc.

– Quoi ? demande Davy en se tournant vers moi.

– Elle invente, dis-je en regardant toujours par

la vitre. Pour qu'il arrête de la noyer. (Je bouge la tête, pour montrer au Maire que je lui parle.) C'est pas vrai ?

Le Maire attend avant de répondre. Même sans Bruit, je sais qu'il est impressionné. Depuis que je suis rentré dans le Cercle, les choses ont pris comme une effrayante clarté.

Peut-être que c'est le but.

– Il est plus que probable qu'elle invente, répond-il finalement. Mais maintenant que nous avons sa confession, nous pouvons l'utiliser contre elle.

Les yeux de Davy continuent à ricocher entre moi et son père.

– Tu veux dire que vous allez... la Questionner encore ?

– Toutes les femmes font partie de la Flèche, dit le Maire, au moins par sympathie. Nous avons besoin de savoir ce qu'elle pense. Nous avons besoin de savoir ce qu'elle sait.

Davy contemple la femme, qui cherche toujours son souffle.

– Je saisis pas, marmonne-t-il.

– Quand ils la renverront en prison, dis-je, toutes les autres femmes sauront ce qui lui est arrivé.

– Exactement, acquiesce le Maire en plaçant brièvement la main sur mon épaule (avec affexion, presque, et comme je bouge pas, il la retire). Elles sauront ce qui les attend si elles ne répondent pas. Et de cette façon, nous découvrirons ce que nous voulons savoir chez quiconque le sait. La bombe de cette nuit marque la résurgence des agressions, le début de quelque chose de plus vaste.

Nous avons besoin de savoir ce qu'elles vont faire ensuite.

Davy garde les yeux fixés sur la femme.

– Et elle ?

– Elle sera punie pour le crime qu'elle vient d'avouer, bien sûr, poursuit le Maire sans se laisser interrompre par Davy. Et qui sait, peut-être cache-t-elle vraiment quelque chose. (Il lève les yeux vers la vitre.) Il n'y a qu'un moyen de s'en assurer.

– Je voudrais te remercier pour ton aide, dit Mr. Mortard en relevant le menton de la femme. Tu as été très brave, et tu peux être fière du combat que tu as mené. (Il lui sourit, mais elle évite son regard.) Tu as montré plus de courage que bien des hommes soumis au Questionnement.

Il s'écarte vers une petite table, ôtant le tissu qui la recouvre. En dessous brillent plusieurs outils métalliques. Mr. Mortard en saisit un.

– Et maintenant, passons à la seconde partie de notre entretien, dit-il en s'approchant de la femme.

Qui commence à hurler.

– C'était... bredouille Davy en faisant les cent pas dehors, mais il arrive à rien sortir d'autre. C'était... (Il se tourne vers moi.) Bon sang de saloperie, Todd.

Je dis rien, je prends juste la pomme que j'ai mise de côté dans ma poche. « Pomme » je chuchote à Angharrad, approchant ma tête de la sienne. Pomme, elle répond, puis l'attrape avec ses dents, lèvres retroussées, Todd, dit-elle en mâchant et puis questionne Todd?

– Rien à voir avec toi, fifille, je chuchote, caressant ses naseaux.

Nous sommes au pied du portail toujours gardé par Ivan, qui essaye toujours d'attirer mon attention, que j'entends m'appeler doucement dans son Bruit.

Que j'ignore toujours.

– C'était rudement brutal, ajoute Davy, en essayant de lire mon Bruit, de voir ce que je peux bien penser de tout ça, mais je le garde aussi plat que possible.

Sentant rien.

Touché par rien.

– … T'es devenu plutôt cool, depuis quelque temps, commente Davy d'un ton méprisant, ignorant Deadfall qui veut une pomme lui aussi. T'as même pas bronché quand…

– Messieurs… lance le Maire en sortant, un sac lourd à la main.

Ivan se met au garde-à-vous, droit comme une planche.

– Pa… salue Davy.

– Elle est morte ? je demande en plongeant les yeux dans ceux d'Angharrad.

– Morte, elle ne nous serait d'aucune utilité, Todd.

– Elle avait pourtant l'air bien morte, dit Davy.

– Seulement quand elle a perdu connaissance, précise le Maire. Et maintenant, j'ai un nouveau travail pour vous deux.

Le temps s'arrête une seconde pendant que nous digérons le terme « nouveau travail ».

Je ferme les yeux. **Je suis le Cercle et le Cercle est moi.**

– Ça t'embêterait d'arrêter de répéter cette feuttue phrase ? crie Davy.

Et on entend tous l'horreur dans son Bruit, l'anxiété qui monte, la peur de son père, du « nouveau travail », la peur de ne pas être à la hauteur de –

– Tu ne dirigeras pas les Questionnements, si c'est ce que tu crains, dit le Maire.

– J'ai pas peur, réagit Davy, un peu trop fort. Qui a dit que j'avais peur ?

Le Maire laisse tomber le sac à nos pieds.

Je reconnais la forme.

Sentant rien, touché par rien.

Davy regarde le sac aussi. Même lui a l'air choqué.

– Juste les prisonnières, indique le Maire. Pour que nous puissions combattre les infiltrations ennemies.

– Tu veux qu'on… (Davy fixe son père.) Sur des gens ?

– Pas des gens. Des ennemis de l'État.

Je regarde toujours le sac.

Le sac qui contient les pinces et les bracelets numérotés.

30 Le bracelet

[VIOLA]

Je viens juste de mettre la minuterie en marche, et je me tourne vers Mrs. Braithwaite pour lui dire que nous pouvons y aller, quand une femme sort en trébuchant des taillis, derrière nous.

– Aidez-moi… dit-elle très, très doucement comme si elle ne savait pas que nous étions là et demandait juste à l'univers de venir à son secours.

Puis elle s'effondre.

– Qu'est-ce que c'est que ça ?

J'ai sorti un autre bandage de la trousse de secours trop petite que nous cachons dans la charrette, essayant de panser sa blessure malgré les cahots. Un cercle en métal entoure le milieu de son avant-bras, horriblement serré, on dirait que la peau autour essaie de pousser à l'intérieur. Et c'est tellement rougi par l'infection que je sens presque sa chaleur.

– Ça sert à marquer le bétail… dit Mrs. Braithwaite, faisant furieusement claquer ses rênes sur les bœufs, sur des sentiers qu'on ne devrait pas prendre aussi vite. Le salopard…

– Aidez-moi, murmure la femme.

– Oui, c'est ce que je fais, dis-je.

J'ai posé sa tête sur mes genoux pour amortir les cahots. J'entoure d'un bandage le bracelet métallique où je remarque un numéro gravé.

1391.

– Comment vous appelez-vous ? je demande.

Mais ses paupières restent à demi fermées, et elle ne fait que répéter :

– Aidez-moi.

– Est-on certaines que ce n'est pas une espionne ? demande Mrs. Coyle, les bras croisés.

– Mon Dieu, je lance. Auriez-vous une pierre à la place du cœur ?

Son front s'assombrit.

– Nous devons envisager tous les stratagèmes possibles…

– L'infection est si avancée qu'on ne va pas pouvoir sauver son bras, grogne Mrs. Braithwaite. Si c'est une espionne, elle n'est pas franchement en mesure de leur ramener des informations.

Mrs. Coyle pousse un soupir.

– Où était-elle ?

– Près du ministère du Cercle, ce nouveau bâtiment dont on nous a parlé, réplique Mrs. Braithwaite, la bouche crispée.

– Nous avons posé un engin dans un petit entrepôt à proximité, dis-je. Impossible d'approcher plus.

– Des bracelets de marquage, Nicola, bouillonne Mrs. Braithwaite.

Mrs. Coyle se passe les doigts sur le front.

– Je sais.

– On ne peut pas le couper ? je demande. Puis cicatriser la plaie ?

Mrs. Braithwaite secoue la tête.

– Les produits chimiques empêchent la peau attaquée de cicatriser, c'est voulu. Impossible de l'ôter sans qu'elle saigne à mort. C'est permanent. Éternel.

– Oh, mon Dieu.

– Il faut que je lui parle, dit Mrs. Coyle.

– Nadari la soigne. Peut-être sera-t-elle lucide avant l'opération.

– Eh bien, allons-y.

Elles se dirigent vers la tente d'infirmerie. Je m'apprête à les suivre, mais Mrs. Coyle m'arrête du regard.

– Pas toi, ma fille.

– Et pourquoi ?

Mais elles continuent, me laissant seule dans le froid.

– Vas bin, Hildy ? demande Wilf en me voyant traîner près des bœufs.

Il les brosse là où les harnais ont frotté. Wilf, ils disent.

C'est à peu près tout ce qu'ils disent, en général.

– Dure nuit, je fais. Nous avons sauvé une femme qui a été marquée avec une sorte de bracelet en métal.

Wilf reste pensif un instant, puis il me montre

l'anneau passé autour de la jambe avant droite de chaque bœuf.

– Comme zeux-là ?

Je hoche la tête.

– Sur une peurzonne ? siffle-t-il, stupéfait.

– Les choses évoluent, Wilf. Elles évoluent vers le pire.

– Je l'sé. Mé on va beintôt bouger et on y verra plus clér, d'une meuniére ou d'une autre.

Je le dévisage.

– Tu sais exactement ce qu'elle prépare ?

Il secoue la tête, se penche et passe une main sur l'anneau d'un bœuf. Wilf, dit le bœuf.

– Viola !

On m'appelle, de l'autre côté du campement. Mrs. Coyle sort de l'obscurité, marchant vers nous.

– Elle va reuveiller tout le mande, dit Wilf.

– Elle délire un peu, chuchote Mrs. Nadari. Tu as une minute, pas plus.

Je me suis agenouillée près du lit de la femme sauvée.

– Raconte-lui, ma fille, dit Mrs. Coyle d'une voix aussi douce qu'elle peut. Et tout ira bien…

Les yeux de la femme se fixent brièvement sur les miens et s'élargissent un peu.

– Toi… La fille qui était là…

– Viola, dis-je, touchant son bras non cerclé.

– Nous n'avons pas beaucoup de temps, Jess, fait Mrs. Coyle d'une voix un peu plus rude, même en prononçant le nom de la femme. Raconte-lui.

– Me raconter quoi ? je demande un peu irritée, trouvant cruel qu'on la tienne ainsi éveillée, quand Mrs. Coyle précise :

– Dis-lui qui t'a fait ça.

Les yeux de la femme s'emplissent de terreur.

– Dis-lui juste ça, et on te laisse tranquille, ajoute Mrs. Coyle d'un ton rassurant.

– Maîtresse Coyle… je commence, en colère maintenant.

– Des garçons… murmure la femme. Des garçons. Même pas des hommes.

J'arrête de respirer.

– Quels garçons ? demande Mrs. Coyle. Comment s'appelaient-ils ?

– Davy, dit la femme, et ses yeux ne voient plus l'intérieur de la tente. Davy, c'était le plus âgé.

Mrs. Coyle croise mon regard.

– Et l'autre ?

– Le silencieux… Il disait rien. Faisait juste son travail et disait rien.

– Son nom ? insiste-t-elle.

– Je dois y aller, dis-je en me levant, incapable d'en entendre plus.

Mrs. Coyle m'agrippe par la main et me retient fermement.

– Son nom ? répète-t-elle.

La femme respire plus fort, elle halète presque.

– Ça suffit, maintenant, s'interpose Mrs. Nadari. Je n'étais déjà pas d'accord…

– Une seconde.

– Nicola… prévient Mrs. Nadari, menaçante.

– Todd… lâche la femme sur le lit, la femme que j'ai sauvée, la femme au bras infecté qu'elle va perdre, la femme que maintenant je préférerais au fond de cet océan que je n'ai jamais vu.

– … L'autre, il l'appelait Todd.

– Laissez-moi, dis-je alors que Mrs. Coyle me suit dehors.

– Il est vivant. Il est vivant, mais il est avec eux.

– Taisez-vous ! je réplique, marchant à grands pas, sans me soucier du bruit que je peux faire.

Elle se lance à ma poursuite, elle m'attrape par le bras.

– Tu l'as perdu, ma fille. Si tu l'as jamais eu, pour commencer…

Je la gifle si fort et si vite qu'elle n'a pas eu le temps de voir venir. Mais c'est comme si j'avais giflé un tronc d'arbre. Son seul poids me fait vaciller et mon bras vibre de douleur.

– Vous ne savez pas de quoi vous parlez ! dis-je d'une voix enflammée.

– Comment… oses-tu ? balbutie-t-elle, une main sur la joue.

– Vous ne m'avez pas encore vue combattre, je réponds. J'ai fait sauter un pont pour arrêter une armée. J'ai planté un couteau dans le cou d'un assassin fou. J'ai sauvé des vies pendant que vous passiez vos nuits à les liquider.

– Enfant ignare…

Je fais un pas vers elle.

Elle ne recule pas.

Mais elle ne termine pas sa phrase.

– Je vous hais, dis-je lentement. Tout ce que vous faites pousse le Maire à répondre par quelque chose de pire.

– Je n'ai pas déclenché cette guerre.

– Mais vous l'adorez ! (Je fais encore un pas vers elle.) Vous adorez tout, dans cette guerre ! Les bombes, le combat, les sauvetages !

Son visage brille de fureur au clair des lunes.

Mais je n'ai pas peur d'elle.

Et je crois qu'elle s'en rend compte.

– Tu veux voir les choses en noir et blanc, ma fille. Mais le monde n'est pas si simple. Il ne marche pas comme ça, ni aujourd'hui, ni jamais. Et n'oublie pas – elle m'envoie un sourire à cailler du lait – que tu combats à mes côtés.

Je me penche tout près de son visage.

– Il faut le renverser, alors je vous aide à le faire. Mais une fois que ce sera fait ? (J'ai son haleine sur mon visage.) Faudra-t-il vous renverser à votre tour ?

Elle ne répond rien.

Mais elle ne recule pas non plus.

Je pivote sur mes talons et m'éloigne.

– Il est parti, Viola ! crie-t-elle dans mon dos.

Je continue à marcher sans me retourner.

– Je dois aller en ville.

– Meintenant ? dit Wilf en scrutant le ciel. Beintôt l'aube. Treup risqué.

– C'est toujours risqué. Je n'ai pas le choix.

Il m'observe en plissant les paupières. Puis il rassemble cordes et harnachement pour préparer la charrette.

– Non, Wilf. Vous devez me montrer comment le faire. Je ne vais pas vous demander de risquer votre vie.

– T'y vas pour Todd ?

J'acquiesce.

– Alors, j't'einméne.

– Wilf…

– L'é eincore tôt… Au moins j'vé te rappreucher.

Il fait reculer ses bœufs en position, et sans rien ajouter les harnache à la charrette. Surpris de reprendre du service après une nuit de travail, ils lui demandent *Wilf? Wilf?*

Je pense à ce que Jane dirait. Je me vois mettre son Wilf en danger.

Pourtant, je dis simplement :

– Merci.

– Je viens, moi aussi.

Je me retourne. C'est Lee, qui se frotte les paupières, mal réveillé mais habillé et prêt à partir.

– Qu'est-ce que tu fais debout ?... Enfin, presque.

– Comment ça, presque ? D'ailleurs, qui pourrait dormir avec tous ces cris ?

– C'est trop dangereux, Lee. Ils entendront ton Bruit...

Il ferme la bouche et me dit *Eh bien qu'ils l'entendent.*

– Lee...

– Tu vas le chercher, n'est-ce pas ?

Je pousse un soupir d'énervement, me demande si je ne devrais pas laisser complètement tomber avant de mettre quelqu'un d'autre en danger.

– Tu vas au ministère du Cercle, dit Lee à voix plus basse.

Je hoche la tête.

Et alors je comprends.

Siobhan et sa mère pourraient y être.

Je hoche encore la tête et cette fois il sait que je suis d'accord.

Personne ne cherche à nous arrêter, même si la moitié du campement doit savoir où nous allons. Mrs. Coyle a sans doute ses raisons.

Nous ne parlons pas beaucoup en chemin. J'écoute simplement le Bruit de Lee et ses pensées sur sa famille, sur le Maire, sur ce qu'il fera si jamais il met la main sur lui.

Ses pensées sur moi.

– Tu ferais mieux de dire quelque chose, coupe-t-il. Écouter d'aussi près, c'est malpoli.

– Oui, tu as raison.

Mais ma bouche est sèche et je n'ai pas grand-chose à dire.

Le soleil se lève avant qu'on atteigne la ville. Wilf pousse les bœufs aussi vite qu'ils peuvent aller mais, de toute façon, le retour s'annonce périlleux, avec la ville réveillée et des hommes bruyants sur la charrette. Nous prenons un risque insensé.

Mais Wilf continue.

Je lui ai expliqué ce que je veux voir, et il a dit qu'il connaissait un endroit. Il arrête la charrette au plus profond d'un bois et nous montre un escarpement.

– Atteintion, meintenant. Vous fétes pas repérer.

– Vous inquiétez pas, Wilf. Mais si nous ne sommes pas revenus dans une heure, ne nous attendez pas.

Wilf me regarde. Inutile d'être devin pour savoir que jamais il ne nous abandonnera.

Lee et moi nous grimpons vers le sommet, restant à couvert sous les arbres. Là-haut nous comprenons pourquoi Wilf a choisi cet endroit. La colline est proche de la tour détruite, et nous avons une vue imprenable sur la route qui descend vers le ministère du Cercle, paraît-il une sorte de prison ou de chambre de torture.

Je ne veux même pas savoir.

Nous sommes allongés à plat ventre, côte à côte, observant le terrain à travers des taillis.

– Ouvre bien les oreilles, chuchote Lee.

Comme si c'était nécessaire. À peine le soleil levé, New Prentissville s'éveille en REURRANT. Je me demande même si Lee aura tellement besoin de cacher son Bruit. Comment ne serait-il pas noyé là-dedans ?

– Noyer, c'est le mot, répond-il à ma question. Si tu disparaissais dedans, tu suffoquerais.

– Je n'arrive pas à imaginer comment on peut grandir à l'intérieur.

– Non, tu ne peux pas.

Mais il ne le dit pas méchamment.

Je scrute la route qui s'éclaire au soleil.

– Si seulement j'avais des jumelles.

Lee en sort une paire de sa poche. Je le regarde.

– Tu attendais que je le demande pour faire l'intéressant.

– J'ignore de quoi tu veux parler, réplique-t-il en souriant, collant les jumelles à ses yeux.

– Allez… (Je le pousse de l'épaule.) Donne-les-moi.

Il s'écarte pour m'empêcher de les attraper. Je pouffe de rire, et lui aussi. Je l'agrippe et j'essaye de l'immobiliser pour lui arracher les jumelles, mais il est plus grand que moi et parvient toujours à feinter.

– Je n'ai pas peur de te faire du mal, dis-je.

– Là, je te crois, répond-il en riant, braquant à nouveau les jumelles vers la route.

Son Bruit monte en flèche, assez fort pour me faire craindre qu'on l'entende.

Il me tend les jumelles, pointant du doigt.

– Là… Ils descendent la route…

Mais je les aperçois déjà.

Deux personnes à cheval. Deux cavaliers en uniforme flambant neufs. L'un d'eux bavarde, fait des gestes avec ses mains.

Riant. Souriant.

L'autre gardant l'œil sur son cheval.

Chevauchant vers son poste.

Au ministère du Cercle.

Dans un uniforme marqué d'un C scintillant sur l'épaule.

Todd.

Mon Todd.

Chevauchant à côté de Davy Prentiss.

Chevauchant à côté de l'homme qui m'a tiré dessus.

31 *Chiffres et lettres*

[TODD]

Les jours continuent à passer. Continuent à empirer.

– Toutes ? interroge David, son Bruit résonnant d'une panique mal cachée. Absolument toutes ?

– Considère ceci comme un vote de confiance, David, dit le Maire, debout avec nous aux portes des écuries pendant qu'on prépare nos chevaux pour la journée. Toi et Todd vous avez fait du si bon travail en identifiant de manière permanente les prisonnières, qui d'autre voudrais-je charger de l'extension du programme ?

Je dis rien, je réagis même pas aux coups d'œil de David. Les éloges de son père sèment une confusion rose dans son Bruit.

Mais il y a aussi ses pensées sur le marquage de toutes les femmes.

Toutes sans exception.

À cause que les marquer au ministère du Cercle, c'était encore pire qu'on croyait.

– Elles continuent à fuir, dit le Maire. En

pleine nuit, elles s'échappent et vont se jeter dans les bras des terroristes.

Davy regarde Deadfall se faire seller dans un petit paddock, son Bruit martelé par les visages des femmes qui sont cerclées, leurs cris de douleur.

Les mots qu'elles nous disent.

– Et si elles continuent à sortir, poursuit le Maire, elles continuent évidemment à rentrer, aussi.

Il parle des bombes. Une chaque nuit depuis deux semaines ou presque, si nombreuses maintenant, il doit bien y avoir une raison, elles annoncent sûrement quelque chose de plus important, et aucune femme n'a été prise à les poser, sauf une fois quand une bombe a explosé alors que la femme travaillait encore dessus. Ils en ont pas retrouvé grand-chose, à part des lambeaux de chair et de tissus.

Je ferme les yeux quand j'y pense.

Sentant rien. Touché par rien.

(c'était elle ?)

Je sens rien.

– Tu veux qu'on numérote toutes les femmes ? redemande Davy à voix basse, détournant les yeux de son père.

– Je l'ai déjà dit… Toute femme fait partie de la Flèche, au moins parce qu'elle est une femme et donc sympathisante des autres femmes.

Les garçons d'écurie sortent Angharrad dans un paddock. Elle passe la tête par-dessus la rambarde pour me donner un coup de nez. Todd, elle dit.

– Elles vont résister, je remarque en secouant la tête. Et les hommes, ils vont pas aimer non plus.

– Ah, c'est vrai, reprend le Maire… Vous avez manqué la réunion d'hier, n'est-ce pas ?

Davy et moi on se regarde. On était au travail toute la journée, on a pas entendu parler d'une réunion.

– … J'ai parlé aux hommes de New Prentissville. D'homme à homme. Je leur ai expliqué la menace que représente la Flèche et pourquoi la prudence commande cette nouvelle mesure pour garantir la sécurité de tous. (Il passe la main sur l'encolure d'Angharrad. J'essaie de cacher à quel point mon Bruit se hérisse.)

– Il y avait pas de femmes à ce meeting, bien sûr ? dis-je.

Il se tourne vers moi.

– Je ne vais tout de même pas encourager nos propres ennemies.

– Mais elles sont des feuttus milliers ! lance Davy. Les marquer, ça va prendre une éternité.

– Il y aura d'autres équipes à l'ouvrage, David, rétorque le Maire posément, pour s'assurer qu'il a toute l'attention de son fils. Mais je suis persuadé que vous dépasserez largement leurs résultats.

Le Bruit de Davy s'éclaire un peu.

– Tu peux compter sur nous, Pa.

Mais il me jette un regard.

Et il y a de l'inquiétude, là-dedans.

Je caresse les naseaux d'Angharrad. Les lads sortent Marbeth, fraîchement brossé et tout luisant d'onguent. Obéis, dit-il.

– Si tu es inquiet, ajoute le Maire en prenant les rênes de Marbeth, pose-toi cette question : (Il se hisse en selle d'un mouvement fluide, comme si lui-même était huilé, et il nous regarde.)

Pourquoi une femme innocente se refuserait-elle à être identifiée ?

– Vous ne vous en tirerez pas comme ça, dit la femme d'un ton presque calme.

Mr. Mortard arme son fusil derrière nous et vise sa tête.

– Ah, tu crois ça ? dit Davy à la femme, d'une voix un peu trop haut perchée. Alors, attends voir un peu !

Mr. Mortard éclate de rire.

Davy tord brutalement les pinces. Le bracelet se referme dans la chair de l'avant-bras. La femme pousse un cri. Elle cramponne le bracelet et tombe en avant, se rattrapant avec son bras valide. Elle reste là un moment, à respirer très fort.

Ses cheveux sont tirés en arrière par un nœud strict, blonds et châtains mélangés, comme les fils à l'arrière d'un lecteur vidéo. Avec un endroit où les cheveux sont gris, tous ensemble, comme une rivière à travers une terre aride.

Je fixe l'espace gris, laisse mes yeux se troubler un peu.

Je suis le Cercle et le Cercle est moi.

– Lève-toi, dit Davy. Que les guérisseuses puissent te traiter.

Alignées dans le hall du dortoir, les femmes nous observent en attendant leur tour.

– Le garçon a dit lève-toi, insiste Mr. Mortard en agitant son fusil.

– On a pas besoin de vous ici, coupe Davy d'une voix tendue. On se débrouille parfaitement sans baby-sitter.

– Je fais pas de baby-sitting, dit Mr. Mortard avec un sourire. J'assure votre protection.

La femme se tient debout, les yeux sur moi. Ma propre expression est morte, ailleurs puisque pas indispensable.

Je suis le Cercle et le Cercle est moi.

– Où est ton cœur ? questionne-t-elle. Où est ton cœur si tu peux faire ces choses ?

Puis elle se tourne vers où se trouvent les guérisseuses, déjà cerclées.

Je la regarde partir.

Je sais pas son nom.

Mais son numéro, c'est 1484.

– 1485 ! appelle Davy.

La femme suivante fait un pas en avant.

On passe la journée à chevaucher d'un dortoir de femmes à un autre, fixant presque trois cents bracelets, bien plus vite qu'on a jamais été avec les Spackle. On prend le chemin du retour au crépuscule, quand New Prentissville tourne ses pensées vers le couvre-feu.

On dit pas grand-chose.

– Quelle journée, hein, pisse d'âne ? lâche Davy au bout d'un moment.

Je réponds rien, mais il attend pas de réponse non plus.

– … Elles vont se remettre, poursuit-il. Elles ont les guérisseuses pour enlever la douleur et tout ça.

Clop, clop, on avance.

J'entends ce qu'il pense.

Le soir tombe. Son visage, je le vois plus.

Pour ça peut-être qu'il le masque pas.

– Quand elles pleurent, quand même…, dit-il.

Je reste silencieux.

– … T'as vraiment rien à dire ?… (Sa voix se fait un peu plus dure.) T'es muet, maintenant ? Tu veux plus causer ? J'en vaux pas la peine, peut-être ?

Son Bruit se fissure un peu.

– Hein, comme si j'avais quelqu'un d'autre à qui parler, pisse d'âne. Comme si j'avais le choix, vu la situassion. Comme si à force de bien faire on me donnait un bon poste, un poste de combat. Mais non, juste une feuttue saloperie de baby-sitting de Spackle. Et maintenant, quoi ? La même chose avec les femmes ! Et pour quoi ? Hein, pour quoi ?

Il baisse le ton.

– … Pour qu'elles puissent nous crier dessus. Pour qu'elles puissent nous regarder comme si on était même pas humains.

– On l'est pas, je fais, surpris de découvrir que je l'ai dit à voix haute.

– Ouais, alors c'est ça, le nouveau toi, hein ? ricane-t-il. *Mr. Gros-Dur-Je Suis-Le-Cercle* ? Tu mettrais une balle dans la tête de ta propre mère si Pa te disait de le faire.

Je dis rien, je grince juste des dents.

Davy se tait une minute. Puis il lâche :

– Désolé.

Puis répète :

– Désolé, Todd, utilisant mon prénom.

Puis il enchaîne :

– … Et bon sang, pourquoi je serais désolé, hein ? Stupide pisse d'âne analphabète, maintenant à fond du côté de Pa. Ouais, et Pa qui « s'intéresse » à toi.

Je dis toujours rien et *clop, clop,* on continue.

« En avant », hennit Angharrad à Deadfall qui souffle « en avant ».

En avant, j'entends dans son Bruit, puis Garçon poulain, Todd.

– Angharrad, je lui chuchote entre les oreilles.

– Todd ? dit Davy.

– Ouais ?

Je l'entends souffler par le nez.

– Rien.

Puis il change d'avis.

– Comment tu fais ?

– Comment je fais quoi ?

Je le vois hausser les épaules dans la pénombre.

– Rester si calme dans tout ça. Rester si… je sais pas, insensible…

Il marque une pause, hésite, puis lâche presque trop doucement pour être entendu :

– … quand elles crient.

Je dis rien à cause que comment je pourrais l'aider ? Il sait forcément pour le Cercle, sauf si son père veut pas.

– Ouais, dit-il. J'ai essayé cette saloperie et ça marche pas pour moi et Pa…

Il s'arrête net, comme s'il en avait trop dit.

– Ah, et puis rien à feuttre…

On continue, laissant le REURR de New Prentissville nous envelopper quand on pénètre dans le centre, les chevaux s'appelant l'un l'autre, se rappelant à eux-mêmes qui ils sont.

– T'es le seul ami que j'aie, pisse d'âne, murmure enfin Davy. Dis, c'est pas la plus horrible tragédie que t'aies jamais entendue ?

– Dure journée ? me demande Maire Ledger lorsque je rentre dans notre cellule.

Son ton est curieusement léger et il garde les yeux fixés sur moi.

– Qu'est-ce que ça peut bien vous faire ?

Je balance mon sac par terre et me laisse tomber sur le lit sans retirer mon uniforme.

– Je suppose que ça doit être épuisant de torturer des femmes toute la journée.

Je cligne des paupières, surpris.

– Je les torture pas. Fermez-la un peu.

– Non, bien sûr, tu ne les tortures pas. À quoi pensais-je ? Tu leur fixes juste un bracelet de métal corrosif dans la peau qu'elles ne pourront plus jamais enlever sans saigner à mort. Comment pourrait-on raisonnablement appeler ça de la torture ?

Je me rassois brusquement.

– Hé ! On le fait vite et sans bavure. Il y a bien des façons d'empirer les choses et on les évite. Si ça doit être fait, mieux vaut encore que ce soit fait par nous.

Il croise les bras, garde son ton amusé.

– Et cette excuse va t'aider à dormir cette nuit ?

Mon Bruit rugit.

– Dites donc ! Je crois pas que le Maire vous ait beaucoup entendu crier à la réunion d'hier ! Je crois pas que vous ayez montré un si grand courage, face à lui ?

Son visage devient orageux et j'entends un éclair de ressentiment gris dans son Bruit.

– Quoi ? Pour me faire tuer ? Ou être emmené au ministère ? Parce que ça aiderait à quelque chose ?

– Ah, bon ? C'est ce que vous faites ? Aider ?

Il répond rien, se tourne juste pour regarder par une fenêtre, regarder les quelques lumières qui brillent uniquement dans les endroits stratégiques, regarder le REURR d'une ville qui se demande quand la Flèche va lancer sa grande offensive et d'où et quel mal ça va faire et qui va pouvoir les sauver.

Mon Bruit s'agite rouge. Je ferme les yeux, prends une longue, très longue inspiration.

Je suis le Cercle et le Cercle est moi.

Sentant rien. Touché par rien.

– Ils s'habituaient à lui, dit Maire Ledger devant la fenêtre. Ils s'unissaient derrière lui parce que des couvre-feux valent mieux que des bombes. Mais, là, c'est une erreur tactique…

J'écarquille les yeux. « Taxique » me semble un drôle de mot.

– … Les hommes sont terrifiés, maintenant. Terrifiés à l'idée d'être les prochains. (Il examine son propre bras, frottant l'endroit que pourrait cercler un bracelet.) Politiquement, il a commis une erreur.

Je plisse les yeux.

– Et qu'est-ce que ça peut bien vous faire qu'il ait commis une erreur ? De quel côté êtes-vous ?

Il se retourne comme si je l'avais insulté, et il a pas tout à fait tort. En tout cas, il bouillonne.

– Celui de la ville. Et de quel côté es-tu, Todd Hewitt ?

On frappe à la porte.

– Sauvé par la cloche du dîner, dit Maire Ledger.

– La cloche du dîner frappe pas à la porte, je réplique en me levant.

Je débloque le verrou avec ma clé, *krr-clonk* et j'ouvre.
C'est Davy.

Il dit rien d'abord, paraît juste nerveux, incapable de poser ses yeux quelque part. Imaginant un problème aux dortoirs, je pousse un soupir et reviens prendre quelques affaires sur mon lit. J'ai même pas eu le temps d'enlever mes bottes.

– J'en ai pour une minute, dis-je. Mais Angharrad doit encore manger. Elle va pas aimer de se faire resseller si tôt.

Il a toujours rien dit et quand je me retourne, il évite mon regard, toujours nerveux.

– … Quoi ?

Il se mordille la lèvre supérieure. Tout ce que je vois dans son Bruit c'est de l'embarras et des points d'interrogation et de la colère contre la présence de Maire Ledger et d'autres points d'interrogation et là, derrière tout ça, un étrange sentiment, presque coupable, presque clair –

Puis il le couvre très vite et la colère et la gêne se projettent en avant.

– Feuttu pisse d'âne, il marmonne en lui-même. Il tiraille sur une bretelle à son épaule et je vois qu'il porte un sac.

– Feuttu… répète-t-il sans terminer.

Il détache le rabat et sort quelque chose.

– Tiens !… crie-t-il ou presque, et il me le tend brusquement.

Le carnet de maman.

Il me rend le carnet de maman.

– Allez, prends-le !

Lentement, j'avance la main, le saisis entre

mes doigts, le lui enlève comme si c'était quelque chose de fragile. Le cuir de la couverture est encore souple, l'entaille toujours devant, là où Aaron avait planté le couteau en me poignardant. Je passe la main dessus.

Je lève les yeux sur Davy, mais il refuse de les croiser.

– Bon eh bien… lâche-t-il.

Puis il se retourne, descend lourdement les marches et disparaît dans la nuit.

32 *Derniers préparatifs*

[VIOLA]

Je me cache derrière l'arbre, le cœur battant.

J'ai un pistolet dans la main.

Je guette le craquement des brindilles, le son d'un pas, tout signe qui m'indiquerait où se trouve le soldat. Il est là, je le sais, mais son Bruit très plat, très large, ne me donne qu'une idée générale sur la direction d'où il pourrait me tomber dessus.

Parce qu'il s'approche. Aucun doute.

Son Bruit se fait plus fort. Mon dos est appuyé contre l'arbre et je l'entends sur la gauche.

Je vais devoir sauter à la seconde près.

Je raffermis ma main sur le pistolet.

Je vois les arbres autour de moi dans son Bruit, avec des points d'interrogation qui se demandent derrière lequel je me cache, réduisant les possibilités à deux, celui que j'utilise et un autre à seulement quelques mètres sur ma gauche.

S'il choisit celui-là, je le tiens.

J'entends ses pas maintenant, étouffés par le sol humide de la forêt. Je ferme les yeux et j'essaye de me concentrer uniquement sur son Bruit, sur le point exact où il se tient, où il place ses pieds.

Quel arbre il approche.

Il fait un pas. Il hésite. Il fait un autre pas.

Il se décide –

Et moi aussi –

Je bondis et je plonge et je balance mes jambes dans ses pieds et je le prends par surprise et il tombe par terre, essayant de pointer son fusil sur moi, mais je lui saute dessus, lui bloque son fusil avec ma jambe et je jette tout mon poids sur sa poitrine et j'ai le canon de mon pistolet sous son menton.

Je le tiens.

– Bien joué, dit Lee en me souriant.

– Oui, bien joué, dit Mrs. Braithwaite en sortant de l'obscurité. Et maintenant, Viola, que fais-tu de cet ennemi à ta merci ?

Je dévisage Lee, le souffle court, sentant sa chaleur sous moi.

– Alors, que fais-tu ? répète Mrs. Braithwaite.

Je regarde mon pistolet.

– Je fais ce que j'ai à faire, dis-je.

Je fais ce que j'ai à faire pour le sauver.

Je fais ce que j'ai à faire pour sauver Todd.

– Tu es vraiment sûre de le vouloir ? me demande Mrs. Coyle pour la centième fois alors que nous quittons l'espace petit déjeuner, le lendemain matin, et que Jane nous supplie vainement de reprendre du thé.

– Oui, sûre.

– Tu as encore une chance avant qu'on bouge. Une.

– Il est venu me chercher une fois, dis-je. Quand j'étais prisonnière, il est venu me chercher et, pour cela, il a fait le plus grand sacrifice qu'il pouvait faire.

– Les gens changent, Viola, répond-elle le front plissé.

– Il mérite la même chance que celle qu'il m'a donnée.

– Hmm... fait-elle, toujours pas convaincue.

Mais je ne lui ai pas laissé le choix.

– Et quand il nous rejoindra, pensez aux informations qu'il pourra nous fournir.

– Oui... murmure-t-elle en se tournant pour observer le campement de la Flèche qui se prépare. C'est ce que tu répètes toujours.

Et j'ai beau connaître Todd comme personne, je me rends bien compte de ce qu'on penserait en le voyant à cheval, dans cet uniforme, en compagnie de Davy. On le considérerait comme un traître.

Et en pleine nuit, quand je suis sous ma couverture, incapable de dormir.

Je le pense aussi.

(que fait-il ?)

(que fait-il avec Davy ?)

Et j'essaye de l'évacuer de mon esprit comme je peux.

Parce que je vais le sauver.

Elle est d'accord pour que je le fasse. Elle est d'accord pour que je prenne le risque et aille à la cathédrale la nuit précédant l'assaut final de la Flèche. Pour tenter une dernière fois de le sauver.

Elle est d'accord, parce que je lui ai dit que sinon je ne l'aiderais plus jamais, ni pour les bombes, ni pour l'assaut final, ni pour les vaisseaux quand ils atterriront – maintenant, dans huit semaines exactement. Plus rien, si elle ne me laissait pas tenter ma chance avec Todd.

Et même alors, je crois que si elle accepte c'est surtout pour ce qu'il pourrait nous dire.

Mrs. Coyle adore savoir.

– C'est courageux de ta part. Stupide, mais courageux.

Elle m'examine attentivement, une fois de plus, son visage impénétrable.

– Quoi ? je demande.

Elle secoue la tête.

– Je vois tellement de moi en toi, fille exaspérante.

– Parce que vous croyez que je vais créer ma propre armée ? dis-je avec un demi-sourire ironique.

Elle me jette un dernier regard et repart vers le campement, prête à donner d'autres ordres, à faire d'autres préparatifs, à mettre la touche finale à ses plans d'assaut.

Pour demain.

– Maîtresse ?

Elle se retourne.

– Merci, dis-je.

Elle paraît surprise, un sillon creusant son front. Puis elle hoche la tête, en signe d'acceptation.

– Tu l'as ? demande Lee du haut de la charrette.

– Je l'ai, dis-je en bouclant le dernier nœud et en passant le crochet en place.

– Cé tout bon, dit Wilf en frappant dans ses mains pour les épousseter.

Nous observons les charrettes, onze maintenant, chargées à ras bord de matériel, d'armes, d'explosifs. Presque toutes les réserves de la Flèche.

Onze charrettes ne pèsent pas bien lourd contre une armée de mille hommes ou plus, mais c'est ce que nous avons.

– Rin de nouveau, dit Wilf en citant Mrs. Coyle, imperturbable comme d'habitude, si bien qu'on ne sait jamais s'il plaisante. Juste euffére de tactiques…

Et il singe le sourire mystérieux de Mrs. Coyle. C'est tellement drôle et inattendu que j'éclate de rire.

Mais Lee ne rit pas.

– Oui, son plan top secret…

Il tire sur une corde pour vérifier que tout tient.

– Je suppose que c'est en rapport avec lui, dis-je. Se débarrasser de lui, d'une manière ou d'une autre, et ensuite…

– Son armée tombe en poussière et la ville se soulève contre sa tyrannie et la victoire est à nous… ironise Lee, d'un ton pas très convaincu. (Il regarde Wilf.) T'en penses quoi ?

Wilf hausse les épaules.

– É dit que ça sera la fein. Moé, je veux aller au bout.

Mrs. Coyle répète tout le temps cela, qu'on peut vraiment mettre fin au conflit, qu'un coup bien frappé au bon endroit, et tout de suite, pourrait suffire, que même si seules les femmes de la ville nous rejoignent, nous pouvons le renverser avant l'arrivée de l'hiver, avant l'atterrissage des vaisseaux, et avant qu'il nous trouve.

– Je sais quelque chose que je ne devrais pas savoir, lâche soudain Lee.

Wilf et moi on le regarde.

– Elle est passée devant la fenêtre de la cuisine avec Mrs. Braithwaite. Elles parlaient du point de départ de l'attaque, demain…

– Lee…

– Nan, le dis pas, fait Wilf.

– Ça viendra de la colline au sud de la ville, continue-t-il malgré tout, ouvrant son Bruit pour qu'on puisse pas ne pas l'entendre. Celle avec l'entaille, celle avec la petite route qui conduit tout droit sur la place.

Wilf a les yeux exorbités.

– T'euré pas dû le dire. Si Hildy se fé preindre…

Mais Lee me fixe.

– Si tu as un problème, tu cours vers cette colline. Tu cours et c'est là que tu trouveras de l'aide.

Et son Bruit dit, c'est là que tu me trouveras.

« Et c'est le cœur lourd que nous te confions à la terre. »

L'une après l'autre, nous jetons une poignée de terre sur le cercueil vide qui ne contient rien du corps de Mrs. Forth, déchiqueté lorsque la bombe qu'elle posait dans une grange à céréales a explosé trop tôt.

Le soleil se couche, le crépuscule brille, froid, de l'autre côté du lac, le lac et sa couche de glace sur les bords, qui n'a pas fondu depuis ce matin. Les gens commencent à se disperser pour le travail de la nuit, les paquets de dernière minute, les ordres à recevoir, tous ces hommes et femmes qui vont bientôt être soldats, marcher avec des armes, prêts à frapper le coup final.

Pour l'instant, ils ont tous l'air de gens ordinaires.

Je partirai dès la nuit tombée.

Eux se mettront en route demain au coucher du soleil, quoi qu'il m'arrive.

– Il est temps, dit Mrs. Coyle en s'approchant.

Elle ne parle pas de l'heure du départ, mais de quelque chose d'autre.

– Tu es prête ?

– Plus que jamais, je réplique, marchant à son côté.

– Nous prenons un risque énorme, ma fille. Énorme. Si tu es prise…

– Je ne serai pas prise.

– Mais si tu l'es… (Elle s'arrête.) En ce cas, tu sais où est le campement, tu sais quand nous attaquerons et je vais te dire maintenant que nous attaquerons par la route de l'est, celle du ministère. Nous allons entrer dans la ville et lui faire avaler sa langue.

Elle me prend les deux mains et plonge son regard dans le mien.

– … Tu comprends ce que je suis en train de te dire ?

Oui, je comprends. Elle me trompe volontairement, elle me dit cela pour que je puisse livrer sincèrement une information fausse, si je suis prise. Comme elle l'avait fait pour l'océan.

C'est ce que je ferais si j'étais elle.

– Je comprends.

Elle referme sa cape contre la brise glaciale qui s'est levée. Nous marchons encore un peu, silencieuses, vers la tente de soins.

– Qui avez-vous sauvé ? je demande.

– Comment ?

Elle s'arrête et me regarde, l'air vraiment surprise.

– Il y a très longtemps, je poursuis. Corinne m'a raconté que vous aviez été renvoyée du Conseil pour avoir sauvé une vie. Qui avez-vous sauvé ?... (Elle me regarde pensivement, se passe les doigts sur le front.) Écoutez, je peux ne pas revenir. Peut-être que vous ne me reverrez jamais. Ce serait chouette de savoir quelque chose de bien sur vous et de ne pas mourir en gardant seulement le souvenir d'une horrible casse-pieds.

Elle sourit presque, mais aussitôt son regard redevient vague.

– Qui j'ai sauvé ? fait-elle comme pour elle-même. (Elle prend une longue inspiration.) J'ai sauvé un ennemi de l'État.

– Vous avez... quoi ?

– La Flèche n'a jamais été vraiment autorisée, vois-tu. (Elle change de direction, marche vers le lac en train de geler.) Les hommes qui faisaient la guerre aux Spackle n'approuvaient pas vraiment nos méthodes, malgré toute leur efficacité. (Elle se tourne vers moi.) Et elles étaient très efficaces. Suffisamment pour placer les chefs de la Flèche au Conseil quand Haven a repris forme.

– Et vous pensez que ça marchera aujourd'hui ? Même contre une force aussi importante ?

Elle hoche la tête, se frotte le front encore.

Étonnant qu'elle n'ait pas un cal au-dessus du nez, à force.

– Haven a redémarré en utilisant les Spackle pour reconstruire. Mais certains n'étaient pas satisfaits du nouveau gouvernement. Certains, ou certaines, n'avaient pas tout le pouvoir qu'ils estimaient mériter. (Elle frissonne sous sa cape.) Certaines, dans la Flèche.

Elle me laisse comprendre ce que cela pouvait signifier.

– Des bombes, dis-je.

– Exactement. Certaines s'étaient tellement impliquées dans la guerre qu'elles l'ont continuée pour leur propre compte.

Elle se détourne, peut-être pour que je ne voie pas son visage ou peut-être pour qu'elle ne voie pas le mien, le jugement écrit dessus.

– Elle s'appelait Mrs. Thrace… (Elle parle au lac, maintenant, à la nuit froide.) Intelligente, forte, respectée, mais elle avait le goût du commandement. C'est exactement pour cela que personne ne voulait d'elle au Conseil, y compris la Flèche, et c'est pour cela qu'elle a réagi si violemment.

Elle se tourne vers moi.

– … Elle avait ses partisanes. Et elle a mené sa propre campagne de bombes. Pas très différente de celle que nous livrons actuellement sauf, bien sûr, qu'on était normalement en période de paix. (Elle lève les yeux vers les lunes.) Sa spécialité, on l'appelait la bombe Thrace. Elle l'abandonnait dans un endroit où se rassemblaient les soldats et ça ressemblait à un paquet inoffensif. La bombe ne s'armait qu'au contact de la main qui le ramassait. Ton propre pouls créait le danger mais, à ce stade, si tu la lâchais ou ne pouvais pas la désarmer… (Elle hausse les épaules.) Boum.

Nous regardons passer un nuage entre les deux lunes montantes.

– On dit que c'est mauvais signe… murmure-t-elle.

Elle passe son bras sous le mien et nous reprenons le chemin de la tente de soins.

– Ce n'était pas vraiment une nouvelle guerre. Plutôt des embuscades. Et à la grande joie de tous, Mrs. Thrace a été mortellement blessée.

Dans le silence froid, seul l'écho de nos pas se mêle au Bruit des hommes.

– Mais pas mortellement blessée, en fait ?

Elle secoue la tête.

– Je suis une très bonne guérisseuse.

Nous arrivons à l'entrée de la tente.

– … Je la connaissais depuis que nous étions petites filles, sur Nouveau Monde. En ce qui me concernait, je n'avais pas le choix. Alors ils m'ont exclue du Conseil. Et puis, ils l'ont exécutée.

Je la regarde maintenant, essayant de la comprendre, de comprendre tout ce qu'il y a de bon en elle et tout ce qu'il y a de difficile et de conflictuel, et toutes les choses qui sont venues faire d'elle la personne qu'elle est.

Nous sommes les choix que nous faisons. Et devons faire. Nous ne sommes rien d'autre.

– Tu es prête ? me demande-t-elle une dernière fois.

– Je suis prête.

Nous entrons dans la tente.

Mon sac est là, préparé par Mrs. Coyle elle-même, celui que j'emporterai sur la charrette avec Wilf, celui que j'emporterai en ville. Il est rempli de provisions, des provisions complètement innocentes qui selon nos plans me serviront de ticket d'entrée en ville, pour déjouer les soupçons, et pour pénétrer dans la cathédrale.

Si tout se passe bien.

Sinon, il y a un pistolet caché dans une poche au fond.

Mrs. Lawson et Braithwaite sont également dans la tente, avec le matériel de soins.

Et Lee est là, comme je le lui avais demandé.

Je m'assieds sur une chaise en face de lui.

Il me prend la main et la serre bien fort et je sens un bout de papier dans sa paume. Il me regarde, son Bruit rempli de ce qui va se passer.

Je déplie le bout de papier, cachant son contenu aux trois guérisseuses qui pensent sûrement à quelque chose de romantique ou du même genre stupide.

Ne réagis pas, je lis. *J'ai décidé de venir avec toi. Je rejoindrai votre charrette dans les bois. Tu veux trouver ta famille, je veux trouver la mienne et ni l'un ni l'autre on ne doit faire ça seuls.*

Je ne réagis pas. Je replie le mot, et lui jette un coup d'œil, avec un hochement de tête imperceptible.

– Bonne chance, Viola, dit Mrs. Coyle, chacun répétant les mêmes mots à son tour, Lee le dernier.

Je voulais que ce soit lui qui le fasse. Je n'aurais pas pu le supporter de Mrs. Coyle, et je sais que Lee fera très attention.

Parce qu'il n'y a qu'une façon de m'approcher de New Prentissville sans me faire prendre. Une seule, d'après les renseignements que nous avons.

Une seule façon pour moi de trouver Todd.

– Tu es prête ? demande Lee. Et cela sonne si différent demandé par lui, que je ne lui en veux pas de me poser encore la question.

– Je suis prête.

Je tends mon bras et roule ma manche.

– Mais fais vite, dis-je en le fixant dans les yeux. S'il te plaît.

– T'en fais pas.

Il fouille dans le sac par terre et en sort un bracelet métallique marqué 1391.

33 *Père et fils*

[TODD]

– Il t'a dit ce qu'il voulait ? demande Davy.

– Quand est-ce que je lui aurais parlé sans que tu sois là ?

– Aff… pisse d'âne, vous vivez dans le même bâtiment.

On chevauche vers le ministère du Cercle. Le soleil se couche sur la fin de notre journée. Deux cents femmes supplémentaires étiquetées. Ça va plus vite avec Mr. Mortard et son fusil. Avec les autres équipes en ville menées par Mr. O'Hare et Mr. Morgan, il paraît qu'on les aurait presque toutes marquées. Mais les bracelets n'ont pas l'air de cicatriser aussi bien sur les femmes que pour les moutons ou les Spackle.

Je lève les yeux vers le ciel sombre, puis une question me vient à l'esprit.

– Mais où est-ce que tu habites ?

– Tiens, ça t'intéresse, maintenant ?

Et il donne un coup de rênes à Deadfall/Acorn,

qui prend le petit galop sur deux foulées, puis retombe au trot.

– … Cinq mois qu'on travaille ensemble, presque.

– Bon, eh bien, je te le demande, maintenant.

Son Bruit bourdonne un peu. Il a pas envie de répondre, manifestement.

– … T'es pas obligé.

– Au-dessus des écuries. Petite chambre. Matelas sur le plancher. Pue le crottin.

« En avant », souffle Angharrad. « En avant », répond Deadfall. « Todd », pense Angharrad. « Angharrad », je dis.

Davy et moi, on a pas parlé du carnet de maman depuis qu'il me l'a apporté il y a quatre nuits. Pas un mot. Et tout signe là-dessus dans son Bruit ou le mien reste ignoré.

Mais on se cause un peu plus.

Je commence à me demander quelle sorte d'homme je serais si j'avais eu le Maire comme père. Je commence à me demander quel genre d'homme je serais si j'avais le Maire pour père et que j'étais pas le fils qu'il voulait. Je me demande si je dormirais au-dessus des écuries.

– Je fais de mon mieux, déclare Davy à voix basse. Mais qui sait ce qu'il veut vraiment ?

J'en sais rien alors je dis rien.

On attache les chevaux au porche. Ivan essaye encore de capter mon regard, mais je l'évite.

– Todd, dit-il sur notre passage.

– Pour toi, soldat, c'est Mr. Hewitt, crache Davy.

On continue notre chemin, du porche à l'entrée du ministère du Cercle. Des soldats gardent l'accès également, et on passe devant eux pour prendre le couloir, sur le sol en ciment froid, toujours pas couvert, toujours pas chauffé, pour entrer dans la pièce d'observation habituelle.

– Ah, les garçons, soyez les bienvenus, lance le Maire en se détournant du miroir pour nous saluer.

Derrière lui, dans l'arène du Cercle, Mr. Mortard porte un tablier en caoutchouc. Assis devant lui, un homme nu hurle.

Le Maire appuie sur un bouton, coupant le cri tout net.

– Je crois savoir que le programme d'identification est terminé ? demande-t-il d'une voix forte et claire.

– Pour autant que je sache, dis-je.

– C'est qui, lui ? demande Davy en désignant l'homme.

– Le fils de la terroriste explosée. Il ne s'est pas enfui avec sa mère, cet idiot. Maintenant, nous examinons ce qu'il peut savoir.

Davy se pince la lèvre.

– Mais s'il s'est pas enfui avec sa mère…

– Vous avez fait un travail formidable, coupe le Maire, mains croisées derrière le dos. Je suis très content…

Davy sourit et le rose déborde de son Bruit.

– … Mais la menace est finalement là. L'une des terroristes capturées lors de l'attaque des prisons nous a enfin livré un renseignement utile.

Il tourne son regard vers la vitre. Mr. Mortard bloque un peu la vue mais on voit les pieds de l'homme se crisper en réaction à ce que Mr. Mortard lui fait subir.

– … Avant de malencontreusement s'évanouir, elle a pu nous confier que, selon le rythme des récentes attaques à la bombe, nous pouvions presque certainement attendre de la Flèche une action d'envergure dans les jours qui viennent, peut-être même dès demain…

Davy me jette un coup d'œil. Je fixe un point derrière le Maire, au milieu du mur nu.

– … Elles n'ont aucune chance, bien sûr. Absolument aucune. Leurs forces sont tellement plus faibles que les nôtres, je ne les vois pas tenir plus d'une journée, au maximum.

– Laisse-nous aller au combat, Pa, demande Davy impatiemment. Tu sais que nous sommes prêts.

Le Maire sourit. Il sourit à son propre fils. Le Bruit de Davy devient tellement rose que je peux pratiquement pas le regarder.

– Tu es promu, David. Dans l'armée. Tu deviens le sergent Prentiss.

Le sourire de Davy jaillit littéralement de sa figure, explosant avec un petit *boum* de satisfaction.

– Oh, bon sang… lâche-t-il comme si on était pas là.

– Tu seras aux côtés du capitaine Mortard qui montera au combat avec la première vague. Tu auras ta bataille, exactement comme tu la voulais.

La figure de Davy resplendit.

– Oh, la vache… Merci, Pa !

Le Maire se tourne vers moi.

– Et toi, Todd Hewitt, je te nomme lieutenant.

Le Bruit de Davy s'altère brusquement.

– Lieutenant ?

– Tu seras mon garde du corps personnel dès le début des combats. Tu resteras à mes côtés, tu me protégeras de toute menace qui pourrait surgir pendant que je superviserai la bataille.

Je dis rien, garde juste les yeux fixés sur le mur nu.

JE SUIS LE CERCLE ET LE CERCLE EST MOI.

– Oui, c'est ainsi que tourne le Cercle, Todd, ajoute le Maire.

– Comment ça, lieutenant ? demande Davy, et son Bruit se fissure.

– Lieutenant n'est pas un grade de combat, explique doucement le Maire. Si tu n'étais pas sergent, tu ne pourrais pas combattre.

– Ah... fait Davy.

Il nous dévisage pour vérifier si on se moque pas de lui. Moi j'en pense rien.

– Inutile de me remercier, lieutenant, lâche le Maire d'un ton ironique.

– Merci, dis-je les yeux toujours fixés sur le mur.

– Cela t'évitera de faire ce que tu ne voudrais pas faire. Cela t'évitera d'avoir à tuer.

– Sauf si quelqu'un cherche à vous tuer.

– Sauf si quelqu'un cherche à me tuer, oui. Est-ce que ce serait un problème pour toi, Todd ?

– Non. Non, monsieur.

– Bien.

Je regarde par le miroir. La tête de l'homme nu est retombée inerte sur sa poitrine. La bave coule de sa bouche ouverte. Mr. Mortard, furieux, retire ses gants et les envoie claquer sur la table.

– Je suis comblé, poursuit le Maire d'une voix chaude. J'ai réalisé mon ambition, remettre cette planète sur les bons rails. Dans quelques jours, dans quelques heures peut-être, je vais écraser les terroristes. Et quand les nouveaux colons arriveront, ce sera moi qui tendrai une main fière et pacifique pour les accueillir.

Il lève les mains, comme s'il était impatient de les tendre.

– … Et qui sera juste à mes côtés ? (Il ouvre les bras vers nous.) Vous deux.

Davy, bourdonnant rose de partout, fait un pas et saisit la main de son père.

– … Je suis entré dans cette ville avec un fils, poursuit le Maire, son autre main toujours tendue vers moi. Mais elle m'en accordé un second.

Sa main. Il attend.

Il attend que son second fils lui serre la main.

– Bien joué, lieutenant Pisse d'âne, dit Davy, en se laissant retomber sur sa selle.

– Todd ? demande Ivan en s'avançant de son poste alors que je monte sur Angharrad. Je peux te parler ?

– C'est ton supérieur, maintenant, aboie Davy. Tu dois l'appeler lieutenant, si tu veux pas creuser les latrines en première ligne.

Ivan reprend une longue inspiration, comme pour se calmer.

– Très bien. Lieutenant, puis-je vous parler un instant ?

Je le regarde du haut d'Angharrad. Le bruit d'Ivan bouillonne de violence entre la balle dans sa jambe, les complots, les ressentiments et les moyens de s'en prendre au Maire. Il me cache rien, comme pour m'impressionner.

– Vous devriez garder ça pour vous, dis-je. On sait jamais qui pourrait l'entendre.

Je fais claquer les rênes d'Angharrad, et nous voilà partis. Le Bruit d'Ivan me poursuit mais j'y prête plus attention.

Sentant rien. Touché par rien.

– Il t'a appelé « fils », dit Davy en regardant le soleil plonger derrière les chutes. Hé, je suppose que ça fait de nous des frères ?

Je dis rien.

– On devrait fêter ça.

– Et où donc ? Et comment ?

– Ben, on est officiers, maintenant, pas vrai, mon frère ? Et normalement, les officiers ont des privilèges, non ?

Il me regarde en coin, son Bruit luisant comme une torche, rempli de choses que je voyais tout le temps au vieux Prentissville.

Des images de femmes sans vêtements.

Je plisse le front et lui renvoie l'image d'une femme sans vêtements, un cercle de métal autour du bras.

– Et alors ? réplique-t-il.

– T'es malade.

– Non, mon frère, tu parles au sergent Prentiss. Alors, peut-être bien que je suis en bonne santé ?

Le voilà pris d'un fou rire. Il se sent tellement bien, quelque chose en lui caresse mon Bruit, l'oblige à s'éclairer, que je le veuille ou non.

– Allez, quoi, lieutenant Pisse d'âne, t'es pas encore en train de pleurer ta copine, non ? Elle t'a plaqué, ça fait des mois. Il faut qu'on te trouve quelqu'un de neuf.

– Ferme-la, Davy.

– Ferme-la, *sergent* Davy. (Son rire le reprend.) Bon, très bien. T'as qu'à rester chez toi, lire ton carnet…

Il s'arrête d'un coup.

– Oh, bon Dieu, désolé, je voulais pas… J'ai oublié.

Et le plus curieux, c'est qu'il a l'air sincère.

Il y a un moment de silence où son Bruit pulse encore de tout ce sentiment qu'il cache –

Alors il dit :

– Tu sais…

Et je vois arriver la proposition, et je crois pas que je puisse le supporter, je crois pas que je pourrais survivre une minute de plus s'il la dit tout haut.

– … Si jamais tu voulais que je te le lise…

– Non, Davy, je le coupe. Non, merci, non.

– T'es sûr ?

– Oui.

– Bon, la proposition tient toujours.

Son Bruit s'illumine à nouveau, éclatant à la pensée de son nouveau grade, des femmes, de lui et moi comme frères.

Et il sifflote joyeux sur tout le chemin du retour en ville.

Je suis allongé, tournant le dos à Maire Ledger qui engouffre son dîner comme d'habitude. Je mange aussi, mais j'ai sorti le carnet de maman, juste pour le regarder, posé sur mon lit.

– Les gens se demandent quand la grande attaque va avoir lieu, dit Maire Ledger en mâchouillant.

Je lui réponds pas. Je passe la main sur la

couverture du carnet, comme chaque soir, du bout des doigts je sens le cuir, la déchirure faite par le couteau.

– Les gens disent que c'est pour bientôt.

– Si vous le dites.

J'ouvre le carnet. Le plan de Ben se trouve toujours plié à l'intérieur de la couverture, là où je l'ai glissé. On dirait que Davy s'est même pas donné la peine d'ouvrir le carnet, pas une fois durant tout le temps qu'il l'a eu. Ça sent un peu l'écurie, maintenant que je sais où il a été, mais c'est toujours le carnet, toujours son carnet.

Maman. Les mots de maman.

Regarde ce qu'est devenu ton fils.

Maire Ledger pousse un gros soupir.

– Ils vont attaquer ici, tu sais. Tu devrais me laisser sortir, alors.

– Vous pouvez pas vous tenir tranquille une minute ?

Je passe à la première page, les premiers mots écrits par maman le jour de ma naissance. Une page pleine de mots que j'ai entendu lire une fois.

(lire par –)

– Pas de pistolet, pas d'armes, poursuit Maire Ledger, debout maintenant, à regarder par la fenêtre. Je suis sans défense.

– Je m'occuperai de vous, dis-je. Et maintenant, bouclez-la une bonne fois.

Je me suis toujours pas tourné vers lui. Je regarde les premiers mots de maman, les mots écrits de sa main. Je sais ce qu'ils disent mais j'essaye de leur donner un son.

No-n. Mon. C'est *Mon.* Je prends ma respiration. *Trr-ess. Tress cheur, cher. Très cher*, sûrement.

Mon très cher. Et le dernier mot c'est *fils*, que je connais, je l'ai suffisamment entendu aujourd'hui.

Je pense à sa main offerte.

Je pense à quand je l'ai prise.

Mon très cher fils.

– Je t'ai déjà proposé de te le lire, dit Maire Ledger, incapable de retenir un gémissement en entendant le Bruit de ma lecture.

Je me retourne vers lui, lance violemment :

– Et moi j'ai dit, bouclez-la !

Il lève les mains.

– Bien, bien. Comme tu voudras…

Et s'asseyant, il ajoute en sourdine, d'un ton sarcastique :

– … Lieutenant.

Je me redresse, lentement. Puis me redresse encore plus droit.

– Qu'est-ce que vous avez dit ?

– Mais, rien…

(Il évite mon regard.)

– Vous avez dit lieutenant ? Mais comment vous saviez ça ?

– C'était dans ton Bruit.

– Non, vous mentez. (Je me lève, maintenant.) À cause que j'ai pensé à rien depuis que je suis rentré dîner, sauf au carnet de ma mère. Alors, comment vous saviez ?

Il me regarde, mais aucun mot sort de sa bouche et son Bruit cherche, cherche quelque chose à dire, n'importe quoi.

Mais ça marche pas.

Je fais un pas vers lui.

krr-clonk.

Mr. Collins entre.

– Il y a quelqu'un pour toi, dit-il, puis il remarque mon Bruit.

– Qu'est-ce qui se passe ?

– J'attends personne, dis-je sans lâcher Maire Ledger des yeux.

– C'est une fille, continue Mr. Collins. Elle dit que c'est Davy qui l'envoie.

– Bon Dieu… Je lui avais pourtant dit…

– Peu importe, en tout cas, elle veut parler à personne d'autre qu'à toi. (Il glousse.) Joli petit lot, en plus.

Je pivote au ton de sa voix.

– Fichez-lui la paix. C'est pas correct.

– Mieux vaut pas prendre trop longtemps, alors.

Il ferme la porte en ricanant.

Je me retourne vers Maire Ledger, mon Bruit encore enflé.

– J'en ai pas fini avec vous.

– C'était dans ton Bruit, insiste-t-il.

Mais j'ai déjà fermé et verrouillé la porte derrière moi. *Krr-clonk*.

Je descends les marches, cherchant un moyen de faire sortir la fille sans que Mr. Collins l'ennuie, sans qu'elle ait à supporter quoi que ce soit pour une raison ou une autre, et mon Bruit bouillonne de suspissions et de questionnements sur Maire Ledger et certaines choses commencent à s'éclaircir quand j'arrive en bas de l'escalier.

Mr. Collins attend, appuyé sur le mur du hall les jambes croisées, détendu et souriant. Il fait un geste du pouce.

Je regarde.

Et c'est elle.

34 *Dernière chance*

[VIOLA]

– Laisse-nous, dit Todd à l'homme qui m'a fait entrer, sans me quitter des yeux en le disant.

– Hein, je te l'avais dit que c'était du bon, ricane l'homme qui disparaît dans un bureau.

Todd se tient là, à me dévisager.

– C'est toi, dit-il.

Mais il ne bouge pas.

– Todd, je murmure, et fais un pas en avant.

Et il fait un pas en arrière.

Je m'arrête.

– Qui c'est, lui ? dit-il en regardant Lee derrière moi, qui fait de son mieux pour avoir l'air d'un vrai soldat.

– C'est Lee. Un ami. Il est venu avec moi pour…

– Qu'est-ce que tu fabriques ici ?

– Je suis venue te chercher. Je suis venue te sauver.

Il avale sa salive. Je vois sa pomme d'Adam s'agiter.

– Viola, dit-il finalement.

Mon nom est partout dans son Bruit, aussi. Viola Viola Viola.

Il se prend la tête entre les mains, agrippe ses cheveux, plus longs, plus en broussaille que la dernière fois.

Il paraît plus grand, aussi.

– Viola, il répète.

– C'est moi, oui.

Je fais un autre pas en avant. Il ne recule pas alors je continue, traversant la salle, sans courir, m'approchant juste de plus en plus.

Mais quand je le rejoins, il fait un nouveau pas en arrière.

– … Todd ?

– Qu'est-ce que tu fais ici ?

– Je suis venue pour toi. (Je sens mon estomac chavirer un peu.) J'avais dit que je le ferais.

– Tu avais dit que tu partirais pas sans moi, dit-il, et dans son Bruit j'entends de l'exaspération à entendre le ton de sa propre voix. (Il se racle la gorge.) Tu m'as laissé là.

– Elles m'ont emmenée. Je n'avais pas le choix.

Son Bruit devient plus fort maintenant et même si je sens du bonheur dedans –

Oh, mon Dieu, Todd, il y a de la rage aussi.

– … Mais qu'est-ce que j'ai fait, Todd ? Il faut y aller. La Flèche va…

– Alors, tu es avec la Flèche, maintenant, me coupe-t-il, envahi par l'amertume. Avec ces meurtrières.

– Et toi, tu es soldat, maintenant ? je réplique surprise, désignant le C cousu sur sa manche, et la chaleur monte aussi dans ma voix. Et c'est toi qui me parles de meurtre ?

– La Flèche a tué les Spackle, dit-il d'une voix basse, colère.

Avec les corps des Spackle dans son Bruit.

Empilés les uns par-dessus les autres, jetés là comme des ordures.

Le signe de la Flèche tracé sur le mur.

Et Todd au milieu de tout cela.

– Elles auraient aussi bien pu me tuer avec eux, dit-il.

Il ferme les yeux.

Je suis le Cercle et le Cercle est moi, j'entends.

– Viola ?

Je me retourne. Lee a traversé la moitié de la salle.

– Attends dehors, dis-je.

– Viola…

– Dehors.

Il a l'air tellement inquiet, tellement prêt à se battre pour moi, mon cœur s'arrête une fraction de seconde. En venant ici, il a diffusé aussi fort que possible que j'étais sa prisonnière, si fort que les autres soldats ont pensé qu'il allait commettre un viol, et ils lui ont sifflé bonne chance sur notre passage. Puis nous nous sommes cachés devant la cathédrale, on a vu Davy Prentiss s'éloigner à cheval, pensant à la fête qui leur était due, à lui et à Todd.

Alors on s'est présentés comme le cadeau de fête. Et ça a marché.

Incroyable, même, de voir combien c'était facile.

Lee se balance d'un pied sur l'autre.

– Tu m'appelles, si tu as besoin de moi.

– T'en fais pas.

Il hésite une seconde, puis sort par la grande porte, la laissant ouverte pour nous surveiller.

Todd a toujours les yeux fermés et il répète *Je suis le Cercle et le Cercle est moi* ce qui, je dois dire, ressemble horriblement à une phrase du Maire.

– Nous n'avons pas tué les Spackle.

– Nous ? fait-il en rouvrant les yeux.

– Je ne sais pas qui l'a fait, mais ce n'était pas nous.

– Vous avez envoyé une bombe pour les tuer le jour où vous avez fait sauter la tour. (Il crache presque ses mots.) Et puis, vous êtes revenues le jour de l'évasion et vous avez terminé le travail.

– Une bombe ? De quelle bombe…

Alors je me souviens –

La première explosion qui a poussé les soldats à abandonner leur poste devant la tour.

Non.

Elle n'aurait pas –

Non, même pas elle. « Pour quel genre de gens nous prends-tu ? » m'a-t-elle dit –

Mais elle n'a jamais répondu à la question.

Mais non, non, ce n'est pas vrai et d'ailleurs –

– Qui t'a dit cela ? Davy Prentiss ?

Il cligne des yeux.

– Quoi ?

– Comment ça, quoi ? (J'ai durci le ton.) Ton nouveau copain. Oui, l'homme qui m'a tiré dessus, Todd, et avec qui tu pars à cheval en riant, tous les matins.

Il serre les poings.

– Alors, tu m'espionnes ? Trois mois que je t'ai pas vue, trois mois que je sais rien de toi, et toi, tu m'espionnes ? C'est à ça que tu passes ton temps, quand tu fais pas sauter les gens ?

– Ouais ! (Je hausse la voix, pour parler aussi fort que lui.) Trois mois à te défendre auprès de gens qui seraient trop heureux de te compter parmi leurs pires ennemis, Todd. Trois mois à me demander pourquoi, mais pourquoi bon Dieu, tu travailles si dur pour le Maire et pourquoi il a envoyé ses soldats directement à l'océan le lendemain qu'on se soit parlé.

Il tressaille, mais je continue, et je brandis mon bras, manche roulée.

– Trois mois à me demander comment tu peux mettre ça à des femmes !

Son visage se métamorphose aussitôt. En fait, il pousse un cri. Comme s'il ressentait lui-même la douleur. Il porte la main à sa bouche pour étouffer le cri, mais une noirceur submerge brusquement son Bruit. Il avance le bout des doigts de son autre main vers le cercle de métal, ses doigts tremblants suspendus au-dessus de ma peau, au-dessus du cercle qui ne sera jamais enlevé sauf si je perds mon bras. La peau est encore rouge et le bracelet 1391 pulse encore, malgré les soins de trois guérisseuses.

– Oh, non, dit-il. Oh, non.

La porte latérale s'ouvre et l'homme qui m'a fait entrer penche la tête.

– Tout va bien ici, lieutenant ?

– Lieutenant ? je fais à voix basse.

– Aucun problème, réplique Todd en s'étranglant un peu.

L'homme attend quelques secondes, puis rentre dans son bureau.

– Lieutenant ? je répète, baissant encore le ton.

Todd s'est plié, les mains sur les genoux, fixant le sol.

– C'était pas moi, hein ? chuchote-t-il. J'ai pas… (Il fait un signe vers le bracelet sans lever les yeux.) Je l'ai pas fait sans savoir que c'était toi, hein ?

– Non…

Je lis des choses dans son Bruit, je lis son engourdissement, je lis toute l'horreur retranchée, tout au fond, et qu'il se donne tant de mal à ignorer.

– C'est la Flèche qui l'a fait.

Il relève la tête, constellé de points d'interrogation.

– … C'était le seul moyen pour que je puisse te trouver sans risque. Le seul moyen pour que je franchisse les patrouilles de soldats. Leur faire croire que j'avais été marquée.

Son visage change encore de couleur.

– Oh, Viola.

Je respire à fond.

– Todd. Je t'en prie, viens avec moi.

Ses yeux sont mouillés mais je le vois maintenant, je le vois enfin, dans son visage et dans son Bruit et dans ses bras qui retombent accablés.

– C'est trop tard, dit-il, et sa voix est si triste que mes yeux commencent à se mouiller aussi. J'ai été mort, Viola. J'ai été mort.

Je m'approche un peu plus.

– Non… C'est juste que nous vivons une période horrible.

Il regarde par terre, maintenant, sans rien fixer.

Je sens rien, dit son Bruit. Touché par rien. *Je suis le Cercle et le Cercle est moi.*

– Todd ? (Je suis assez près pour pouvoir lui toucher la main.) Todd, regarde-moi.

Il lève les yeux et la perte dans son Bruit est si immense que je me sens comme au bord d'un abîme, que je suis prête à tomber en lui, dans une noirceur si vide et solitaire qu'il n'y aura jamais d'issue.

– Todd… (J'ai la voix cassée.) Sur la corniche, sous la chute, tu te rappelles ce que tu m'as dit ? Tu te rappelles ce que tu as dit pour me sauver ?

Il secoue la tête, lentement.

– J'ai fait des choses horribles, Viola. Des choses horribles.

– Nous tombons tous, tu as dit. (Je lui serre la main très fort, maintenant.) Nous tombons tous, mais ça n'est pas le plus important. Ce qui compte d'abord, c'est de se remettre debout.

Mais il se dégage, il s'écarte.

– Non, non… C'était plus facile quand tu étais pas là. C'était plus facile quand tu voyais pas…

– Todd, je suis venue te sauver…

– Non. J'avais pas besoin de penser à rien…

– Il n'est pas trop tard.

– Si, c'est trop tard, dit-il en secouant la tête. Trop tard.

Et il s'éloigne.

Il s'en va.

Je le perds –

Et j'ai une idée.

Une idée dangereuse, très dangereuse.

– L'attaque a lieu demain, au coucher du soleil, lui dis-je.

Il cligne des yeux, stupéfait.

– Quoi ?

– Oui, l'attaque.

Je fais un pas en avant, essayant de contrôler ma voix.

– … Je suis seulement censée connaître le faux plan, mais j'ai découvert le vrai. La Flèche descendra de la colline avec l'entaille, au sud d'ici, juste au sud de cette cathédrale, Todd. Elles arriveront directement ici et je suis sûre qu'elles viendront pour avoir le Maire.

Il jette un regard nerveux vers la porte latérale, mais je parle à voix basse.

– … Elles ne sont que deux cents, Todd, mais armées de fusils et de bombes et avec un plan et un chef infernal qui ne s'arrêtera pas avant de l'avoir renversé.

– Viola…

– Elles arrivent, dis-je en me rapprochant à nouveau. Et maintenant tu sais quand et où, et si cette information parvient jusqu'au Maire…

– Tu n'aurais pas dû me le dire, répond-il en évitant mon regard. Je cache des choses, mais il les devine ! Tu n'aurais pas dû me le dire !

Je continue d'avancer.

– Alors tu dois venir avec moi, n'est-ce pas ? Tu le dois, sinon il va gagner à tout jamais et il va régner sur cette planète et il accueillera les nouveaux colons…

– Avec sa main tendue, coupe Todd d'une voix soudain radoucie.

– Comment ?

Il tend la main dans le vide, en la fixant.

– Il les saluera avec son fils…

– Bon, eh bien, on ne veut pas de ça non plus…

Je lance un regard inquiet vers la grande porte. Lee glisse la tête à l'intérieur, essayant d'avoir l'air naturel, et on entend des soldats passer devant la façade.

– … Écoute, Todd, on n'a pas beaucoup de temps.

Il garde sa main tendue dans le vide.

– … Tu sais, je n'ai pas fait que des choses bien, moi non plus. Je préférerais que ce soit autrement, mais je n'y peux rien. On est ici, et maintenant tu dois venir avec moi si nous voulons avoir la moindre chance de trouver une issue à tout ça.

Il ne dit rien mais sa main reste tendue et il la regarde, alors je fais un pas de plus et je la prends dans la mienne.

– … Nous pouvons sauver le monde, dis-je avec un sourire. Toi et moi.

Il plonge ses yeux dans les miens, essayant de me lire, essayant de voir si je suis vraiment là, si c'est vraiment vrai, si ce que je dis est réel, il fouille et il fouille –

Mais il ne me trouve pas.

Oh, Todd –

– Vous allez quelque part ? fait une voix du fond de la salle.

La voix d'un homme armé d'un pistolet.

Cet homme n'est pas le même que celui qui nous a fait entrer, je ne l'ai jamais vu.

Sauf une fois, dans le Bruit de Todd.

– Comment vous êtes sorti ? demande Todd, abasourdi.

– Tu n'allais quand même pas partir sans ça ?

Son autre main brandit le journal de la maman de Todd.

– Donnez-moi ça ! dit Todd.

L'homme l'ignore et agite son pistolet vers Lee.

– Rentre à l'intérieur, toi. Ou j'aurai l'immense plaisir d'abattre notre très cher Todd.

Lee a la fuite partout dans son Bruit mais il voit l'arme pointée sur Todd, il voit mon visage et il entre, son Bruit disant si fort qu'il ne me laissera pas, j'en oublie presque le pistolet.

– Lâche-le, dit l'homme, montrant le fusil de Lee, qui le laisse tomber sur le dallage.

– Menteur, dit Todd à l'homme. Poltron.

– Pour le bien de la ville, Todd.

– Toutes ces jérémiades… poursuit-il, sa voix et son Bruit en feu. Toutes ces pitreries, ces gémissements, et vous étiez rien d'autre qu'un pauvre petit espion.

– Pas au début… réplique l'homme en s'avançant. D'abord, j'étais comme tu me voyais, l'ancien Maire bafoué et laissé en vie malgré son peu d'intérêt.

L'homme glisse le carnet sous son bras, et vient se planter devant moi.

– Donne-moi ton sac.

– Quoi ?

– Donne-le-moi, s'il te plaît.

Il balance son bras en arrière et pointe le

pistolet sur la tête de Todd. Je débarrasse mes épaules du sac et le lui tends. Il ne l'ouvre pas vraiment, palpe seulement le fond, trouve aussitôt la poche secrète, la poche où, en appuyant au bon endroit, on doit sentir mon pistolet.

L'homme sourit.

– Et voilà. La Flèche ne changera jamais, hein ?

– Touchez à un cheveu de sa tête et je vous tuerai, dit Todd.

– Moi aussi, fait Lee.

L'homme sourit toujours.

– Je vois que tu as de la concurrence, Todd.

Tant de protection m'énerve suffisamment pour me rendre tout mon courage.

– Et vous êtes qui, au fait ?

– Con Ledger, Maire de Haven, à ton service, Viola. (Il me fait une petite courbette.) Car c'est bien toi, Viola, n'est-ce pas ? (Il contourne Todd.) Oh, le Président a montré un grand intérêt pour le contenu de tes rêves, mon garçon. Un très grand intérêt pour tes pensées quand tu dormais. Combien notre Viola te manquait, comment tu ferais n'importe quoi pour la retrouver.

Je vois le visage de Todd s'enflammer.

– … Alors d'un coup, le Président est devenu bien plus agréable à mon égard, me demandant de te transmettre certaines informations, pour voir si nous pouvions te faire faire ce qu'il voulait.

Maire Ledger a l'air ridicule avec tout ce qu'il transporte, pistolet dans une main, sac dans l'autre, carnet sous le bras, tout en essayant de se montrer menaçant.

– … Et je dois dire que le stratagème a fonctionné à merveille. (Il me jette un clin d'œil.)

Maintenant que je sais quand et où la Flèche va attaquer.

Le Bruit de Lee monte furieusement et il fait un brusque pas en avant.

Maire Ledger arme son pistolet. Lee s'arrête.

– Vous aimez ? demande le Maire. Le Président me l'a offert en même temps que ma clé personnelle.

Il sourit encore puis, voyant que tous on le dévisage :

– … Oh, arrêtez, hein. Si le Président bat la Flèche, tout ceci sera bientôt fini. Les bombes, les restrictions, les couvre-feux. (Son sourire faiblit un peu, quand même.) Vous allez devoir apprendre comment travailler à l'intérieur du système, pour changer. Quand je serai son bras droit, je travaillerai très dur pour que les choses s'améliorent. (Il hoche la tête vers moi.) Pour tout le monde, y compris les femmes.

– Vous feriez mieux de tirer, dit Todd, son Bruit soufflant comme un chalumeau. À cause que jamais vous serez en sécurité si vous abaissez ce pistolet.

Maire Ledger pousse un soupir.

– Je ne vais tirer sur personne, Todd, sauf si…

La porte latérale s'ouvre brusquement, livrant passage à l'homme qui m'a fait entrer. La surprise éclaire son Bruit et sa voix.

– Qu'est-ce que vous… ?

Maire Ledger pointe le pistolet vers lui et presse sur la détente. Trois fois. L'homme trébuche en arrière sur le seuil, puis tombe de tout son long, laissant juste ses pieds apparaître.

Nous restons choqués, assourdis par l'écho des tirs qui continue à résonner sur le sol en marbre.

Une image nette se forme dans le Bruit de Maire Ledger, son œil poché et sa lèvre fendue, et l'homme qui le frappe, maintenant par terre.

Il nous regarde, il nous voit le dévisager.

– Eh bien, quoi ?

– Maire Prentiss va pas aimer, dit Todd. Mr. Collins l'a suivi depuis le vieux Prentissville.

– Je suis persuadé que Viola et les plans de la Flèche compenseront largement tout autre malentendu.

Il cherche un endroit où se débarrasser du carnet, puis le lance finalement à Todd, qui le rattrape en catastrophe.

– Ta mère n'avait pas franchement la fibre littéraire, Todd, dit-il en se penchant pour ouvrir le sac avec sa main libre. Tout juste alphabétisée.

– Vous allez payer pour ça.

Todd se retourne, et je réalise que c'est moi qui viens de parler.

Maire Ledger farfouille dans mon sac. Son visage s'illumine.

– De la nourriture !…

Il sort une pomme crénelée et la fourre aussitôt dans sa bouche. Il fouille encore, trouve du pain et encore des fruits, croque encore et encore.

– … Mais combien de temps pensais-tu rester ? marmonne-t-il la bouche pleine.

Je vois Todd s'avancer tout doucement.

– Et tu imagines que je ne t'entends pas ? fait Maire Ledger en redressant son pistolet, toujours piochant dans le sac.

Puis il s'arrête, la main tout au fond, et lève les yeux.

– … Qu'est-ce que c'est ?

Il tâtonne encore un peu et retire quelque chose de plus gros. Je pense d'abord que c'est le pistolet, puis il le dégage entièrement du sac.

Il se redresse.

Et regarde étonné la bombe Thrace dans sa main.

Pendant une seconde, tout reste irréel. Une seconde où mes yeux ne voient pas ce qu'ils voient, ne croient pas que je sais très bien maintenant à quoi ressemble une bombe. Pendant un instant, elle est dans sa main mais cela ne veut rien dire, rien dire du tout.

Puis Lee bloque son souffle derrière moi et tout devient clair, plus horriblement clair que tout ce que je pourrais imaginer.

– Non, dis-je.

Todd pivote vers moi.

– Quoi ? Qu'est-ce que c'est ?

Le temps se ralentit, à l'infini. Maire Ledger tourne la bombe dans sa main et un bip démarre, un bip rapide, un bip manifestement minuté pour s'enclencher dès qu'on l'aurait trouvée dans mon sac, le pouls de sa main ayant donné l'impulsion à cette bombe qui vous tue si vous la lâchez.

– Ce n'est pas… dit Maire Ledger, levant les yeux –

Mais Lee tend déjà le bras vers moi –

Essaye de m'attraper pour qu'on se précipite jusqu'au portail –

– Cours ! hurle-t-il –

Mais je bondis en avant, pas en arrière –
Et je bouscule Todd sur le côté –
Trébuchant vers la pièce où l'homme mort est tombé –
Maire Ledger n'essaye pas de nous tirer dessus –
Il ne fait rien –
Il se tient juste là, commence tout doucement à réaliser –
Et alors que nous culbutons sur le seuil –
Roulant par-dessus l'homme mort –
Nos bras enlacés pour nous protéger –
Maire Ledger essaie de se débarrasser de la bombe –

Il la lâche –

Et –

BAOUM

elle le fait sauter en mille morceaux, éventrant les murs derrière lui et presque toute la pièce où nous sommes tombés et la chaleur de l'explosion grille nos vêtements et nos cheveux et les gravats s'écroulent et on se glisse sous une table mais quelque chose frappe durement Todd à l'arrière du crâne et une longue poutre tombe en travers de mes chevilles et je sens les deux se briser et tout ce que je pense en hurlant sous cette douleur impossible c'est elle m'a trahie elle m'a trahie et ce n'était pas une mission pour sauver Todd, c'était une mission pour le tuer lui, et le Maire aussi, avec un peu de chance –

Elle m'a trahie –

Elle m'a trahie encore –

Et puis vient le noir.

Un peu plus tard, il y a des voix, des voix dans la poussière et les décombres, des voix qui flottent dans ma tête engourdie par la douleur.

Une voix.

Sa voix.

Debout au-dessus de moi.

– Eh bien, eh bien, dit le Maire. Regardez un peu qui nous avons là !

SIXIÈME PARTIE

LE CERCLE ET LA FLÈCHE

35 *Viola dans le Cercle*

[TODD]

– LAISSEZ-LA !

Je tambourine contre le miroir avec mes poings, mais j'ai beau mettre toute ma force, ça veut pas casser.

– LAISSEZ-LA !

Ma voix se fêle sous l'effort mais je continuerai encore et encore jusqu'à plus en avoir du tout.

– POSEZ UN DOIGT SUR ELLE ET JE VOUS TUERAI !

Viola est attachée au cadre de l'arène du Cercle, les bras relevés en arrière, la peau du bracelet enflammée, la tête placée entre les petites tiges bourdonnantes qui l'empêchent d'entendre le Bruit.

La baignoire se trouve sous elle, la table aux outils aiguisés sur le côté.

Mr. Mortard attend debout, les bras croisés, et Davy est là aussi à observer nerveusement de la porte en face, à l'autre bout de la pièce.

Et le Maire est là, et il tourne en rond autour d'elle, calmement.

Je me souviens juste du *BAOUM* et de Maire Ledger disparaissant dans une furie de feu et de fumée.

Je me suis réveillé ici, la tête douloureuse, le corps incrusté de poussière de gravats et de sang séché.

Et je me suis levé.

Et elle était là.

Derrière le miroir.

Dans l'arène.

J'appuie encore sur le bouton du micro dans la pièce.

– LAISSEZ-LA !

Mais personne a l'air de m'entendre.

– Je fais cela avec la plus grande répugnance, Viola… dit le Maire, qui tourne toujours aussi lentement, et lui, je l'entends parfaitement.

– … Je pensais que nous pourrions être amis, toi et moi. Je pensais qu'on se comprenait.

Il s'arrête devant elle.

– … Et voilà que tu fais exploser ma demeure.

– Je ne savais pas qu'il y avait une bombe, dit-elle, et je vois la souffrance sur son visage.

Elle a aussi du sang séché partout, des coupures et des éraflures causées par l'explosion.

Mais ses pieds surtout font mal à voir. Elle a plus ses chaussures, et ses chevilles sont enflées et tordues et noires et je suis sûr que le Maire lui a rien donné contre la douleur.

Je le vois sur son visage.

Je vois comme elle a mal. J'essaye de soulever le banc derrière moi pour fracasser la vitre avec mais il est boulonné dans le béton.

– Je te crois, Viola, dit le Maire qui a repris sa promenade.

Mr. Mortard reste là à ricaner, il en perd pas une miette, regardant parfois vers la vitre où il sait que je me tiens et ricane encore plus.

– Je comprends ton désarroi d'avoir été ainsi trahie par Mrs. Coyle. Mais ne me dis pas que tu es surprise.

Viola dit rien, penche seulement la tête.

– Lui faites pas de mal, je chuchote. S'il vous plaît, pitié, pitié.

– Si cela peut te consoler, je ne suis pas tout à fait sûr que tu doives le prendre de manière personnelle. Mrs. Coyle a vu le moyen d'infiltrer une bombe en plein cœur de ma cathédrale, pour la détruire, et peut-être me détruire du même coup.

Il jette un coup d'œil vers le miroir. Je tambourine à nouveau. Impossible qu'ils entendent pas, mais il m'ignore.

Davy regarde aussi. Je lui ai jamais vu un visage aussi grave.

Même d'ici j'entends l'inquiétude dans son Bruit.

– … Tu lui as présenté une opportunité qu'elle ne pouvait refuser, poursuit le Maire. Ton extrême loyauté envers Todd pouvait te faire pénétrer là où aucune poseuse de bombes n'aurait osé. Elle ne souhaitait sans doute pas te tuer, mais l'opportunité était là, de m'éliminer et, dans la balance, tu ne faisais pas le poids.

Je regarde son visage.

Il est fermé, triste, fermé, si triste et défait.

Et je sens son silence à nouveau, je sens le besoin et la perte que j'ai sentis pour la première fois dans le marais, il y a si longtemps, c'était dans une autre vie. Je le sens si fort que mes yeux se mouillent et mon estomac se pince et ma gorge se serre.

– Viola, je dis. S'il te plaît, Viola.

Mais elle lève même pas les yeux.

– … et donc, si c'est tout ce que tu représentes pour elle, Viola… (Le Maire se penche devant elle, maintenant, il fixe son visage.) Alors peut-être que tu comprends finalement qui est ton véritable ennemi, non ?

Viola dit quelque chose à voix très basse.

– Comment ? demande le Maire.

Elle s'éclaircit la voix, et reprend :

– Je suis seulement venue pour Todd.

– Je sais… (Il se redresse et reprend son tour de manège.) Je me suis attaché à Todd, moi aussi. Il est devenu comme un second fils pour moi. (Il jette un regard vers Davy, qui rougit violemment.) Loyal, travailleur, et contributeur sincère au futur de cette ville.

Je recommence à marteler la vitre.

– VOUS ALLEZ LA BOUCLER ? je hurle. VOUS ALLEZ LA BOUCLER, OUI ?

– Si lui est avec nous, Viola, et que ta Maîtresse est contre toi, alors ta voie est toute tracée.

Mais elle secoue déjà la tête.

– Je ne vous dirai pas. Je ne vous dirai rien.

– Mais elle t'a trahie. (Il revient face à elle, de nouveau.) Elle a essayé de te tuer.

Et là, Viola relève la tête.

Elle le regarde droit dans les yeux.

– Non. Elle a essayé de *vous* tuer.

Oh, quelle fille.

Mon Bruit s'enfle de fierté.

C'est elle, c'est ma Viola.

Le Maire fait un signe à Mr. Mortard.

Qui empoigne le cadre et la fait basculer dans l'eau.

– NON ! je hurle en recommençant à donner des coups de poing.

– NON, BON DIEU DE...

Je me précipite sur la porte pour y flanquer de furieux coups de pied.

– VIOLA ! VIOLA !

J'entends un hoquet, me reprécipite vers la vitre –

Elle est sortie de l'eau. Elle tousse. Elle vomit. Elle crache.

– Nous commençons à manquer de temps, remarque le Maire en chassant une petite peluche de son manteau. Alors mieux vaudrait peut-être en venir au fait.

Je hurle et je cogne toujours contre le miroir pendant qu'il parle. Il se retourne vers moi. Il ne peut pas me voir mais ses yeux plongent directement dans les miens.

– VIOLA ! je hurle et tambourine sur le miroir.

Il fronce légèrement les sourcils –

– VIOLA !

Et il me frappe avec son Bruit.

Infiniment plus fort qu'avant.

Comme le cri d'un million de personnes en plein milieu de ma cervelle, tellement loin à l'intérieur que je peux pas l'atteindre pour m'en protéger et ils hurlent T'ES RIEN T'ES RIEN T'ES RIEN et c'est comme si mon sang bouillait, comme si mes yeux me sortaient du crâne et je peux même plus tenir debout et je vacille en arrière et je me laisse tomber assis sur le banc, et la gifle sonne et sonne et sonne comme si jamais elle allait s'arrêter –

Quand j'arrive à rouvrir les yeux, je vois le Maire qui empêche Davy de quitter l'arène, et puis Davy qui regarde vers la vitre.

Et dans son Bruit, il est inquiet.

Inquiet pour moi.

– Dis-moi quand la Flèche va attaquer…

La voix du Maire est plus froide, plus dure.

– … et d'où.

Elle secoue la tête, et des gouttelettes volent.

– Non.

– Mais si, je le crains, Viola, tu vas me le dire.

– Non. Jamais.

Et elle secoue toujours la tête.

Le Maire jette un coup d'œil vers le miroir, captant mon regard même s'il me voit pas.

– Malheureusement, nous n'avons pas de temps à perdre avec tes dénégations.

Il adresse un signe de tête à Mr. Mortard.

Qui la replonge dans l'eau.

– ARRÊTEZ ! je crie et tambourine. ARRÊTEZ ÇA !

Il la tient là-dessous –

Et il la tient toujours –

Je cogne si fort que mes poings blanchissent –

– REMONTEZ-LA ! REMONTEZ-LA !

Et elle agite l'eau –

Mais il la tient toujours là-dessous –

Elle est toujours sous l'eau –

– VIOLA !

Ses mains se tordent dans leurs lanières –

L'eau gicle partout –

Oh, mon Dieu mon Dieu mon Dieu Viola Viola Viola –

Je peux pas –

Je peux pas.

– NON !

Pardonne-moi –

Par pitié pardonne-moi –

– C'EST POUR CE SOIR ! je hurle. AU COUCHER DU SOLEIL ! PAR LA COLLINE AU SUD DE LA CATHÉDRALE ! CE SOIR !

Et j'appuie frénétiquement sur le bouton en hurlant encore et encore –

– CE SOIR !

Pendant qu'elle se débat dans l'eau –

Mais personne a l'air de m'entendre.

Il a coupé le son –

Il a coupé le feuttu son –

Je recommence à tambouriner –

Mais personne réagit –

Et elle est toujours sous l'eau –

Mes poings ricochent sur le verre –

Pourquoi ça casse pas –

Mais pourquoi ça veut pas casser purain –

Le Maire fait un signe et Mr. Mortard relève le cadre. Viola avale l'air en immenses hoquets rauques, ses cheveux (plus longs que je me souviens) collés à son visage, l'eau s'égouttant comme des cordelettes.

– C'est toi qui décides, Viola, reprend le Maire. Dis-moi simplement quand la Flèche attaquera et tout ceci s'arrêtera.

– CE SOIR ! je hurle, et ma voix maintenant se fendille comme de la vase sèche. DU SUD !

Mais elle secoue la tête.

Et personne peut m'entendre.

Et le Maire prend sa petite voix étonnée.

– Mais elle t'a trahie, Viola. Pourquoi l'épargner ? Pourquoi...

Il s'arrête, comme s'il réalisait quelque chose.

– ... Tu connais des êtres chers acquis à la Flèche.

Elle cesse de secouer la tête. Elle lève pas les yeux mais elle secoue plus la tête.

Le Maire s'agenouille devant elle.

– ... Raison de plus pour tout me dire. Raison de plus pour me dire où je peux trouver ta Maîtresse.

Il tend le bras, écarte quelques mèches mouillées du visage de Viola.

– ... Si tu m'aides, je te garantis qu'il ne leur arrivera rien. Je ne veux que Mrs. Coyle. Toutes les autres guérisseuses iront en prison et tous les autres, toutes ces innocentes victimes d'une rhétorique enflammée, sans aucun doute, retrouveront leur liberté une fois que nous aurons eu un entretien avec elles.

Il fait un geste, et Mr. Mortard lui donne une serviette avec laquelle il essuie le visage de Viola. Elle le regarde toujours pas.

– ... Si tu parlais, tu sauverais des vies, susurret-il, épongeant doucement l'eau qui ruisselle encore. Tu as ma parole.

Elle relève finalement la tête.

– Votre parole ?...

Et ses yeux se posent directement sur Mr. Mortard.

Avec un tel éclat de colère que même lui semble surpris.

– Ah, oui...

Il rend la serviette à Mr. Mortard.

– ... Tu devrais plutôt considérer le capitaine Mortard comme un témoignage de ma compréhension, Viola. Je l'ai épargné.

Il reprend son manège mais en passant derrière elle, il me fixe.

– ... Tout comme j'épargnerai la vie de tes amis et des gens que tu aimes.

– C'est pour ce soir, dis-je, ma voix complètement râpeuse.

Comment est-ce qu'il peut ne pas m'entendre ?

– Et puis, poursuit le Maire, si tu ne sais rien, peut-être que ton bon ami Lee nous dira quelque chose.

Sa tête se relève aussitôt, les yeux grands ouverts, le souffle saccadé.

Je vois pas comment il aurait pu survivre à l'esplosion –

– Il ne sait rien, dit-elle très vite. Il ne sait pas quand ni où.

– Même si je te croyais, répond le Maire, je suis sûr que nous devrions le Questionner longuement et durement avant d'en être absolument certains.

– Laissez-le tranquille ! dit Viola, essayant de tourner la tête pour le suivre.

Le Maire s'arrête en face du miroir, tournant le dos à Viola, face à moi.

– Ou peut-être devrions-nous simplement poser la question à Todd.

Je cogne dans la vitre juste au niveau de son visage. Il ne bronche même pas.

Alors elle dit :

– Todd ne vous le dirait jamais. Jamais.

Et le Maire me regarde.

Et il sourit.

Mon estomac, mon cœur, ma tête se vident et je crois que je vais tomber par terre.

Oh Viola –

Viola par pitié –

Pardonne-moi.

– Capitaine Mortard… dit le Maire, et Viola replonge, incapable de retenir un cri de terreur en basculant.

– NON ! je hurle pressé contre la vitre.

Mais le Maire la regarde même pas.

Il me regarde, comme s'il pouvait me voir, même si j'étais derrière un mur en briques.

– ARRÊTEZ ! je hurle alors qu'elle se débat dans l'eau –

Et encore –

Et encore –

– VIOLA !

Et je tambourine et mes mains vont bientôt se briser –

Et Mr. Mortard sourit et la maintient là –

– VIOLA !

Et ses poignets commencent à saigner sous les liens –

– JE VOUS TUERAI !
Je crie au visage du Maire –
Avec tout mon Bruit –
– JE VOUS TUERAI !
Et elle toujours sous l'eau –
– VIOLA ! VIOLA !
Mais c'est Davy –
Oui, Davy –
C'est Davy qui arrête tout.

– Remontez-la ! crie-t-il brusquement. Bon Dieu, mais vous allez la tuer !

Et quittant son coin à grandes enjambées, il attrape le cadre et le soulève hors de l'eau et le Maire fait signe à Mr. Mortard de le laisser et Davy remonte Viola, et elle sa gorge gronde en aspirant l'air et en le rejetant aussitôt avec toute l'eau.

Personne dit rien pendant une minute. Le Maire dévisage juste son fils comme si c'était une nouvelle espèce de poisson.

– Comment est-ce qu'elle peut nous aider si elle est morte ? dit Davy d'une voix cotonneuse, évitant tout le monde du regard. C'est tout ce que je veux dire.

Le Maire reste silencieux. Davy s'écarte du cadre et regagne sa place près de la porte.

Viola tousse, pendue à ses liens, et je me presse si fort contre la vitre, c'est comme si j'essayais de ramper à travers pour la rejoindre.

– Bien, dit le Maire en croisant les mains derrière le dos et en regardant Davy. Je pense que peut-être nous avons appris ce que nous voulions savoir, de toute façon.

Il s'avance vers un bouton au mur et appuie dessus.

– Pourrais-tu s'il te plaît répéter ce que tu as dit plus tôt, Todd ?

Viola lève les yeux en entendant mon nom.

Le Maire retourne au cadre, écartant les petites tiges anti-Bruit de sa figure et elle regarde partout en entendant brusquement mon Bruit.

– Todd, murmure-t-elle. Tu es là ?

– Je suis là ! je hurle et ma voix maintenant résonne comme un tambour dans l'Arène.

Le Maire me fixe de nouveau.

– Veux-tu répéter ce que tu as dit il y a quelques instants, Todd ? Quelque chose à propos de ce soir, au coucher du soleil ?

Viola tourne les yeux vers le miroir, stupéfaite, choquée.

– Non… elle chuchote, mais c'est aussi fort que le pire des hurlements.

– Viola mérite de t'entendre le dire encore une fois, Todd, reprend le Maire.

Il savait. Il entendait mon Bruit, évidemment, même si elle le pouvait pas.

– Viola ? je demande, et ma voix sonne comme une prière.

Et elle regarde le miroir, cherchant où je peux être.

– Ne lui dis pas, lance-t-elle. S'il te plaît, Todd, ne…

– Une fois encore, Todd, dit le Maire en posant la main sur le cadre, ou bien elle retourne dans l'eau.

– Todd, non !

– Salopard ! je hurle. Je vous tuerai. Je le jure. JE VOUS TUERAI !

– Mais non. Et nous le savons bien tous les deux.

– Todd, s'il te plaît, non…

– Dis-le, Todd, où et quand ?

Et il commence à faire basculer le cadre.

Viola essaye de faire la courageuse, mais son corps se contracte et se tord, essayant de retarder le plus possible le contact de l'eau. Elle hurle.

– Non ! NON !

Viola –

– Ce soir, au coucher de soleil !…

Ma voix amplifiée couvre ses cris, le Bruit de Davy, mon propre Bruit, ma voix remplit tout.

– … Par l'entaille de la vallée au sud de la cathédrale !

– NON ! hurle Viola.

Et son regard –

Son regard sur moi –

Et ma poitrine se déchire en deux.

Le Maire a remonté le cadre.

– Non, murmure-t-elle.

Et c'est seulement maintenant qu'elle se met à pleurer.

– Merci, Todd, dit le Maire, puis se tournant vers Mr. Mortard : Vous savez où et quand, capitaine. Passez la consigne aux capitaines Morgan, Tate et O'Hare.

Mr. Mortard se met au garde-à-vous, souriant comme s'il venait de gagner un prix.

– Oui, monsieur. Je prendrai tous nos hommes jusqu'au dernier. Elles ne savent pas ce qui les attend.

– Prenez également mon fils, dit le Maire,

hochant la tête vers Davy. Faites-lui voir autant de batailles qu'il pourra en digérer.

Davy semble nerveux, mais fier et excité aussi, sans remarquer l'étrange lueur qui éclaire le sourire de Mr. Mortard.

– Allez-y, dit le Maire. Et n'en laissez aucune en vie.

– Oui, monsieur, fait Mr. Mortard, tandis que Viola laisse échapper un bref sanglot.

Davy claque un salut devant son père, essayant d'emplir son Bruit de bravoure. Il envoie au miroir un regard qui m'est destiné, un regard de sympathie, son Bruit gagné par la peur, l'excitation et plus de peur encore.

Puis il sort derrière Mr. Mortard.

Et il ne reste plus que moi, Viola et le Maire.

Je ne regarde, je ne vois qu'elle, accrochée au cadre, tête inclinée, pleurant, toujours ligotée et trempée et avec tellement de chagrin que je le sens pratiquement sur ma peau.

– Occupe-toi de ton amie, me dit le Maire, de l'autre côté de la vitre, son visage face au mien. Je m'en retourne à ma maison dévastée pour préparer la nouvelle aube.

Il semble si calme, c'est comme si rien de tout ça ne venait de se passer.

Il est pas humain.

– Mais si, trop humain, Todd, réplique-t-il. Les gardes vont vous escorter tous les deux à la cathédrale.

Il hausse les sourcils.

– … Nous avons beaucoup à parler de vos avenirs.

36 *Défaite*

[VIOLA]

J'entends Todd entrer dans la pièce, j'entends son Bruit d'abord, mais je ne peux pas lever les yeux.

– Viola ?

Je ne le regarde toujours pas.

C'est fini.

Nous avons perdu.

Je sens ses mains sur les liens de mes poignets, les tirer, en libérer un, finalement, mais mon bras est trop ankylosé, cela me fait encore plus mal qu'avant.

Maire Prentiss a gagné. Mrs. Coyle a voulu me sacrifier. Lee est prisonnier, si ce n'était pas un mensonge et s'il n'est pas déjà mort. Maddy est morte pour rien. Corinne est morte pour rien.

Et Todd –

Il passe devant moi pour détacher le second lien, et quand c'est fait et que je tombe du cadre, il me rattrape et s'agenouille doucement avec moi.

– Viola, dit-il en me tenant contre lui, tête

contre sa poitrine, et l'eau sur moi trempe son uniforme poussiéreux, mes bras écartés, incapable d'agripper quelque chose, la peau du bracelet enflammée.

Et mes yeux se posent sur le C en argent de son épaule.

– Laisse-moi.

Mais il continue à me tenir.

– Laisse-moi, je répète plus fort.

– Non, dit-il.

J'essaie de le repousser mais mes bras sont si faibles et je suis fatiguée et tout est fini. Tout est fini.

Et il me tient toujours.

Et je recommence à pleurer et je le sens qui me tient plus fort et je pleure plus fort et quand mes bras peuvent bouger un peu je les place autour de lui, et je pleure encore plus fort à cause de ce qu'il ressent et de son odeur et de son Bruit et de comment il me tient et son inquiétude et sa nervosité et sa douceur –

Et je ne savais pas jusqu'à maintenant combien il me manquait.

Mais il a dit au Maire –

Il lui a dit –

Et je dois essayer de le repousser même si je peux à peine supporter de le faire.

– Tu lui as dit… je lâche enfin en toussant.

– Je suis désolé…

Ses yeux sont écarquillés, terrifiés.

– … Mais il te noyait et je pouvais pas, je pouvais vraiment pas…

Et je le regarde et me voici dans son Bruit, basculant dans l'eau avec lui qui tambourine de l'autre côté du miroir et pire, je vois ce qu'il sentait, la rage désespérée, je le vois impuissant à me sauver –

Et son visage, si anxieux.

– … Viola, je t'en prie. Je t'en supplie.

– Il va les tuer. Toutes et tous. Wilf est là-bas, Todd. Wilf.

Il me regarde, horrifié.

– Wilf ?

– Et Jane. Et tellement d'autres, Todd, tous les autres. Il va les massacrer et ce sera la fin. Ce sera la fin de tout.

Son Bruit s'éteint noir et nu et je le sens se rétrécir, tremper dans la petite flaque qui s'est formée autour de nous.

– Non, gémit-il. Oh, non.

Je ne veux pas le dire mais j'entends ma voix le dire quand même :

– Tu as fait exactement ce qu'il voulait. Il savait exactement comment l'obtenir de toi.

Il me regarde.

– Et quel choix j'avais ?

– Tu aurais dû le laisser me tuer !

Et il me regarde et je vois son Bruit essayer de me trouver, essayer de trouver la vraie Viola tout au fond de ce chaos et de cette souffrance, je le vois regarder –

Et pendant un instant, je ne veux pas qu'il me trouve.

– Tu aurais dû le laisser me tuer, je répète doucement.

Mais comment aurait-il pu ?

Il ne pouvait pas et rester lui-même.

Il ne pouvait pas et rester Todd Hewitt.

Le garçon qui ne peut pas tuer.
L'homme qui ne peut pas.
Nous sommes les choix que nous faisons.

– Il faut les prévenir, dis-je un peu honteuse et sans le regarder dans les yeux. Si on y arrive.

J'agrippe le bord de la baignoire pour me redresser. La douleur de mes chevilles remonte à mes jambes en flèche. Je pousse un cri et retombe en avant.

Une fois encore, il me rattrape.

– Mes pieds…

Nous les examinons, nus et très gonflés, marbrés de bleu et de noir.

– On va t'amener chez une guérisseuse.

Il passe un bras autour de ma taille pour me soulever. Je l'arrête.

– Non. Il faut prévenir la Flèche. C'est le plus important.

– Viola…

– Leurs vies sont plus importantes que ma…

– Elle a voulu te tuer, Viola. Cette bombe devait te tuer…

Je respire très fort, essaye d'oublier la douleur qui paralyse mes jambes.

– … Tu leur dois rien.

Et je sens ses bras sur moi et je réalise que les choses ne paraissent plus aussi fermées qu'avant. Je sens Todd me toucher et il y a de la colère qui monte dans mes tripes mais pas contre lui et je grince des dents et je me redresse encore, m'appuyant pour tenir debout.

– Si, je lui dois quelque chose. Je lui dois sa réaction quand elle me verra vivante.

J'essaye de faire un pas, mais c'est trop. Je lâche un nouveau cri.

– J'ai un cheval, dit-il. Je peux te mettre dessus.

– Il ne va pas nous laisser partir comme ça. Il a dit que des gardes viendraient nous chercher.

– Ouais. Chaque chose en son temps.

Il raffermit sa prise autour de ma taille et se penche pour passer l'autre bras sous mes genoux.

Et il me soulève.

La tension sur mes chevilles m'arrache un nouveau cri, mais maintenant il me tient. Il me porte comme il m'a portée dans la descente jusqu'à Haven.

Dans ses bras.

Il s'en souvient, lui aussi. Je le vois dans son Bruit.

Je glisse le bras autour de son cou. Il essaye de sourire.

De travers, comme toujours.

– On arrête jamais de se sauver l'un et l'autre, dit-il. Est-ce qu'on sera un jour à égalité ?

– J'espère pas.

Il plisse le front. Je vois les nuages rouler dans son Bruit.

– Je suis désolé, murmure-t-il.

J'agrippe le devant de sa chemise et le serre bien fort.

– Je suis désolée, moi aussi.

– Alors, on se pardonne ? (Le sourire de travers, encore.) Encore une fois ?

Et je regarde dans ses yeux, je plonge en lui aussi loin que je le peux, parce que je veux qu'il m'entende, je veux qu'il m'entende avec tout ce que je signifie et ressens et exprime.

– Toujours, je lui réponds. Chaque fois.

Il me porte sur une chaise, puis gagne la porte et se met à tambouriner dessus.

– Laissez-nous sortir !

– Ça veut dire quelque chose, Todd, je reprends en respirant aussi doucement que possible, à cause de la douleur dans mes pieds… Quelque chose qu'il ne faudra pas oublier.

– Comment ça ?

Il recommence à cogner sur la porte, puis lâche un cri étouffé tellement ses mains lui font mal.

– Le Maire connaît ton point faible. Il lui suffit de me menacer pour obtenir ce qu'il veut de toi.

– Ouais… Tu m'apprends rien.

– Et il va continuer.

Il se tourne vers moi, poings fermés.

– Il ne posera plus les yeux sur toi. Plus jamais.

– Non, Todd. (Je grimace de douleur.) Pas de cette façon. Il faut l'arrêter.

– Mais pourquoi ce serait à nous de l'arrêter ?

– Il faut bien que ce soit quelqu'un… (Je me cambre pour soulager mes pieds.) Il ne doit pas gagner.

Todd balance des coups de pied dans la porte.

– Alors laisse faire ta Maîtresse Coyle. On va la retrouver, les prévenir si on peut, et puis on se tire d'ici.

– D'ici pour aller où ?

– Je sais pas. (Il cherche quelque chose qui pourrait enfoncer la porte.) On se réfugiera dans les colonies abandonnées. On se cachera jusqu'à ce que tes vaisseaux arrivent.

– Il va écraser Mrs. Coyle et puis il foncera

directement aux vaisseaux… (Tourner la tête pour le suivre me coupe le souffle.) Il n'y aura que très peu de gens éveillés quand ils atterriront, Todd. Il pourra les réduire à néant et maintenir les autres en sommeil aussi longtemps qu'il le voudra. Il n'aura même pas besoin de les réveiller s'il ne le veut pas.

Todd arrête de chercher.

– C'est vrai ?

Je hoche la tête.

– Une fois qu'il aura détruit la Flèche, il n'y aura plus personne pour l'arrêter.

Todd serre et desserre les poings.

– Alors c'est à nous de le faire.

– Il faut d'abord rejoindre la Flèche… (J'essaye de me redresser.) On les avertit…

– Et on leur dit quel genre de chef ils ont.

Je lâche un soupir.

– Alors il va falloir arrêter les deux, tu crois ?

– Pas si difficile. Suffit de tout raconter sur leur chef et quelqu'un d'autre prendra leur tête…

Il me regarde.

– … Toi, peut-être.

– Ou toi, peut-être…

Je prends une bonne minute pour essayer de récupérer mon souffle. Ça devient très difficile.

– … De toute façon, il faut sortir d'ici.

Alors la porte s'ouvre brusquement.

Un soldat, armé d'un fusil.

– J'ai des ordres pour vous emmener à la cathédrale, dit-il.

Et je crois que je le reconnais.

– Ivan, dit Todd.
– Lieutenant, acquiesce Ivan. J'ai des ordres.
– Vous êtes de Farbranch, je dis, mais il regarde Todd, fixement, et j'entends quelque chose dans son Bruit, quelque chose –
– Lieutenant, répète-t-il d'un ton qui ressemble à une sorte de signal.
Je regarde Todd.
– Qu'est-ce qu'il fait ?
– Vous avez des ordres, dit Todd, concentré sur Ivan.
J'entends des choses voler entre leurs Bruits, rapides et floues.
– … Soldat Farrow.
– Oui, monsieur, réplique-t-il au garde-à-vous. Des ordres de mon officier supérieur.
Todd me jette un coup d'œil. Je l'entends réfléchir.
– Qu'est-ce qui se passe ? je demande.
Je vois Lee monter dans le Bruit de Todd, qui se retourne vers Ivan.
– Il y a un autre prisonnier ? Jeune ? Cheveux longs, blonds ?
– Certainement, monsieur.
– Et si je vous ordonnais de me mener à lui, vous le feriez ?
– Vous êtes mon officier supérieur, lieutenant. (Ivan regarde Todd plus fixement maintenant.) Je dois exécuter les ordres que vous me donnez.
– Todd ?
Je l'interroge, mais je commence à comprendre.
– Je m'efforce de vous le dire depuis un certain temps, lieutenant, lâche Ivan d'un ton presque impatient.

– Y a-t-il ici des officiers plus gradés que moi ? demande Todd.

– Non, monsieur. Uniquement moi et les gardes. Tous les autres sont partis au combat.

– Combien de gardes ?

– Nous sommes seize, monsieur.

Todd se mord la lèvre en réfléchissant.

– Vont-ils me considérer également comme leur officier supérieur, soldat ?

Ivan jette un coup d'œil furtif derrière lui avant de répondre à voix basse :

– Certaines inquiétudes courent concernant notre hiérarchie actuelle, monsieur. Oui, ils pourraient se laisser convaincre.

Todd se redresse de toute sa taille, tirant sur le bord de son uniforme. Je remarque à nouveau comme il a grandi, depuis la dernière fois que je l'ai vu, comme son visage se dessine d'une manière qui n'a plus rien d'enfantin, comme sa voix est plus basse et plus forte.

Je le regarde, et je commence à voir un homme.

Il se racle la gorge et se met au garde-à-vous devant Ivan.

– Alors je vous ordonne de me conduire au prisonnier Lee, soldat.

– Même si j'ai reçu pour instruction de vous conduire directement devant le Président, réplique Ivan d'un ton très officiel, je ne pense pas pouvoir désobéir à votre injonction, monsieur.

Il recule et s'efface derrière la porte. Todd s'avance vers moi et s'agenouille.

– Qu'est-ce que tu complotes ? je demande, essayant de lire son Bruit, mais il tourbillonne si vite que je n'arrive pas à suivre.

– Tu as dit que c'est à nous de l'arrêter à cause que personne d'autre le ferait, dit-il en élargissant son sourire tordu. Alors bon, peut-être qu'il y a un moyen.

37 *Lieutenant Todd*

[TODD]

Je sens Viola qui me regarde pendant que je suis Ivan dans le couloir. Elle se demande si on peut lui faire confiance.

Je me demande aussi.

À cause que la réponse devrait être non. Ivan a rejoint l'armée comme volontaire, il a sauvé sa peau à Farbranch, et je me souviens parfaitement de lui, même avant les événements, quand il essayait de me faire comprendre qu'il était du côté de Prentissville. L'armée, il s'est jeté dans ses bras quand elle est entrée en ville, et il a conduit des troupes et s'est même fait nommer caporal.

Et puis Maire Prentiss lui a tiré dans la jambe.

Tu vas où le pouvoir se trouve, il m'avait dit. *C'est comme ça qu'on reste en vie*.

Alors peut-être qu'il pense avoir trouvé le nouveau pouvoir.

– Exactement ce que je pense, dit Ivan. (Et, s'arrêtant devant une porte :) … Il est à l'intérieur.

– Il peut marcher ? je demande pendant qu'Ivan déverrouille la porte.

Mais Lee bondit déjà dehors.

Il pousse un grand AAAAHHHH !!! et renverse Ivan et lui assène une pluie de coups de poing et je dois l'attraper par les épaules et le tirer en arrière et il se retourne poings en avant quand il me reconnaît.

– Todd ? fait-il surpris.

– On doit…

– Où est-elle ? crie-t-il, regardant autour de lui, et je dois intervenir pour empêcher Ivan de lui briser le crâne avec la crosse de son fusil.

– Elle est blessée. Elle a besoin de bandages et d'attelles.

Je me tourne vers Ivan.

– Vous en avez ici ?

– On a une trousse de secours.

– Ça ira. Donnez-la à Lee et je m'occuperai de Viola. Et dites aux hommes que je veux leur parler de vive voix.

Ivan jette un regard incendiaire à Lee.

– C'est un ordre, soldat.

– Bien, monsieur.

Et Ivan s'efface, déconfit, dans le couloir.

Lee me regarde avec des yeux ronds.

– Oui, monsieur ?

– Viola t'expliquera. Suis-le. Et dépêche-toi de trouver des bandages. Elle a mal !

Il se précipite, du coup. Je pivote et m'avance vers le hall. Deux gardes m'observent.

– Qu'est-ce qui se passe ? demande l'un d'eux.

– Qu'est-ce qui se passe, monsieur, je rétorque sans me retourner.

Je passe la porte du ministère du Cercle, descends jusqu'au portail.

Où tout paraît presque tranquille.

Et voilà Angharrad.

Davy a dû l'amener.

– Salut, fifille, je dis, l'abordant lentement, caressant ses naseaux.

Garçon poulain? dit son Bruit. Todd?

– Tout va bien, fifille, je chuchote. Tout va bien.

Blessé, elle dit, reniflant le sang séché sur mon visage. Et avec sa grande langue mouillée elle me fait une immense léchouille sur la bouche et la joue.

Je ris un peu et lui frotte encore les naseaux.

– Je vais bien, fifille, je vais bien.

Son Bruit continue à dire mon nom, Todd, Todd, pendant que je tends la main vers mon sac de selle. Le fusil est toujours là.

Et le carnet de maman.

Davy encore, je parie.

Je détache les rênes d'Angharrad et la conduis sur la route pour la mettre face au portail avec son grand C d'argent.

– Faut que je fasse un petit discours, dis-je en resserrant sa sangle. Ce sera mieux en hauteur.

Garçon poulain. Todd.

Angharrad.

Je mets le pied à l'étrier, enjambe sa croupe pour me mettre en selle, les yeux vers le ciel. Pas sombre encore, mais le soleil descend vers les chutes. L'après-midi touche à sa fin.

Plus beaucoup de temps.

– Souhaite-moi bonne chance.

En avant, hennit Angharrad. En avant.

Les gardes lèvent les yeux sur moi. Ivan essaye d'en finir avec leurs parlotes, ce qui serait pas un mal s'ils arrêtaient aussi le boucan de leur Bruit, à cause que ça se lamente comme des moutons à la broche.

– Il est lieutenant, dit Ivan à l'un d'eux.

– C'est un garçon, dit un autre garde, celui aux cheveux roux.

– C'est le garçon du Président, répond Ivan.

– Ouais, et t'es supposé l'emmener en ville, soldat, dit un autre avec une grosse bedaine et des galons de caporal sur la manche. Me dis pas que tu veux désobéir à un ordre direct.

– Mais le lieutenant m'a donné un autre ordre direct.

– Et il passe au-dessus du Président ?

– Allons, les gars ! crie Ivan. Combien d'entre vous qu'ont pas été mutés ici en punition de quelque chose ?

Silence.

– Bon, mais t'as rien dans la tête si tu crois que je vais suivre un gamin contre les ordres du Président, dit le caporal bedaine.

– Prentiss connaît des trucs, dit le rouquin. Des trucs qu'il devrait pas.

– Il nous ferait fusiller, dit un autre soldat, un grand au teint d'endive.

– Et par qui ? lance Ivan. L'armée est partie au combat et le Président, lui, reste assis dans sa cathédrale explosée à attendre que je lui amène Todd.

– Qu'est-ce qu'il fait là-bas ? demande le rouquin. Pourquoi il est pas avec l'armée ?

– Pas son style, je fais.

Ils relèvent tous les yeux vers moi.

– … Le Maire se bat pas. Il gouverne, il dirige mais il presse pas sur la détente et il se salit pas les mains. (Angharrad me sent nerveux, elle fait deux pas sur le côté.) Les autres le font pour lui.

Et en plus (j'essaie de cacher ça dans mon Bruit), il veut me parler. Et ça, c'est presque pire que la guerre.

– Et tu vas le renverser, toi ? jette le caporal en se croisant les bras.

– C'est rien qu'un homme. Un homme on peut le battre.

– C'est plus qu'un homme, fait le rouquin. Les gens disent qu'il se sert de son Bruit comme arme.

– Et que si tu t'approches trop près de lui, il peut contrôler ton cerveau, ajoute l'endive.

Ivan ricane.

– Ça, c'est des histoires de bonnes femmes. Il sait rien faire de ce genre…

– Si, dis-je, et une fois encore, tous les regards se tournent vers moi. Il peut vous frapper avec son Bruit et ça fait un mal de chien. Il peut regarder dans votre cervelle et vous obliger à faire et à dire ce qu'il veut. Ouais, il peut faire tout ça.

Ils me dévisagent maintenant, ils attendent que j'en arrive au point positif.

– … Mais je pense qu'il doit croiser votre regard pour le faire.

– Tu… *penses* ? ironise le rouquin.

– Et le coup de Bruit n'est pas mortel et il peut seulement le faire à une personne à la fois. Il peut pas nous battre tous, pas si on est tous ensemble.

Mais je cache aussi dans mon Bruit combien

c'était plus fort quand il m'a frappé dans l'arène, tellement plus puissant.

Il a travaillé là-dessus, aiguisé ses armes.

– Peu importe, bougonne l'endive. Il aura ses propres gardes. On irait au suicide.

– Il croira que je suis votre prisonnier. On passera les gardes sans problème.

– Et pourquoi est-ce qu'on te suivrait… *lieutenant* ? demande le caporal d'un ton sarcastique. Qu'est-ce que ça nous rapporterait ?

– La fin de la tyrannie ! s'exclame Ivan.

Le caporal ouvre de grands yeux. Il est pas le seul.

Ivan retente sa chance.

– … Et parce qu'on prendra sa place.

Là, ils comprennent mieux, mais l'endive demande :

– Quelqu'un veut Ivan Farrow pour Président ?

Personne ne semble apprécier la plaisanterie.

– Et pourquoi pas le Président Hewitt ? reprend Ivan tourné vers moi, avec une curieuse étincelle dans le regard.

Le caporal bedaine laisse échapper un grognement.

– C'est qu'un gamin.

– Non, dis-je. Plus maintenant.

– Il est le seul à vouloir s'attaquer au Président, reprend Ivan. Ça veut bien dire quelque chose, non ?

Les gardes échangent des coups d'œil. J'entends toutes les questions dans leur Bruit, tous les doutes qui s'agitent, toutes les peurs qui se confirment entre elles et dans leur Bruit j'entends l'écho de la défaite.

Mais j'entends aussi comment sauver la situation.

– Si vous m'aidez, je vous aurai le remède.

Ils se taisent immédiatement.

– Tu peux faire ça ? demande le rouquin.

– Nan, fait le caporal. Il bluffe.

– Il est caché dans la crypte de la cathédrale, dis-je. J'ai vu le Maire l'y mettre lui-même.

– Pourquoi est-ce que tu l'appelles tout le temps le Maire ? demande l'endive.

– Venez avec moi. Aidez-moi à le faire prisonnier et tout le monde ici aura autant de remède qu'il voudra…

Ils m'écoutent, maintenant.

– … Il est rudement temps que Haven redevienne Haven.

– Il en a privé toute l'armée, dit Ivan. On renverse le Président, on leur rend le remède, et qui vous croyez qu'ils écouteront, alors ?

– Sûrement pas toi, Ivan.

– Non… (Il me lance le même regard.) Mais lui, peut-être.

Les hommes me toisent, perché sur Angharrad, avec mon fusil, mon uniforme poussiéreux, mon plan et mes promesses et il y a un frémissement dans leur Bruit quand chacun se demande s'il est assez fou pour courir un risque pareil.

Je pense à Viola assise dans l'Arène. Viola, tout ce que je veux sauver, tout ce pour quoi je ferais n'importe quoi.

Je pense à elle et je sais exactement comment les convaincre.

– Toutes les femmes sont cerclées. À qui le tour ensuite, vous y avez pensé ?

Lee est en train de fixer les derniers bandages autour des chevilles de Viola quand je rentre et la souffrance sur son visage semble beaucoup moins forte.

– Tu peux tenir debout ? je demande.

– Seulement un peu.

– Pas grave. Angharrad est dehors. Elle t'emmènera avec Lee jusqu'à la Flèche.

– Et toi ? fait-elle en se redressant.

– Je vais lui faire face. Je vais le renverser.

Elle se redresse encore plus droite.

– Je viens avec toi, réplique aussitôt Lee.

– Non. Tu dois dire à la Flèche d'annuler l'attaque et leur raconter comment Mrs. Coyle travaille.

La bouche de Lee se crispe et je vois son Bruit rouler de colère en pensant à la bombe. Il aurait pu mourir aussi.

– Viola dit que tu ne peux pas tuer.

Viola évite mon regard, très noir.

– … Moi, je vais le tuer, poursuit Lee. Je vais le tuer pour ce qu'il a fait à ma sœur et à ma mère.

– Si tu ne préviens pas la Flèche, on aura encore bien plus de morts à venger.

– Il peut s'offrir Mrs. Coyle, gronde Lee.

Mais je vois déjà d'autres gens écumer dans son Bruit, Wilf et Jane et d'autres hommes et femmes et Viola et Viola et Viola.

– Que vas-tu faire, Todd ? demande Viola. Tu ne peux pas lui faire face à toi tout seul.

– Je serai pas seul. J'ai des gardes qui vont m'accompagner.

Elle écarquille les yeux.

– Comment ça ?

Je souris.

– J'ai organisé une petite mutinerie.

– Combien ? demande Lee.

– Sept, finis-je par répondre, hésitant. J'ai pas pu les persuader tous.

Les yeux de Viola s'éteignent.

– Ah… Et tu vas affronter le Président avec sept hommes ?

– Je dois saisir cette chance. Toute l'armée est en marche pour aller livrer la bataille finale. Le Maire m'attend. Il a jamais été si peu gardé.

Elle m'observe pendant une seconde, puis pose une main sur l'épaule de Lee et l'autre sur la mienne et se hisse sur ses pieds. Je vois la douleur lui couper le souffle mais Lee a bien serré les bandes, et même si ce sont pas des réparateurs osseux, au moins elle peut tenir debout quelques instants.

– Je viens avec toi, dit-elle.

– Sûrement pas, je réplique en même temps que Lee hurle :

– Pas question !

Elle crispe les mâchoires.

– Et qu'est-ce qui vous fait croire l'un ou l'autre que vous avez votre mot à dire ?

– Tu peux pas marcher, dis-je.

– Tu as un cheval, me rétorque-t-elle.

– C'est ta seule chance de te mettre en sécurité.

– Il nous attend tous les deux, Todd. Entre là-bas sans moi et ton plan sera fichu avant même que tu aies ouvert la bouche.

– Tu as dit toi-même que le Maire t'utiliserait contre moi chaque fois qu'il le pourrait.

Elle se mord la lèvre en essayant de reposer son poids sur un pied.

– Alors il vaudrait mieux que ton plan marche, point final.

– Viola, commence Lee, mais elle l'arrête du regard.

– Trouve la Flèche, Lee. Préviens-les. Tu n'as pas beaucoup de temps.

– Mais…

– Vas-y, répète-t-elle, d'un ton plus ferme.

Et tous les deux on la voit monter dans son Bruit à lui, tous les deux on sent à quel point il veut pas l'abandonner ici. Je détourne les yeux, c'est plus fort que moi.

Et j'ai envie de lui cogner dessus, aussi.

– Je n'abandonnerai pas Todd, dit-elle. Pas maintenant que je l'ai retrouvé. Je suis désolé, Lee, mais c'est comme ça.

– Viola… dit-il.

Elle secoue la tête.

– Le Maire pense qu'il sait tout. Il pense savoir ce qui va venir. Il attend là-bas que Todd et moi on vienne essayer de l'arrêter.

Lee tente de l'interrompre mais elle le coupe.

– … Ce qu'il oublie, c'est que moi et Todd, on a fait la moitié de cette planète en courant, et qu'on l'a fait seuls. On a tué ce dingue de prêcheur. On a déjoué toute une armée et on a survécu après s'être fait tirer dessus, battre et pourchasser et bon Dieu on est bien restés vivants pendant tout ce temps, malgré les bombes, les tortures, les combats et tout ça.

Elle ôte sa main de l'épaule de Lee et s'appuie plus sur moi.

– … Todd et moi ? Ensemble contre le Maire ?…

Elle sourit.

– … Il n'a pas la moindre chance.

38 *Direction cathédrale*

[VIOLA]

– Tu crois vraiment à ce que t'as dit ? questionne Todd à voix basse, en resanglant Angharrad. Qu'il n'a pas une chance face à nous deux ?

– Au moins, c'était convaincant, dis-je en haussant les épaules.

Il a un petit sourire pour lui-même.

– Faut que je parle aux hommes.

Il adresse un signe de tête à Lee, à l'écart, qui nous regarde bavarder, mains dans les poches.

– … Essaie de lui faciliter les choses, hein ?

Puis il part rejoindre les sept soldats groupés devant le grand portail.

Lee s'approche de moi.

– Tu es vraiment sûre de ce que tu fais ?

– Non. Mais je suis sûre de Todd.

Il souffle par le nez, fixant le sol, essayant d'aplanir son Bruit.

– Tu l'aimes, dit-il.

Pas comme une question, juste un constat.

– Oui, je réponds. (Un constat, aussi.)

– Dans ce sens-là ?

Tous les deux on regarde Todd. Il fait des gestes avec ses bras pour expliquer notre plan aux hommes et ce qu'ils devront faire.

On dirait un chef.

– … Viola ? demande Lee.

Je me retourne vers lui.

– Lee, il faut que tu trouves la Flèche avant l'armée.

Son front se creuse.

– Ils ne me croiront peut-être pas, pour Mrs. Coyle. Beaucoup de gens ont trop besoin d'elle.

J'ai pris doucement les rênes du cheval. Garçon poulain ? pense-t-elle en regardant Todd, elle aussi.

– Bon, écoute. De toute façon, si tu peux les rejoindre et que nous arrivons à régler le compte du Maire, tout pourrait être terminé ce soir.

Lee plisse les yeux dans le soleil.

– Et si vous ne lui réglez pas son compte ?

J'essaye de sourire.

– Eh bien alors, il faudra juste que tu viennes à notre secours, n'est-ce pas ?

Il essaye de sourire à son tour.

– On est prêts, lance Todd en revenant vers nous.

– Alors, c'est parti, je fais.

Todd tend la main à Lee.

– Bonne chance.

– Bonne chance à toi, répond Lee en lui prenant la main.

Mais c'est moi qu'il regarde.

Pendant que Lee disparaît dans les bois pour gravir les collines au pas de course, nous prenons la route de New Prentissville. Todd mène Angharrad qui ne cesse de répéter Garçon poulain dans son Bruit, inquiète de sentir quelqu'un d'étranger sur son dos. Todd murmure des choses pour la calmer, il lui frotte les naseaux et lui caresse les flancs tout en marchant.

– Comment tu te sens ? demande-t-il alors que nous approchons le premier groupe de dortoirs.

– Mes pieds me font mal. Ma tête aussi... (Je frotte la manche qui cache le bracelet.) Et mon bras.

– À part ça ?...

Il sourit.

J'examine les gardes autour de nous qui avancent en formation comme s'ils nous escortaient vraiment jusqu'au Maire, selon les ordres : Ivan et un autre devant, deux derrière, deux sur ma droite et le dernier à gauche.

– Tu crois qu'on peut l'avoir ? je demande à Todd.

– De toute façon... (Il rit doucement.) On est partis, non ?

On est partis.

Sur la route de New Prentissville.

– Allez, on presse le mouvement, dit Todd, un peu plus fort.

Et les hommes pressent le pas.

– C'est désert, chuchote le garde aux cheveux carotte alors que nous traversons des zones de plus en plus construites.

Des constructions, mais pas de gens.

– Pas désert, dit un autre garde avec une grosse bedaine. Ils se cachent.

– Ça fait bizarre sans l'armée, dit le rouquin. Sans soldats partout dans les rues.

– On est pas des soldats, peut-être ? fait Ivan.

Nous longeons des maisons aux volets bien fermés, des rideaux de devanture baissés, des rues sans charrettes ni vélos à fission ni même personne à pied. On entend le REURR de derrière les portes mais deux fois plus faible que d'habitude.

Et ça transpire la peur.

– Ils savent ce qui les attend, dit Todd. Ils savent que ça pourrait être la guerre qu'ils craignaient.

Aucune lumière aux maisons, aucun visage aux fenêtres, pas un seul regard curieux sur cette troupe de gardes autour d'un cheval et de sa cavalière aux pieds bandés.

Alors la rue s'incurve et la cathédrale apparaît.

– Nom d'un petit bonhomme… souffle le rouquin, et tout le monde s'arrête.

– Et t'as survécu à ça ? lance la bedaine à Todd. Il émet un sifflement admiratif. Alors tu dois être sacrément verni, pas de doute.

Le clocher tient encore debout, mais on se demande comment, perché sur une colonne de briques instable. Deux murs du bâtiment principal tiennent aussi, dont celui avec le cercle en vitrail.

Mais le reste.

Le reste, ce n'est plus rien qu'un tas de pierres et de poussière.

Même d'ici, on voit que presque toute la toiture s'est affaissée et que la plus grande partie de deux murs s'est répandue sur la rue et la place. Les arches penchent dangereusement, les portes pendent hors de leurs gonds, et presque tout l'intérieur s'ouvre à l'air libre, accueillant les derniers rayons du soleil qui approche l'horizon.

Et pas un soldat en vue.

– Ce serait bien son style, fait Todd en scrutant la cathédrale comme s'il pouvait apercevoir le Maire quelque part à travers les murs.

– S'il est à l'intérieur, dit Ivan.

– Crois-moi, il l'est.

Le rouquin est en train de reculer.

– Pas question ! lâche-t-il. C'est du suicide, les gars. Pas question !

Et après un dernier regard terrifié, il se retourne et prend ses jambes à son cou.

Todd soupire, excédé.

– D'autres amateurs ?

Les hommes se regardent, leur Bruit débordant de questions sur ce qui a bien pu les amener jusqu'ici.

– Il vous posera le bracelet, lance Ivan.

Il me fait un signe de tête. Je relève ma manche pour le leur montrer. La peau est encore rouge et brûlante au toucher. L'infection continue, je crois. Les crèmes de premier secours ne marchent pas comme prévu.

– ... Puis il vous réduira en esclavage, poursuit Ivan. Vous, je sais pas, mais moi, je me suis pas enrôlé pour ça.

– Et pourquoi tu t'es enrôlé ? demande un autre garde qui n'a pas l'air de s'intéresser vraiment à la réponse.

– On le renverse, rétorque Ivan, et on devient des héros.

– Des héros avec le remède, intervient la bedaine. Mais celui qui contrôle le remède...

– Assez de bavardages ! coupe Todd et j'entends l'agacement grésiller dans son Bruit. On y va, ou pas ?

Les hommes se dévisagent.

Et Todd élève le ton.

Jusqu'au ton du commandement.

Même moi, je le fixe.

– J'ai dit : sommes-nous prêts, soldats ?

– Oui, monsieur, répliquent les hommes, presque surpris d'entendre ce oui sortir de leurs bouches.

– Alors, on y va !

Et ils se remettent en marche, droite, droite, droite, écrasant le gravier dispersé sur la chaussée, descendant une petite pente en direction de la cathédrale, qui peu à peu se découpe de plus en plus grande.

Nous longeons quelques arbres et mon regard dérive sur la gauche, vers les collines qui ferment l'horizon sud.

– Doux Jésus, murmure la bedaine.

Même d'ici on distingue la progression de l'armée au loin, long bras noir qui se tord sur un sentier trop étroit pour elle, gagnant le sommet de la colline et son entaille, là où elle va rencontrer la Flèche.

J'observe le soleil couchant.

– Une heure, peut-être, dit Todd, suivant mon regard. Sans doute moins.

– Lee n'y sera jamais à temps.

– Si, peut-être. Il doit y avoir des raccourcis.

Le serpent noir se tortille sur la pente. Ils sont si nombreux. Jamais la Flèche ne pourra les repousser en bataille rangée.

– On ne doit pas échouer, dis-je.

– On réussira.

Et nous arrivons à la cathédrale.

Nous longeons son flanc. C'est ici que la bombe a fait le plus de dégâts. Tout le mur nord s'est effondré sur la rue.

– Rappelez-vous, soldats… chuchote Todd tandis que nous gravissons les décombres. Vous amenez deux prisonniers au Président, selon les ordres reçus. Et personne ne doit penser à autre chose.

On se fraye un passage, l'empilement de pierres si haut qu'on ne voit pas l'intérieur de la cathédrale. Le Maire pourrait se trouver n'importe où.

Nous contournons l'angle qui mène à la façade, maintenant juste un trou béant sur le hall, le sanctuaire encore dominé par le clocher et ce vitrail rond coloré. Derrière nous, le soleil bas l'illumine directement. Des salles éventrées bâillent suspendues aux murs supérieurs, planchers effondrés. Une demi-douzaine de rouges-plumes picorent des restes de nourriture et des choses sans doute pires parmi les gravats. La structure de l'édifice s'incline, comme brusquement très fatiguée et prête à s'allonger à tout moment.

Et à l'intérieur de cette carcasse –

– Personne, dit Ivan.

– C'est pour ça qu'il y a pas de gardes, dit la bedaine. Il est avec l'armée.

– Non, décrète Todd en regardant autour de lui, inquiet.

– Todd ? je fais, sentant quelque chose –

– Il nous a dit lui-même d'amener Todd ici, dit Ivan.

– Alors il est où ? questionne la bedaine.

– Oh, je suis là… dit le Maire, sortant d'une ombre qui n'aurait pas dû pouvoir le cacher, comme s'il s'extrayait directement de la brique, d'un angle invisible.

– Que diable… ? lâche la bedaine en reculant.

– Pas le diable, réplique le Maire en amorçant quelques pas dans les gravats, mains ouvertes.

Les gardes lèvent tous leurs fusils vers lui. Mais il n'a même pas l'air armé.

Et pourtant.

– Non, pas le diable, dit-il avec un sourire. Bien pire que cela.

– Plus un pas, ordonne Todd. Il y a des hommes ici qui vous abattraient sans hésiter.

– Oh, je le sais bien, dit le Maire en posant le pied sur la dernière marche de l'entrée, une grande pierre basculée. Le soldat Farrow, notamment. (Il hoche la tête vers Ivan.) Qui bouillonne toujours d'avoir été puni pour son incompétence.

– Fermez-la, crache Ivan, en dirigeant le canon de son fusil sur lui.

– Ne le regardez pas dans les yeux ! lâche immédiatement Todd. Personne ne le regarde dans les yeux !

Lentement, le Maire lève les mains en l'air.

– Serais-je donc votre prisonnier ?…

Il balaye du regard les soldats, fusils tous pointés sur lui.

– … Ah, je vois… Tu as un plan, n'est-ce pas ? Rendre le remède aux gens, exploiter leur ressentiment pour prendre le pouvoir. Mais oui, très intelligent…

– Ça ne va pas du tout se passer comme ça, dit Todd. Vous allez rappeler l'armée. Vous allez rendre leur liberté à tout le monde.

Le Maire se caresse le menton, comme s'il y réfléchissait tranquillement.

– Le problème, Todd, c'est que les gens ne veulent pas vraiment la liberté, même s'ils déblatèrent à plaisir sur le sujet. Non, je crois plutôt que l'armée va écraser la Flèche, que les soldats qui t'accompagnent seront mis à mort pour trahison, et que toi et Viola vous aurez cette petite conversation sur votre avenir que je vous avais promise.

Un claquement retentit.

– C'est ce que vous croyez, hein ? fait Ivan qui vient d'armer son fusil.

– Vous êtes notre prisonnier, et ça s'arrête là, dit Todd en tirant une longueur de corde de la sacoche d'Angharrad. On verra comment l'armée réagira.

– Très bien, réplique le Maire d'un ton presque enjoué. Mais, à ta place, j'enverrais l'un de tes hommes à la crypte pour pouvoir prendre le remède dès maintenant. Oh, je lis tous vos plans très clairement.

La bedaine jette un coup d'œil à Todd qui lui fait un signe de tête, et il gravit les marches au petit trot.

– Au fond et en bas, indique le Maire. Le chemin est bien dégagé.

Todd prend sa corde et s'avance vers le Maire. Mes mains transpirent sur les rênes.

C'est trop facile.

Trop facile.

Le Maire tend ses poignets et Todd hésite, ne voulant pas vraiment s'approcher.

– S'il tente quelque chose de pas net, dit Todd sans se retourner, abattez-le.

– Avec plaisir, dit Ivan.

Todd commence à enrouler la corde autour des poignets du Maire.

On entend des pas dans la cathédrale. La bedaine revient en trottinant, essoufflé, Bruit en tempête.

– Vous aviez dit que c'était dans la crypte, lieutenant !

– Oui, je l'ai vu en bas.

La bedaine secoue la tête.

– Vide. Complètement vide !

Todd tourne les yeux vers le Maire.

– Alors vous l'avez déplacé ? Où est-il ?

– Ou bien quoi ? Vous me tirerez dessus ?

– En fait, je préférerais cette option, grince Ivan.

– Où est-ce que vous l'avez déplacé ? reprend Todd, d'une voix forte, rageuse.

Le Maire le regarde, puis regarde tous les hommes, et finalement lève les yeux sur moi.

– C'est toi qui m'inquiétais, dit-il. Mais tu peux à peine marcher, n'est-ce pas ?

– Vous ne la regardez pas ! crache Todd en se rapprochant de lui. Vous ne posez pas vos yeux immondes sur elle !

Le Maire sourit à nouveau, ses mains toujours tendues, juste entourées par la corde.

– Très bien... Alors je vais vous le dire...

Il regarde tout le monde encore, souriant toujours.

– … Je l'ai brûlé. Après que les Spackle nous ont hélas quittés, le remède n'était plus nécessaire, et j'ai donc brûlé tous les comprimés jusqu'au dernier, toutes les plantes dont étaient tirés les comprimés, et puis j'ai fait sauter le laboratoire de production et j'ai mis cela sur le dos de la Flèche.

Tout le monde reste muet. On entend le REURR de l'armée au loin, remontant cette colline, progressant vers son but.

– Tu es un menteur, dit Ivan en s'avançant, fusil toujours pointé. Et stupide, avec ça.

– On n'entend pas votre Bruit, dit Todd. Vous n'avez donc pas tout brûlé.

– Ah, mais Todd, mon fils, dit le Maire en secouant la tête. Jamais je n'ai pris le remède.

J'entends des doutes monter dans le Bruit des hommes. J'en vois même certains reculer, penser aux pouvoirs du Maire, à ce qu'il peut faire. Peut-être qu'il peut contrôler son Bruit. Et s'il peut le faire –

– Il ment, dis-je en me rappelant les mots de Mrs. Coyle. C'est le Président des Mensonges.

– Ah, enfin tu m'appelles Président, dit-il.

Todd bouscule le Maire.

– Dites-nous où il est.

Il trébuche en arrière, puis reprend son équilibre. Il nous regarde tous à nouveau. J'entends tous les Bruits monter, celui de Todd par-dessus tout, fort et rouge.

– Je ne raconte pas de mensonges, messieurs. Si vous appliquez la bonne discipline, le Bruit peut se contrôler. On peut le faire taire.

Il regarde chacun de nous, et son sourire réapparaît.

– … On peut l'utiliser.

JE SUIS LE CERCLE ET LE CERCLE EST MOI, j'entends.

Mais je ne sais pas si ça vient de son Bruit –

Ou de celui de Todd.

– J'en ai plus qu'assez de tout ça ! crie Ivan.

– Mais vous savez, soldat Farrow, moi aussi.

C'est alors qu'il attaque.

39 *T'es ton pire ennemi*

[TODD]

Je sens la première volée de Bruit passer devant moi, un *woouch* de mots, de sons d'images concentrées se ruant par-dessus mon épaule, tout droit vers les hommes armés. Je m'écarte et plonge au sol –

À cause que les hommes commencent à tirer –

Et je suis en plein dans leur angle –

– Todd ? j'entends Viola crier, mais les fusils tirent et les hommes hurlent et je roule sur les gravats, je me cogne le coude et je me retourne aussitôt pour voir le caporal bedaine agenouillé devant Angharrad, les deux mains plaquées sur les tempes, hurlant sans mot vers la terre, Viola qui le regarde et comprend pas. Un autre garde est tombé sur le dos, les doigts dans les yeux comme s'il essayait de se les arracher, et un troisième est tombé à plat ventre, inconscient. Deux autres courent déjà à travers la place.

Le Bruit du Maire vole plus fort que tout ce que j'ai jamais entendu.

Mille fois plus fort qu'au ministère du Cercle.

Assez fort pour éliminer cinq hommes en même temps.

Seul Ivan tient encore debout, une main sur l'oreille et l'autre essayant de viser le Maire, mais son fusil bouge dangereusement –

Bang!

Une balle gifle le sol sous mon nez, envoyant terre et poussière dans mes yeux –

BANG!

Une autre rebondit sur les pierres à l'intérieur de la cathédrale –

– IVAN! je crie.

BANG!

– ... Arrête de tirer! Tu vas nous faire tuer!

Bang!

Le coup part, tout près de la tête d'Angharrad. Elle se cabre et je vois Viola, surprise, agripper les rênes et se cramponner comme elle peut –

Et puis je vois le Maire avancer, un pas puis un pas puis un pas –

Les yeux sur les hommes qu'il attaque –

Passant devant moi –

Et je réfléchis même pas –

Je bondis pour l'arrêter –

Et il se tourne et m'envoie son Bruit en pleine face –

Tout devient très clair, terriblement, douloureusement clair comme si tout le monde voyait comme t'as mal, tout le monde regardant et riant et nulle part où te cacher et T'ES RIEN T'ES RIEN T'ES RIEN tout lié serré comme une balle te traversant, te disant tout ce qui va pas chez toi, tout ce que t'as fait de mal dans ta vie, te disant que tu vaux rien que de la pourriture, que T'ES RIEN que ta vie elle a pas de sens, pas de raison, pas de but et que tu devrais simplement éventrer les murs de toi-même, déchirer ce que t'es et soit mourir soit le donner en cadeau, oui en cadeau, à quelqu'un qui peut te sauver, en cadeau à l'homme qui peut te contrôler, qui peut tout prendre et faire que tout soit bien bien bien –

Mais pas même le Bruit peut stopper un corps qui bouge.

Je sens toutes ces choses et je vole toujours vers lui et je le cogne quand même et je le renverse quand même sur les marches de la cathédrale.

Il grogne, écrasé par l'air qui lui manque et le Bruit s'arrête une seconde. Le caporal bedaine crie et tombe et Ivan cherche son souffle et Viola appelle « Todd ? »... et alors une main enserre mon cou et relève ma tête et le Maire me regarde droit dans les yeux –

Et cette fois je le prends en pleine figure.

– Donne-moi ce fusil ! crie le Maire, debout au-dessus d'Ivan effondré, une main contre l'oreille mais son canon toujours pointé. Donne-le-moi !

Je plisse les yeux dans la poussière, à me demander pendant une seconde où je suis –

T'ES RIEN T'ES RIEN T'ES RIEN T'ES RIEN

– Donne-moi ce fusil, soldat !

Le Maire vocifère, déchaînant rafale après rafale de Bruit sur Ivan qui se recroqueville de plus en plus –

Mais son fusil reste pointé –

– Todd !

Je vois des sabots de cheval près de ma tête. Viola est toujours sur Angharrad.

– Todd ! Réveille-toi ! hurle-t-elle.

Je lève la tête.

– Dieu merci ! elle s'écrie, puis enragée de frustrassion : Mes pieds ! Je peux pas descendre de ce bon Dieu de cheval !

– Tout va bien, je fais, même si j'en sais rien, j'ai la tête qui tourne, mais je me redresse, lentement.

– Le fusil ! crie le Maire en se rapprochant d'Ivan. Tout de suite !

– Il faut l'aider… je dis.

Mais je recule devant l'attaque la plus forte de toutes –

Un éclat de Bruit tellement blanc qu'on peut voir l'air se courber entre le Maire et Ivan –

Et Ivan pousse un grognement et il se mord la langue –

Le sang ruisselle de sa bouche –

Puis il crie comme un enfant et tombe en arrière –

Lâche le fusil –

Le lâche dans les mains du Maire.

Il le soulève, l'arme et le pointe sur nous d'un seul geste fluide. Ivan tressaute sur le sol.

– Que s'est-il passé ? demande Viola, apparemment trop en colère pour s'inquiéter du fusil.

Je lève les mains en l'air, sans lâcher les rênes.

– Il peut utiliser le Bruit, je réponds, sans le quitter des yeux. Il peut utiliser comme une arme.

– Exactement, dit le Maire, qui a retrouvé son sourire.

– J'ai juste entendu des cris, s'étonne Viola en regardant les hommes évanouis par terre. Comment ça, une arme ?

– Par la vérité, Viola, répond le Maire. La meilleure arme qui soit. Tu dis à un homme la vérité sur lui-même et alors… (il taquine du pied le corps d'Ivan) il a quelque peine à l'accepter. (Il fronce les sourcils.) Bon, évidemment, on ne peut pas tuer avec ça. Pas encore, en tout cas.

– Mais… Comment ? Comment pouvez-vous… ?

– Je crois à deux maximes, ma chère amie, réplique le Maire en avançant lentement vers nous. Premièrement, si tu peux te contrôler toi-même, tu peux contrôler les autres. (Il sourit, les yeux étincelants.) Cette philosophie a plutôt bien marché, en ce qui me concerne.

Je pense à Mr. Mortard. À Mr. Collins. Aux chants que j'entendais sortir de la maison du Maire, à Prentissville.

– Vous l'avez apprise aux autres, dis-je. Les hommes de Prentissville, vous leur avez appris à contrôler leur Bruit.

– Avec un succès variable, mais effectivement, aucun de mes officiers n'a jamais pris le remède. Pour quoi faire ? Dépendre d'un médicament, c'est une faiblesse.

Il est presque devant nous, maintenant.

– **Je suis le Cercle et le Cercle est moi**, dis-je.

– Oui, tu t'es montré vraiment très impressionnant, pour un débutant, n'est-ce pas, Todd ? Te contrôler pendant que tu faisais subir aux femmes ces choses parfaitement épouvantables.

Mon Bruit revire au rouge.

– Oh, fermez-la, hein. Je ne faisais que ce que vous m'aviez demandé…

– Je ne faisais qu'obéir aux ordres, ironise-t-il. Le refuge des lâches depuis la nuit des temps.

Il s'arrête à deux mètres de nous, canon fermement pointé vers ma poitrine.

– Aide-la à descendre de cheval, s'il te plaît, Todd.

– Comment ?

– Ses chevilles, le problème, non ? Elle aura besoin de ton aide, pour marcher.

J'ai toujours les rênes en main. J'ai une pensée en tête que j'essaye d'enterrer.

Garçon poulain ? demande Angharrad.

– … Je te garantis, Viola, reprend le Maire, que si tu imagines prendre la fuite sur ce bel animal, je mettrai plus d'une balle dans la peau de Todd. (Il se tourne vers moi.) En dépit de tout le chagrin que cela pourrait me causer.

– Laissez-la partir, dis-je. Je ferai tout ce que vous voulez.

– Tiens donc, je crois avoir déjà entendu cela quelque part, non ?… Aide-la à descendre.

J'hésite, me demande si je devrais pas balancer une claque sur les flancs d'Angharrad, si je pourrais pas éloigner Viola, la sauver de –

– Non, dit-elle en passant déjà la jambe par-dessus la selle. Pas question. Je ne te quitte pas.

Je la prends par les bras et l'aide à glisser. Elle doit s'appuyer sur moi pour rester debout, mais je la soutiens.

– Magnifique, fait le Maire. Et maintenant, entrons à l'intérieur et bavardons un peu.

– Commençons par ce que je sais.

Il nous a conduits dans ce qui était la salle au vitrail rond, maintenant ouverte sur deux côtés. La fenêtre est encore là, dominant les décombres.

Au-dessus d'un petit espace dégagé avec une table cassée et deux chaises.

Où moi et Viola on s'assied.

– … Je sais, par exemple, que tu n'as pas tué Aaron, Todd. Que tu n'as jamais gravi la dernière marche pour devenir un homme. Que c'est Viola qui a planté la lame.

Viola me prend le bras et le serre, pour me dire que ça n'a pas d'importance.

– … Je sais que Viola t'a dit que la Flèche se cachait au bord de l'océan, quand je t'ai laissé t'échapper pour que tu lui parles.

Mon Bruit s'enfle de colère et de honte. Viola serre mon bras plus fort.

– … Je sais que vous avez envoyé le garçon appelé Lee pour prévenir la Flèche. (Il s'appuie sur la table cassée.) Et, bien sûr, je connais le moment et l'endroit exact de son attaque.

– Vous êtes un monstre, dis-je.

– Non, juste un chef. Juste un chef qui peut lire la moindre de tes pensées, sur toi, sur Viola, sur moi, sur cette ville, sur les secrets que tu crois cacher. Tout, je peux tout lire, Todd. (Il tient toujours le fusil, nous observe assis en face de lui.) Dès ce matin, je savais tout sur l'attaque de la Flèche avant même que tu ouvres la bouche.

Je me redresse sur ma chaise.

– Vous… quoi ?

– J'ai fait rassembler l'armée avant même que nous commencions à Questionner Viola.

Je suis presque debout.

– Vous l'avez torturée pour rien ?

– Assieds-toi.

Un petit éclair me scie les genoux et je me rassois aussitôt.

– Non, pas pour rien, Todd. Tu devrais me connaître assez maintenant pour savoir que je ne fais jamais rien pour rien.

Il s'écarte de la table, repris par sa manie de parler en marchant.

– Tu m'es complètement transparent, Todd. Dès notre première rencontre, ici dans cette même salle, et jusqu'à aujourd'hui. J'ai toujours tout su. Toujours.

Il regarde Viola.

– Contrairement à ta bonne amie ici présente, qui est un peu plus coriace que je ne l'imaginais.

Viola fronce les sourcils. Si elle avait le Bruit, je suis sûr qu'elle lui flanquerait une sacrée danse.

Une idée me vient –

– N'essaye pas, coupe le Maire. Tu en es encore très loin. Même le capitaine Mortard ne le contrôle pas entièrement. Tu finirais par te faire très mal, c'est tout. Mais tu pourrais apprendre, Todd. Tu pourrais aller loin, infiniment plus loin que n'importe lequel de ces malheureux imbéciles qui m'ont suivi depuis Prentissville. Ce pauvre Mr. Collins ne valait guère mieux qu'un valet de chambre et le capitaine Mortard n'est qu'une énième variété de sadique. Mais toi, Todd, toi…

(Ses yeux lancent des étincelles.) Tu pourrais conduire des armées.

– Je veux pas conduire d'armées.

Il sourit.

– Tu n'auras peut-être pas le choix.

– Il y a toujours un choix, dit Viola à côté de moi.

– Oui, les gens aiment bien penser ainsi. Cela les aide à se sentir mieux. (Il s'approche de moi, me regarde dans les yeux.) Mais je t'ai observé, Todd. Le garçon qui ne peut pas tuer un autre homme. Le garçon qui risquerait sa vie pour sauver celle de sa bien-aimée, Viola. Le garçon qui se sentait trop coupable des horribles choses qu'il faisait, alors il a essayé d'oublier tout sentiment. Le garçon qui ressentait pourtant chaque souffrance, chaque tressaillement de douleur sur les visages des femmes qu'il marquait.

Il se penche plus près de ma figure.

– ... Le garçon qui a refusé de perdre son âme.

Je le sens. Il est dans mon Bruit, il fouille ses recoins, il retourne tout, pille la chambre qui est dans ma tête.

– J'ai fait des choses mauvaises, je lâche sans même avoir voulu le dire.

– Mais tu en souffres, Todd. (Sa voix se fait plus douce, presque tendre.) Tu es ton propre pire ennemi, tu te punis bien plus que je n'aurais jamais espéré le faire. Les hommes ont du Bruit et la manière dont ils le négocient consiste à vivre en sourdine, mais toi, même quand tu le veux, tu ne peux pas. Plus que n'importe quel homme que j'ai rencontré, Todd, tu ressens les choses.

– Fermez-la.

J'essaye de détourner les yeux, je n'y arrive pas.

– Mais cela te rend puissant, Todd Hewitt. Dans ce monde d'abrutissement et de surcharge d'informations, la capacité de sentir, mon garçon, est un don véritablement précieux.

Je plaque mes mains sur mes oreilles, mais je l'entends toujours dans ma tête.

– Tu es celui que je n'ai pas pu briser, Todd. Celui qui n'a pas voulu tomber. Celui qui reste innocent, même les mains rouges de sang. Celui qui m'appelle toujours Maire dans son Bruit.

– Je suis pas innocent ! je crie les oreilles toujours bouchées.

– Tu pourrais diriger à mes côtés. Tu serais mon second. Et quand tu aurais appris à contrôler ton Bruit, tu pourrais même avoir le pouvoir de dominer le mien.

Alors les mots tonnent à travers tout mon corps.

JE SUIS LE CERCLE ET LE CERCLE EST MOI.

– Arrêtez ça ! crie Viola mais sa voix est à des kilomètres.

Le Maire pose une main sur mon épaule.

– Tu pourrais être mon fils, Todd Hewitt. Mon seul et véritable héritier.

– Pa ?

Cette voix on l'entend tous, elle tranche l'air comme une balle dans le brouillard.

Le Bruit dans ma tête cesse immédiatement, le Maire fait un pas brusque en arrière, et c'est comme si je pouvais de nouveau respirer.

Davy se tient derrière nous parmi les gravats, son fusil à la main. Il a conduit Deadfall en haut des marches, et il nous observe tous les trois.

– Qu'est-ce qui se passe ? Qui sont les types étendus dehors ?

– Et toi ? Que fais-tu ici ? coupe le Maire les sourcils froncés. La bataille est-elle déjà gagnée ?

– Non, Pa, réplique Davy en escaladant les décombres. C'était une ruse.

Il s'arrête près de moi.

– Salut, Todd, fait-il avec un hochement de tête.

Il jette un coup d'œil vers Viola mais il peut pas soutenir son regard.

– Qu'est-ce qui était une ruse ? demande le Maire, déjà pâle de colère.

– La Flèche, elle arrive pas par la colline. On s'est engagés très profond dans la forêt, mais on a rien vu, aucun signe d'eux, nulle part.

J'entends Viola laisser échapper un soupir de joie étonnée, même si elle essaie de le retenir.

Le Maire regarde dans sa direxion, les yeux brûlants, le front assombri.

Et il lève son fusil vers elle.

– Quelque chose à nous confier, Viola ?

40 Rien ne change, tout change

[VIOLA]

Todd est déjà debout, entre le Maire et moi, son Bruit grondant si fort que le Maire fait un pas en arrière.

– Tu vois quel pouvoir est en toi, mon garçon ? lâche-t-il. Voilà pourquoi tu l'as regardée se faire Questionner. Ta souffrance te rend fort. Je t'apprendrai comment la domestiquer, et ensemble nous –

– Faites-lui du mal, articule Todd lentement et nettement, et je vous arracherai tous les membres un à un.

Le Maire sourit.

– Je te crois… (Il lève son fusil.) Néanmoins…

– Todd, dis-je.

Il se tourne vers moi.

– C'est comme ça qu'il gagne. Nous sommes deux cartes entre ses mains.

– Todd…

J'essaye de me relever mais ces stupides chevilles

refusent de me soutenir et je trébuche. Todd fait un geste –

Mais c'est Davy –

Davy me rattrape par le bras, arrêtant ma chute pour me déposer sur ma chaise. Il évite mes yeux. Et ceux de Todd. Et ceux de son père. Son Bruit vibre jaune d'embarras, puis il me lâche et fait un pas en arrière.

– Eh bien, merci, Davy, dit le Maire, incapable de cacher sa surprise. Et maintenant (il se retourne vers moi), si tu pouvais avoir l'amabilité de m'informer sur le vrai plan d'attaque de la Flèche…

– Lui dis rien, lance Todd.

– Mais je ne sais rien ! Lee a dû rejoindre…

– Il n'en a pas eu le temps et tu le sais bien, coupe le Maire. Ce qui s'est passé est évident, n'est-ce pas, Viola ? Ta Mrs. Coyle t'aura encore trompée. Si la bombe avait explosé comme prévu, cela n'aurait eu aucune importance puisque tu serais morte et, avec un peu de chance, moi aussi. Mais si tu te faisais prendre, eh bien alors… la meilleure menteuse est celle qui croit à son mensonge.

Je ne dis rien parce que comment aurait-elle pu me tromper avec des paroles que Lee avait surprises –

Et puis je réfléchis –

Elle s'est débrouillée pour qu'il entende.

Elle savait qu'il ne pourrait pas s'empêcher de me les confier.

– Son plan a marché à la perfection, n'est-ce pas, Viola ?

L'ombre du soleil couchant atteint le visage du Maire et l'enveloppe de noir.

– … Un coup tordu après l'autre, mensonge sur mensonge. Elle t'a positionnée exactement où elle le voulait.

Je le foudroie du regard.

– Elle vous vaincra. Elle est aussi impitoyable que vous.

Il esquisse une grimace.

– Oh, plus encore, dirais-je.

– Pa ? demande Davy.

Le Maire cille des yeux, comme s'il avait oublié la présence de son fils.

– Oui, David ?

– Et l'armée ?…

Son Bruit déborde d'incompréhension et d'exaspération, à essayer de saisir ce que fait son père, sans y trouver grand soulagement.

– … On est supposés faire quoi, maintenant ? Le capitaine Mortard attend tes ordres.

Tout autour de nous, le REURR terrifié de New Prentissville transpire des maisons, mais toujours aucun visage aux fenêtres. Et de la colline entaillée, le bourdonnement plus noir, plus tortueux de l'armée. On la distingue sur les pentes, luisante comme une colonne de scarabées noirs glissant l'un sur l'autre.

Et nous sur nos chaises, seuls avec le Maire et son fils dans les ruines de la cathédrale éventrée, comme si nous étions les seuls êtres vivants sur cette planète.

Le Maire se tourne vers moi.

– Eh bien, Viola, dis-nous. Que sommes-nous supposés faire, à présent ?

– Vous êtes supposé tomber, dis-je en lui retournant son regard sans broncher. Vous êtes supposé perdre.

Il me sourit.

– D'où viens-tu donc, Viola ? Tu es une fille intelligente. Tu as bien entendu quelque chose, entrevu un indice sur ses vrais plans ?

– Elle vous dira rien, grogne Todd.

– Je ne peux pas, dis-je, parce que je ne sais pas.

Et je pense, je n'en sais vraiment rien –

Sauf si ce qu'elle m'a dit sur la route qui vient de l'est –

– J'attends, Viola…

(Le Maire pointe son fusil sur la tête de Todd.)

– … Sa vie est en jeu.

– Pa ?… (La stupéfaction ruisselle du Bruit de Davy.) Qu'est-ce que tu fais ?

– T'occupe pas, David. Retourne à ton cheval. Tu vas avoir un message à communiquer au capitaine Mortard. Présentement.

– Mais… tu pointes ton fusil sur Todd, Pa… (Les joues de Davy sont rouges, un rouge si sombre, on voit sa couleur même dans le coucher du soleil.) Et tu avais dit qu'il était ton second fils.

Un silence embarrassé s'installe pendant que Davy tente de cacher son Bruit.

– Tu comprends ce que je disais à propos de pouvoir, Todd ? dit le Maire. Regarde comme tu as influencé mon fils. Tu t'es déjà trouvé un partisan.

Davy me fixe droit dans les yeux.

– Toi, dis-lui où ils sont.

Il y a de l'angoisse partout dans son Bruit, sur la manière dont les choses tournent.

– … Allez, dis-lui.

Je jette un coup d'œil vers Todd.

Il regarde le fusil de Davy.

– Mais oui, Viola, dis-moi, fait le Maire. Essaye de deviner. Viennent-elles de l'ouest ?…

Il dirige son regard vers les chutes, le plus haut point de l'horizon, là où le soleil disparaît derrière la route sculptée en zigzag dans la pente, cette pente que je n'ai descendue qu'une fois et n'ai jamais remontée.

– … Ou du nord, peut-être, quoique il faudrait qu'elles traversent le fleuve ? Ou d'une colline à l'est ? Oui, peut-être par cette colline où ta Mrs. Coyle a fait sauter la tour, et avec elle toute chance pour toi de communiquer avec ton peuple ?…

Je serre les dents.

– … Et tu lui restes fidèle, après tout cela ?

Je ne réponds rien.

– On pourrait envoyer des troupes, Pa. Dans différentes direxions. Elles arriveront forcément de quelque part.

Le Maire attend un peu, sans nous lâcher du regard. Finalement, il se tourne vers Davy.

– Va dire au capitaine Mortard…

Un BAOUM retentit au loin.

– C'est complètement à l'est, dit Davy.

Et nous regardons tous par là, malgré le mur de la cathédrale qui nous bouche la vue.

À l'est.

Exactement la route qu'elle m'avait annoncée.

Si je m'en sors, il faudra qu'on parle, elle et moi.

– Le ministère du Cercle, dit le Maire. Bien sûr. Où d'autre auraient-elles…

Il s'arrête à nouveau, tête penchée, pour écouter. Nous l'entendons plusieurs secondes après lui. Le Bruit de quelqu'un qui arrive en courant, de derrière la route qu'on a prise pour arriver ici, il contourne la cathédrale et arrive devant nous, hors d'haleine.

C'est le garde aux cheveux roux, celui qui avait pris la fuite. Il nous regarde sans nous voir, trébuche sur les décombres en entrant.

– Elles arrivent ! La Flèche arrive !

Le Maire libère un éclat de Bruit et le garde manque tomber en arrière.

– Calmez-vous, soldat, siffle-t-il d'une voix de serpent. Racontez-nous exactement.

Le garde cherche son souffle, sans y parvenir vraiment.

– Elles ont pris le ministère du Cercle… Elles ont tué tous les gardes.

– Évidemment, fait le Maire en plongeant son regard dans le sien. Combien sont-elles ?

Le rouquin a cessé de battre des paupières.

– Deux cents. Mais elles relâchent les prisonnières.

– Des armes ?

– Fusils. Traceurs. Lanceurs. Canons de siège sur les charrettes.

– Et l'armée ?

– Ils se battent très dur…

Le Maire hausse un sourcil, il ne l'a toujours pas lâché du regard.

– … Ils se battent très dur, monsieur, reprend

le soldat, toujours sans ciller, comme s'il ne pouvait détacher ses yeux du Maire.

Un autre BAOUM résonne au loin. Tout le monde sursaute, excepté le Maire et le soldat.

– … Elles arrivent et c'est la guerre, monsieur.

– Alors vous devriez être là-bas, vous ne croyez pas ?

– Monsieur ?

– Vous devriez prendre votre fusil et empêcher la Flèche de détruire notre ville.

Le soldat a l'air désorienté, mais ses yeux restent fixes.

– Je devrais…

– Vous devriez être en première ligne, soldat. L'heure est grave.

– L'heure est grave, marmonne-t-il, comme s'il ne s'entendait pas lui-même.

– Pa ? intervient Davy, mais le Maire ne l'écoute pas.

– Qu'attendez-vous donc, soldat ? Il est temps de combattre, maintenant.

– Il est temps de combattre… bafouille-t-il.

– Rompez ! aboie brusquement le Maire, et le rouquin fait un bond, pivote et se précipite sur la route, fusil pointé en avant, hurlant de façon incohérente, courant vers la Flèche aussi vite qu'il vient de la fuir.

Abasourdis, nous le regardons partir.

Le Maire capte le regard de Todd.

– Oui, mon garçon, je sais faire cela, aussi.

– Vous l'avez envoyé à la mort, dis-je. Je ne sais pas ce que vous lui avez…

– Je lui ai fait accomplir son devoir. Ni plus, ni moins. Maintenant, aussi fascinante cette discussion soit-elle, nous allons devoir remettre sa conclusion à plus tard. Et je crains qu'il ne me faille demander à Davy de vous ligoter tous les deux.

– Pa ? répète Davy, stupéfait.

Le Maire le regarde.

– Après quoi, tu rejoindras le capitaine Mortard, et tu lui ordonneras de ramener l'armée en ville au pas de charge. (Il dirige son regard vers la colline où attendent les troupes.) Il est grand temps de mettre un terme à tout ceci.

– Je peux pas le ligoter, Pa. C'est Todd.

Le Maire ne le regarde pas.

– J'en ai plus qu'assez, David. Quand je te donne un ordre direct…

Baoum !

Tout le monde lève les yeux.

C'est différent cette fois, ça sonne différemment. On entend un wouuchhh… et un grondement remplit peu à peu le ciel, de plus en plus fort au fil des secondes.

Todd me regarde, perplexe.

Je hausse les épaules.

– Jamais je n'ai entendu quelque chose comme ça.

Le rugissement s'enfle dans le ciel assombri.

– C'est pas du tout comme une bombe, commente Davy.

Le Maire me regarde.

– Viola, y a-t-il… ?

Il s'arrête et tourne la tête.

Et on réalise –

Ça ne vient pas de l'est.

– Là-bas !…

Davy désigne les chutes, là où le soleil rosit dans le couchant.

Le Maire me regarde à nouveau, visage crispé.

– C'est trop fort pour un simple traceur… Est-ce qu'elles ont des missiles ?

Il fait un grand pas en avant, et d'un coup je le retrouve presque au-dessus de moi.

– *Ont-elles construit des missiles ?*

– En arrière ! hurle Todd en essayant de s'interposer.

– Je saurai ce que c'est, Viola ! Tu vas me le dire !

– Mais je n'en sais rien !

Todd crie à nouveau, menaçant :

– Si vous posez la main sur elle…

– C'est plus fort !… crie Davy, plaquant les mains sur ses oreilles.

Tout le monde se tourne pour regarder l'horizon à l'ouest, regarder pendant qu'un point se lève, se perd dans les derniers rayons puis réapparaît, et grossit en approchant.

Et se dirige droit vers la ville.

– Viola ! crie le Maire à travers ses dents serrées, m'envoyant du Bruit mais je ne sens rien, ne comprends pas ce que c'est.

– JE NE SAIS PAS ! je hurle.

Alors, sans quitter le ciel des yeux, Davy déclare :

– C'est un vaisseau.

41 *L'heure de Davy Prentiss*

[TODD]

Un vaisseau.

Un feuttu vaisseau.

– Ton peuple, dis-je à Viola.

Elle secoue la tête, mais pas pour dire non, juste à le regarder monter au-dessus des chutes.

– Trop petit pour un vaisseau colon, remarque Davy.

– Et trop tôt, ajoute le Maire, pointant son fusil comme s'il pouvait le descendre à cette distance. Ils ne sont pas attendus avant deux mois.

Mais Viola n'a toujours pas l'air de nous écouter, l'espoir gagnant son visage, si douloureux que ça me fait mal au cœur juste de le voir.

– Un éclaireur, chuchote-t-elle, si bas que je suis le seul à l'entendre. Un autre éclaireur. Venu me chercher.

Je me retourne vers le vaisseau.

Il a dépassé le sommet des chutes, s'élève au-dessus de la rivière.

Un vaisseau éclaireur, comme celui qui

s'est écrasé avec elle dans le marais, tuant ses parents et l'abandonnant seule il y a tout ce temps, toute cette éternité. C'est quand même gros comme une maison, avec ses moignons d'ailes qui semblent trop courts pour le soutenir en vol, des flammes qui sortent de la queue, alors qu'il descend, descend, descend la rivière, la suivant comme un repère des centaines de mètres plus bas.

– David, dit le Maire, sans quitter le vaisseau des yeux. Amène-moi mon cheval.

Mais les yeux de Davy restent collés au ciel, tout son Bruit béat d'émerveillement.

Et je sais exactement ce qu'il ressent.

Rien ne vole sur Nouveau Monde excepté les oiseaux. On a des machines qui vont sur les routes, des vélos à fission, quelques voitures à fission, mais surtout des chevaux et des bœufs et des charrettes et nos pieds.

On a pas d'ailes.

Le vaisseau descend encore, approche de la cathédrale et passe pratiquement juste au-dessus de nous, sans s'arrêter, si près qu'on voit les lumières de son ventre et le ciel au-dessus des tuyères trembler de chaleur. Il continue tout droit, le long de la rivière.

Direxion est, vers la Flèche.

– David! répète le Maire d'un ton cassant.

– Aide-moi à me lever, chuchote Viola. Il faut que je les rejoigne. Il faut que j'y aille.

Et ses yeux sont hagards et son souffle court et elle me fixe et c'est comme quelque chose de solide dans ses yeux.

– Oh, mais bien sûr qu'il va t'aider, dit le

Maire en pointant son fusil. Parce que tu vas venir avec moi.

– Quoi ? lance-t-elle.

– C'est ton peuple, Viola. Ils vont se demander où tu es. Soit je te conduis à eux, soit… (Il me regarde.) Je peux les informer que tu as péri dans l'accident, hélas. Que préfères-tu ?

– Je ne vais pas avec vous. Vous êtes un menteur et un meurtrier…

Il la coupe.

– David, tu vas rester ici garder Todd pendant que j'emmène Viola au vaisseau. (Il se retourne vers elle.) Je crois que tu connais par expérience la vivacité de mon fils avec un fusil si tu ne coopères pas.

Viola jette un coup d'œil furieux sur Davy. Il se tient là avec son fusil à la main, promenant son regard indécis entre moi et son père.

Son Bruit mijote.

Son Bruit dit clairement que jamais il me tirera dessus, non, jamais.

– Pa ?

– Ça suffit comme ça, David, gronde le Maire, essayant de capter le regard de son fils –

Et il le capte.

– … Tu vas faire ce que je te dis. Tu vas ligoter Todd avec la corde qu'il a si généreusement apportée, et tu monteras la garde et quand je reviendrai avec nos nouveaux invités, tout sera paisible et heureux à souhait. Le nouveau monde commencera.

– Nouveau monde, marmonne Davy, les yeux vitreux, comme le rouquin, ses doutes et questionnements balayés de son Bruit.

J'ai une idée.
Pardonne-moi, Davy.
– Tu vas le laisser te parler comme ça, Davy ?
Il cligne des yeux.
– Quoi ?
Il détourne le regard de son père.
– Tu vas le laisser pointer un fusil sur moi et Viola ?
– Todd, menace le Maire.
– Et ce Bruit que vous dites entendre, dis-je au Maire mais sans lâcher le regard de Davy. Vous dites tout le temps que vous savez tout, mais vous ne savez pas grand-chose sur votre propre fils, on dirait…
– David, dit le Maire.
Mais je tiens le regard de Davy, maintenant.
– Tu vas encore le laisser avoir le dernier mot, lui dis-je. Tu vas le laisser te diriger sans aucune récompense ?
Davy me fixe nerveusement, essayant d'évacuer la mélasse que son père lui a glissée dans le crâne.
– … Ce vaisseau change tout, Davy. Toute une nuée de nouveaux venus. Et une ville entière qui mérite d'essayer d'en faire quelque chose de mieux que la fosse à purin où on patauge.
– David, dit le Maire.
Un éclair de Bruit. Davy grimace.
– Arrête ça, Pa…
– Qui veux-tu qui arrive en premier à ce vaisseau, Davy ? je lui demande. Moi et Viola pour demander de l'aide ? Ou ton père pour qu'il puisse les contrôler, eux aussi ?
– Tais-toi ! dit le Maire. As-tu oublié qui tenait le fusil ?
– Mais Davy en a un, lui aussi, je réponds.

Petite pause, le temps que Davy se rappelle qu'il tient un fusil.

Encore un éclair de Bruit lancé par le Maire, et une nouvelle grimace de son fils.

– Bon Dieu, Pa, tu veux bien arrêter ce feuttu… ?

Et son regard se raccroche à celui de son père.

– Ligote Todd et va chercher mon cheval, David.

– Pa ? fait-il, d'une voix toute faible.

– Mon cheval. Dehors, à l'arrière.

– Place-toi entre eux, me siffle Viola. Bloque son regard !

Je bouge, mais le Maire tourne son fusil vers elle sans lâcher David des yeux.

– Avance encore, Todd, et…

Je m'arrête.

– Amène-moi mon cheval, fils, et nous accueillerons les nouveaux colons côte à côte. (Il sourit.) Tu seras mon prince.

– Il a déjà dit la même chose, mais pas à toi, Davy, je murmure.

– Il te contrôle, s'écrie Viola. Il utilise son Bruit pour…

– S'il te plaît, dis à Viola de se tenir tranquille, dit le Maire.

– Reste tranquille, Viola, murmure Davy d'une voix douce, sans cligner des yeux.

– Davy ! je crie.

Le Maire hausse le ton, lui aussi :

– Il essaye seulement de te contrôler, David. Comme il le fait depuis le début.

– Quoi ? je m'écrie.

– Depuis le début, marmonne Davy, comme un écho.

– Et d'après toi, qui donc t'a empêché d'obtenir une promotion, fils ? dit le Maire, et il le dit en plein dans la cervelle de son fils. D'après toi, qui me rapporte toutes les erreurs que tu commets ?

– Todd ? demande-t-il d'une voix assourdie.

– Il *ment* ! Regarde-moi !

Mais Davy n'en peut plus. Pétrifié, incapable de faire un geste, il fixe son père.

Le Maire pousse un gros soupir.

– Si je comprends bien, je vais devoir m'occuper de ça moi-même.

Il avance, avec son fusil me fait signe de reculer. Puis il attrape Viola et la relève. Elle pousse un cri de douleur. Je me précipite aussitôt à son secours mais il la pousse devant lui, de la pointe de son fusil.

J'ouvre la bouche pour crier, menacer, l'insulter –

Mais Davy parle le premier :

– Il atterrit, lâche-t-il d'une petite voix.

Tout le monde se tourne vers l'est. Le vaisseau entame lentement une courbe, survolant le sommet d'une colline à l'est de la ville –

Peut-être celle où la tour se dressait –

Il revient et plane au-dessus des arbres –

Avant de lentement s'abaisser hors de notre vue –

Je me tourne vers Davy, vois ses yeux fixes et brumeux –

Mais il regarde pas son père –

Il regarde le vaisseau –

Puis il tourne la tête et me regarde moi –

– Todd ? murmure-t-il comme s'il se réveillait –
Et son fusil, là, reste suspendu à sa main –
Et une fois de plus –
Pardonne-moi.

Je plonge en avant, je le lui arrache. Il m'oppose même pas de résistance, le laisse juste partir, le laisse presque tomber entre mes doigts et je le lève déjà, je l'arme et le pointe sur le Maire.

Qui sourit, son fusil toujours planté dans le dos de Viola.

– Alors, c'est un duel, si je comprends bien ? dit-il, et son sourire s'élargit encore.

– Laissez-la.

– S'il te plaît, David, reprends ton fusil à Todd, dit-il, mais il doit continuer à me regarder, à me regarder avec le fusil.

– N'essaye pas, Davy.

– Arrêtez ça ! crie Davy d'une voix cassée, son Bruit en éruption. (Je le sens plaquer ses mains sur ses tempes.) Vous allez pas bientôt arrêter, tous les deux !

Mais le Maire me fixe toujours et je fixe toujours le Maire.

Le son du vaisseau qui atterrit déchire toute la ville, couvre le Bruit de l'armée en marche vers la ville, couvre les explosions lointaines de la Flèche qui remonte la route, et couvre le REURR caché, terrifié de New Prentissville, ignorant que tout leur avenir dépend maintenant de ça, de cette seconde précise, de moi et du Maire et de nos fusils.

– Laissez-la, je répète.

– Certainement pas, Todd.

J'entends un grondement de Bruit sortir de lui.

– J'ai le doigt sur cette gâchette, dis-je. Essayez de me frapper avec votre Bruit et vous êtes un homme mort.

Le Maire sourit.

– Ah, vraiment ? Mais tu devrais d'abord te demander, mon très cher Todd, quand tu décideras d'appuyer sur cette gâchette, si tu seras assez rapide pour m'empêcher de tirer moi aussi. Si me tuer ne tuera pas également ta bien-aimée ? Oh, Todd, comment pourrais-tu vivre après cela ?

– Vous serez mort.

– Et elle aussi.

– Vas-y, Todd, dit Viola. Ne le laisse pas gagner.

– Ça risque pas, je réponds.

– Eh bien, David, vas-tu le laisser pointer un fusil sur ton propre père ? interroge le Maire.

Mais il me fixe toujours.

– Les temps changent, Davy, dis-je, moi-même sans quitter le Maire des yeux. L'heure est venue pour nous tous de décider dans quel sens. Nous tous, toi y compris.

– Mais pourquoi faut que ça se passe comme ça ? demande Davy. On pourrait tous y aller ensemble. Tous à cheval et…

– Non, Davy, dit le Maire. Voilà qui ne ferait pas l'affaire.

– Posez votre fusil, dis-je. Posez-le et ce sera fini.

Ses yeux étincellent et je sais ce qui va venir –

– Arrêtez ça, tout de suite !

Je bats des paupières comme un fou et fixe mon regard par-dessus son épaule.

– Tu ne gagneras jamais, dit-il, et j'entends sa voix deux fois, trois fois, une légion de voix pénètre dans ma tête. Tu ne peux pas me tirer dessus sans mettre sa vie en danger, Todd. Nous savons tous que tu ne prendrais jamais un tel risque.

Il fait un pas en avant, poussant Viola avec lui. Elle pousse un cri de douleur.

Mais je me retrouve à faire un pas en arrière.

– Ne le regarde pas dans les yeux, dit-elle.

– J'essaye…

Mais le son de sa voix pénètre déjà dans mon intérieur.

– Ce n'est pas perdre, Todd, dit le Maire, si fort dans ma tête que ça fait vibrer mon cerveau. Je ne souhaite pas plus ta mort que la mienne. Tout ce que j'ai dit plus tôt était vrai. Je te veux à mes côtés. Je veux que tu fasses partie du futur que nous allons créer ici avec ceux qui descendront de ce vaisseau.

– Fermez-la !

Mais il avance encore.

Et je recule encore.

Au point que je me retrouve même derrière Davy.

– Je ne veux pas non plus qu'il arrive du mal à Viola… Je vous ai toujours promis un avenir, à tous les deux. Cette promesse tient toujours.

Même si je le regarde pas, sa voix bourdonne dans ma tête, pèse trois tonnes dans ma tête, et ça semble tellement plus facile de…

– Ne l'écoute pas !… crie Viola. Il ment !

– Todd, je te considère comme mon fils. Vraiment.

Et Davy se tourne vers moi, son Bruit montant tout plein d'espoir.

– Allez, Todd, t'entends ce qu'il dit ?

Et son Bruit me gagne aussi, attente et inquiétude étirant leurs doigts, me demandant, me suppliant de poser le fusil de le poser pour que tout aille bien, que tout s'arrête…

Et il dit :

– On pourrait être frères…

Et je plonge mes yeux dans ceux de Davy –

Et je me vois en eux, je me vois dans son Bruit, je vois le Maire comme mon père et Davy comme mon frère et Viola serait notre sœur –

Je vois le sourire plein d'espoir qui effleure les lèvres de Davy –

Et pour la troisième fois –

Pardonne-moi, Davy.

À cause que je pointe mon fusil sur lui.

– Laissez-la, maintenant, dis-je au Maire, sans trop pouvoir regarder Davy en face.

– Todd ? dit Davy.

– Vous avez pas entendu ? j'aboie.

– Et tu ferais quoi, sinon ? ironise le Maire. Tu lui tirerais dessus ?

Le Bruit hébété de Davy déborde de points d'interrogation, de stufépaxion –

Et d'une trahison qui monte –

– Réponds-moi, Todd, reprend le Maire. Tu ferais quoi, sinon ?

– Todd ? répète Davy, d'une voix plus basse.

Je le regarde puis détourne les yeux aussitôt.

– Sinon j'abats Davy. J'abats votre fils.

Le Bruit de Davy déverse un désappointement, épais, si épais, il se répand comme de la boue. Je lis même pas de colère dans son Bruit, et c'est encore pire. Il pense même pas à me sauter dessus, à me balancer un coup de poing ou à m'arracher le fusil.

La seule chose dans son Bruit, c'est moi pointant un fusil sur lui.

Moi, son seul ami.

– Je suis désolé, je murmure.

Mais j'ai pas l'impression qu'il entend.

– Je t'ai donné ton carnet, marmonne-t-il. Je t'ai rendu ton carnet.

– Alors, vous la relâchez, oui ou non ! je crie, détachant mes yeux de Davy, la colère contre moi-même claquant dans ma voix. Ou je jure devant Dieu…

– Eh bien vas-y donc. Tue-le.

– Pa ?… lance Davy.

– Jamais bien utile comme fils, de toute façon, dit le Maire en poussant Viola avec son fusil. Pourquoi crois-tu que je l'aie envoyé au front ? J'espérais qu'au moins il mourrait en héros.

Il y a de la douleur sur le visage de Viola, mais elle ne vient pas que de ses chevilles.

– … Jamais pu maîtriser son Bruit, poursuit le Maire en regardant Davy dont le Bruit –

Je peux pas dire à quoi il ressemble, son Bruit.

– … Jamais rempli une mission dont il pouvait s'abstenir. Pas pu te capturer. Pas pu régler le problème Viola. Il ne s'est jamais amélioré, sauf sous ton influence, Todd.

– Pa… murmure Davy.

Mais son Pa continue sans l'entendre :

– Tu es le fils que je désirais, Todd. Toi, toujours, toi. Et jamais ce gâchis de matière.

Le Bruit de Davy –

Mon Dieu, le Bruit de Davy –

– LAISSEZ-LA PARTIR ! je hurle pour ne pas avoir à l'entendre. Je le tuerai ! Oui, je le tuerai !

– Mais non, rétorque le Maire, souriant à nouveau. Tout le monde sait que tu n'es pas un tueur, Todd.

Il pousse Viola en avant –

Elle crie de douleur –

Viola, je pense –

Viola –

Je serre les dents et lève le canon –

Arme le fusil –

Et dis ce qui est vrai –

– Je tuerais pour la sauver.

Le Maire s'arrête dans sa progression. Il me regarde moi et puis Davy.

– Pa ?

Davy a le visage tordu, complètement chiffonné.

Le Maire repose son regard sur moi, il lit mon Bruit.

– Alors tu le ferais, hein ? dit-il, presque en sourdine. Tu le tuerais. Pour elle.

Davy me regarde, les yeux humides, mais la colère en train de monter aussi.

– Non, Todd. Fais pas ça.

– Laissez-la partir, je répète. *Maintenant*.

Le Maire promène toujours son regard entre moi et Davy, il voit que je suis sérieux, que je le ferai vraiment.

– Posez ce fusil, je gronde, sans regarder les yeux de Davy, sans regarder son Bruit. C'est fini.

Le Maire prend une longue inspiration, puis expire.

– Très bien, Todd. Comme tu voudras.

Il s'écarte de Viola.

Mes épaules se détendent.

Et il tire.

42 *Fin de partie*

[VIOLA]

– Todd ! je crie, le coup de fusil explosant contre mon oreille, effaçant tout sauf lui, le monde entier réduit à pas savoir s'il va bien ou pas, s'il est touché, si –

Mais ce n'est pas lui –

Il tient toujours son fusil –

Il n'a pas tiré –

À côté de Davy –

Qui tombe sur les genoux –

Projetant deux petits nuages de fumée en heurtant les gravats –

– Pa ? il demande, d'une voix suppliante, comme un chaton –

Puis il tousse, le sang coule de ses lèvres.

– Davy ? dit Todd, son Bruit montant comme s'il était celui qui avait été touché.

Et je le vois.

Le trou dans la poitrine de Davy, dans le tissu de son uniforme, juste sous la base de son cou –

Et Todd se précipite, s'agenouille près de lui –

Crie : « Davy ! » –
Mais le Bruit de Davy fixe son père –
Envoie partout des points d'interrogation –
Son visage interloqué –
Sa main remontant à la blessure –
Il tousse encore –
Et s'étouffe –
Todd regarde le Maire, lui aussi –
Son Bruit en escalade –
– Qu'est-ce que vous avez fait ? il crie.

[TODD]

– QU'EST-CE QUE VOUS AVEZ FAIT ? je crie.

– Je l'ai éliminé de l'équation, répond calmement le Maire.

Davy tend une main sanglante vers lui.

– Pa ?

Mais son père ne regarde que moi.

– Tu as toujours été le véritable fils, Todd. Celui qui détenait le potentiel, le pouvoir, celui dont je serais fier qu'il serve à mes côtés.

Pa ? dit le Bruit de Davy.

Et il entend tout ça, absolument tout.

– Oh, feuttu monstre, je vous tuerai…

– Non, tu me seconderas. Tu le sais. Ce n'est qu'une question de temps. David était faible, c'était un poids…

– FERMEZ-LA ! je crie.

Todd ?

Je baisse les yeux –
Davy me regarde –
Son Bruit tourbillonne –

Tourbillonne de questions, de confussion, de peur –

Todd? –

Todd? –

Je suis désolé –

Je suis désolé –

– Davy, ne…

Mais son Bruit tourbillonne toujours –

Et je vois –

Je vois –

Je vois la vérité –

Là, enfin –

Il me montre la vérité –

La chose qu'il m'a cachée –

Sur Ben –

Dans la confusion la ruée –

Des images de Ben sur la route courant vers Davy –

Des images du cheval de Davy qui se cabre –

Des images de Davy tirant en tombant –

Des images de la balle qui touche Ben à la poitrine –

Des images de Ben titubant dans les broussailles –

Davy trop effrayé pour y aller –

Davy trop effrayé pour me dire la vérité après –

Quand je suis devenu son seul ami –

Je l'ai pas fait exprès, dit son Bruit –

– Davy…

Je suis désolé –

Et c'est la vérité partout –

Il est désolé –

Pour tout –

Pour Prentissville –

Pour Viola –
Pour Ben –
Pour chaque faute chaque mauvaise action –
Pour avoir lâché son père –
Et il me regarde –
Et il me supplie –
Il me supplie –
Comme si j'étais le seul à pouvoir lui pardonner –
Comme si c'était moi qui avais le pouvoir –
Todd?
S'il te plaît...
Et tout ce que je peux dire c'est « Davy... »
Et la frayeur et la terreur dans son Bruit c'est trop –
C'est trop –
Et ça s'arrête –
Davy se détend, les yeux toujours ouverts, toujours fixés sur moi, toujours à me demander (je le jure) de lui pardonner.
Et il reste étendu là.
Davy Prentiss est mort.

[VIOLA]

– Vous êtes un malade, dis-je au Maire derrière moi.
– Non. Vous aviez raison, tous les deux. N'aimez jamais quelque chose qui puisse être utilisé pour vous contrôler.
Le soleil est couché maintenant, mais le ciel est encore rose, le Bruit de la ville REURRE encore, un nouveau Baoum! retentit au loin, c'est la Flèche qui approche, et le vaisseau doit

avoir atterri, sûrement. J'imagine qu'ils ouvrent les portes. Que quelqu'un, probablement Simone Watkin ou Bradley Tench, des gens que je connais, des gens qui me connaissent, regardent au-dehors et se demandent sur quel genre d'endroit ils ont atterri.

Et Todd s'agenouille au-dessus du corps de Davy Prentiss.

Et puis Todd lève les yeux –

Son Bruit bouillonne et brûle et j'entends le chagrin dedans et la honte et la rage –

Et il se redresse –

Et il lève son fusil –

Je me vois dans son Bruit, j'y vois le Maire aussi, derrière moi, fusil pointé, les yeux brillants de triomphe.

Et je sais exactement ce que Todd va faire.

– Fais-le, dis-je, et mon estomac chavire mais il a raison, oui raison, raison –

Et Todd aligne son œil sur la mire du fusil –

– Fais-le !

Et le Maire me pousse brutalement. Des éclairs de douleur me remontent les jambes, je ne peux pas m'en empêcher, je hurle et tombe en avant, vers Todd –

Et le Maire recommence –

Il m'utilise pour contrôler Todd –

Parce que Todd ne peut pas s'en empêcher non plus –

Il bondit pour me rattraper –

Me rattraper quand je tombe –

Et le Maire attaque.

Mon cerveau explose, fournaise incandescente avec tout ce qu'il lui envoie, et c'est plus du tout comme une gifle c'est comme du métal en fusion planté en plein cœur de qui je suis, et comme je bondis pour attraper Viola ça me frappe si fort que ma tête part en arrière et la revoici la voix du Maire mais aussi ma propre voix et sa voix à elle et leurs voix à eux tous disant **T'ES RIEN T'ES RIEN T'ES RIEN** –

Nos corps, je sens qu'on se percute qu'on roule ensemble, je sens le haut de sa tête craquer contre ma bouche et **T'ES RIEN T'ES RIEN T'ES RIEN**, elle tombe dans ma poitrine et mes bras tâtonnants et on se tord sur les gravats, une sirène déchire le toit de ma tête **T'ES RIEN T'ES RIEN T'ES RIEN** et je sens le fusil tomber et rebondir plus loin, et je sens le poids de son corps sur moi, et je l'entends comme de l'autre côté des lunes, et elle crie mon nom et **T'ES RIEN**, elle dit « Todd », **T'ES RIEN T'ES RIEN**, elle dit « Todd » et c'est comme si je la regardais par-dessous l'eau et je la vois essayer de lever les mains pour me protéger, mais le Maire est au-dessus d'elle et il a pris son fusil par le canon et il la frappe à l'arrière du crâne et elle tombe sur le côté –

Et ma cervelle bouillonne –

Ma cervelle bouillonne –

Ma cervelle bouillonne –

T'ES RIEN T'ES RIEN T'ES RIEN T'ES RIEN T'ES RIEN T'ES RIEN –

Et je vois ses yeux qui se ferment –

Et je la sens contre moi –

Et je pense *Viola* –

Je pense VIOLA !

Je pense ***VIOLA !!!!***

Et le Maire s'écarte de moi comme s'il avait été piqué.

– Wouuh… lâche-t-il en secouant la tête pendant que je cligne des paupières, encore étourdi par le bourdonnement qui fuse de ma cervelle, essayant de récupérer une vision et une pensée à moi.

– … Je t'avais bien dit qu'il y avait un certain pouvoir en toi, mon garçon.

Et ses yeux brillent, larges et intenses.

Et il me frappe encore avec son Bruit.

Je me plaque les mains sur les oreilles (je tiens plus le fusil, je le tiens plus), comme si ça servait à quelque chose, mais c'est pas par les oreilles que le Bruit passe, il est à l'intérieur, dans ma tête, en moi-même, il m'envahit comme si j'avais plus de moi-même et **T'ES RIEN T'ES RIEN T'ES RIEN**, mon propre Bruit balayé me frappant comme si je me frappais avec mes propres poings **T'ES RIEN T'ES RIEN T'ES RIEN** –

Viola, je pense, mais je disparais, je tombe plus profond là-dedans, je m'affaiblis et mon cerveau vibre –

Viola.

[VIOLA]

Viola, j'entends comme du fond d'un canyon. Ma tête me fait mal et elle saigne et j'ai la figure dans la poussière et les yeux à moitié ouverts mais qui ne voient rien.

Viola, j'entends encore.

J'ouvre grands les yeux.

Todd recule à genoux dans les pierres, les mains sur les oreilles, les yeux fermés –

Et le Maire se tient au-dessus de lui et j'entends les mêmes cris qu'avant, le même genre de fracas de Bruit au laser projeté vers lui et –

Viola, j'entends dans tout ce fracas –

Et j'ouvre la bouche –

Et je crie –

[TODD]

« TODD ! » j'entends hurler quelque part –

Et c'est elle –

C'est elle –

Et elle est vivante –

Et sa voix vient me chercher –

Viola –

Viola –

VIOLA –

J'entends un grognement et le Bruit dans ma tête s'arrête encore et j'ouvre les yeux et le Maire recule en vacillant, une main sur l'oreille, le même réflexe que tout le monde a –

Que tout le monde a dans une attaque de Bruit.

VIOLA, je pense encore, droit vers lui, mais il plonge la tête et lève son fusil. Je le pense encore –

VIOLA –

Et encore –

VIOLA –

Et il recule et trébuche sur le corps de Davy et il tombe à côté, en arrière dans les gravats –

Je me hisse sur mes jambes –
Et je me précipite vers elle –

[VIOLA]

Il court vers moi mains tendues, il me prend par les épaules et me fait rouler pour m'asseoir et répète « tu es blessée, tu es blessée, tu es blessée » –

Et je dis « Il a toujours le fusil » –

Et Todd se retourne –

[TODD]

Et je me retourne et le Maire se remet sur pied et il me regarde et revoilà son Bruit et je roule hors de portée et je l'entends me suivre, je me jette dans les pierres chercher mon fusil et –

Il y a un coup de feu –

La poussière vole juste devant mes mains –

Mes mains tendues vers le fusil –

Et je m'arrête –

Et je regarde –

Et il me regarde –

Et je l'entends appeler mon nom encore –

Et je sais qu'elle comprend –

Comprend que j'ai besoin de l'entendre dire mon nom –

Pour que je puisse utiliser le sien comme arme –

– N'essaye pas, Todd, dit le Maire, en me visant soigneusement –

Et j'entends sa voix dans ma tête –

Pas une attaque –

La version insidieuse, le serpent tortueux de sa voix –

Celle qui est lui prenant possession de mes choix –

Celle qui est lui les faisant siens.

– Tu ne te battras plus… dit-il, et il avance encore d'un pas.

– … Tu ne te battras plus et c'en sera fini…

Je veux me détourner de lui –

Mais non je me retourne –

Je le regarde dans les yeux –

– … Écoute-moi, Todd.

Sa voix me siffle entre les oreilles –

Et ça serait tellement facile de juste –

Juste –

Juste retomber comme avant –

Retomber et faire ce qu'il dit –

– Non ! je crie –

Mais mes mâchoires sont vissées –

Et il est toujours à l'intérieur –

Il essaye toujours de me faire –

Et je vais –

Je vais –

T'es rien –

Je suis rien –

– C'est exact, Todd, dit le Maire en avançant, fusil pointé vers moi. Tu n'es rien.

Je suis rien –

– … Mais… dit-il –

Et sa voix est un murmure qui griffe au plus profond de moi –

– … De ce rien je ferai quelque chose.

Et je regarde droit dans ses yeux –

Des yeux qui sont un abîme où je me sens basculer –

Vers le haut et dans les ténèbres –

Quand quelque chose sur le côté –

[VIOLA]

Je jette la pierre aussi fort que je peux, priant quand elle quitte ma main, priant pour que mon lancer soit aussi bon que le disait Lee –

Priant, par pitié, Seigneur –

Si vous êtes là –

Par pitié –

Et Wouam !

Elle frappe le Maire en pleine tempe –

[TODD]

C'est un terrible sentiment de déchirement, comme une lanière arrachée de mon Bruit –

Et l'abîme est parti –

Il s'est retourné.

Le Maire titube d'un côté, tenant sa tempe où le sang coule déjà.

– TODD ! crie Viola –

Et je la regarde –

Je regarde le bras tendu qui a jeté la pierre –

Et je la vois –

Ma Viola.

Et je me remets debout.

[VIOLA]

Il se remet debout.
Il se dresse de toute sa taille –
Et je crie son nom encore une fois –
– TODD !
Parce que ça fait quelque chose –
Ça lui fait quelque chose –
Ça fait quelque chose pour lui –
Le Maire se trompe –
Il se trompe à tout jamais –
Aimer non ce n'est pas juste une faiblesse –
C'est notre meilleure force –
– TODD ! je crie encore –
Et il me regarde –
Et j'entends mon nom dans son Bruit –
Et je le sais –
Je le sais dans mon cœur –
Là tout de suite –
Todd Hewitt –
Il n'y a rien qu'on ne puisse pas faire ensemble –
Et on va gagner –

[TODD]

Le Maire lève les yeux maintenant, presque à genoux, le sang coule entre ses doigts comprimés sur sa tempe –

Il se tourne pour me regarder, sa figure grimace –

Et revoilà son Bruit –

VIOLA !

Je le renvoie –

Il recule d'un bond –

Mais il essaye encore –

VIOLA –

– … Vous ne pouvez rien contre nous, je dis –

– Ah, vraiment ? grince-t-il en serrant les dents.

VIOLA –

Il sursaute encore –

Il essaye de lever le fusil –

Je le frappe encore plus fort –

VIOLA –

Il lâche le fusil et recule en vacillant –

J'entends son Bruit bourdonner, essayer de se frayer un passage en moi –

Mais sa tête lui fait mal –

De mes propres attaques –

D'une pierre bien lancée –

– Et que crois-tu vraiment prouver ? crache-t-il. Tu as le pouvoir, mais tu ne sais qu'en faire !

VIOLA –

– Je m'en tire pas si mal, pourtant…

Et il sourit, les dents toujours serrées.

– Ah, oui ?

Et je remarque que mes mains tremblent –

Je remarque que mon Bruit vole, grésille comme une chose lumineuse –

Je sens plus mes pieds sous moi –

– Cela demande de la pratique, dit le Maire. Sans quoi tu vas t'exploser le cerveau.

Il se redresse un peu, essaye de trouver mes yeux.

– … Je pourrais te montrer.

Et du tac au tac, Viola hurle :

– TODD !

Et je le frappe avec tout ce que j'ai –

Tout ce qu'il y a d'elle derrière moi –

Toute ma colère et frustrassion et despéranse –
Tous les moments que je l'ai pas vue –
Tous les moments où je me suis inquiété –
Tout –
Toutes les plus petites choses que je sais d'elle –
Je les lui envoie en plein centre –

VIOLA

Et il tombe –
En arrière et en arrière et en arrière –
Ses yeux se révulsent –
Sa tête se dévisse –
Ses jambes le lâchent –
Il tombe et tombe et tombe –
Jusqu'au sol –
Et reste là sans bouger.

[VIOLA]

Todd ?

Il tremble de tous ses membres, au point presque de ne plus pouvoir tenir debout, et j'entends une sorte de hennissement maladif trancher dans son Bruit. Il tangue un peu en faisant un premier pas.

– Todd ?…

J'essaye de me mettre debout mais mes chevilles –

– Huiii… souffle-t-il en s'écroulant à côté de moi. Bon sang, ça t'arrache tout.

Il respire difficilement, les yeux troubles.

Je pose une main sur son bras.

– Tu vas bien ?

Il hoche la tête.

– Je crois…

Nous nous tournons vers le Maire.

– Tu as réussi.

– On a réussi, corrige-t-il, et son Bruit s'éclaircit un peu et il se redresse légèrement.

Mais ses mains tremblent encore.

– Ce pauvre salopard de Davy… dit-il.

Je l'agrippe par le bras.

– Le vaisseau… Elle va y arriver la première.

– Pas si je peux l'en empêcher.

Il se met debout et retombe dans les pommes, juste quelques secondes, mais je l'entends appeler Acorn avec son Bruit.

Garçon poulain, j'entends distinctement, et le cheval de Davy se dégage de là où il avait été attaché, et il arrive en traversant les décombres, garçon poulain, garçon poulain.

Todd, j'entends de plus loin et les claquements de sabots redoublent quand Angharrad arrive derrière Acorn et s'arrête avec lui. En avant, elle hennit doucement. En avant, lui répond Acorn.

« Mais oui, en avant », leur dit Todd.

Il glisse un bras sous mes épaules pour me soulever. Acorn lit dans son Bruit et plie les antérieurs pour m'aider à monter en selle. Puis Todd lui donne une petite claque sur le flanc et il se relève.

Angharrad s'approche de Todd et veut s'agenouiller aussi.

Mais « Non, fifille », murmure-t-il en lui flattant les naseaux.

– Comment ? je m'écrie inquiète. Et toi ?

Du menton, il me désigne le Maire.

– Je dois m'occuper de lui, dit-il en évitant mon regard.

– Qu'est-ce que tu veux dire, t'occuper de lui ?

Ses yeux se fixent derrière moi. Je me retourne. Le mille-pattes de l'armée a fait marche arrière. Il s'allonge vers le fond de la vallée maintenant.

Dans peu de temps, ils feront route vers la cathédrale.

– Vas-y, dit-il. Rejoins le vaisseau.

– Todd. Tu ne peux pas le tuer.

Il me regarde et son Bruit c'est du potage et il a encore du mal à tenir debout.

– Il l'a mérité.

– Oui, mais…

Et Todd hoche déjà la tête.

– Nous sommes les choix que nous faisons.

Je hoche la tête. On se comprend, alors.

– Tu cesserais d'être Todd Hewitt. Et moi, je veux plus jamais te perdre.

[TODD]

Je m'esclaffe doucement quand elle dit « moi, je veux plus jamais ».

– Va falloir que je reste avec lui, tu sais. Et va falloir que tu arrives au vaisseau le plus vite que tu peux, et moi, va falloir que j'attende l'armée.

Elle hoche la tête, mais avec de la tristesse.

– Et tu feras quoi ?

Je regarde le Maire toujours affalé sur les pierres, inconssient, gémissant faiblement. Je me sens vraiment très *lourd*. Mais bon.

– Je suppose qu'ils seront pas trop déçus de

le voir comme ça. Je suppose qu'ils se cherchent déjà un nouveau chef.

– Et ce serait toi ?

Elle sourit. Je souris, moi aussi.

– Et si tu croises la Flèche ? Qu'est-ce que tu feras, alors ?

Elle écarte une mèche de ses yeux.

– Je suppose qu'elles auront besoin d'un nouveau chef, elles aussi.

Je fais un pas et je pose ma main près de la sienne sur le flanc d'Acorn. Elle me regarde pas, mais laisse glisser sa main jusqu'à ce que nos doigts se touchent.

– Juste à cause que tu vas là-bas et que je reste là, ça veut pas dire qu'on se sépare.

– Non, dit-elle, et je sais qu'elle comprend. Non, bien sûr.

Je fixe nos doigts.

– Je me sépare plus de toi. Même dans ma tête.

Elle avance encore la main et entrelace ses doigts dans les miens et tous les deux on les regarde.

– Je dois y aller, Todd.

– Je sais.

Je regarde au fond du Bruit d'Acorn et je lui montre où est la route, où le vaisseau a atterri, et comme il doit galoper vite vite vite.

« En avant », il hennit, bien fort et bien net.

– Oui, en avant.

Je lève les yeux sur Viola.

– Je suis prête, dit-elle.

– Moi aussi.

– On va gagner.

– Oui, peut-être bien.

Un dernier regard.

Un dernier regard là où on se connaît.

Tout au fond de nos âmes.

Et je balance une grande claque sur le flanc d'Acorn.

Et les voilà partis, par-dessus les gravats, sur la route, à toute allure vers les gens qui (j'espère j'espère j'espère) peuvent nous aider.

J'entends l'armée descendre la colline, à trois kilomètres, peut-être.

Je cherche ma corde.

Je l'aperçois mais avant je prends une seconde pour fermer les yeux de Davy.

[VIOLA]

Nous filons en rafale sur la route et je me cramponne désespérément pour ne pas tomber et me casser le cou.

– Attention aux soldats ! je crie entre les oreilles couchées d'Acorn.

Je ne sais absolument pas jusqu'où la Flèche a pu progresser en ville, ni si elles attendront de voir qui je suis avant de me faire sauter en mille morceaux.

Ni comment elle réagira si elle me voit –

Quand elle me verra –

Quand je lui dirai à elle et aux autres les choses que je dois leur dire –

– Plus vite, si tu peux !

Une secousse, comme la mise à feu d'une fusée, et Acorn accélère.

Elle va se diriger droit vers le vaisseau. Aucun doute là-dessus. Elle l'aura vu atterrir. Et si elle y arrive la première, elle leur dira combien elle est désolée de ma mort tragique, comment je suis tombée aux mains du cruel tyran que la Flèche tente de renverser, comment, si le vaisseau éclaireur a des armes utilisables en vol –

Ce qui est le cas.

Mordant ma lèvre de douleur, je me recule sur la selle pour qu'on aille encore plus vite.

Nous filons à travers des haies de maisons verrouillées et de boutiques aux volets fermés. Le soleil est complètement couché, tout se découpe en ombres chinoises contre le ciel qui s'obscurcit.

Et je me demande comment la Flèche va réagir en apprenant la chute du Maire.

Et en apprenant que c'est Todd le responsable –

Et je pense à lui –

Je pense à lui –

Todd, pense Acorn.

Et nous filons sur la route.

Et je manque basculer quand un BAOUM retentit au loin.

Acorn freine des quatre fers, pivotant pour me garder en selle. On se retourne et je regarde –

Et je vois les flammes au bout de la route.

Je vois les maisons en flammes.

Et les magasins.

Et les hangars à grain.

Et je vois des gens courir vers nous à travers la fumée, pas des soldats, juste des gens, qui nous croisent dans l'obscurité.

Tellement vite qu'ils ne s'arrêtent même pas pour nous regarder.

Ils fuient la Flèche.

– Mais qu'est-ce qu'elle fabrique ?... je lance à voix haute.

Feu, pense Acorn, grattant nerveusement le sol de son sabot.

– ... Elle brûle tout. Elle brûle absolument tout.

Pourquoi ?

Pourquoi ?

– Acorn...

Alors une sirène m'interrompt, une longue, longue plainte à travers toute la vallée.

Acorn hennit soudain, sans un mot dans son Bruit, juste un éclair de peur, de terreur si aiguë que je sens mon cœur sauter, en réponse aux regards hallucinés, aux bouches béantes des gens qui nous croisent, beaucoup criant et s'arrêtant maintenant pour regarder derrière moi, vers la ville et au-delà.

Je me retourne, même s'il fait trop sombre pour y voir grand-chose.

Il y a des lumières dans le lointain, des lumières qui descendent la route en zigzag, le long des chutes –

Pas la route de l'armée.

– Qu'est-ce que c'est ? je demande à personne en particulier, à tout le monde. Qu'est-ce que c'est que ces lumières ? Ce bruit, c'était quoi ?

Alors un homme arrêté près de nous, son Bruit balayé par une stupeur et une frayeur aussi aveuglantes qu'une lame, un homme chuchote :

– Oh, non.

– Quoi ? je crie. Qu'est-ce qui se passe ?

Et la sirène fait à nouveau résonner son long hululement grave à travers la vallée.

Et c'est un son qui ressemble à la fin du monde.

LE COMMENCEMENT

[TODD]

Le Maire se réveille. J'ai à peine fini de lui ligoter les mains.

Il gémit, un Bruit vrai, réel, grinçant, le premier que j'aie jamais entendu sortir de sa tête, maintenant qu'il est sans défense.

Maintenant qu'il est battu.

– Pas battu, murmure-t-il. Temporairement égaré.

– Fermez-la, dis-je en serrant fermement la corde dans son dos.

Je me repositionne devant lui. Ses yeux sont encore brumeux, mais il arrive à sourire.

Je le frappe à la figure avec la crosse de mon fusil.

– Si je vous entends cracher une poussière de Bruit… je le menace, pointant le canon sur lui.

Son sourire reste collé à ses lèvres sanguinolentes.

– Je sais. Et tu le ferais, n'est-ce pas ?

Je dis rien.

Et c'est ma réponse.

Il soupire, rejetant la tête en arrière comme pour se détendre les muscles du cou. Il lève les yeux vers le vitrail, toujours bizarrement là, dans son mur solitaire. Les lunes se lèvent derrière, irisant leur pâle reflet.

– Et nous revoilà, Todd, dans cette même salle où nous avons réellement fait connaissance.

Il regarde autour de lui, se regarde attaché à la chaise maintenant et moi qui le regarde.

– Les choses changent, dit-il. Mais elles demeurent semblables.

– J'ai pas besoin de votre conversation pendant qu'on attend.

– Qu'on attend quoi ?

Le ton est plus vif, et son Bruit disparaît.

– … Et tu aimerais pouvoir faire cela, n'est-ce pas ? continue- t-il. Tu aimerais bien au moins une fois que personne ne sache ce que tu penses.

– J'ai dit, fermez-la.

– En ce moment précis, tu penses à l'armée.

– Vous allez la fermer, oui ?

– Tu te demandes s'ils t'écouteront vraiment. Tu te demandes si le peuple de Viola peut vraiment t'aider…

– Je vais encore vous frapper avec ce feuttu fusil.

– Tu te demandes si tu as vraiment gagné.

– J'ai vraiment gagné. Et vous le savez.

On entend un *BAOUM* dans le lointain, un autre.

– Elle détruit tout, commente le Maire en dirigeant ses yeux vers le son. Intéressant.

– Qui ça, elle ?

– Tu n'as jamais vu Mrs. Coyle, n'est-ce pas ? (Il étire une épaule après l'autre dans ses liens.) Remarquable femme, remarquable adversaire.

Elle aurait pu me battre, tu sais. Elle aurait vraiment pu y parvenir. (Son grand sourire revient.) Mais tu l'as fait le premier, n'est-ce pas ?

– Qu'est-ce que vous voulez dire par « elle détruit tout » ?

– Comme toujours. Je sais ce que je dis.

– Et pourquoi elle ferait ça ? Pourquoi feraitelle tout sauter ?

– Pour deux raisons. D'abord elle crée le chaos, ce qui rend la bataille contre elle plus difficile. Ensuite, elle anihile la sécurité de ceux qui ne combattent pas, créant l'impression qu'elle ne peut être battue, et tout le monde devient d'autant plus facile à gouverner quand elle prend le pouvoir. (Il hausse les épaules.) Tout se résume à la guerre pour des gens comme elle.

– Des gens comme vous.

– Tu vas échanger un tyran contre un autre, Todd. Je suis désolé d'être celui qui te l'apprend.

– Je vais rien échanger du tout. Et je vous ai dit de vous taire.

Je garde le fusil pointé sur lui en rejoignant Angharrad campée au milieu des gravats. Todd. Soif.

– Il y a toujours un abreuvoir sur la place ? je demande au Maire. Ou est-ce qu'il a sauté ?

– Sous les décombres. Mais il y en a un autre derrière, où mon cheval est attaché. Elle peut y aller.

Marbeth, j'envoie à Angharrad le nom du cheval du Maire, et un sentiment l'agite.

Marbeth. Obéis.

– Bonne fifille, dis-je en lui frottant les naseaux. Je pense bien, qu'il va obéir.

Elle me pousse une ou deux fois, pour jouer, puis se fraye un chemin dans les gravats pour passer derrière.

Un autre *BAOUM*. Un petit éclair d'inquiétude pour Viola. Je me demande où elle se trouve, maintenant. Elle doit se rapprocher de la Flèche, elle doit –

J'entends un léger frémissement dans le Bruit du Maire.

J'arme le fusil.

– J'ai dit, essayez pas.

– Tu sais, Todd, dit-il sur le ton de la conversation, le Bruit d'attaque, ce n'est pas compliqué. Il te suffit de faire le plein d'énergie et de tout envoyer sur quelqu'un, aussi fort que tu le peux. Je veux dire, bien sûr, tu dois être concentré, formidablement concentré mais, une fois que tu as compris le principe, tu peux tout à fait l'utiliser à volonté. (Il crache un peu du sang qui mouille sa lèvre.) Comme on l'a vu avec toi et ton « Viola ».

– Ne prononcez pas son nom.

– En revanche, poursuit-il, le contrôle du Bruit d'un autre, alors ça, je dois dire que c'est beaucoup plus complexe, infiniment plus délicat. C'est comme si tu voulais lever et baisser mille leviers en même temps et, bien sûr, avec certaines personnes, certaines personnes simples, c'est plus facile qu'avec d'autres et c'est étonnamment facile avec les foules, mais j'ai essayé pendant des années d'en faire un outil efficace et je n'ai atteint un certain niveau de succès que très récemment.

Je réfléchis.

– Maire Ledger, hein ?

– Non, non, répond-il gaiement. Maire Ledger ne demandait qu'à collaborer. Ne fais jamais confiance à un homme politique, Todd. Ils n'ont pas de centre solide, et tu ne peux donc jamais les croire. Il est venu de lui-même vers moi, vois-tu, avec tes rêves et les choses que tu disais. Non, aucun contrôle dans ce cas, juste une faiblesse ordinaire.

Je pousse un soupir.

– Vous allez vous taire un peu, oui ?

– Ce que je veux dire, Todd, continue-t-il, c'est qu'aujourd'hui seulement j'ai presque réussi à te percer, à te faire faire ce que je voulais que tu fasses. (Il me regarde, pour voir si je le comprends.) Aujourd'hui seulement.

Un autre BAOUM au loin, autre chose que la Flèche aura détruit sans raison valable. Il fait trop sombre pour voir l'armée, mais elle doit être entrée en ville maintenant, se diriger tout droit vers la cathédrale.

Et la nuit tombe.

– Je sais ce que vous dites. Je sais ce que j'ai fait.

– C'était toi, Todd, uniquement toi. (Il garde les yeux plantés dans les miens.) Les Spackle. Les femmes. Tout ça, tes actes à toi. Pas eu besoin de contrôle.

– Je sais ce que j'ai fait, je répète à voix basse, mon Bruit captant un grésillement menaçant.

– L'offre tient toujours, dit le Maire lui aussi à voix basse. Je suis très sérieux. Tu as du pouvoir. Je pourrais t'apprendre à l'utiliser. Tu pourrais gouverner cette terre à mes côtés.

JE SUIS LE CERCLE ET LE CERCLE EST MOI j'entends.

– C'est la source, reprend-il. Contrôle ton Bruit, et tu te contrôles toi-même. Contrôle-toi (il abaisse le menton) et tu contrôles le monde.

Je fais un pas vers lui, mon fusil toujours braqué.

– Vous avez tué Davy. Vous êtes celui qu'a pas de vrai centre. Et maintenant vous allez la fermer, et pour de bon.

Alors un grondement grave et puissant secoue le ciel, comme une trompe géante.

Un son comme Dieu en produirait s'il voulait qu'on l'écoute.

J'entends les chevaux hennir derrière le mur. J'entends une onde électrique déchirer le Bruit toujours caché des habitants de New Prentissville. J'entends la marche régulière des pieds des soldats s'effondrer dans un vacarme de soudaine confusion.

J'entends le Bruit du Maire se hérisser puis se retirer.

– Qu'est-ce que c'était que ça, bon sang... ? dis-je en levant les yeux au ciel puis vers l'horizon.

– Non... souffle le Maire.

Mais c'est un souffle de plaisir.

Je le pousse avec le canon du fusil.

– Quoi ? Qu'est-ce qui se passe ?

Il sourit, tourne simplement la tête.

Vers la colline des chutes, la piste en zigzag qui descend sur la ville.

Je regarde dans la même direxion.

Des lumières brillent sur la crête.

Des lumières commencent à descendre la piste en zigzag.

– Oh, Todd, dit le Maire avec de la stupéfaction et (oui) de la jouissance dans la voix. Oh, Todd, mon garçon, qu'as-tu donc fait ?

– Qu'est-ce que c'est, dis-je, plissant les yeux dans l'obscurité comme si ça pouvait m'aider. Qu'est-ce qui fait ce… ?

Un second coup de trompe mugit, si puissant qu'on croirait entendre le ciel se replier en deux.

J'entends monter le REURR de la ville, une immense vague de points d'interrogation, assez haute pour tout noyer.

– Dis-moi, Todd, reprend le Maire, toujours aussi gai. Que pensais-tu faire exactement quand l'armée arriverait ?

– Quoi ?

Mon front se plisse, mes yeux essayent de voir ce qui descend par la piste en zigzag, mais c'est trop loin et il fait trop sombre. Juste des lumières, des petits points détachés, qui se déplacent sur la pente.

– Pensais-tu m'offrir en récompense ? Allais-tu me livrer à eux pour qu'ils m'exécutent ?

Je le saisis par le devant de sa chemise.

– Qu'est-ce que c'était que ces trompes ? Les colons qui atterrissent ? Une invasion ? Quoi ?

Il me regarde juste dans les yeux. Des étincelles brillent dans les siens.

– Tu pensais qu'ils t'éliraient comme chef et que tu inaugurerais à toi tout seul une nouvelle ère de paix ?

– Je prendrai leur tête, je rétorque en sifflant. Vous verrez.

Je le relâche, grimpe sur une pile de gravats plus haute que les autres. Des têtes sortent des maisons, maintenant, j'entends des voix qui s'interpellent, et il y a aussi des gens qui se mettent à courir dans tous les sens.

En tout cas, cette chose a réussi à sortir les habitants de leurs tanières.

Je sens un bourdonnement de Bruit à l'arrière de mon crâne.

Je pivote sur mes talons, fusil braqué sur lui, et dévale les pierres.

– Je vous ai dit, pas de ça !

– Je voulais juste poursuivre notre conversation, Todd, m'assure-t-il d'un ton tout dégoulinant d'innocence. Je suis impatient de connaître tes plans, maintenant que je sais que tu seras à la tête de l'armée et Président de la planète.

Je voudrais gommer son sourire à coups de poing.

– Qu'est-ce qui se passe ? je crie. Qu'est-ce qui descend cette colline ?

Un troisième coup de trompe ébranle l'atmosphère et je le sens vibrer à travers tout mon corps.

Maintenant, les gens en ville commencent vraiment à hurler.

– Fouille dans ma poche de chemise, Todd, je crois que tu y trouveras quelque chose qui vous a appartenu jadis.

Je le dévisage, cherchant à déceler un nouveau piège, mais je bute sur ce stupide sourire.

Comme s'il était en train de gagner, encore une fois.

J'appuie le fusil un peu plus fort contre lui et

ma main libre fouille dans sa poche. Mes doigts rencontrent quelque chose de métal liquide et de compact.

Les jumelles de Viola.

– … Remarquables petites merveilles. J'attends avec impatience l'atterrissage des autres colons, pour voir quels nouveaux trésors ils nous apportent.

Je réponds rien, remonte sur le tertre et lève les jumelles d'une main, essayant maladroitement de faire fonctionner la visée nocturne. Ça fait longtemps que –

Je trouve le bon bouton.

La vallée surgit, ombres de vert et de blanc tailladant l'obscurité pour me montrer la ville.

Je remonte la route, la rivière, jusqu'à la piste en zigzag sur la colline, les points de lumière qui descendent –

Et –

Et –

Et, oh, mon Dieu.

J'entends le Maire rire derrière moi, toujours attaché pourtant.

– Eh bien, Todd, tu n'imaginais pas ça ?

Pendant un instant, je reste muet.

Il y a pas de mots.

Comment ?

Comment c'est possible ?

Une armée de Spackle descend sur la ville.

Certains, les plus en avant, chevauchent des immenses criatures sauvages couvertes de ce qui ressemble à une armure, avec une unique corne recourbée au bout de leur mufle. Derrière, il y a les troupes, à cause que c'est pas une marche pacifique, oh, ça non, absolument pas, ce sont de vraies troupes qui descendent la piste en zigzag, qui se déversent de la crête au sommet des chutes.

Des troupes venues pour la bataille.

Et ils sont des milliers.

Souffle coupé, je bafouille :

– Mais... Ils ont tous... été tués... Tous tués pendant la guerre des Spackle !

– Tous ? Jusqu'au dernier sur toute cette planète, quand tout ce que nous occupons se réduit à une parcelle ? Et tu y croyais vraiment ?

Les lumières que j'ai vues sont les torches portées par les cavaliers Spackle, des torches qui conduisent leur armée, illuminent les lances, les masses, les arcs et les flèches.

Tous ont une arme.

– Oh, on les a battus, reprend le Maire. Tués par milliers, certainement, jusqu'à des kilomètres et des kilomètres d'ici. Leurs effectifs étaient infiniment plus importants, mais nous avions de meilleures armes, une motivation plus forte. Nous les avons chassés de cette terre, étant entendu qu'ils n'y remettraient jamais les pieds, qu'ils ne croiseraient plus jamais notre chemin. Nous en avons gardé certains comme esclaves, bien sûr, pour reconstruire notre ville après cette guerre, ce n'était que justice.

La ville REURRE pour de bon cette fois. L'armée a stoppé sa progression et j'entends les gens courir et hurler des trucs sans queue ni tête, juste de l'incrédulité, juste de la peur.

Je me plante devant lui, et je lui enfonce le fusil dans les côtes.

– Pourquoi ils sont revenus ? Pourquoi maintenant ?

Il sourit toujours.

– Je suppose qu'ils ont eu le temps de ruminer un plan pour se débarrasser de nous une bonne fois, tu ne crois pas ? Pendant toutes ces années… Je suppose qu'ils attendaient seulement une raison.

– Quelle raison ? je crie. Pourquoi… ?

Et je m'arrête.

Le génocide.

La mort de tous les esclaves.

Leurs corps empilés comme des ordures, rien de plus.

Il acquiesce, joyeux, comme si on parlait de la pluie et du beau temps.

– Tout à fait, Todd. J'opterais pour cette explication, qu'en penses-tu ?

Je le regarde, comprenant trop tard, comme chaque fois.

– C'est vous. Évidemment que c'est vous. Tous les Spackle, sans exception, vous les avez tués et vous avez fait croire que c'était la Flèche. (J'appuie un peu plus le fusil contre sa poitrine.) Et vous espériez bien qu'ils reviendraient, hein ?

Il hausse les épaules.

– J'espérais avoir l'opportunité de les écraser une fois pour toutes, oui. (Il se mord les lèvres.) Mais c'est toi qu'il me faut remercier pour l'avancement de ce plan.

– Moi ?

– Mais oui, toi, Todd. J'ai réalisé la mise en scène. Et tu as envoyé le messager.

– Le messager… ?

Je me retourne, me précipite sur le monticule, reprends les jumelles. Regarde et regarde.

Ils sont trop nombreux, trop loin.

Mais il est là, bien sûr.

Quelque part dans cette foule.

1017.

Oh, non.

– Oh, non, voilà qui me paraît tout à fait approprié, n'est-ce pas, Todd ? Je lui avais laissé la vie sauve pour que tu le retrouves. Pourtant, malgré votre relation très particulière, il ne te portait pas franchement dans son cœur… Je me trompe ? Tu as bien essayé de l'aider, mais tu as le visage de ses tortionnaires, un visage qu'il a rapporté auprès de ses frères et sœurs. (Son rire, un gloussement grave.) Franchement, je n'aimerais pas être à ta place en ce moment, Todd Hewitt.

Je pivote, scrute l'horizon de tous les côtés. Pivote encore. Il y a une armée au sud, une à l'est, et maintenant une autre qui arrive de l'ouest.

– … Et nous assis, en plein milieu. (Très calme, il se frotte le nez contre son épaule.) Je me demande ce que ces pauvres gens peuvent bien penser, à bord du vaisseau éclaireur.

Non.

Non.

Je pivote encore une fois comme pour les voir venir tous en même temps. Venir me chercher.

Mon cerveau bouillonne.

Je fais quoi ?

Je fais quoi, là, maintenant ?

Le Maire se met à siffloter, comme s'il avait toute la vie devant lui.

Et Viola, là-bas –

Oh, Seigneur, là-bas en plein dedans –

– L'armée. L'armée va devoir les combattre, dis-je.

– À ses heures perdues ? rétorque le Maire en haussant le sourcil. Quand la Flèche lui laissera quelques minutes de loisir ?

– La Flèche devra se joindre à nous.

– Nous ?

– Elle devra combattre aux côtés de l'armée. Personne n'a le choix.

– Et tu crois vraiment que Mrs. Coyle va vouloir jouer ses cartes ainsi ?

Il sourit, mais je vois ses jambes frétiller, sous l'énergie qui le traverse.

– … Avec eux, elle va se trouver un ennemi commun, dirais-je plutôt. Crois-moi. Elle va chercher à négocier. (Il capte mon regard.) Et où cela nous mènera-t-il, Todd ?…

Je cherche mon souffle. J'ai pas de réponse.

– … Et Viola, là-bas, lâche-t-il comme en écho. Toute seule…

Seule, oui.

Et elle peut même pas marcher.

Oh, Viola, qu'est-ce que j'ai encore fait ?

– … Qui plus est, dans ces conditions, mon cher, crois-tu vraiment que l'armée te prendra pour chef ?

Il rit, comme si c'était la blague la plus stupide qu'il ait jamais entendue.

– … Tu crois qu'ils vont te laisser, toi, Todd, les conduire à la bataille ?

Je me retourne avec les jumelles. New Prentissville a plongé dans le chaos. À l'est, des bâtiments brûlent. Les gens courent dans les rues, fuyant la Flèche, fuyant l'armée du Maire, et maintenant fuyant les Spackle, courant dans toutes les direxions sans nulle part où aller.

La trompe sonne encore, brisant du verre de quelques fenêtres.

Je l'ai repérée avec les jumelles.

Une grande et longue trompe, plus longue que quatre Spackle mis bout à bout, portée sur le dos de deux criatures à cornes, dans laquelle souffle le plus grand Spackle que j'aie jamais vu.

Et ils ont atteint le pied de la colline.

– Je crois qu'il est temps que tu me détaches, Todd, bourdonne le Maire.

Je me retourne aussitôt, braquant le fusil sur lui.

– Vous me contrôlerez pas. Oh, non, plus jamais.

– Je n'essaye même pas. Mais nous savons tous les deux qu'il n'y a pas vraiment d'autre solution, n'est-ce pas ?

J'hésite, de plus en plus oppressé.

– J'ai déjà battu les Spackle, vois-tu. La ville le sait. L'armée le sait. Je ne crois pas qu'ils aient tellement envie de me mettre sur la touche et de te suivre, maintenant qu'ils savent à qui nous avons affaire.

Je dis toujours rien.

– … Mais après toutes tes trahisons, Todd,

enchaîne-t-il en me fixant droit dans les yeux, je te veux toujours à mes côtés. Je veux toujours que tu combattes près de moi. (Une pause.) Nous pouvons gagner cette guerre ensemble, tous les deux.

Mon œil s'abaisse vers la ligne de mire du canon.

– Je ne veux pas gagner ça avec vous. Je vous ai battu.

Il hoche la tête comme pour approuver, mais c'est pour répéter :

– Les temps changent, et demeurent semblables…

J'entends des soldats en marche approcher de l'église. Une unité de l'armée qui s'est suffisamment ressaisie pour oser entrer en ville. Je les entends descendre une petite rue vers la place.

Reste plus beaucoup de temps.

– … Je ne t'en veux même pas de m'avoir ligoté, Todd. Mais tu dois me relâcher. Je suis le seul qui puisse les battre.

Viola –

Viola, je fais quoi ?

– … Oui, encore Viola, glisse-t-il d'un ton chaud, enveloppant. Viola, loin, seule au milieu de tout ça.

Il attend que je le fixe.

– … Ils la tueront, Todd. Mais oui. Et tu sais que je suis le seul à pouvoir la sauver.

La trompe, encore.

Et un autre *BAOUM* à l'est.

Les pieds des soldats du Maire qui s'approchent.

Je le regarde.

– Je vous ai battu. Souvenez-vous-en. Je vous ai battu et je le referai.

Il acquiesce, mais avec le sourire.

– Je n'en doute pas un instant.

VIOLA je lui envoie VIOLA et il se contracte.

– Vous la sauvez, et vous vivez. Elle vit, et vous vivez.

Il hoche la tête.

– Marché conclu.

– Vous essayez de me contrôler, et je vous tue. Vous essayez de m'attaquer et je vous tue. Message reçu ?

– Reçu.

J'attends une seconde encore, mais des secondes il en reste plus vraiment.

Il reste plus de temps pour décider rien.

C'est juste le monde en marche qui vient me chercher, ici, maintenant.

Et elle, là-bas.

Et je la quitte plus jamais, même quand on est plus ensemble.

Pardonne-moi.

Et je passe derrière le Maire et je défais la corde.

Il se lève lentement, frottant ses poignets.

Un autre coup de trompe. Il redresse la tête.

– Enfin. Terminée cette lutte en demi-teintes, cette chasse aux ombres, ces jeux grotesques de cape et d'épée…

Il se tourne vers moi, et derrière son sourire je capte la vraie lueur de sa folie.

– … Enfin nous en arrivons au fond des

choses, ce qui fait que les hommes sont hommes, ce pour quoi nous sommes nés, Todd…

Il se frotte les mains et ses yeux lancent des éclairs quand il lâche le mot :

– … La guerre.

FIN DU DEUXIÈME LIVRE

Table des matières

DU MÊME AUTEUR

Aux Éditions Gallimard Jeunesse

LE CHAOS EN MARCHE :

LA VOIX DU COUTEAU (Folio Science-Fiction n° 492)

LE CERCLE ET LA FLÈCHE (Folio Science-Fiction n° 493)

LA GUERRE DU BRUIT (Folio Science-Fiction n° 494)

QUELQUES MINUTES APRÈS MINUIT

ET PLUS ENCORE

Dans la même collection

311.	David Brin	*Marée stellaire*
312.	Ray Bradbury	*Les machines à bonheur*
313.	Jack Vance	*Emphyrio*
314.	C. S. Lewis	*Cette hideuse puissance*
315.	Frederik Pohl et C. M. Kornbluth	*Planète à gogos*
316.	Robert Holdstock	*Le souffle du temps*
317.	Stéphane Beauverger	*Chromozone* (La trilogie Chromozone, I)
318.	Michael Moorcock	*Le nomade du Temps*
319.	John Varley	*Gens de la Lune*
320.	Robert Heinlein	*Révolte sur la Lune*
321.	John Kessel	*Lune et l'autre* (INÉDIT)
322.	Steven Brust	*Teckla*
323.	Mary Gentle	*La guerrière oubliée* (Le livre de Cendres, I)
324.	Mary Gentle	*La puissance de Carthage* (Le livre de Cendres, II)
325.	Mary Gentle	*Les Machines sauvages* (Le livre de Cendres, III)
326.	Mary Gentle	*La dispersion des ténèbres* (Le livre de Cendres, IV)
327.	Charles Dickinson	*Quinze minutes*
328.	Brian Aldiss	*Le Monde Vert*
329.	Elizabeth Moon	*La vitesse de l'obscurité*
330.	Stéphane Beauverger	*Les noctivores*
331.	Thomas Day	*La maison aux fenêtres de papier* (INÉDIT)
332.	Jean-Philippe Jaworski	*Janua vera*
333.	Laurent Kloetzer	*Le royaume blessé*
334.	Steven Brust	*Les Gardes Phénix*
335.	Isaac Asimov	*Fondation* (Le cycle de Fondation, I)

336.	Isaac Asimov	*Fondation et Empire* (Le cycle de Fondation, II)
337.	Isaac Asimov	*Seconde Fondation* (Le cycle de Fondation, III)
338.	Isaac Asimov	*Fondation foudroyée* (Le cycle de Fondation, IV)
339.	Isaac Asimov	*Terre et Fondation* (Le cycle de Fondation, V)
340.	Jack Vance	*La vie éternelle*
341.	Guillaume Guéraud	*La Brigade de l'Œil*
342.	Chuck Palahniuk	*Peste*
343.	Poul Anderson	*Trois cœurs, trois lions*
344.	Pierre Corbucci	*Journal d'un ange*
345.	Elizabeth Hand	*L'ensorceleuse*
346.	Steven Brust	*Taltos*
347.	Stéphane Beauverger	*La cité nymphale* (La trilogie Chromozone, III)
348.	Gene Wolfe	*L'ombre du Bourreau* (Le livre du Nouveau Soleil, I)
349.	Robert Charles Wilson	*Blind Lake*
350.	Alain Damasio	*La Zone du Dehors*
351.	James Patrick Kelly	*Fournaise*
352.	Joëlle Wintrebert	*Le créateur chimérique*
353.	Bernard Simonay	*La Vallée des Neuf Cités*
354.	James Tiptree Jr	*Par-delà les murs du monde*
355.	Gene Wolfe	*La Griffe du demi-dieu* (Le livre du Nouveau Soleil, II)
356.	Gene Wolfe	*L'épée du licteur* (Le livre du Nouveau Soleil, III)
357.	Wayne Barrow	*Bloodsilver*
358.	Ted Chiang	*La tour de Babylone*
359.	Clive Barker	*Le royaume des Devins*
360.	Michael G. Coney	*Péninsule*
361.	Theodore Sturgeon	*Un peu de ton sang*

362. Robert Charles Wilson — *Spin*
363. Gene Wolfe — *La citadelle de l'Autarque* (Le livre du Nouveau Soleil, IV)
364. Francis Berthelot — *Khanaor*
365. Mélanie Fazi — *Serpentine*
366. Ellen Kushner — *À la pointe de l'épée*
367. K. J. Parker — *Les couleurs de l'acier* (La trilogie Loredan, I)
368. K. J. Parker — *Le ventre de l'arc* (La trilogie Loredan, II)
369. K. J. Parker — *La forge des épreuves* (La trilogie Loredan, III)
370. Thomas Day — *Le trône d'ébène*
371. Daniel F. Galouye — *Simulacron 3*
372. Adam Roberts — *Gradisil*
373. Georges Foveau — *L'Enfant Sorcier de Ssinahan* (INÉDIT)
374. Mathieu Gaborit — *Bohème*
375. Kurt Vonnegut Jr — *Le pianiste déchaîné*
376. Olivier Bleys — *Canisse* (INÉDIT)
377. Mélanie Fazi — *Arlis des forains*
378. Mike Resnick — *Ivoire*
379. Catherine L. Moore — *Les aventures de Northwest Smith*
380. Catherine L. Moore — *Jirel de Joiry*
381. Maïa Mazaurette — *Dehors les chiens, les infidèles*
382. Hal Duncan — *Évadés de l'Enfer !* (INÉDIT)
383. Daniel F. Galouye — *Le monde aveugle*
384. Philip K. Dick — *Le roi des elfes*
385. Poppy Z. Brite — *Contes de la fée verte*
386. Mélanie Fazi — *Notre-Dame-aux-Écailles*
387. J.G. Ballard — *Le monde englouti*
388. Jean-Philippe Jaworski — *Gagner la guerre*

389.	Mary Gentle	*L'énigme du cadran solaire*
390.	Stéphane Beauverger	*Le Déchronologue*
391.	Robert Charles Wilson	*La cabane de l'aiguilleur*
392.	Christopher Priest	*L'Archipel du Rêve*
393.	McSweeney's	*Anthologie d'histoires effroyables*
394.	Robert Heinlein	*Marionnettes humaines*
395.	Norbert Merjagnan	*Les tours de Samarante*
396.	Jean-Philippe Depotte	*Les démons de Paris*
397.	Stephen Fry	*Le faiseur d'histoire*
398.	Kelly Link	*La jeune détective et autres histoires étranges*
399.	J.G. Ballard	*Sécheresse*
400.	Fabrice Colin	*Comme des fantômes*
401.	Ray Bradbury	*Les pommes d'or du soleil*
402.	Laurent Genefort	*Mémoria*
403.	Maïa Mazaurette	*Rien ne nous survivra*
404.	Eoin Colfer	*Encore une chose… (H2G2, VI)*
405.	Robert Charles Wilson	*Mysterium*
406.	Serge Lehman	*Le Haut-Lieu et autres espaces inhabitables*
407.	Isaac Asimov	*L'homme bicentenaire*
408.	Catherine Dufour	*L'accroissement mathématique du plaisir*
409.	Ian McDonald	*Brasyl*
410.	James Patrick Kelly	*Regarde le soleil*
411.	Alfred Bester	*L'homme démoli*
412.	Jack Vance	*Les chroniques de Durdane*
413.	Alfred Bester	*Terminus les étoiles*
414.	Isaac Asimov	*Cher Jupiter*
415.	Carol Berg	*L'Esclave* (Les livres des rai-kirah, I)
416.	Ugo Bellagamba	*Tancrède*

417.	Christopher Priest	*Le Glamour*
418.	Catherine Dufour	*Outrage et rebellion*
419.	Robert Charles Wilson	*Axis*
420.	Nick DiChario	*La vie secrète et remarquable de Tink Puddah*
421.	Thomas Day	*Du sel sous les paupières* (INÉDIT)
422.	Pierre Pelot	*La guerre olympique*
423.	Jeanne-A Debats	*La vieille Anglaise et le continent*
424.	Karl Edward Wagner	*Kane* (L'intégrale, I)
425.	Karl Edward Wagner	*Kane* (L'intégrale, II)
426.	Karl Edward Wagner	*Kane* (L'intégrale, III)
427.	Jean-Claude Dunyach	*Le jeu des sabliers*
428.	Jean-Michel Truong	*Le Successeur de pierre*
429.	Ray Bradbury	*Un remède à la mélancolie*
430.	Roger Zelazny	*Seigneur de Lumière*
431.	Clifford D. Simak	*Voisins d'ailleurs*
432.	Ian McDonald	*Roi du Matin, Reine du Jour*
433.	Thomas Day	*Sympathies for the devil*
434.	Hal Duncan	*Velum* (Le Livre de Toutes les Heures, I)
435.	Hal Duncan	*Encre* (Le Livre de Toutes les Heures, II)
436.	Steven Amsterdam	*Ces choses que nous n'avons pas vues venir*
437.	Serge Lehman présente	*Retour sur l'horizon*
438.	Carol Berg	*L'insoumis* (Les livres des rai-kirah, II)
439.	Henri Courtade	*Loup, y es-tu ?*
440.	Lord Dunsany	*La fille du roi des Elfes*
441.	Maurice Leblanc	*Le formidable événement*
442.	John Varley	*Le système Valentine*
443.	Philip K. Dick	*Le dernier des maîtres*
444.	Pierre Pevel	*Les Lames du Cardinal* (Les Lames du Cardinal, I)

445.	George R. R. Martin, Gardner Dozois & Daniel Abraham	*Le chasseur et son ombre*
446.	Loïc Henry	*Loar*
447.	Ray Bradbury	*Léviathan 99*
448.	Clive Barker	*Hellraiser*
449.	Robert Charles Wilson	*À travers temps*
450.	Serge Brussolo	*Frontière barbare* (INÉDIT)
451.	L. L. Kloetzer	*CLEER*
452.	Cédric Ferrand	*Wastburg*
453.	Jean-Claude Marguerite	*Le Vaisseau ardent*
454.	Jean-Philippe Depotte	*Les jours étranges de Nostradamus*
455.	Walter M. Miller Jr.	*L'héritage de saint Leibowitz*
456.	Carol Berg	*Le vengeur* (Les livres des rai-kirah, III)
457.	Philip K. Dick	*Question de méthode*
458.	Leandro Ávalos Blacha	*Berazachussetts*
459.	Alden Bell	*Les faucheurs sont les anges*
460.	Pierre Pevel	*L'Alchimiste des Ombres* (Les Lames du Cardinal, II)
461.	Xavier Mauméjean	*Rosée de feu*
462.	Arkadi et Boris Strougatski	*Stalker*
463.	Ian McDonald	*Le fleuve des dieux*
464.	Barry Hughart	*La magnificence des oiseaux* (Une aventure de Maître Li et Bœuf Numéro Dix)
465.	Serge Brussolo	*Trajets et itinéraires de la mémoire*
466.	Barry Hughart	*La légende de la Pierre* (Une aventure de Maître Li et Bœuf Numéro Dix)

467. Jack McDevitt — *Seeker*
468. Glen Duncan — *Moi, Lucifer*
469. Barry Hughart — *Huit honorables magiciens* (Une aventure de Maître Li et Bœuf Numéro Dix)
470. Daniel Polansky — *Le baiser du rasoir*
471. Thomas Geha — *Le sabre de sang*, 1
472. Thomas Geha — *Le sabre de sang*, 2
473. Pierre Pevel — *Le dragon des Arcanes* (Les Lames du Cardinal, III)
474. Alain Damasio — *Aucun souvenir assez solide*
475. Laurent Genefort — *Les opéras de l'espace*
476. Roger Zelazny — *Dilvish le Damné* (L'intégrale)
477. Thomas Day — *Dæmone*
478. Philip K. Dick — *Ne pas se fier à la couverture*
479. Léo Henry — *Le casse du continuum*
480. Frank M. Robinson — *Destination ténèbres*
481. Joël Houssin — *Le Temps du Twist*
482. Jean-Marc Ligny — *La mort peut danser*
483. George R. R. Martin — *Armageddon Rag*
484. Lewis Shiner — *Fugues*
485. Collectif — *Alternative Rock*
486. Arnaud Duval — *Les Pousse-pierres*
487. Christian Léourier — *Le cycle de Lanmeur*, I
488. Lisa Tuttle — *Ainsi naissent les fantômes*
489. Pablo de Santis — *La soif primordiale*
490. Norbert Merjagnan — *Treis, altitude zéro*
491. Robert Charles Wilson — *Julian*
492. Patrick Ness — *La voix du Couteau* (Le Chaos en marche, I)
493. Patrick Ness — *Le Cercle et la Flèche* (Le Chaos en marche, II)
494. Patrick Ness — *La guerre du Bruit* (Le Chaos en marche, III)

Composition : IGS-CP à L'Isle-d'Espagnac (16)
Achevé d'imprimer par Novoprint,
le 16 septembre 2014
Dépôt légal : septembre 2014

ISBN : 978-2-07-045942-1/Imprimé en Espagne

268580